U0054861

中國
報人。

蔡曉濱　著

穆青　張友鸞　儲安平　范長江　陳銘德／鄧季惺　鄒韜奮　徐鑄成　王芸生　成舍我　林白水　胡政之　張季鸞　史量才　邵飄萍

「新聞記者應該說人話，不說鬼話；
應該說真話，不說假話！」

這十五個人物是中國職業報人的傑出代表，十五個人當中的絕大多數，命運多舛，經歷坎坷，他們是冒著極大的風險，甚至是付出了生命的代價，才成就了他們的職業生涯的。他們無一例外地反覆宣示著各自新聞救國的理念和宗旨……

代序

寫在前面的話

　　迄今為止我只做過一種職業：辦報。從「文革」期間到農村插隊時辦知青報，到回城後入報社，做記者，當編輯，幾十年就這樣一晃而過。

　　單一的職業履歷有不少好處。你可以就這一領域裏的諸多問題進行持久而深入的思考；你可以用自己長期的實踐積累印證社會觀念形態和物質形態種種巨大的進步和變遷；你可以在不經意之間收集到常人難以想像的豐富資料，為你職業領域裏的傑出歷史人物畫下一幅幅生動而豐滿的畫像……

　　呈現在讀者面前的這本《中國報人》，就是這眾多「畫像」的結集。我選擇了十五位中國現代史上的職業報人來講述和描摩。寫作是故事性的，而不是純理性的評判和分析。我相信，今天的人們在與歷史先賢們的溝通和神交中，最關心的莫過於：他們經歷了怎樣的坎坷，他們做過什麼，他們成就了什麼，他們在我們的記憶之窗上塗抹下了怎樣的或五彩、或濃淡的生命印記？

　　這十五個人物是中國職業報人的傑出代表，至少是星座般熠熠生輝的關鍵人物。我個人的寫作是隨意和無序的，哪一個人物最讓我感慨，哪一個人物的資料準確充分，抑或說，哪一個人最難寫、最具挑戰性，我便先去研究他，分析他，描繪他。我清楚地記得，這十四個人當中，我最先完成的是穆青……

　　寫完之後，在整理他們的政治態度、辦報方略、歷史演進和時代更替時，我不禁暗暗吃了一驚，一股巨大的怵然掠過我的心頭：十五

個人當中的絕大多數，命運多舛，經歷坎坷，他們是冒著極大的風險，甚至是付出了生命的代價，才成就了他們的職業生涯的。

邵飄萍、林白水、史量才，就是直接倒在軍閥和特務們噴火的槍口之下的；鄒韜奮以「七君子」之一的身份，蹲過國民政府的監獄，所辦的刊物、報紙屢遭封門、查禁，為躲避特務的迫害，在勝利的曙光即將衝破黎明前的黑暗之際，化妝出走，流離海外，顛沛無常，終生惡疾，英年早逝於戰亂的上海；成舍我早年從張宗昌的槍口下僥倖逃脫，後來的辦報主張，不見容於當局，汪精衛親自下令封了他的報館，成舍我竟然仍不低頭：「他汪先生不能當一輩子行政院長，而我可以當一輩子新聞記者。」輾轉入台後，國民黨的戒嚴令禁止民間辦報，成舍我鬱鬱寡歡，終了孤島。

歸屬新中國的革命的進步報人，也是命運充滿了悲劇色彩，極「左」路線的殘酷迫害，讓許多人蒙受了不白之冤。當年《大公報》記者、曾任《人民日報》社社長的范長江，1952年正當壯年之際，便被迫離開了他摯愛的新聞事業，穿梭於多個閒職、空耗了十五年寶貴時光後，於「文革」期間自殺於「五七」幹校；解放前殫精竭慮辦《觀察》、解放後短暫出任《光明日報》總編輯的儲安平，崇尚「文人論政」、「文章報國」，反右期間自然難逃羅網，「文革」高潮受不了精神折磨和肉體迫害，離家出走，至今生不見人，死不見屍；《文匯報》的徐鑄成，《新民報》的陳銘德、鄧季惺夫婦，《南京人報》的張友鸞，都被戴上右派分子的帽子，打入另冊，勞動改造，他們傾畢生精力和財富辦的民間報紙，被重新定性，公私合營，進而成為黨和人民的喉舌，不再是私人的言論陣地和資本家賺錢的工具；《大公報》的王芸生本來思想右傾，但最高領袖網開一面，幸運地躲過了反右一劫，但也與黨和政府形同陌路，不再受寵。尤其是讓這個《大公報》的元老執筆寫為《大公報》抹黑、畫醜的《大公報》史，那猶如在向王芸生被撕裂的傷口上撒鹽……

難道職業報人真的是一個高危的行業嗎？現實似乎已經給出了明確的答案。

　　因而，當我們景仰的先賢們義無反顧地走上職業報人的荊棘之路時，他們無一例外地反覆宣示著各自新聞救國的理念和宗旨。他們必須說，必須先說，必須反覆說。這既是一種自我保護的姿態，更是災難來臨時「立此存照」的泣血宣言。

　　邵飄萍在《京報》創刊的當日，親自手書「鐵肩辣手」四個大字，張掛於辦公室的牆上。史量才的辦報原則擲地有聲：貧賤不能移、富貴不能淫、威武不能屈；人有人格，報有報格，國有國格。「你有百萬軍隊，我有百萬讀者」。他認為，辦報「非尋常業務，是莊嚴偉大公共之事業，需要抱大無畏之精神、抱大犧牲之決心」。林白水本一落拓文人，但他的名士做派卻絲毫沒有影響到他《社會日報》的尖銳和潑辣，「新聞記者應該說人話，不說鬼話；應該說真話，不說假話！」胡政之、張季鸞在新記《大公報》上，公開祭起了「不黨不賣不私不盲」的中立辦報方針，要做民間真正輿論的代表。當然，他們首先做好的是「不望成功，準備失敗」的心理預期的。成舍我感歎：我們真不幸，做了這一時代的報人！……但從另一角度看，我們也真太幸運了，做了這一時代的報人！……過去凡是我們所反對的，幾無一不徹底消滅。王芸生的理想，是實現一代知識精英的文章報國之志。「敢說、敢做、敢擔當，是自由人的風度；敢記、敢言、敢負責，是自由報人的作風」。儲安平寄厚望於《觀察》，誠心實意地打造一個心平氣和地表達各種意見的平臺。徐鑄成是在意氣風發中將《文匯報》推向高峰的。國民黨當局已經將它置於死地，上海解放的隆隆炮聲是《文匯報》再次新生的禮贊。當然，徐鑄成絕沒有想到，邁上高峰的《文匯報》，之後便是急遽的下墜……

　　「報刊按其使命來說，是公眾的捍衛者，是針對當權者的孜孜不倦的揭露者，是無處不在的眼睛。」馬克思這樣定義報刊的功能。任何高深的理論和定義，在經過絲絲入扣、沉重痛苦的邏輯思考之後，用筆書寫在紙上，是相對容易的。局外人不可能想像，在中國這個充斥著封建專制主義思想因襲的土壤上，要長出現代民主和自由之樹，這種子是何等地難以入土，生根，發芽？這稚嫩的小樹是多麼艱難地頂開結板的土地，掀翻壓在身上的石頭，頑強地挺立？

喬治‧Ｗ‧布希在美國總統的位置上待了八年，乏善可陳。就是他自己最為得意的反對世界恐怖主義的阿富汗、伊拉克戰爭，仍是毀譽參半，莫衷一是。然而，此君是現代民主制度的忠誠擁護者和堅定實踐者，這倒為他平庸的執政生涯抹上了一些亮麗油彩。2008 年年底，在小布希卸任之前，他在網路上與美國及全世界的線民們有過一段精彩的對話：「人類千萬年的歷史，最為珍貴的不是令人炫目的科技，不是浩瀚的大師們的經典著作，而是實現了對統治者的馴服，實現了把他們關在籠子裏的夢想。我現在就是站在籠子裏向你們講話。這個鐵籠子四面插著五根欄杆：選票、多黨制、司法獨立、新聞自由和軍隊國家化。」

很榮幸，也是很不幸，「新聞」是馴服現代統治者的五大繩索之一。風口浪尖，風光無限，同樣也是風險無邊。一會兒湧上浪峰，一會兒跌下波谷，便是題中應有之意了。

青年學者林溪聲、張耐冬披沙鑠金，完成了中國早期報人邵飄萍的傳記《邵飄萍與〈京報〉》。在這本書的卷首，他倆借題發揮，以抒胸臆，寫了一篇長長的引言：〈理想主義者的哀傷與宿命〉。他們認為，中國的知識份子大抵都有一些普世情懷，理想主義者的精神氣質和道德準則，被認為是衡量一個知識份子歷史地位的重要標準。報業知識份子，作為與公眾接觸最多、為公共領域服務最為直接的群體，更能體現出中國知識份子那種以思想、學說、文章濟世救國、勸民教民的特色。

這兩位年青的學者，一個是習新聞的，一個是學歷史的，因而，他們的結論，便有了一種超越時空的歷史縱深感。林溪聲、張耐冬指出，中國職業報人的多重身份，令他們既感榮幸，又備嚐痛苦，「這些具有高度道德和理性精神的人們，卻註定要比常人忍受更多的煎熬，經歷更多的苦難，付出更大的代價，有時甚至是生命的代價。做一位仗義執言的『無冕之王』，做一位良知灼然的『社會公人』，以新聞警世，以新聞救國，以新聞記者終其身……這些豪情滿懷的理想宣言早已成為歷史的回聲，然而那些為理想而殉難的中國新聞人卻擁有了生如夏花般的絢爛，那段歷史也因為他們的存在而不斷地引人追尋……」

　　其實，我們所有後來的新聞從業者們，都是沿著先賢們血染的路標前行的。我是故意用「新聞從業者」這個中性的、沒有比較級的辭彙的。我知道，我們當中的大多數人，是把「記者」、「編輯」做為稻粱謀的，是職業，是謀生的手段。在應付了不得不寫的奉命文章，在完成了這裏車禍、那裏命案的應景新聞之後，閒暇之際，夜深人靜之時，我們拍著自己的胸口自問一句：我具備普世情懷的理想嗎？我有「文章報國」的精神準備嗎？「道義」是否在肩、「辣手」還能著文嗎？一句話，我是一個真正的報人嗎？

　　夤夜發問，當有所思。

蔡曉濱

2010 年初夏於青島浮山南麓

目　次

代序　寫在前面的話 3

邵飄萍 11

史量才 37

張季鸞 63

胡政之 89

林白水 119

成舍我 135

王芸生 161

徐鑄成 185

鄒韜奮 213

陳銘德　鄧季惺 233

范長江 257

儲安平 283

張友鸞 315

穆青 337

後記 363

邵飄萍

　　無論從何種角度分析，邵飄萍都是中國現代新聞史上的「另類」和「異數」。

　　學者張育仁稱邵飄萍是走向涅槃之路的「異教徒」。他說，邵飄萍「從青年時代起即發誓：要創辦獨立的民間報刊，用輿論監督政府、干預政局，最終實現自己『新聞救國』和營造自由主義理想田園的夢境。」

　　在不具備現代民主意識的專制中國，無論哪一種「救國論」——實業救國、科學救國、教育救國、新聞救國，統統是空中樓閣，絕無實現的可能。公民社會是走向現代化國家的肥沃土壤。根基不牢，大樹難成。邵飄萍與所有的先賢一樣，出師未捷身先死。後來之人，僅僅同情、扼腕是不夠的。我們要釐清前輩們的足跡，昭彰他們的信念理想，承繼他們的生命薪火。唯其如此，邵飄萍們的鮮血才不會白流。

　　邵飄萍生前曾不止一次地說過：「余百無一嗜，惟對新聞事業乃有非常趣味，願終生以之。」他似乎是為新聞而生，為新聞而活的。他把自己短短四十年的生命歷程，送上了「新聞自由」的祭壇。

　　1886 年 10 月 11 日，邵飄萍出生在浙江東陽大聯鄉紫溪村一個窮儒之家。「紫溪」是人名。紫溪村原名黃毛塔。明嘉靖年間，邵氏家族的邵圈出任了朝廷的監察御史，這是邵家從未有過的大官。邵圈字紫溪，族人們一經商議，便將村名黃毛塔更名為紫溪村，村外那條自北向南終年流水潺潺的蜿蜒小溪，也就理所當然地叫成了「紫溪」。

　　邵飄萍家算是書香門第。曾祖父「學窺淵海，蜚聲澧沼」，耕讀傳家，仗義疏財，家裏的錢物都資助了肯讀書、求上進的邵氏子孫。邵飄萍的祖父沒有考取功名，年輕時在家鄉租田而耕。太平軍侍王李世

賢打下東陽時，他隨天軍南下福建，從此音訊全無，生不見人，死不見屍。

　　邵飄萍出生不久，父親邵桂林迫於生計，舉家遷往金華謀生。邵桂林別無長技，只會教書。來金華後，還是重操舊業，設館授徒，當起了私塾先生。三歲的邵飄萍出於好奇，時常到父親的塾館玩耍。邵桂林發現，邵飄萍記憶力非凡，學過的東西過目不忘，甚至比那些上學的大孩子還記得牢固。邵桂林欣喜不已，決心要把這個兒子培養成才，將來出人頭地，光宗耀祖。於是，剛剛五歲的邵飄萍便正式進了父親的私塾讀書，每日讀書背書，研習書法，學業和技藝大有長進，很快便聲名在外了。

　　一日，光緒皇帝的表叔、金華知府繼良得知年幼的邵飄萍乖巧機靈、才思敏捷，便差人將他叫進府中。繼良拿起一個有缺口的銅錢要他打謎。邵飄萍毫無怯態，隨口應答：「不成方圓。」繼良大喜，稱他「奇才」。

　　1899 年，老少童生齊集金華應考秀才，十三歲的邵飄萍也躍躍欲試。開考之日，試院的大門兩旁多了一副對聯，邵飄萍仰頭觀看，隨口評點起對聯書法的優劣高下。恰好主考官路經這裏，聽到邵飄萍出口不凡，戲之曰：「小少年，藍布衫拖地。」邵飄萍聽罷，立即對答：「大官人，紅頂帽朝天。」主考驚訝萬分，記住了這個翩翩少年。發榜之日，邵飄萍果然高中，成績列金華府屬八縣之首。主考官內心歡喜，又怕他年少氣傲，自此懈怠，便有意將他圈至第十名。十三歲考了個第十名，這在金華和東陽也一時傳為美談。

　　進入二十世紀，西風東漸，變法、改革的呼聲日益高漲，有識之士的先行者們，將西方的政治制度和科學技術逐漸介紹到了中國，「師夷之長技以制夷」的意識在學子當中相當流行。年少好學的邵飄萍敏銳地感覺到，讀經已無出路，科舉已走向腐朽。在中了秀才之後，他便拒絕赴舉，改學當代自然科學。

　　1903 年，十七歲的邵飄萍進入了設在金華的浙江省立第七中學。這是一所新式學堂，教授的課程既有中國古文，也有聲光電化等現代

科學知識。兩年後的 1905 年，在國內改革的巨大壓力下，清廷宣佈廢除科舉制度。這足見邵飄萍當初選擇的正確。

　　1908 年，邵飄萍中學畢業後，考入了浙江省立高等學堂（浙江大學前身），攻讀師範科。同窗有邵元沖、陳布雷、張任天等。高等學堂設於浙江政治、經濟、文化的中心杭州，毗鄰上海，風氣較為開放。學校師資上乘，學風自由，邵飄萍如魚得水，樂學上進。同學陳訓恩長了一個圓圓的娃娃臉，酷似麵包，英文麵包是「bread」，譯音為「布雷」，邵飄萍便以「布雷」稱之。後來，「陳布雷」三字越叫越響，甚至取代了他的真名陳訓恩。多少年後，陳布雷成了蔣介石的文膽，國民政府第一文章高手。

　　1908 年春天，浙江省的公、私各校在梅登高橋體育場舉行聯合運動會，這實際上是杭州各校的一次體育大聯歡。邵飄萍與同學張任天、陳布雷，在美術老師包蝶仙的指導下，辦了個《一日報》。因運動會只開一天，他們便取了這樣一個報名。三人做了分工，陳布雷為編輯，張任天和邵飄萍為訪員（記者）。《一日報》為蠟版油印，十六開大小，一天之內出了二十餘期，每期印一百二十多份，分送體育場內的各校師生，很受大家的歡迎。這也是邵飄萍最早的新聞實踐活動。

　　1909 年夏天，邵飄萍從浙江省立高等學堂大學畢業了。金華中學堂學監余敏時欣賞他的才華，立即聘他為中學堂教員，並給他分派了國文、歷史等重要課程。同年秋天，邵飄萍由父母做主，迎娶了結髮妻子沈小仍。沈小仍是舊中國的傳統女性，小腳，沒有文化，邵飄萍在感情和精神上無法與她溝通和交流，但他們卻能相敬如賓，平靜過活。邵飄萍一生的五個孩子（三女二男），都是沈小仍所生。不久後，邵飄萍結識了金華的漂亮姑娘湯修慧，湯家開了個照相館，小本經營，藉以維生。湯修慧聰明靈秀，但讀書不多。邵飄萍說服湯家，自己出資送湯修慧到杭州女子師範學校讀書。湯上學期間，二人鴻雁傳書，日漸生情，1912 年結為連理。多年後，邵飄萍主辦《京報》時，又娶報館女職員祝文秀為妻。一夫而三妻，這既是那個時代的風俗，也是舊中國知識份子倜儻不羈的象徵。邵飄萍只是隨了大流而已。

辛亥革命之後，全國形勢發展很快。在這大變革、大動盪時代，邵飄萍那顆鼓盪的年輕之心，耐不住三尺講臺的寂寞了。他渴望著「以言論政」、「文章報國」，從事他響往已久的新聞事業，在世事大變遷中建功立業。

懷揣著殷殷的新聞夢想，邵飄萍來到杭州拜訪杭辛齋。杭辛齋是個老報人，同盟會會員，早年參與創辦過《杭州白話報》。杭州光復後，革命黨急於辦張報紙，宣傳主張。邵飄萍此刻投到門下，正中杭辛齋下懷。他們立馬以《杭州白話報》人員為班底，著手創辦了《漢民日報》，二十五歲的邵飄萍臨急受命，責無旁貸地擔任了《漢民日報》的主筆。

報紙的要義在旗幟鮮明。邵飄萍全力支持革命，支持共和，「亟亟希望中華民國之完全成立」。對於所有逆歷史潮流而動的勢力和人物，邵飄萍洞若觀火，毫不留情地予以痛斥。袁世凱支使馮國璋瘋狂向革命軍反撲，攻克了漢口，縱火焚燒街市。邵飄萍在《漢民日報》上撰寫評論，猛烈抨擊：

> 馮國璋以奴隸之性，貪殘之心，焚掠漢陽，慘殺同胞無算。
> 嗚呼！此非人道主義之毒蛇猛獸，人人得而誅之者乎？乃袁世凱內閣方以其能塗炭生靈，賞給二等男爵，然則袁賊之居心可知矣。
> 粉馮之骨，碎馮之身，為漢陽人民吐冤氣。褫袁之魄，斬袁之頭，為中華民國定大局。
> 嗚呼，男兒勉乎哉！

邵飄萍高舉反對袁世凱，擁護新共和的旗幟，在《漢民日報》口誅筆伐，煞是熱鬧。這可惹惱了這個「獨夫民賊」，對邵飄萍的迫害隨之而來。一天深夜，一群流氓潛入《漢民日報》縱火，企圖燒死邵飄萍，幸被印刷工人及時發現撲滅。還有一次，流氓故意尋釁滋事，把邵飄萍的眼鏡撞落在地，想惹惱邵飄萍與之動手。機智的邵飄萍看出了他們的用意，撿起摔碎了的眼鏡抽身離去。最危險的一次是邵飄萍坐轎子去編輯部，遇上兩名刺客。坐在轎中的邵飄萍察覺到情況有異，

便佯裝自言自語，說邵振青啊邵振青（邵飄萍字振青），你可真該死！刺客聽到轎內人在罵邵飄萍，一時沒了主意，未敢貿然下手，邵飄萍才又一次化險為夷。

1913 年 8 月 10 日，袁世凱授意浙江當局以「擾害治安罪」查封了《漢民日報》，逮捕了邵飄萍。「忽忽三載，日與浙江貪官污吏處於反對之地位，被捕三次，下獄九月」，反而愈加堅定了邵飄萍投身新聞事業，倡導言論自由的一腔激情。出獄那天，聽罷獄吏「今後要安分守己」的無聊訓話後，他伸手從口袋裏掏出個大紙包，將自己在獄中閒來無事捉的上百隻臭蟲灑在案桌上，頭也不回地走了出去。

割據軍閥畢竟大權在握，利刃在手，整死一個文弱報人易手反掌。為性命安全之計，邵飄萍在友人的幫助下，於 1914 年春天來到東京，入政法大學，一邊習日文、學知識，一邊密切關注著國內的政治局勢。

1915 年 1 月，在袁世凱孤注一擲，加緊稱帝的倒行逆施之中，日本人以為等來了最佳時機，他們以支持袁世凱登基為交換條件，逼迫中國接受他們提出的五大項共二十一條的《對支那政策文件》。

「二十一條」的主要內容是：

第一號關於山東問題四條：日本擬向德國協定取得德國在山東享有的一切權力利益；日本建造由煙臺或龍口連接膠濟路的鐵路；中國從速自動開放山東省內各主要城市作為商埠等。

第二號關於日本在南滿及東部內蒙古「享有優越地位」的七條：將旅順、大連租借期限及南滿、安奉兩鐵路期限均展至九十九年；日本臣民可在南滿及東部內蒙古地區任便居住往來，並經營商工業各項生意；可獲得該地區的開礦權等。

第三號關於漢冶萍公司二條：俟將來機會相當，將該公司作為兩國合辦事業；所有屬於該公司各礦之附近礦山，如未經該公司同意一概不准該公司以外之人開採。

第四號一條：中國政府允准，所有中國沿岸港灣及島嶼，概不讓與或租與他國。

第五號共七條：在中國中央政府，須聘用有力之日本人充當政治、財政、軍事等項顧問；所有在中國內地設立的日本醫院、寺院、學校等，概允其土地所有權；須將必要地方的員警作為中日合辦等。

一向親日的曹汝霖也不無憂慮地說：「凡此苛刻條件，思以雷霆之壓力，一鼓而使我屈服。若使遂其所欲，直可亡國。」

袁世凱進退維谷，左右為難。一方面，他是太想登上皇帝寶座，實現他在清廷時敢想而不敢做的「袁氏」天下的夢想；另一方面，他又確實不敢輕易應允這「二十一條」，做中華民族的千古罪人。他就這樣在「私欲」與「公利」之間掙扎著，煎熬著……袁世凱畢竟老奸巨猾，他突然想到利用其他列強制約日本。因為「二十一條」一旦簽署，日本便成了獨霸中國的唯一列強，其他國家在華利益便蕩然無存。袁世凱違背了與日本的保密承諾，將「二十一條」的內容洩露給了其他國家。

2月，邵飄萍從外電報導中瞭解到中日正在進行「二十一條」秘密談判時，立即把這一消息傳回了國內。緊接著，他以極大的熱情參加了東京中國留學生的抗議活動，並撰寫了〈留東我國民之空前大會〉等新聞，發給國內的《時報》等報刊發表。

袁世凱登基在即，邵飄萍義憤填膺，他提筆撰文，痛斥這種明目張膽的倒退行徑。也許是人在海外的緣故，邵飄萍將袁世凱罵了個痛快：

> 京電傳來，所謂皇帝者，不久又將登極。
> 嗚呼！皇帝而果登極，則國家命運之遭劫，殆亦至是而極矣！但二月云云，尚須多少時日，各處反對之聲勢，再接再厲。所謂登極者，安知非置諸極刑之讖語乎！記者是以預弔！

於是，袁世凱對邵飄萍恨之入骨，恨不得抓住他碎屍萬段。邵飄萍則以無畏鬥士的姿態，站在了反袁鬥爭的最前列。他甚至比孫中山等革命黨人的態度更堅決、更徹底。因為邵飄萍早已看透了袁世凱的封建本質，毫不猶豫地認為，袁世凱絕不會把中國引向民主共和之路。邵飄萍於1916年2月29日至3月2日，在《時事新報》上連載了五

千多字的長文「吾民不得不去袁氏之理由」，從內政、外交、法律諸多方面，對袁氏不可當國，做了精闢論述。

正所謂千夫所指，無疾而終。袁世凱在國內外的一片唾罵聲中，不得不廢帝制，退皇位，並在 6 月 6 日憂怒而死，一命嗚呼了。邵飄萍的「預弔」果然應驗了。真是「神奇」得不得了！

袁世凱西逝，邵飄萍東來。學習兼避難兩年後，邵飄萍從東京回到上海。《申報》社長史量才久聞邵飄萍的大名，用優厚的條件聘他為《申報》駐京特派員。自此，《申報》的北京報導立見起色，而邵飄萍也開始了他新聞生涯中最為輝煌的一個階段。

邵飄萍從業熱情高漲，新聞神經緊繃，加上他為人乖巧，八面玲瓏，在他派駐北京的那幾年當中，挖掘、報導了許多重大獨家新聞。

第一次世界大戰臨近尾聲時，美國力勸北洋政府對德宣戰，加入協約國陣線。力主繼續保持中立立場的大總統黎元洪堅決反對參戰，與總理段祺瑞公開鬧翻。狡猾的段祺瑞扔下辭呈，撂挑子不幹了，跑回天津當起了寓公。其實這是段祺瑞以退為進的陰險一著。果然，黎元洪根本指揮不動以皖系軍閥為班底的政府部門，黎元洪只好派副總統馮國璋做說客，赴天津將段祺瑞請了回來。這「府院之爭」的第一個回合，以段祺瑞獲勝而結束。

掙足了面子的段祺瑞乘專列回到北京時，已是 3 月 6 日的深夜了。邵飄萍一干記者聞訊去火車站守候，都想在第一時間採訪到段祺瑞，可段祺瑞提前下車，躲開了記者，悄悄回家了。各報記者見時間已晚，採訪無望，紛紛打道回府了。邵飄萍分析，以段祺瑞的性格，勢壓總統，得勝回家，必定頤指氣使，得意洋洋，極有可能願意接受記者採訪，一抒胸臆。想到這裏，邵飄萍立即乘上汽車直奔府學胡同段祺瑞官邸。

段祺瑞果然心情極佳，極願接受記者採訪。他不顧舟車勞頓，時已半夜，從以往的爭端到今後的打算，滔滔不絕地與邵飄萍談了三個小時，直到凌晨三時才意猶未盡地停下來。走出段府，邵飄萍知道，《申報》是趕不上了，可這樣重大的獨家新聞，不搶發出去又實在可惜。

此時，邵飄萍正替章士釗主持《甲寅》週刊，而今夜正是《甲寅》付印之日。邵飄萍直接趕到印刷所，將這期《甲寅》的要聞撤下，補上與段祺瑞的談話內容。他一邊寫，工人便一邊揀字排版。天亮後《甲寅》週刊上街售賣，不到半天便被讀者搶購一空。

幾個月後，「府院之爭」的第二個回合爆發了。黎元洪控制的國會否決了參戰案，段祺瑞暗中操縱要解散國會，黎元洪一不做二不休，免掉了段祺瑞的總理之職。段祺瑞又躲回了天津。黎大總統拉不下臉面再去求他，便死撐硬挨。此時，辮帥張勳跳了出來，他主動要求進京調停，帶著他的辮子軍浩浩北上。張勳是懷著他的不可告人的目的進京的。6 月 30 日夜，他換上清廷朝服和頂戴花翎，闖進紫禁城，拽起睡夢中的溥儀小皇帝復辟了。這真是「鷸蚌相爭，漁翁得利」。大敵當前，黎、段還算識大體，明大義，通電全國，堅決反對復辟。黎元洪拒不下臺，拒不交權。段祺瑞在天津馬廠誓師整軍，進京討逆。邵飄萍在京城每天忙於採訪，將最新消息發往上海，載於《申報》。這一天，被張勳辮子軍控制的電報局，禁止記者向外地發送北京時局和戰況。邵飄萍無奈，便下決心趕往天津發報。當他走到豐台附近時，突然陷入了段、張兩軍的交戰地帶，一時槍聲大作，硝煙四起，邵飄萍險些就丟了性命。事後，邵飄萍回憶說：「至今思之，猶為心悸。若果死，則責任心命我不得不死也。」為了他摯愛的新聞事業，他幾乎成了宿命論者了。

平定了張勳的復辟鬧劇，總統府和國務院還得坐下來談。段祺瑞逐漸占了上風，黎元洪被迫接受「參戰」主張。協議在醞釀當中時，政府各部門深知個中利害，鬧了近半年，黎、段幾乎劍拔弩張，還讓張勳鑽了空子，「復辟」了清廷整半月，茲事體大。不小心說漏了嘴，得罪了「府院」哪一方都不好，還是抽身局外來得安全。於是中樞各機關紛紛掛出了「停止會客三天」的牌子。這真是「此地無銀三百兩」。邵飄萍當然不會放過這個大新聞，他要得到最新最快的消息。在這關鍵時刻，邵飄萍採訪新聞的手面和魄力，充分地顯現了出來。

邵飄萍想方設法搞到了一輛掛著總統府牌子的小汽車，坐上它一直開到了國務院大院。在內傳達室，他掏出名片，讓衛士長給他通稟

一下，他要面見段總理。衛士長頭搖得像波郎鼓，大手一揮，將他拒之門外。此刻，只見邵飄萍從口袋裏一把掏出了一千元錢，數出五百元遞給衛士長說：「總理見不見沒關係，只要您給回稟一聲，這五百元送您買包茶葉喝。萬一要是接見了我，那我再送您五百，不知意下如何？」那時，北京的大學教授一月工資也就是二百左右。衛士長收起錢，拿著邵飄萍的名片進去了。不多時，出來說，總理有請。

段祺瑞還記得這個夜闖總理府的年輕記者，自然願意與他聊聊他是如何在曠日持久的「府院之爭」中獲勝的。他甚至還談到了一旦宣佈參戰，將調遣正在法國的十五萬華工，協助協約國構築工事。

段祺瑞說，這可是絕密資訊，三天之內決不能在北京城走漏半點消息。邵飄萍願以全家生命財產做擔保，絕不披露此事。

一離開國務院，邵飄萍立即乘車趕到電報局，把消息用密碼發到了上海《申報》。上海的報館接到這條重大新聞，立即印了幾十萬份「號外」在全上海叫賣。可那時沒有其他的通訊、交通工具，北京到上海的鐵路也還沒有通車，報紙由上海投遞到北京要經輪船、汽車，至少需要四天。上海的報紙到北京時，已經過了「三天內北京城裏不得走漏消息」的約定，段祺瑞也拿邵飄萍無可奈何了。邵飄萍的機智果敢於此可見一斑。

徐鑄成當年在中學讀書時，就鍾情於邵飄萍的文章。他曾經回憶說：

> 當時上海各報的聲音，主要在「北京特約通信」上，《申報》的「飄萍」通信，《新聞報》的「一葦」（即張季鸞）通信，《時報》的「彬彬」（即徐凌霄）通信，最吸引人。報紙來了，我首先找這三位的通信（當然，十九是搶不到，要第二天看），看到登著時（他們的通信，大概隔三四天登一篇），總如饑似渴地閱讀，有時為他們優美的文風和深刻細緻的描述所欽折、讚歎。他們的文筆，各有特色，相同的是於深入描述當時北京政壇的內幕以外，還帶有必要的分析和評議。從這裏，讀者也真正瞭解到政局的真相和各派勢力之間勾心鬥角的情勢。

邵飄萍在新聞採訪上的用心和技巧,惹得張季鸞讚歎不已:「飄萍每遇內政外交之大事,感覺最早,而採訪必功。北京大官本惡見新聞記者,飄萍獨能使之不得不見,見且不得不談,旁敲側擊,數語已得要領。其有幹時忌者,或婉曲披露,或直言攻訐,官僚無如之何也。」蔣夢麟稱讚說:「飄萍先生採集新聞也,其手段敏捷,其觀察精深,權輕重而定取捨,聚孤立之事實,作系統的報告,明言暗示,富於興味。」

報人以報紙為陣地。失去陣地的戰士,至多是散兵遊勇,孤獨俠客。邵飄萍創立自己報紙的夙願,終於在 1918 年 10 月 5 日實現了。他以自己多年積蓄和朋友的支持為資本,以自己的住家為簡陋編輯部,辦起了北京的又一張新報紙——《京報》。報紙創刊的當天,邵飄萍就在編輯部裏手書了「鐵肩辣手」四個大字,張掛於牆。這無疑是向世人昭告,《京報》是一張不屈服於任何壓力,遵循新聞規律,伸張社會正義的自由主義現代報紙。邵飄萍在《京報》創刊詞〈本報因何而出世乎〉中,闡明了《京報》的使命:「時局紛亂極點,乃國民毫無實力之故耳。……必從政治教育入手。樹不拔之基,乃萬年大計,治本之策。……必使政府聽命於正當民意之前,是即本報之所作為也!」

張育仁指出,《京報》創辦時,正值中國的新文化運動蓬勃發展之際。從一開始,邵飄萍就把順應世界進步潮流,「建設社會,發表意見」的民間輿論機構當做自己「試驗」的重要目標。

邵飄萍早年留學日本,對日本著名大報《朝日新聞》心嚮往之,《朝日新聞》的辦報方針,幾乎可以說是邵飄萍孜孜以求的楷模和目標:

> 立足不偏不黨的立場,貫徹言論自由,為建成民主國家和確立世界和平而努力;基於人道主義,獻身於國民幸福,排除一切不法與暴力,和腐敗進行鬥爭;公允、迅捷地真實報導,以進步精神保持公正;常懷寬容之心,注重品格及責任,尊重清醒厚重之風……

　　邵飄萍認為，「報紙精神的表現，全寄之於評論，故評論的好壞，和報紙銷路的多寡，其關係甚為密切」。邵飄萍以極大的精力擘劃《京報》的言論，體現著「文人議政」的鮮明特色。邵飄萍親撰的言論，憎愛分明，言語犀利，針砭時局，不留情面。這是《京報》有別於其他報紙的重要特徵，在社會上和輿論界產生了較大反響。

　　安福系把持國會，胡攪蠻纏，搞得政局一片混亂。邵飄萍提筆抨擊這些人的胡作非為：

> 忽而議場大哄，忽而彈案提出，忽而閣員衝突，忽而財長辭職出京，忽而又一彈案提出，忽而財長回任，忽而陸長請假，忽而彈案各自疏通撤回。此種滑稽之兒戲，究竟與誰開玩笑耶？嗚呼，此下流社會苟合苟離之現象耳！此各黨各派皆無政治能力之表徵耳！此無恥官僚出爾反爾患得患失之面目耳！此北方黨派自殺自滅之作用耳！
>
> 至如我國，且勿論成功如何，要先在救目前岌岌不可終日之危象，而內交外迫愁歎之聲盈於朝野，乃為之元首者，偏有閒情逸韻，提倡風雅，敷衍無賴文人耶，抑神經麻木，真不知有亡國之痛耶，敢問！

　　注重民間疾苦，多採擷、刊發社會新聞，是一張負責任的報紙應有的道德精神和道義責任。《京報》率先在社會新聞的刊登上有了突破。邵飄萍認為：「政治新聞與社會新聞……其價值並無差異。若擴充社會意義而言，則政治亦社會中所具現象之一。社會可以包括政治，政治不能包括社會。可見範圍之孰小孰大。」邵飄萍這番話的意思，主要是針對當時京城裏的各類報紙，只注意挖掘、採訪中樞機構的政治新聞、時政新聞，而忽略了普通百姓的社會生活和下層民眾的衣食起居、酸甜苦辣。邵飄萍在《京報》上擴大了社會新聞的版面，後來乾脆將第三版闢為「北京社會」專版，集中報導民間疾苦。1921 年 5 月 22 日〈衣食困人慘像〉云：

自行餓死者：西直門內宗帽胡同3號門牌，住戶文海，年六十
七歲，專以作小本經營為業。乃因市面蕭條，本利俱盡。於三
月中旬臥病至今，飲食無錢購，用藥更無處來。文某痛恨餘生，
大呼「死了好」三聲，吐血斗餘而亡。

全家投河者：德勝門內小六條胡同八號門，有金松壽者，為清
室被裁侍衛。家有八口，坐吃山空。前年起擺襪攤維生，僅敷
日用。乃突然因米糧日貴，將襪攤一併吃盡。在饑餓三日之後，
於二十日早前往西直門外白石橋，一齊投入河內自盡。

因債自縊者：東直門內北新橋，天德厚木廠掌櫃林少甫，民國
四年木廠倒閉。後因債務難以償還，又家境困難。萬般無奈，
於十九日晚，至自來水公司後的王宅墳地，自縊身亡。

《京報》的這些社會新聞，有名有姓，事實確鑿，讀來讓人觸目
驚心，鬱結難舒。當然，邵飄萍不僅僅是在搞「有聞必錄」的客觀報
導，他還竭盡全力報導涉及民生的市政管理問題，督促政府部門予以
關注，加以解決。《京報》曾刊載的三條社會新聞，表明了邵飄萍的這
些主旨和立場：

一、南崗窪屍臭熏天，戰血餘腥
　　據云，直奉交綏之陣地，南崗窪一帶，連日被大雨沖出屍
　　體甚多，暴露於野，腐臭之氣，被風吹出十餘里地……請
　　該管者速為掩埋，亦重視民命之一端也。
二、救護投河之獎勵尚非治本之道
　　……年來生活困難，一般人被經濟所迫於無可如何中，投
　　河跳井。而只給救護投河者獎勵，則「非治本之道也」。
三、闊少爺掠奪車夫白用他們力氣豈不等於盜賊
　　車夫「白拉了好幾里地路，上哪兒要錢去？」正含淚訴苦
　　的時候，忽然過來一位警爺，又推又打地說，走，別在這
　　裏亂走。那有冤無處訴的苦車夫，哄的東西逃走了。唉，

這是甚麼現象啊！有錢有勢的人，都要白坐車，
還有活路嗎？

　　儘管邵飄萍有著現代新聞理念和現代民主意識，立志做「社會公
人」，將報紙辦成「社會公器」和大眾工具，但北洋時期的中國社會現
狀，是無法實現邵飄萍心目中的理想藍圖的。因而，《京報》上的這些
關心民間疾苦的社會報導，僅僅是一個側面，一個角落而已。既上不了
一版二版的要聞位置，也不能形成連篇累牘的浩大聲勢。當時報人的流
行理念，是把報紙辦得雅俗共賞，風花雪月，迎合有錢人、有閒人的閱
讀心態。《京報》和邵飄萍自然不能免俗。邵飄萍為吸引讀者，在《京
報》副刊上下了不少功夫，他先後創辦了二十幾種副刊，或每週輪流刊
出，或隨報免費奉送。《京報》上較有影響的副刊有：《海外新聲》、《小
京園》、《經濟新刊》、《民眾文藝》、《圖畫週刊》、《婦女週刊》、《顯微鏡》
等等。最聲名赫赫的當屬《京報副刊》了。1924 年 10 月，借魯迅得意
學生孫伏園與《晨報》翻臉之際，邵飄萍親自登門說項，將孫伏園請到
了《京報》，主編《京報副刊》。孫伏園身為名師高徒，又有極強的交際
聯絡特長，在他的組織下，《京報副刊》有了一個高水準的穩定的作者
群體，魯迅、周作人、許欽之、高一涵、孫福熙等，都是《京報副刊》
的作者，文章內容涉及文學、經濟、哲學、歷史、宗教、倫理、自然科
學、文藝等廣泛的領域。在孫伏園的勤奮約稿下，不到兩年的時間裏，
魯迅就為《京報副刊》撰寫了三十七篇雜文，為《京報》創造了不小的
社會影響。當然，《京報》與魯迅在《莽原》週刊上的齟齬，只是一次
誤會而已。只是邵飄萍急於改造報紙副刊，急於抬出魯迅為《京報》張
目，將還在醞釀中的由魯迅主編「莽原」之事，早早地在報紙上公佈了
出來，弄得魯迅措手不及。想想也是，消息發出來時，魯迅手上除了百
來行稿子，什麼也沒有，兩個整版的《莽原》從何編起？換誰誰也著急。

　　「在中國的新聞史上，邵飄萍的存在無疑是個奇蹟。他曾打算結
合自由主義新聞實踐，編一套新聞學叢書，以便培養更多具有自由主義

新聞觀念的人才。遺憾的是，擬議中的五本書，他只完成了《新聞學總論》和《實際應用新聞學》的寫作，而《廣告與發行》和《新聞編輯法》等書的寫作，則因他的突然被害而成為永久的遺恨。」張育仁在《自由的歷險——中國自由主義新聞思想史》一書中對邵飄萍的評價，是恰如其分的。

邵飄萍是從自己的親身經歷中認識到新聞自由的極端重要性的。在他從事新聞事業短短的十幾年中，多次被捕下獄，幾次報館遭封，兩度被迫避難日本，沒有一個嚴格的法治環境和健全的社會機制，中國的報紙和報人斷難生存。「五四」運動前後，是中國新聞事業又一次大發展的高潮，一年之內，數百家報紙誕生面世，而合格的新聞從業人員又極其匱乏。所謂記者，難免魚龍混雜，泥沙俱下，職業精神和職業素養都難如人意。因而，當徐寶璜向他提出舉辦新聞研究會時，邵飄萍舉雙手贊同。他親筆給蔡元培校長寫信，提議在北京大學率先開始新聞學研究。蔡元培全力支持，新聞研究會很快便開課了。邵飄萍又當仁不讓，與徐寶璜分工合作，二人幾乎包下了新聞研究會的大部分課程。

邵飄萍人長得精神，口才極佳，又有豐富的新聞從業實踐，他的授課，大受學生歡迎。那時的外出採訪的記者，叫「外交記者」。邵飄萍對「外交記者」的操守和素養、作風等，有著極精闢的論述：

> 若以理想言之，新聞社既為社會公共機關，非但不應有黨派色彩，且目的尤不應在於營利；……以營業本位為理想的經營方法，未免為偏於資本主義之見解也。……外交記者發揮其社交手腕，與各方重要人物相周旋，最易得一般社會之信仰，亦最易流於墮落不自知而不及防，蓋因其握有莫名之權威，則種種利俗之誘惑，環伺左右，稍有疏虞，一失足成千古恨矣。故外交記者精神上三要素，以品性為第一。所謂品性者，乃包含人格、操守、俠義、勇敢、誠實、勤勉、忍耐及種種新聞記者應守之道德。貧賤不能移，富貴不能淫，威武不能屈；山崩於前，麋鹿興於左而志不亂，此外交記者之訓練修養所最不可缺者。夫交遊廣則品類不一，上至最高當局國務要人、大政治家、大

學問家、大資本家、奸人敗類，以至卑官小吏、輿夫走卒，皆外交記者所可與接觸之人物。外交記者心目中絕無階級之觀念，惟以如何乃可盡其職務為交際活動之目的，故其品性為完全獨立，不受社會惡風之薰染，不為虛榮利祿所羈勒，是為養成外交記者資格之先決問題。世每有絕頂聰明，天方茂美，利用地位，藉便私圖，至於責任拋棄，人格掃地。

一般無知識者驚羨其豪華闊綽之日，正吾人認彼天良喪盡墮入地獄之時。

此不過逞其最短時期之欲念，實際上毫無所成，一旦敗露，則世人之厭惡非笑，集矢其身，欲挽回而已無術，不僅害及一己，新聞界之前途實受其累，是安可以不慎。此係必然之因果，固不獨外交記者為然，惟外交記者之地位尤易流於墮落，愚故鄭重為有志諸君告也。

邵飄萍一再強調，「記者之生命，惟在真理與事實之權比」。他認為，最好的記者應該是真正的自由主義者——「記者於可能的範圍，避免加入任何名義之團體，以始終立手於真理與事實之上之第三者高壘……惟以真理與事實為標準，不知有友，亦不知有敵，常保其超越的與獨立的透明無色之精神。」

邵飄萍告誡學生，「最佳之新聞，即為予最大多數人以最大興趣者」。新聞記者要「盡自己的天職」，「平社會之不平」，「苟見有強凌弱，眾暴寡之行為，必毅然伸張人道，而為弱者吐不平之氣，使豪暴之徒不敢逞其志，不能不屈服於輿論之制裁」。邵飄萍向來主張記者「其腦筋無時休息，其耳目隨處警備，網羅世間一切事物而待其變」。他提醒記者採訪時機敏、細密。就機敏而言，邵飄萍認為對被採訪者，不論其功過善惡，只問能否提供有價值的新聞。即使是大壞蛋，也要設法讓他迅速接見自己。就細密而言，邵飄萍指出新聞不要「粗疏出之」，否則「未有不失敗」的。要認真觀察，待「周圍之情形無一遺漏」，方可「綜合參證」，否則必有疏漏。

　　邵飄萍最為痛恨的，是對新聞自由的迫害和壓制。他認為，「政府當局壓迫言論之政策」，是政府「自私自利之法令」，是「鉗制言論的利器」。對於辛亥以來，國內輿論環境幾無改善，邵飄萍痛心疾首。他曾激憤地說：

> 歐美各國政府對言論界的壓迫之政策皆已漸成過去；……（日本）壓迫之手段只能以法律為範圍；（而在中國）一旦遇與政府中人個人利害有關之事，始倒行逆施，妄為法外之干涉，武人、官僚、議員、政客莫不皆然……實際上無一含有保護新聞事業之意味；……無時不加嚴重之壓迫。

　　邵飄萍認為，新聞界應當通過鬥爭，來使新聞事業「在基礎正當的法律保護之下」，「達到法律上相當自由之目的」，並使「最後的勝利歸於言論界」，「最後的勝利歸於人民」。

　　邵飄萍堅持認為，新聞自由歸根結蒂是民眾的言論自由。新聞法制的建立不是要囚繫暗害這種自由，而是必須保護和尊重這種自由。毫無疑問，這是邵飄萍對新聞自由和新聞法制關係的傑出思考和邏輯貢獻。他知道要實現這一理想的艱巨性和光榮性。在回顧西方各國為爭取新聞自由而血戰的過程時，他說，這「乃是言論界與政府當局惡戰苦鬥的歷史」。

　　邵飄萍之所以非常了不起，是因為他像挑戰風車的堂吉訶德，隻身向專制的北洋政府發起了攻擊。他構想了帶有自由主義色彩的《新聞法》，並在課堂上向學生們大聲宣讀和講解。邵飄萍認為，中國的《新聞法》至少要包含下列內容：

> 「（一）關於因新聞紙上記載評論所發生之案件，只適新聞紙法（特別法）；（二）創辦新聞機關只須呈報備案，無待於批准，且不納保證金；（三）對於新聞記者不得有體刑，惟記者之個人行為不在此限；（四）不得沒收新聞機關之財產；（五）罰金不得過二百元；（六）停止發行不得過一星期；（七）嚴禁揭發

個人隱私（如有挾嫌誣陷之實據，以個人行為論）；（八）對於記者之傳喚須用法律上嚴格之手續，不得非法逮捕及羈押；（九）非曾要求更正而不更正者，不得告訴新聞紙之責任，因更正而即消滅；（十）對於被雇之記者，與以生活之切實的保障。此外，如郵費、電費之減輕，郵電檢查之廢止（此法律以外問題），凡足以為新聞事業發達之障礙者，皆當設法解決之。」

　　邵飄萍的憂急是溢於言表的。儘管他忽略了法律的「一般性」原則，過多地糾纏在了對新聞機關和新聞記者處罰、懲治的細微末節之上。儘管他忽略了法律的最根本的兩手：保護與懲處並重。沒有旗幟鮮明地提出「言論自由」的主張，但他的拳拳赤子之心表露無遺。拘泥於備案待批、保證金、處罰金額、停刊時間等等具體細節上，也實屬邵飄萍無奈。那個時代，專制政府就是在這些方面向新聞機構和新聞記者大打出手，恣意懲罰，弄得報館束手無策，搞得記者動輒得咎，人人自危。

　　在邵飄萍授課的新聞學研究會中，有一個非常特別的學生，這就是毛澤東。

　　1918年春夏之交，毛澤東走出湖南，奔向了北京。他是與其他青年學生一起，準備留法勤工儉學的。可經過一段時間思考，毛澤東決定不去法國了，留在國內，研究中國社會、中國階級和中國政治問題。在同鄉兼恩師楊昌濟的介紹下，毛澤東結識了北京大學圖書館館長李大釗。李大釗收留毛澤東當上了北大圖書館的助理管理員。秋天，新聞學研究會成立了，對此早有興趣的毛澤東立即報名參加，就這樣成了邵飄萍的學生。

　　在邵飄萍遇害十年之後的1936年，在陝北的土窯洞中，具有「諸葛山人」派頭的毛澤東，向美國記者愛德格‧斯諾，回憶了這段求學生涯。

　　　由於我的職位低下，人們都不願同我往來。我的職責中有一項是登記來圖書館讀報的人的姓名，可是對他們大多數來說，我是不存在的。在那些來閱覽的人當中，我認出了一些新文化運

動的著名領導者的名字，如傅斯年、羅家倫等等，我對他們抱有強烈的興趣。我曾經試圖同他們交談政治和文化問題，可是他們都是些大忙人，沒有時間聽一個圖書館助理員講南方土話。但是我並不灰心。我參加了哲學會和新聞學會，為的是能夠在北大旁聽。在新聞學會裏，我認識了一些同學，例如陳公博，他現在在南京做大官；譚平山，他後來參加了共產黨，以後又變成所謂「第三黨」的一員，還有邵飄萍。特別是邵，對我幫助很大。他是新聞學會的講師，是一個自由主義者，一個具有熱烈理想和優良品質的人。

　　毛澤東看來是邵飄萍的一個好學生，他不僅在新聞學研究會的課堂上認真聽講，仔細筆記。課餘時間，還常到邵飄萍的住處拜訪，交流學習體會，探討時局政治。邵飄萍的夫人湯修慧回憶：

　　那時毛主席是北大職員，平易近人，到我家裏來，很有禮貌，叫飄萍為先生，叫俺為邵師娘。

　　邵飄萍的另一位夫人祝文秀，也有類似回憶。她說：

　　飄萍每日工作非常忙碌，經常有人來看他，毛主席就是其中的一個。當時毛主席還是個青年學生，飄萍親切地稱他為「小毛」。我在羊皮市住家時，毛主席來過好幾次。來的時間總是在午飯以後，飄萍在午睡，他就在客廳間等候，一個人坐著，不大說話。……當我去接電話或打電話碰見他時，他總是很有禮貌地站起來，向我鞠躬致意。

　　連毛澤東自己也坦承他是邵飄萍的學生。新中國成立不久，毛澤東接見國內新聞界的人士，曾笑談，胡適說我是他的學生純屬吹牛，其實我是邵飄萍的學生。

　　革命離不開宣傳和輿論，而輿論的最好方式就是辦報和在報刊上發表評論。毛澤東深知輿論對於革命的重要作用，既看重報紙，又身

體力行地辦報、用報。他在新聞學研究會的學習，目的性是非常強烈的，那就是有朝一日，用革命輿論動員群眾，反對反革命輿論，靠「槍桿子」和「筆桿子」奪取全國政權，實現改朝換代。

毛澤東自京南返長沙不久，就創辦了《湘江評論》，在創刊宣言中，他大聲疾呼：

> 自「世界革命」的呼聲大倡，「人類解放」的運動的猛進，從前吾人所不置疑的問題，所不遽取的方法，多所畏縮的說話，於今都要一改舊觀，不疑者疑，不取者取，多畏縮者不畏縮了。世界什麼問題最大？吃飯問題最大。什麼力量最強？民眾聯合的力量最強。什麼不要怕？天不要怕，鬼不要怕，死人不要怕，官僚不要怕，軍閥不要怕，資本家不要怕。

毛澤東對他的這番評論，自喜自得。五十多年後，直到他逝世前，還對這幾句話記憶猶新，倒背如流。

在資本主義和市場經濟不甚發達的中國辦現代意義上的報紙，邵飄萍遇到的困難和掣肘之多，是可以想像的。其中最大的難題就是資金。一張發育正常的報紙，主要是靠報紙的發行和刊登的廣告謀利，或者說，廣告是報紙的主要收入來源。邵飄萍作為報館的當家人，既要在編採業務傾盡全力，編新聞、寫評論，又要在招攬廣告上下一番功夫。他甚至總結了提高廣告吸引力的種種辦法：「一、圖案；二、故意弄錯，使看報的人注意，來改正他的錯處，於是大家均注目他的報紙；三、用詩歌以廣招徠；四、用刺激性強烈的題目或是很危險的話以引人注意；五、新的新聞，就是彷彿是新聞，其實是誘人看廣告，不過未看前不知是廣告，既及看完後才知是廣告。」所有這些，基本上是在「術」的範圍之內，有些甚至是不登大雅之堂的雕蟲小技。看來在巨大的競爭壓力下，邵飄萍也是勉為其難，勉力支撐啊！

於是，便有了「津貼」之說，便有了這種贅附於中國近代各報之上的毒瘤。津貼的分配和發放是這樣的，北洋政府參政院、國憲起草

委員會、軍事善後委員會、財政善後委員會、國民會議籌備處、國政商榷會等六家機構組成「聯合辦事處」，每月從財政部領取兩萬元，作為全國一百二十五家報社、通訊社的津貼。津貼按超等、最要、次要、普通四個等級發放，等級越高，津貼越多。其中超等者有《東方時報》、《順天時報》、《益世報》、《黃報》、《社會日報》、《京報》等；最要者有《世界日報》、《北京日報》、《京津時報》、《京津晚報》、《世界晚報》、《甲寅》週刊、《中美晚報》、神州通信社、國聞通信社等；次要者有《大陸晚報》、《華晚報》、華英協和通信社等。

在北洋政府看來，我發了津貼，你們就要對政府客氣一點，揭露性、批評性報導要儘量控制，政府打了招呼、不宜公開的新聞，報紙和通訊社就應該扣壓、不發，為政府諱，為首腦諱。確實有不少報紙，甘為豢養，領了津貼之後，搖尾乞憐，順從得很，聽話得很。要津貼、爭津貼甚至成了一種報界的「潛規則」。

邵飄萍對這種行徑可謂深惡痛絕，公開在報紙上揭露拿津貼、做走狗的人和事。1922 年 8 月 4 日，《京報》就報導了「報界代表」汪立元等十人為「報紙津貼事謁見元首」。報導同時向公眾指出，北京竟有二十八家報紙、九家通信社居然靠津貼活著！之後，邵飄萍又在其所著的《新聞學總論》中引徵了「中國報章類纂社」1925 年的調查結果，指出：本年度北京的七十三家新聞機構中，竟有六十餘家是靠津貼在討生活。邵飄萍態度鮮明地予以痛斥：

> 津貼本位之新聞紙，我國今日尚占多數，新聞之性質殆與廣告相混同，即不依真理事實，亦並無宗旨主張，朝秦暮楚，惟以津貼為向背。此則傳單印刷物耳，並不能認為新聞紙，與世界新聞事業不啻背道而馳。

邵飄萍這樣義憤填膺於津貼事，並不表明《京報》不拿津貼。前文已敘，邵飄萍不但拿津貼，而且拿的是「超等」。在津貼一事上，邵飄萍採取了一個令人費解的立場，即：津貼照拿，新聞照發。一手拿津貼，一手照罵娘。這也許是邵飄萍不得已而為之的下等之策。報紙要生

存，沒錢不行；辦報要以事實為依據，這是報人的職業道德。邵飄萍在這兩者之間痛苦掙扎，他的「難言之隱」外人是無法理解和體會的。

邵飄萍不僅收「正常」津貼，也收臨時津貼。據北洋政府財政部長李恩浩回憶，他主持財政部時，每月除送胡政之、林白水的《新社會報》三四百元外，也給邵飄萍送過兩筆數目相當大的錢，「因為他是有名的記者，大家怕他，也不能不應酬。」

邵飄萍不僅收政府的錢，也收其他軍閥和官僚的錢。馮玉祥就多次給過他錢。某次長也有「選舉費若干」，送到了邵飄萍手中。

招忌於新聞界同行後，有些報紙甚至造謠或暗示，邵飄萍與「蘇俄宣傳部門有聯繫」、「接受廣東革命政府津貼」、「向孫中山先生親信索要萬元以包辦報界」等等。自然，這些傳言在時間的長河中不攻自破、不言自明了。

有學者論曰：真正的自由主義報人，不管出於何種「策略」考慮，都決不能收受來自官方或政治派別，甚至帶有這兩種色彩的「朋友」以「個人」名義給予的任何「津貼」！實際上，這種經驗教訓後來即被《大公報》的自由主義者們所牢牢記取，並訂立為一個不可逾越的原則。

邵飄萍是被奉系軍閥張作霖殺害的。邵飄萍與這位「鬍子」軍閥的過節，要從馮玉祥、郭松齡談起。

上世紀二十年代初，邵飄萍結識馮玉祥後，過從較密，馮玉祥還多次解囊，資助《京報》。1924 年 9 月，直系軍閥齊燮元、孫傳芳從江蘇、福建進攻浙江軍閥盧永祥，張作霖以反對攻浙為藉口，率軍向熱河、山海關挺進，第二次直奉戰爭爆發。

正當兩軍在前方相持，北京空虛之際，馮玉祥乘機起事。10 月 21 日，馮玉祥率部晝夜行軍，從熱河前線秘密回師北京，包圍總統府，囚禁了賄選總統曹錕，史稱「北京政變」。

政變發生的當天下午，邵飄萍就趕到北苑採訪了馮玉祥。對於邵飄萍提出的各類問題，馮玉祥都給予了詳細答復，《京報》搶了個獨家

大新聞。24 日,《京報》以第二版大半個版面的篇幅,刊出了〈馮檢閱使與本社邵君談話〉,訪問記的標題甚至都是邵飄萍手書的,同時還配發了馮玉祥的大幅照片。第三版還密集刊出了〈馮軍駐京後之京畿治安〉、〈馮玉祥等主張和平通電〉、〈馮檢閱使之佈告〉等稿件,對馮玉祥的「政變」是持讚賞和肯定態度的。

張作霖可是從內心裏惱怒了馮玉祥和邵飄萍。他本意是想借這次直奉大戰,殺進關內,佔領北京,自己掌權執政。馮玉祥的這一橫炮,打得他措手不及,邵飄萍的鼓動,又使馮聲譽日隆,張作霖武力攻佔北京的如意算盤落空了。馮玉祥通電全國,請孫中山北上,共商國是。

馮玉祥聽從邵飄萍的建議,將自己的部隊更名為「中華民國國民軍」,邵飄萍在《京報》上撰文,極力讚揚國民軍紀律嚴明,秋毫無犯,稱讚他們「不擾民、真愛國、誓死救國」。

國家不可一日無人管理。各方無奈,又抬出了段祺瑞,讓他充當臨時執政。「段執政」、「執政府」之說便由此而來。

邵飄萍看透了段祺瑞的軍閥本質,對執政府及段祺瑞冷嘲熱諷,毫不留情。段祺瑞召開「善後會議」,聘邵飄萍為善後會議顧問,邵飄萍回信申明,「顧問名義,責任重大,愧不敢承,應請收回成命」,採取了不合作的態度。他稱段氏是「武夫擁戴,授以屠刀」,「善後會議」則「因不無懷疑之點,未敢積極歌頌之」。

最讓張作霖耿耿於懷的,是 1925 年年底,邵飄萍對起兵倒戈的奉系舊部郭松齡的支持。

郭松齡是張作霖手下的一名副軍長,在第二次直奉戰爭中戰功顯赫,為奉軍獲勝立了汗馬功勞。但郭松齡是個新派人物,對軍閥部隊內部一些陳規陋習非常看不慣,多次倡言要進行軍隊改革,惹得張作霖和他的舊將十分不滿。郭松齡也漸生反意。當邵飄萍得知郭松齡有意倒戈反張時,便大力支持,有意在馮玉祥、郭松齡之間穿針引線,他甚至冒著極大的風險,讓自己的夫人祝文秀化妝前往京津、東北等地,為馮、郭傳遞密件。

1925 年 11 月 29 日，郭松齡率部佔領綏中，30 日改稱東北國民軍總司令。12 月 3 日，大敗退守於興城的奉軍張作相部，向張作霖的老巢奉天節節逼近。

邵飄萍及《京報》歡欣鼓舞，消息、文章不斷，他甚至撰文鼓勵張學良「父讓子繼」。這些言論流播到前線，奉系軍心為之動搖。已經被郭松齡搞得焦頭爛額的張作霖，極希望邵飄萍「閉嘴」，不再給剿郭戰事節外生枝。他即刻給邵飄萍滙去了三十萬元，用意不點自明，封口而已。這筆鉅款，比當年袁世凱收買梁啟超還多出十萬元，創下了軍閥收買輿論的新紀錄。這筆錢，也足夠《京報》十幾年的用度。然而，邵飄萍卻不買帳，當即將三十萬元悉數退回。他對家人說：「張作霖出三十萬元收買我，這種錢我不要，槍斃我也不要！」

後來，張作霖不惜勾結日本關東軍，剿殺了郭部的反抗，槍斃了郭松齡。

其實，邵飄萍對張作霖的厭惡由來已久。1918 年 2 月，無法無天的張作霖搶劫政府軍械，邵飄萍就撰文〈張作霖自由行動〉，予以無情抨擊：

> 奉天督軍張作霖，初以馬賊身份投劍來歸，遂升擢而為師長，更驅逐昔為奉天督軍現為陸軍總長之段芝貴，取而代之。「張作霖」三個字乃漸成中外矚目之一奇特名詞。至於今所謂「大東三省主義」，所謂「奉天會議」，所謂「未來之副總統」，所謂「第二張勳」，時時見之於報紙，雖虛實參半，褒貶不同，委之馬賊出身之張作霖亦足以自豪也矣……
> 消息傳來，此當中原多故、西北雲擾之時，張督軍忽遣一旅之師，截留政府所購槍械二萬餘支，陳兵灤州，觀光津沽。當局莫知其命意，商民一夕而數驚。

反覆將張作霖如此奚落，張大帥忍無可忍了。1926 年 3 月底，直奉聯軍進佔天津。在張作霖、吳佩孚即刻召開的軍事會議上，決定攻佔北京。進京後，先要逮捕一批進步人士和革命分子，尤其是對邵飄萍，一定要殺掉。

邵飄萍對張作霖的「密殺令」也有耳聞。4月18日，在張作霖的部隊打進北京之前，他將《京報》事務託給夫人湯修慧主持，自己則躲進了東交民巷的俄國駐華大使館，並在租界內的六國飯店開了個房間，暫且棲身。邵飄萍已記不清他這是第幾次因言獲罪、避走逃難了。但他斷沒有想到這次真的是一個劫數。

4月22日，邵飄萍在《京報》刊登〈飄萍啟事〉，皮裏陽秋、正話反說地為自己開脫和辯解：

> 鄙人至現在止，尚無黨籍（將來不敢予定），既非國民黨，更非共產黨。各方師友，知之甚悉，無待聲明。時至今日，凡有怨仇，動輒以赤化布黨誣陷，認為報復之唯一時機，甚至有捏造團體名義，郵寄傳單，對鄙人橫加攻擊者。究竟此類機關何在？主持何人？會員幾許？恐彼等自思亦將啞然失笑也。但鄙人自省，時有罪焉，今亦不妨布之於社會。鄙人之罪，一不該反對段祺瑞及其黨羽之戀棧無恥；二不該主張法律追究段、賈等之慘殺多數民眾（被屠殺者大多數為無辜學生，段命令已自承認）；三不該希望取消不平等條約；四不該人云亦云承認國民第一軍紀律之不錯（鄙人從未參與任何一派之機密，所以贊成國民軍者，只在紀律一點，即槍斃亦不否認，故該軍退去以後尚發表一篇歡送之文）；五不該說章士釗自己嫖賭，不配言整頓學風（鄙人若為教育總長亦不配言整頓學風）。有此數罪，私仇公敵，早伺在旁，今即機會到來，則被誣為赤化布黨，豈不宜哉！橫逆之來源，亦可以了然而不待查考矣。承各界友人以傳單見告，特此答陳，借博一粲。

這是邵飄萍生前寫下的最後一篇文字，這是他的絕筆。兩天後，邵飄萍被捕了。

邵飄萍躲在租界內的六國飯店，軍閥不敢擅自闖入抓人，著急萬分。此時，他們想出了一個陰招。暗中收買了與邵飄萍相識的報人張漢舉，答應他只要將邵飄萍找到並騙出租界，就給他兩萬大洋，外加

造幣廠廠長一職。在金錢的誘惑下，張漢舉甘願出賣人格和友情。他進入租界內四處尋找，終於在六國飯店見到了邵飄萍。張漢舉對邵飄萍說，張作霖奉系軍閥顧慮外人和輿論的力量，並不敢對邵飄萍動手，而且他已與張學良取得默契，只要邵飄萍改弦更張，不僅其人身安全可以保證，《京報》也可以照常出版。

畢竟在六國飯店躲了六七天了，《京報》館的一大攤子事也的確需要他處理。這天傍晚，他打電話給張漢舉，張漢舉以「人格」擔保邵飄萍不會出事。邵飄萍聽信了張漢舉的允諾，24 日晚上貿然走出六國飯店，打道回府。午夜時分，在處理完報務和家務之後，準備返回六國飯店時，在魏染胡同南口，邵飄萍被早已埋伏在此的北洋偵緝隊包圍了。邵飄萍就這樣遭了暗算。

1926 年 4 月 25 日，《北京晚報》率先刊登了「京報館被封」、「邵飄萍先生被捕」的新聞。北京各界八方聯絡，全力營救。楊度等十三人前往石老娘胡同求見張學良將軍，為邵飄萍求情。張學良毫不隱諱地說：「逮捕飄萍一事，老帥和子玉（吳佩孚）及各將領早已有此決定，並定一經捕到，即時就地槍決。此時飄萍是否尚在人世，且不可知。餘與飄萍私交亦不淺，時有函箚往來。惟此次礙難挽回，並非因其記者關係，實以其宣傳赤化，流毒社會，貽害青年，罪在不赦，礙難做主。」

楊度等人又懇請軍方本著尊重輿論的善意，釋放或監禁邵飄萍，免其死罪。張學良始終不為動容。他說：「飄萍雖死，已可揚名，諸君何必如此強我所難……此事實無挽回餘地。」

4 月 26 日凌晨一時，警察廳把邵飄萍提解至督戰執法處，「嚴刑訊問，脛骨為斷」，當場判處他死刑。所擬罪狀為：

> 京報社長邵振青，勾結赤俄，宣傳赤化，罪大惡極，實無可恕，
> 著即執行槍決，以為炯戒，此令。

凌晨 4 時 30 分，邵飄萍被押赴天橋刑場。臨行前，他向監刑官拱手道別，調侃道：「諸位免送！」然後仰望天空，哈哈大笑。笑聲還未停止，劊子手已扣動板機，邵飄萍訇然撲地，一槍斃命。

　　邵飄萍的遺體被收斂在一口薄棺材中，浮埋於崇文門外義塚墓地，墓前插著一塊長條木牌作記，上書「邵飄萍墓」。4 月 27 日，邵飄萍的親屬、同鄉、好友，一起來到崇文門外二郎廟，找到了邵飄萍的墓地。他們打開棺蓋，只見邵飄萍渾身是血，頭髮蓬亂，雙目怒視。子彈從後腦進，從臉部左頰穿出，慘不忍睹。湯修慧和祝文秀見狀當即暈厥，眾人大慟。

　　馮玉祥得知邵飄萍遇害，頓時失聲痛哭，他大呼「振青是為我而死」。直到 1928 年 7 月，他對北平新聞界發表演說，還讚揚邵飄萍「主持《京報》握一枝毛錐，與擁有幾十萬枝槍支之軍閥搏鬥，卓絕奮勇，只知有真理，有是非，而不知其他，不屈於最兇殘的軍閥之刀劍槍炮，其大無畏之精神，安得不令全社會人士敬服」！

　　民國資深記者陶菊隱先生在《北洋軍閥統治時期史話》一書稱：「自從民國成立以來，北京新聞界雖備受反動軍閥的殘酷壓迫，但新聞記者公開被處死刑，這還是第一次。」

主要參考文獻

《邵飄萍與〈京報〉》　林溪聲、張耐冬著　中華書局　2008 年 8 月第一版

《自由的歷險──中國自由主義新聞思想史》　張育仁著　雲南人民出版社　2002 年 11 月第一版

《徐鑄成回憶錄》　徐鑄成著　三聯書店　1998 年 4 月第一版

史量才

　　史量才是被暗槍射殺的。所以，他的死，更具有悲劇意味。

　　追殺他的流氓必欲置他於死地，打穿了汽車輪胎，從車上追到車下，從公路追到村莊，像猛獸捕殺獵物，將史量才打死在村頭乾涸的水塘裏……

　　史量才死前幾年，獨裁軍閥處決邵飄萍，還假借公權力的名義，由地方警察廳解到督戰執法處，搞了假模假式的宣判。邵飄萍死後百日，輪到戕害林白水時，政府的宣判便免掉了，北京警備司令部一紙命令，便送林白水去了天橋刑場。這一次，居然什麼都不用了。雇用了幾個殺手，就半道動手，劫殺了一代報人史量才，致使六十年的《申報》自此一蹶不振，終至蕭條。

　　專制一旦走向極端，沒有人能阻止手握權柄者由人類變成魔鬼。

　　史量才 1880 年 1 月 2 日出生在江蘇省江寧縣（今南京江寧區）楊板橋村，原名史家修。

　　史量才的父親中年得子，對這個老生子倍加呵護。

　　史父在松江泗涇鎮做生意，便將史量才帶在身邊，讓他早早入塾發蒙，期待有一天博取功名，光宗耀祖。史量才在松江師從宿儒戴葵臣，學業大進。老師說他聰明伶俐，讀過的書過目不忘。松江開童子試，史量才中了秀才。沒想到有人揭發他「冒籍」考試，就是江寧的戶口跑到松江應試。這可是有違朝廷規例的大事。主考官張榜宣示，取消了史量才的秀才資格。這次羞辱，使史量才深受刺激。自此他對科舉功名失去信心，對經世新學心嚮往之。十九、二十世紀之交，康有為、梁啟超也正大肆鼓動變法圖存，去科舉，育新人，「變法之本在育人才；人才之興在開學校；學校之立在廢科舉」。在康梁變法思想的

鼓動下，1901 年，史量才毅然報考了浙江三大新式學堂之一的杭州蠶學館。這實際上是一所注重培養學生動手能力的職業技術學校，學校設在西湖邊上的怡賢親王祠關帝廟舊址，附有三十畝桑園，課程設有理化、動植物、蠶體生理病理、解剖、氣象、土壤、養蠶、栽桑、製絲、顯微鏡檢查等十餘門，連同實習兩年畢業。史量才是杭州蠶學館的第四屆學生。新學堂學以致用的教學方式讓他耳目一新，身心得到了極大解放。

1903 年，史量才從杭州蠶學館畢業，決心到上海闖蕩一番，實現自己的革命理想和人生價值。很快，他便被南市大東門王氏育才私塾的校長王培孫聘為教習。史量才的出色工作，不脛而走，周圍各色學校的校長們，紛紛前來聘他去教書。金山首富、明強小學校長黃公續愛才心切，決心挖走史量才為自己所用，他出手闊綽，一下子贈送給了史量才兩千元莊票。史量才用這筆錢盤下了一所舊學校，自辦了上海女子蠶業學校。這是我國第一所女子專科職業學校。這一年，史量才只有二十四歲。

張謇，江蘇海門人，隨祖遷居南通，清末狀元，授翰林院修撰。戊戌變法後，他是康有為、梁啟超的積極追隨者。張謇重教育，重實業，廣募社會資金，創辦了男女師範學校、盲啞學校、伶工學校、圖書館、博物苑等文化事業，還設立了紗廠、墾牧公司、輪船公司、鐵冶公司等企業。史量才這一時期與張謇過從甚密，追隨左右。唐才常、鄭孝胥、張謇的許多革命活動，如自立會、立憲公會等，史量才都積極參加，並在其中發揮了重要作用。1908 年，張謇還破例擢拔史量才兼任了保皇黨報紙《時報》的主編。包天笑回憶說：「史量才辦事有決斷，各方咸器重，張謇尤為倚重。史量才有今日，固有其才氣志氣之足以自展，張四（謇）之功不可磨滅。浙江湯蟄仙二群奉為祭酒，張四對於史量才則傾倒備至。」一次，在有「民國助產婆」之譽的趙竹君家惜陰堂議事時，曾有人問張謇為何如此器重史家修，張謇回答說：「我是量才錄用。」史家修聞聽此言，索性將自己的名字改為史量才。

　　史量才口才極佳，思路敏捷。他不甘居人下，不想碌碌無為了此一生。他最想實現的是實業救國，促進中國的文明和富強。史量才胸有韜略，而身無分文，他最缺的是創業的資金。

　　就在這窘迫之際，史量才意外地掘到了自己的「第一桶金」。

　　上海四馬路上有一個著名妓女叫沈慧芝，與大姐沈靈芝，二姐沈采芝並稱青樓三朵花。三姐妹中，數老小沈慧芝聰慧伶俐，琴技棋藝高超，堪稱色藝雙絕。最初，丹徒人陶保俊相中了沈慧芝。陶保俊是革命黨人，正秘密策劃武昌等地的起義。他許諾，等軍事行動結束後，就回來重金贖娶沈慧芝。陶保俊走後，沈慧芝又結識了泗涇人錢有石和他的同鄉史量才。錢家有良田三千畝，米店若干家，他十分迷戀沈慧芝，也許下了重金贖娶的諾言。可沈慧芝矚意的卻是風流倜儻，腹有詩書的史量才。可礙於情面，兩人都沒有表白。一日，自京城裏來了一貝勒，他對沈慧芝這樣的江南才妓一見鍾情，當即買下，帶回了京城。合該慧芝命薄，回京不久，貝勒便急病暴亡。沈慧芝忍受不了王府福晉、格格們的指責、辱罵，尋了一個夜晚逃離京城，又回到了上海四馬路迎春坊。沒多久，武昌首義成功，革命風靡全國。陶保俊也春風得意，榮歸上海。一天晚上，上海都督陳其美邀陶保俊赴宴。臨行之前，陶保俊將自己秘密攜帶的巨額軍餉交沈慧芝收藏。陶保俊乘馬車剛剛駛入都督府小東門海防廳大院，便遭到伏擊，陶保俊當場被亂槍打死。聞聽噩耗，沈慧芝驚恐不已，惶惶不可終日。可巧，此時史量才來找沈慧芝，慧芝便將陶保俊託她保管巨額軍餉一事合盤說出。她說，陶保俊已死，這筆錢如何處置？史量才安慰她：「若有人來問，你就把錢交出去。沒人問，你就不要聲張。放心好了，我會保護你的安全。」風頭過後，沈慧芝帶著鉅款委身於史量才。那時，史量才早已結婚，夫人剛給他生了個大胖小子。他只好將沈慧芝納為二房，更名沈秋水，喻為「春風大雅能容物，秋水文章不染塵」之意。美女、金錢兼而得之，可真讓上海人妒羨不已。

　　辛亥義旗一樹，全國紛紛響應。上海立憲派審時度勢，迅速由變法轉向了革命。史量才甚至將自己的上海女子蠶業學校借給陳其美，

作勘察的據點。上海光復後，史量才被革命政府委以重任，出任了上海海關清理處長、松江鹽政局長之職。這兩個官職都是肥缺，尤其是松江鹽政局長，相當於清廷松江鹽運副使，屬四品官銜。可史量才憎愛分明、是非兩清，他特別看不慣官場中爾虞我詐、暗中交易、貪贓枉法、徇私舞弊這些惡習。每遇此類事情，他都會火冒三丈，拍桌子訓斥，說一番嫉惡如仇的刺人話語，因而得罪了不少人。史量才急於抽身而退，去興辦實業，走自己喜歡的實業救國之路，造福百姓，造福桑梓。

《申報》給了他這樣一個千載難逢的機會！

《申報》是中國最古老的報紙之一，創辦於 1872 年 4 月 30 日（清同治十一年三月二十三日），起初為隔日出一張，自第五號（1872 年 5 月 7 日）起，改為日出一張。《申報》的創辦人是英國人美查兄弟（Ernest Major）。這英國人美查兄弟是隨著鴉片戰爭後的開放潮，擁進中國做生意的。他們把廣袤的中國大地當做了淘金者的樂園，兄弟二人販茶葉，倒布匹，什麼盈利幹什麼。這一年，美查兄弟倒騰生意賠了錢，血本無還。有人便勸他們投資報紙，伺機翻本。美查兄弟看到了辦報的巨大商機，便著手籌備。他們畢竟在中國生活多年，知道這報紙是辦給中國人看的，便聘用了大量中國人做主編，做訪員，並派出骨幹力量赴香港，學習報紙的管理和經營，瞭解報館的架構和運行。他們又畢竟是來自工業化的英國，對現代報紙新聞立報的原則了然於心，每逢重大事件，必全力以赴，充分報導。1874 年，日本藉口臺灣土著人殺了琉球人及日本人，出兵大舉進攻臺灣土著人居住的山寨，釀成緊急流血事件。美查聽說後，親自出面探訪消息，每天以真實報導載於報章，讓讀者深知新聞的作用和意義，《申報》由此大受歡迎，日銷數千張。創刊一年，《申報》就全面超越了早它十一年出版的《上海新報》。

生意人的本性是追求利潤的最大化。辦報掙了錢後，美查兄弟便四處出擊，茶葉生意照做，還出畫報，編圖書，辦工廠，一時搞得紅紅火火。1889 年，美查兄弟步入老境，雖然財富日隆，事業正興，二

人還是決定回國養老。哥哥安納斯聰‧美查欣慰地說：「我之心力已瘁矣，我之名譽已揚矣。我以申報所獲之利，添設點石齋、印書局、圖書集成鉛印書局、燧昌火柴廠、江蘇藥水廠已次第成功。」《申報》初創時，美查兄弟與三個朋友各入股四百兩白銀，共計一千六百兩。回國盤點之際，美查兄弟的四百兩已增值為兩千兩，增長了五倍。美查兄弟將在華所有資產整合為「美查有限公司」，以七萬五千兩的價格，轉讓給了在《申報》做了二十五年會計的勤懇員工席子眉。1897 年 12 月，席子眉病逝，《申報》資產由其弟席子佩繼承。

　　白駒過隙。民國初定之時，《申報》已走過了四十年歷程，席子佩勉強維持，步履艱難。

　　中國的傳統文化觀念中，有著強烈的入世意識，「天下興亡，匹夫有責」就是這種入世觀的集中體現。體現「有責」的一個重要方式，就是說話，表達思想，所謂「文章報國」是也。當然，在中國的語境中說話，是要冒極大風險的，說不好，就會「因言獲罪」。美查兄弟辦《申報》是為了掙錢的，他們可不想因為報紙的胡言亂語而讓自己血本無還，因而，辦報之初，他們就在言論上持一種非常保守的態度，《申報》的歷任主筆，尤兢兢於報紙評論的字句之間，凡撰述稍涉激烈的，或報導略觸忌諱的，必在審稿、閱版樣時一概刪除。致使世紀之交，革命浪潮風起雲湧之時，《申報》仍是一副四平八穩、毫無生氣的老面孔。而另一方面，受美查兄弟注重異常事件、搶發重大新聞的英國辦報原則的影響，又不加分析、不講立場地搞新聞噱頭，搶獨家報導。辛亥革命爆發，各地紛紛回應，不斷有獨立、光復的消息傳來，這是大勢所趨、人心所向，各報充分報導，《申報》也刊發了不少此類新聞。然而，清廷重新啟用袁世凱，把他視為一根救命的稻草。袁世凱派馮國璋率軍南下，攻克漢陽，革命面臨嚴重局面，舉國關注。《申報》只搶新聞，不講道義，居然印發「號外」報導漢口淪陷之事，而且標題字號巨大，並以紅色圈之，張貼於申報館門口及附近大街小巷。正義的群眾頓時憤慨無比，衝進報館大門，質問此舉何意。《申報》至此還不明白他們錯在哪裡，還以為是群眾懷疑漢口淪陷消息的真實性，居

然拿出電報稿給眾人閱看，以證明號外消息並非虛構。憤怒的群眾對
《申報》為敵張目，動搖人心，不辨是非的愚蠢行為怒不可遏，懶得
理會他們的解釋，搗毀了報館門口的大玻璃窗，藉以洩憤。

這樣的《申報》當然不受讀者歡迎和市場認可。《申報》的發行量
由每日一萬份左右，跌至不足七千份，讓出了上海報紙市場龍頭老大
的地位，1893 年創辦的《新聞報》，一躍成為最受上海市民追捧的報紙。

1912 年，席子佩下決心抽身而退了。他將《申報》資產和股份作
價後拋盤出售，公告轉讓。史量才當仁不讓，聯合張謇、趙竹君、應
季中等人，與席子佩商談接盤之事，經過一番討價還價，最終以十二
萬元買斷《申報》，史量才任《申報》總理。1912 年 9 月 23 日簽訂轉
讓合同，1912 年 10 月 22 日正式移交，史量才走馬上任，《申報》歷
史就此翻開嶄新一頁。

史量才入主《申報》時只有三十二歲，而這張頗有影響的報紙已
經走過了四十年的歷程，報紙的歷史超過了史量才的年齡，這讓他有
了一種誠惶誠恐之感，他躊躇滿志，欲百廢振興，讓《申報》在他手
中有一個質的飛躍和發展。然而，上任後的第一個資訊，就兜頭給史
量才潑了一瓢冷水：報館裏居然沒有一套完整的《申報》！這讓史量
才驚慌不已。這無疑於黑瞎子掰棒子，幹一張丟一張，《申報》的歷史
從何說起？《申報》的資料如何查詢？這怪不得美查兄弟。人家本來
就是將報紙當產業來經營的，只要掙錢，只要盈利，其他的於他們何
干呢？報紙的史料、歷史的資料、文化的積澱，都不在他們的考慮之
列。始作俑的美查兄弟帶了這樣一個壞頭，接續的席子眉、席子佩孜
孜於會計帳簿，勉強維持，於報紙的文化建設和傳統竟毫無建樹。史
量才立即展開搶救工作，他連續在報紙上刊登廣告，重金收購創刊以
來的全套《申報》。史量才的誠心之舉，還真打動了一位老人。這位老
人是滬南的張仲照先生。他自《申報》問世那日起，整整訂閱、收藏
了四十年的《申報》，僅缺七張。老人對自己的收藏和堅守十分欣慰和
自豪，「積四十年之劬，而中外之治忽興亡、文物之源留遷變胥於焉，
如指諸掌，亦可謂大觀也已」。張仲照對《申報》有著極高的評價，對

自己這份四十年的收藏殷憂在心：「是報記載詳備，立說純正。日月無盡報亦無盡，吾老矣，不幸一旦淹忽，兒孫輩安必持之恒藏之慎，與其遭散放失，貽他日憂，孰若舉而歸之」，「會申報總理史量才君訪求全份申報，久久海內外無應者纂切餘殊有所勒，弗忍恝焉……乃慨然諾。」張仲照老先生慷慨捐出了自己的所有《申報》，且分文不取。這讓史量才感動不已。在裝訂這些舉舉大觀的《申報》時，在首頁特附了張仲照的一篇文章，並印上了張老先生的照片。

史量才非報人出身，於新聞一行起初只是大致瞭解。但他在經營和管理方面卻是高人一籌，這種才能和敏感似乎是與生俱來的。史量才明白，報紙要生存，首先經營要有起色，要能掙得出錢來，離開了這一條，任何高談闊論都無濟於事。因而，網羅經營人才，便是史量才接掌《申報》之後的第二個大動作。

他先是將他在上海女子蠶業學校的老員工王憲欽委任為廣告部主任，又提攜家中僕人董炎卿為庶務部（相當於現在的辦公室）主任，另聘馮子培為會計部主任，許燦庚為發行部主任。報紙經營、管理方面的各方大員基本配齊之後，史量才深知開拓經營領域的戰略意義。一個好的經理人才，無疑是他最重要的左膀右臂。史量才經人介紹，又延聘了聖約翰大學畢業的太倉籍能人張竹平為經理。張竹平果然不負眾望，迅速瞭解了制約報紙發展的財源問題。他設立了一個廣告科，分為內勤外勤。內勤人員要為廣告客戶出謀劃策，設計廣告刊登的方式、圖案，撰寫廣告文字說明。所有這些，需做到廣告客戶最終滿意為止。外勤人員則走出報館，主動上門，到一家家商店、公司、工廠，服務、登記、拉廣告。這些舉措，不僅開風氣之先，也大大改變了《申報》皇帝女兒不愁嫁，在家守株待兔、坐等廣告上門的被動局面，《申報》廣告的刊登局面一時大為改觀。

夯實了基礎，打牢了根基，史量才將眼光轉向了辦報。史量才深知辦報之難不亞於任何行業，當局要鉗制，國人要菲薄。然而，他更認定「此非尋常業務，是莊嚴偉大公共之事業，需要抱大無畏之精神、抱大犧牲之決心」。

　　史量才畢竟對辦報和新聞略知一二。他明白，一個好的總編輯是報紙成功的一半。他以極大的精力物色《申報》總編輯。

　　史量才首先想到了辛亥革命前在保皇黨報紙《時報》任編輯的陳景韓。陳景韓早年留學日本，騎一自行車在日本大街小巷四處狂奔，放浪不羈。辛亥革命前回國後，率先剪了髮，著西裝，一副特立獨行的派頭。他性情怪癖，少言寡語，在《時報》任編輯時，業餘時間愛寫小說，並喜愛攝影、射擊這些當年國人還完全不能接受的行為方式，陳景韓還癡迷於麻將，從報館下了夜班，可以整夜在牌桌上砌壘長城而不知疲累。正是這樣一個怪異之人，卻「視新聞恍若第二生命」。他在《時報》上首創「時評」體裁，文章短小精悍，直指時弊，刊登後讀者為之歡呼，各報也競相仿效。史量才接手《申報》之時，陳景韓已是《時報》棟樑，獨當一面，無人可以替代。史量才動了高薪挖牆角的心思，他找到陳景韓說，願出高於《時報》一倍的薪酬，聘陳景韓為《申報》總編輯。這大大出乎陳景韓的意料之外。以《申報》第一大報的身份和地位，不要說高薪，就是從《時報》平移過來，也是陳景韓求之不得的好事。陳景韓當即應允，到《申報》上任去了。而《時報》老闆狄平子卻火冒三丈，大罵史量才不仗義，怨氣沖天，幾乎要與史量才動拳頭。無奈一個願聘，一個願走，你狄平子留得住身子留不住心，氣哼哼罵了幾句之後，也只好認了。

　　記者是報紙的最大財富，新聞是立報的根本所在。史量才不惜成本，向國內各大主要城市派出了特派記者，進而在各大國首都，如倫敦、巴黎、華盛頓、日內瓦、羅馬、柏林、東京等地，聘了特約記者，以提高《申報》新聞的覆蓋面和傳播範圍。在《申報》的特派記者當中，派駐北京的黃遠生、邵飄萍，可謂兩個佼佼者。

　　江西人黃遠庸（筆名遠生），清末進士，後留學日本，推重報紙的宣傳鼓動作用，竟棄官而去，甘當記者，為採寫新聞四處奔走。他是清末民初學歷最高的記者，有報業奇才之稱，他還是梁啟超門下「三少年」之《少年中國週刊》的創辦者之一，有人甚至稱他為中國「新聞記者的祖師爺」。他先是被《時報》聘為駐京特約記者，1914 年，

史量才將黃遠生攬於《申報》，成為《申報》駐北京特派記者，他的「遠生通信」專欄成為《申報》最受歡迎的專欄之一。時局動盪之際，黃遠生沒有認清袁世凱的本質，認為只有他能夠穩定局勢，再造共和。後來袁世凱陰謀稱帝，黃遠生也稀裏糊塗地上了「籌安會」的賊船，擔任了鼓吹帝制的《亞細亞報》的總撰述（總主筆）。不久之後，在國內外的一片反對聲中，黃遠生幡然醒悟，他寫了一封〈致亞細亞報館書〉，公開聲明自己「以國體問題與貴報主義不合」，宣佈與《亞細亞報》脫離關係。《申報》將黃遠生脫離《亞細亞報》的啟事用大字型在頭版位置連登九天，以示聲援。黃遠生與袁世凱陣營決裂後，斥袁為「在吾國歷史上終將為亡國之罪魁」。黃遠生擔心蛇蠍心腸的袁世凱報復他，便在恢復帝制甚囂塵上的 1915 年年底，遠走美國，暫避風頭。躲在萬里之外的北美大陸，黃遠生也沒逃過這一劫。他是被誤殺的。林森領導的同盟會美洲總支部，只知黃遠生擁袁稱帝，助紂為虐，不知黃遠生已迷途知返，聲明退出了袁世凱陣營。他們以為黃遠生赴美，是為袁世凱的帝制派奔走呼號的，於是憤恨不已，派出殺手劉北海，追蹤黃遠生於三藩市，在 1915 年 12 月 27 日，將黃遠生誤殺於三藩市一小餐館中。一代傑出的記者之星，就這樣早早隕落了。黃遠生死時，年僅三十五歲。

　　黃遠生之後，史量才又聘邵飄萍為《申報》駐京特派記者。邵飄萍原名邵振青，筆名飄萍。有朋友對他說，「飄萍」不吉利，有輕浮之意。邵飄萍斷然回答：「人生如斷梗飄萍，有何不可？」他正如一片飄萍，沉浮於人生的大海之中。《申報》上的「飄萍通信」，很快便打響了牌子，贏得了江南讀者的廣泛歡迎。他們說，邵飄萍的通信，不僅有京城重大時事新聞的報導，更有各派各界明爭暗鬥趨勢的分析與預判。而邵飄萍的這些分析和預判，事後往往證明是準確的。這是邵飄萍對京城各政治勢力瞭若指掌、長期研習的結果。邵飄萍在報導國會中研究系、交通系兩派之暗潮時，辛辣地說：「競爭者云，豈政見之謂哉！位置而已，飯碗而已！論者以為數年以來之政潮，無一非人的問題所引起，愚以為名詞太雅，簡而言之，曰『飯碗』耳。」一語中的，痛快至極。

1918 年秋，邵飄萍下決心在北京創辦了自己的報紙——《京報》，才與史量才戀戀不捨地分了手。

史量才手下的優秀記者，可以開出一個長長的名單。其中有臨危不懼，出色完成「臨城劫車案」報導的康通一；有被特務暗殺的進步記者金華亭；有專門採寫「民權保障同盟」活動的錢華；有《申報》駐日本通訊記者、蔣介石的女婿陸久之……等等。

史量才是一個不畏風險，不懼挑戰，勇於爭鬥，敢於勝利的豪爽之人。其實，自從他執掌《申報》之後，不是他敢不敢於迎接挑戰的問題，而是挑戰和風險每每找上門來，逼著他去應對。1915 年，袁世凱妄圖恢復帝制的倒行逆施緊鑼密鼓，自然想借助輿論為他推波助瀾。他當然看重《申報》的地位和影響，於是派心腹攜十五萬元鉅款赴滬遊說史量才。此時，史量才正與《申報》原掌門席子佩打著一場巨額的《申報》財產糾紛官司，手頭拮据，急等錢用，可史量才大義凜然，不為所動，於第二天，即 1915 年 9 月 3 日，便在《申報》上揭露了袁世凱的這一醜惡行徑。袁世凱一意孤行，八方聒噪，終於圓了他的皇帝夢，並於 1916 年 1 月 1 日改元「洪憲元年」。《申報》不聽招呼，不懼淫威，照樣用民國年號。上海市政當局下了死命令，不改年號，「禁止發賣，並報紙沒收也」。史量才在頭版刊發〈申報啟事〉：「接到警察廳通知，如仍沿用民國五年，即照報紙條行嚴行取締，停止郵遞。」無奈之下，《申報》改用西曆，將「洪憲元年」四個小字印在西曆之後，這也足以讓史量才羞憤難當了。當短命的洪憲皇帝垮臺後，史量才長舒了一口氣，迅速恢復了報紙的民國年號。

袁世凱倒臺之際，史量才做出了他一生中的又一個重大決策：斥鉅資修建申報大樓。這不是財富的炫耀，更不是虛榮要面子，而是宣示了史量才做百年報業、創現代企業的決心和信心。

1918 年「雙十節」，在上海漢口路、望平街拐角處，占地七百三十六平方米，樓高五層，建築面積三千六百八十平方米的申報大廈投入使用了。

　　這是一座典雅、莊重的歐式建築，一樓氣派的營業大廳，二樓整潔明亮的編輯部，三樓設備齊全的排字房，以及餐廳、彈子房、衛生間、淋浴間等等，都堪稱一流，方便舒適。這算得當時世界一流的報館大樓。一時成了中國報業的門面和代表，各界人士，海內外同行紛紛前來觀摩、祝賀。

　　世界報業泰斗，英國《每日郵報》創辦人、《泰晤士報》發行人北岩勳爵（Alfred Harmsworth, 1st Viscount Northcliffe），看過申報整幢大樓後，發表觀感：「……世界幸福之所賴，莫如有完全獨立之報館，如貴報與敝報差足與選……『百聞不如一見』，此次廣觀貴國情形，對於貴館方面深抱樂觀。」被譽為「新聞學之父」的美國密蘇里大學新聞學院院長、世界報業大會主席威廉博士則說：「貴館一切設備皆甚壯觀而有精神，引起一種對於報界之榮光……此次遊歷各國雖多佳處，但報館能如貴館者不多觀。」他還說，「新聞之責任至重大，但當以謀人民之幸福為第一要件，鄙人在美即於密蘇里大學新聞學院門前勒石銘之，此願與中國報界人士共勉之。」美國新聞學家、新聞出版協會主席格拉士側身報界 40 餘載，他說：「列邦報紙亦多能有獨立精神不受政治潮流之浸潤與打擊。如是則心力專一，得惟人民之幸福是謀。故深慮貴國報界亦莫不如是……今見貴館設備完善而富進取之心。」《泰晤士報》記者麥高森參觀後感慨地說：「予當敬祝貴報成效卓著，不特在中國堪稱第一大報，即於世界似貴報之規模殊不多見。」

　　1921 年 10 月 10 日，在申報大廈落成三周年之際，史量才竟然接到了時任美國總統、且做了大半輩子記者的哈定（Warren Gamaliel Harding）先生的賀電：「《申報》乃中國報紙從最新新聞學進行者」，「能發揚共和之光於全國」。

　　史量才對各界的熱情讚譽誠懇做答，不斷表露心志。他對威廉博士說：「今世界多事之秋，報界之責任日益重大。深願聆聽博士清教，俾吾人更知何以負責而為世界服務也。」他對格拉士說：「雖十年來政潮澎湃，敝館宗旨迄今未偶遷。孟子所謂『貧賤不能移、富貴不能淫、威武不能屈』，與格拉士君所謂『報館應有獨立之精神』一語，

敝館宗旨似亦隱相符合，且鄙人誓守此志，辦報一年即實行此志一年也。」

在各界專家、學者、朋友們的鼓勵下，史量才更加堅定了他「不偏不倚，為民喉舌，言論自由」的辦報方針。他接手《申報》的最大貢獻，就是一步步地將一張保守、平庸的老派報紙，改造成了獨立、自由的，充滿著資本主義革命精神的現代報紙。

真實是新聞的生命，是所有報紙賴以生存的基本前提。史量才對此有過精闢的論述：

> 日報者，屬於史部，而更為超於史部之刊物也。歷史紀載往事，日報則與時推遷。非徒事紀載而已也，而必評論之，剖析之，俾讀者懲前以毖後，擇善而相從。蓋歷史本為人類進化之寫真，此則寫真之程度，且更超於陳史之上，而其所以紀載行跡，留范後人者，又與陳史相同。且陳史以研究發揚之責，屬之以後人；此則於紀載之際，即同盡研究發揚之能事。故日報興而人類進化之紀載愈益真切矣。

美國密蘇里大學新聞學院院長威廉博士（Walter Williams）在中國訪問考察時，曾向中國民間報人提問：「你們中國的報紙除經濟因素外，最尷尬的是什麼？」史量才當即作答：「編輯方面，以消息為最難抉擇，蓋今日之新聞界，尚少忠誠之通信員也。」報業先賢們是在怎樣一片荒蕪的新聞土壤上，建造中國的現代新聞大廈的？他們遇到的艱難困苦，是我們今天的報人和傳媒人士無法想像的。試問，對於消息的真偽都無法判斷，你該用多大的勇氣去取捨稿件啊！正是史量才們的努力，正是他們的披荊斬棘，為我們打通了走向現代新聞事業的康莊大道。

言論是報紙的旗幟。《申報》的「社評」、「時評」在史量才的手中日趨尖銳、鮮明。「五四」運動時期，《申報》是率先而持久報導和支援學生運動的大報之一。它的「時評」和由此闡發的價值觀念，已帶有明顯的自由主義的成份。

1919 年 5 月 7 日，《申報》在〈解散大學之無識〉的評論中憤然寫道：

> 民氣當憤激之時，不能保無越分之舉，在位者苟能善用其氣，而範圍之，則國家興盛之基，即在於此。若欲消滅，不但橫溢而愈盛，且於國家本原大有所損焉。此次北京之事，決非發始者之本意，政府中人苟能平心靜氣以處置之，斷不至因一時之激觸，而有解散大學以軍法處置學生之說。何則？事有輕重，法有界限，不能徑情而直行也。苟其不然，後禍尚有窮期哉？政府其深思之。

發表此番評論的第二天，《申報》又在〈北京之示威與教育〉中再發激憤之言：

> 北京政府苟以此示威之舉，而摧殘教育，是誠政府自殺中國之策。……毀國家之根本，以與一二人報仇洩恨，豈尚得謂有國家觀念之政府哉！國人必共棄之矣！

正是這種對新聞真實性的不懈追求，對「言論自由」的一以貫之的崇尚，令史量才以勇敢無畏的精神，嚴辭拒絕了國民政府向《申報》館派遣新聞檢查員的惡劣之舉。這在當時國內報紙中，是惟一一家沒有新聞檢查員的報館。當然，以國民政府鉗制輿論、限制新聞自由的執政本意，它也不會允許任何一張報紙游離於它的控制之外，《申報》也同樣必須在印刷前送國民黨上海市黨部宣傳機構審查、通過。有幾次，某些稿件未獲通過，《申報》或因堅持己見，或因時間實在來不及，乾脆在報紙上開了「天窗」。一張出版了半個多世紀的頂級大報，經常在報紙上開「天窗」，這種無言的抗議究竟是令誰難堪，讀者和明眼人想必是心知肚明的。

招致史量才殺身之禍的，是他與蔣介石的過節。一個是秉持自由精神、獨立辦報的的桀驁不馴的民間報人，一個是擁兵黷武、大權獨

攬的黨國要員。這樣兩個人的價值觀必然發生激烈衝突。談不到一起，坐不到一塊，也就是理所當然的了。

蔣介石北伐成功，天下一統後，十分重視輿論的作用，對報紙的臧否相當在意。他很想討好各大民間報紙，與報人們形成精神上的契合與默契，為他的統治提供良好的輿論環境和民意支援。正是在這樣的背景下，蔣介石與《大公報》的張季鸞走到了一起，結成了一對彼此高度認同的精神盟友。而在史量才身上，蔣介石就沒有這麼幸運了。黃炎培先生在一篇回憶文章中談到，有一天，蔣介石召史量才和黃炎培去南京談話，交談甚洽。臨別時，史量才握著蔣介石的手說：「你手握百萬大軍，我有申、新兩報百萬讀者，你我合作還有什麼問題？」蔣介石立即變了臉色，甚是不悅。此後，他支使陳立夫、陳果夫多方為難《申報》。「百萬大軍」與「百萬讀者」竟成了蔣介石心頭揮之不去的陰影和不快。黃炎培認為，在這次談話中，史量才獨立傲岸，睥睨總裁，這正是招致他被狙殺的直接原因。

上海各界知道史量才與蔣介石話不投機後，紛紛出面轉圜，希望史蔣二人捐棄前嫌，同歸於好。杜月笙甚至親自斡旋，拉著史量才去廬山面見蔣介石，據說效果都不好。史量才的一位好友勸他：「蔣先生有幾百萬軍隊，可不能得罪啊！」史量才凜然答道：「《申報》有百萬讀者，我也不敢得罪他們。報紙產業雖屬我個人，吾人寧為玉碎。苟且、巧取是可恥的事，我一向是厭惡的。」這樣的話，傳到蔣介石耳中，會是什麼結果呢？這兩個個性鮮明之人，糾纏在「百萬大軍」和「百萬讀者」之中一爭高下，既是個人的悲劇，也是國家的悲劇。

1931 年的「九一八」事變，應該是史量才人生軌跡上的「分水嶺」。從這一刻開始，他由被動抵制專制、獨裁，轉向主動倡導民主、救亡、自由、獨立的民族意識和民族精神。史量才認為：「報紙是民眾的喉舌，除了特別勢力的壓迫以外，總要為人民說些話，才站得住腳。」徐鑄成對史量才的評價恰如其分：「他和《大公報》的張季鸞、胡政之走的是交叉路，都以『九一八』為轉捩點。」「在此之前，《大公報》對蔣

介石和寧國府（國民黨南京政府）還是採取譏彈態度，『九一八』後卻開始轉向了，而史量才則由保守趨向同情進步，對高壓採取不馴服的態度。」

「九一八」事變後，東北三省淪陷，國家在風雨飄搖中掙扎，上海也是「山雨欲來風滿樓」之勢。果然，1932 年 1 月 28 日，上海淞滬戰爭爆發了，19 路軍英勇抗敵，上海立即成了全國關注的抗戰焦點。史量才指令《申報》，連篇累牘地發評論，報消息，向上海及全國讀者通報資訊、表明觀點。史量才親自撰寫的評論，言辭之激烈，令蔣介石如坐針氈。他寫道：「上海事件發生以來，我當局處處隱忍，甚至全部接受日人之要求，⋯⋯我國至此，萬難再忍。」他在社評中居然指責政府「甘受城下之盟之奇恥大辱」，聲稱民眾「絕無再忍讓之餘地。」在這民族危亡的關鍵時刻，史量才從更深刻的層面考慮救國之道，他公開提出，「結束一黨專政」，他認為「一黨專政」正是中國社會積貧積弱的萬惡之源。

這一時期的《申報》，將淞滬戰爭的報導放在了最重要的位置，報紙連續發表時評，鼓舞人民的抗敵鬥志，如〈嚴重時期國人應有之覺悟〉、〈國家的軍隊〉、〈抵抗與同情〉、〈禦侮與國之先例〉、〈中國出路何在？〉等等，《申報》甚至向當局發出呼籲，〈為 19 路軍乞援〉，還出版發行了《救國通訊》戰地特刊。媒體的輿論鼓動作用，在《申報》身上得到了最充分的體現。

史量才還以「毀家紓難」的高尚情懷，不僅在精神上支援抗戰，聲援國人及軍隊，而且以實際行動在經濟上予以極大援助。在整個淞滬戰爭期間，《申報》停登所有收入可觀的文藝娛樂廣告，一日三刊，滾動報導戰事動態，免費發佈各種愛國捐助啟事。「上海市民地方維持會救濟組通告」，1–14 號，都是在《申報》上無償刊發的。

史量才作為社會賢達和精英人士的代表，義無反顧地登上了社會活動的舞臺。他被上海市民公推為「上海市民地方維持會會長」，他每天安排好《申報》的出版事宜，便到上海市民地方維持會秘書處上班。在史量才的宣傳鼓動下，上海市民萬眾一心，慷慨解囊，簞壺漿食以

慰抗戰勇士，以至設在四川路 66 號的市地方維持會募捐接待站出現了絡繹不絕、空前未有的捐獻盛況。上海人民的愛國抗日熱忱，近百年來所未有。

擔任上海地方維持會會長不足半年的時間裏，是史量才生命歷程中最輝煌的一段經歷。1 月 31 日，在維持會成立大會上，史量才的動員講話擲地有聲：「立誓生不作亡國奴，死不作亡國鬼。」「19 路軍已奮起抗戰，吾人伸頭一刀，縮頭一刀。如果畏縮退避，恐仍不能保得住生命財產，不如奮勇向前，抗戰向前。世界上不戰而亡的人叫亡國奴，雖戰而敗但屢敗屢戰而不免失地的人，叫義人。義人之國叫義國。義氣留天地，誰能亡她，誰能奴她。」

從 1 月 31 日至 5 月 31 日，122 天的時間裏，上海市地方維持會共召開了七十一次大會，平均不足兩天便開一次，另有十七次理事會，十五次演講會。會員大會下面是理事會，理事會下設地方後援、交通、糧食、救濟、捐款等十個委員會，共有各類工作人員兩千多人。這是一個高效運轉的社會組織，在某些方面，甚至替代和超越了地方政府。

5 月 5 日，在「國聯」的所謂調查調解後，中日雙方簽訂了停戰協議。這是一個讓中國人民和政府蒙羞的屈辱協議。5 月 31 日，上海市地方維持會在悲憤中結束使命，於 6 月 3 日舉行了閉會儀式。但是，僅僅四天後，上海各界又發起成立了「上海市地方協會」，仍舊推舉史量才為會長。

史量才「自然領袖」的風頭，蓋過了黨國要員。他在上海灘呼風喚雨，「振臂一呼，應者雲集」的群倫形象，讓蔣介石心中隱隱不快。

「九一八」事變之前，史量才便著手《申報》創刊六十周年的系列慶典活動，他原計劃將這一紀念活動延續半年以上，為《申報》的發展再做社會和輿論的準備。可突然而至的「九一八」事變和「一二八」淞滬抗戰，打亂了史量才的周密計畫。

1931 年 9 月 1 日，史量才在《申報》上刊發〈申報六十周年紀念宣言〉，首次系統地、全面地重新確定了這張民間報紙的自由主義立

場。史量才在指陳中國政治、經濟、文化，特別是民主的匱乏、民生的凋敝等的無序和落後，與專制和獨裁政體有著深刻的勾連之後，明確指出：「今後本報以極誠摯之態度，對政府盡輿論之芻蕘，對國民盡貢獻之責任。」

當年的 12 月 20 日，《申報》刊發了宋慶齡義正辭嚴的宣言，聲稱「國民黨不再是革命集團」，上海各報迫於南京政府的壓力，噤若寒蟬，不敢見報。史量才以輪值上海各報公會會長的身份，召集報人會議，他會上發問：「孫夫人是國母，為什麼我們的報紙沒有她發表言論的陣地？」各報自知理屈，會後紛紛刊發了宋慶齡的宣言，揭露了蔣介石背叛革命、背叛總理遺囑的真實面目。

1932 年 4 月 30 日，《申報》創刊六十周年之際，正是淞滬抗戰緊張激烈之時，史量才深明大義，將自己報紙的紀念活動主動推後。6月之後，上海停戰，《申報》的紀念慶祝活動漸次展開。由史量才同意、陶行知撰寫的一組系列論「剿匪」的時評，正是作為《申報》自由主義報紙的鮮明立場，刊於《申報》之上的。在其中的〈剿匪與造匪〉一文中，陶行知憤然斥責說：

> 今日舉國之匪，皆黑暗之政治所造成。一面造匪，一面剿匪，匪既不能以剿而絕，或且以剿而勢日以張大。……所謂之匪，何莫非我勞苦之同胞，何莫非饑寒交迫求生不得之良民。槍口不以對外而以剿殺因政治經濟兩重壓迫鋌而走險之人民……政治黑暗如此。蚩蚩之氓，如淪地獄，是正所謂官逼民變，官逼民反。民安得不變，既民變，復從而圍剿之，事之可悲，孰逾於此！

國民黨教育部長朱家驊，以他反對民主、自由的靈敏嗅覺，嗅出了史量才和《申報》的進步氣息。他向蔣介石呈送了一份秘密報告，羅列《申報》的種種「倒行逆施」：「上海報閥史量才利用他的報業權威，勾結上海的一批無聊文人，專做危害黨國的工作。例如《申報》的『剿匪時評』；對於南京中央大學學潮的記載和評議；《申報》『自由

談」和《申報月刊》的登載陶行知等人的文章，聘黃炎培任《申報》設計部部長等，都是不利於黨國的做法……」蔣介石接到這一秘報後，十分不悅，怒火中燒，他提筆在報告上批上了六個大字：「申報禁止郵遞」。

禁止郵遞《申報》的決定是秘密執行的。當局自知理虧，不敢大肆聲張。史量才卻被蒙在鼓裏，不知就裏。正當他為《申報》六十周年紀念活動而忙碌的時候，卻收到了大量外埠讀者的來信，聲稱近期一直沒有收到訂閱的《申報》，再這樣下去，可就要退報了。史量才驚詫不已，報紙天天照常出版、印刷，交送郵局，外埠讀者怎麼會收不到報紙呢？他一方面派人瞭解此事，弄清原委。一方面不惜成本，加印報紙，發動報館職工將報紙打成包裹，寫上地址、姓名，寄往全國各地。郵寄成本一時大幅度提高。

一天，一位好心、正直的郵局職工，化名「史之名」，給史量才寫來一封信，告訴他未被郵遞的《申報》，都小山似地堆積在郵局的地下室裏，一到夜間，便悄悄送往龍華焚燒。史量才這才明白了事情的根底。他急忙指令《申報》駐南京採訪部主任秦墨哂疏通此事。秦利用蔣介石行營秘書處老同學的關係，真的見到了「領袖」。蔣介石提出了三個條件：一、撤換陳彬和與黃炎培，由張蘊和接替總編輯；二、不可再登載陶行知的文章；三、由中宣部派員指導《申報》的編輯工作。史量才接到秦墨哂的電報後，考慮再三，回電表示，第一條、第二條可以接受，第三條絕不同意。史量才說：「《申報》是自力更生的報紙，從來沒有拿過政府的津貼，倘若政府一定要派員進館，寧可將報紙停刊！」史量才的強硬態度傳到蔣介石那裏後，蔣也有所顧忌。他不敢讓《申報》這張國內外皆有重大影響的老牌報紙，葬送在他的手上。他同意了史量才的意見，以《申報》更換總編輯為解除郵遞禁令的條件。這樣，從7月中旬到8月下旬，《申報》禁郵歷時三十五天，《申報》在辦報和經營兩方面均損失慘重。

蔣介石一直沒有放棄將史量才拉入自己營壘的努力。他曾指示上海市政府，向史量才封官許願，讓他在上海臨時參議會議長和上海戰區復興委員會委員等職位中任選一職。可史量才竟不買蔣介石的帳，拒絕

了蔣介石的拉攏。禁郵事件之後，史量才竟公開支持由宋慶齡和蔡元培等人發起的「中國民權保障同盟」，並表示贊同該組織「保衛人權、保衛言論出版自由」的政治主張，同時也更嚴厲地譴責政府鉗制和絞殺言論自由的專制行徑。此刻，史量才與蔣介石的決裂，已經是無法避免的了。

　　六十年，不僅僅是時間的累積，更是責任的肩荷。史量才決心以《申報》一甲子為轉捩點，帶領報紙日臻完善，推動社會進步，促進民族發展。1932 年 11 月 30 日，史量才及《申報》經過精心籌畫、認真研究後，破例在報紙的「時評」專欄內，公佈了《申報》新的編輯政策，總共八條：

一、在編排方面，務使新聞與廣告兩相配合，力求明顯、醒目。

二、國外通訊，如歐洲、美國、蘇聯，以及華僑，尤其是日本，務盡多刊載有系統之通訊。

三、國內通訊，力求普遍，於各地方的民生疾苦，政治、經濟情況，務求其能有系統的記載，東北失地現狀，尤為注意。

四、每週星期一就商業新聞的篇幅，編經濟專刊一種，詳志一周內國內外經濟上的變動，並編制各種重要統計。商業新聞也逐步加以改良，務使其能為大眾閱讀。

五、自由談，雖說只是一種副刊，但為調和讀者興趣，關係也很重大。今後刊載文字，務以不違背時代潮流與大眾化為原則。

六、「讀者」顧問一欄，凡關於政治、經濟、法律、職業、婚姻、家庭、教育、農村、自然科學、醫學、社會等問題的質疑，都由專家分別作答。

七、本埠增刊亦添刊長篇小說及店員通訊兩欄。每週星期日即就增刊篇幅，出版《業餘週刊》一種，以引起一般店員、工友、學徒的讀報興趣，灌輸以各種常識，並改善其業餘生活。

八、添增各種副刊，除上述的經濟、業餘外，還有電影、建築、衛生、教育、國貨、科學等，亦將次第出版。都隨同本報分贈外埠，或僅限於本埠。務使讀者能各就所好，獲得其所需求的知識和資料。

這八條編輯新政策，涵蓋了新聞、副刊、專刊、為讀者服務多個領域，是史量才改革《申報》諸多設想的集中顯現。特別是讀者意識的強化，尤其是面向低層讀者，為「店員、工友、學徒」等勞動群眾設立專欄、專刊，滿足讀者業餘生活和求知需要的辦報方針，至今仍有指導和進步意義。今天的讀者諸位應該特別注意到的是，這是在蔣介石「禁止郵遞」事件僅僅三個月、撤換了《申報》總編輯之後的一次改版嘗試。仔細閱讀之後，你肯定會認為，蔣介石對《申報》的專制和高壓毫無效果，《申報》仍在既定的辦報道路上無畏前行。

研究史量才和《申報》，便不能不提到《申報》的著名副刊《自由談》，它甚至是作為《申報》的標誌，在中國現代新聞上鑴下深深的印痕的。

《申報》的《自由談》副刊，創辦於 1911 年 8 月 24 日。最初，「自由」的含義不是思想的，而是形式的，即隨便談，率性談，想怎麼談就怎麼談。在最初幾位主編的主持下，「遊戲文章」、「海外奇談」、「詩詞」、「諷刺絮語」等，都是《自由談》的主打文字。1920 年，史量才聘周瘦鵑為《自由談》第五任主編。周瘦鵑是鴛鴦蝴蝶派的主將，文壇鉅子，既能編，又能寫，史量才正是衝著這一點，才大膽聘任周瘦鵑的。周瘦鵑一上任，便帶來了他的鴛鴦蝴蝶派的文學主張，即文字的功能只在愉情，不在革命，更不在宣傳。在聲稱要將《自由談》辦成同人副刊，宗旨是「茶餘酒後消遣的趣味主義」。周瘦鵑主持《自由談》十二年，用稿偏狹，內容單調，以小圈子劃線，非「鴛鴦蝴蝶派」不得入圍，以至於「陳腐到不太像樣」，與「九一八」後全國救亡圖存的大環境十分不協調。1932 年底，史量才下決心改革《自由談》，改聘留洋歸來的新派青年黎烈文擔任《自由談》的第六任主編。

黎烈文出生於 1904 年，湖南湘潭人，他身材較矮，壯碩，方臉闊鼻，頭髮稀疏，出生在一個沒落的官宦之家，十五歲中學畢業後來上海闖蕩，正逢商務印書館要招聘幾名書記員，經史量才家的琴師黃松奔走，得以加入應聘行列，經過多道嚴格測試，終被錄用。黎烈文先從謄抄、整理、校對等基礎工作幹起，後被提拔為助理編輯。1926 年

5 月，黎烈文赴日本留學，一年後轉赴法國巴黎大學，攻讀五年，獲文學碩士學位。回國後入哈瓦斯通訊社做翻譯。史量才不以年齡、資歷取人，大膽選聘了黎烈文掌《自由談》副刊。史量才要求黎烈文「不要把自由談辦成茶餘飯後的消遣錄」。黎烈文不折不扣地落實史量才的革新思想，在上任伊始的《幕前致辭》中宣稱：要「牢牢站定」「進步和近代化的立足點」，「不肯唱幾句……或哼幾句『雲淡風輕近午天』以遷就一般的低級趣味」，「來勉強大多數的口味。我們認定生活的要求，文藝是應該需要進步的、近代的」。黎烈文除舊佈新的主張難能可貴，可他畢竟去國六年，又歸來不久，作家不熟，人脈尚淺。他毫不氣餒，向自己過去相識的郁達夫、葉聖陶、施蟄存等反覆遊說，並通過他們向國內文壇大家約稿。黎烈文的妻子嚴冰之即將臨產，為輔佐丈夫的事業，每天堅持為《自由談》看稿、翻譯，也時常動筆寫點短文。年底，在生下兒子五天後，嚴冰之不幸得了產褥熱，半個月後撒手西去。黎烈文含悲忍痛，既當爹又當媽，還要編著《自由談》，為紀念亡妻，他給兒子取名念慈、念之。

　　一天，郁達夫見到魯迅時，動員他為《自由談》寫稿。郁達夫說，《自由談》新換了主編黎烈文，可黎剛從國外回來不久，人地生疏，怕一時集不起稿子。魯迅「漫應之曰：那是可以的」。魯迅嘴上這樣說，心裏卻未必當真的。魯迅曾說：「我到上海之後，日報是看的，卻從來沒有投過稿，也沒有想到過，並且也沒有注意過日報的文藝欄，所以也不知道《申報》什麼時候開始有了《自由談》，《自由談》裏是怎樣的文字。」後來，魯迅聽說了黎烈文妻子嚴冰之的故事；再後來，魯迅讀到了黎烈文的短文〈寫給一個在另一世界的人〉，深為黎烈文的精神所感動，便開始為《自由談》寫稿，那「投槍匕首」般的犀利雜文，為《自由談》增色不少。魯迅寫給《自由談》的第一篇文章〈觀鬥〉，直斥當局「不抵抗」的投降主義：「我們中國人總喜歡說自己愛和平，但其實，是愛鬥爭的，愛看別的東西鬥爭，也愛看自己們鬥爭。」「但我們的鬥士，只有對於外敵卻是兩樣的：近的，是『不抵抗』，遠的，是『負弩前驅』云。」不足半年的時間，魯迅竟在《自由談》上發表

了四十多篇文章，魯迅將這些文章結集出版，自題書名《偽自由書》，這是對當局的又一次嘲諷和抨擊：他們倡言的所有「自由」，都是虛偽的、假裝的。因為魯迅的文章，最終是難以在《自由談》發表了，黎烈文這個熱情熾烈的主編，也不得不黯然去職。

立論鮮明，論說有力，干預現實，轟轟烈烈的《自由談》，讓當局感到了極大的不快和恐懼。他們又登門找茬了，要求撤換具有進步傾向的主編黎烈文，改任幫閒文人章衣萍。史量才斬釘截鐵地予以拒絕：「黎烈文絕不辭退，章衣萍絕不聘用。我想諸公不會把『自由談』變成不『自由談』吧！」私下裏，史量才對朋友們說：「《申報》能有今天業績，都靠朋友相助而來，我豈能昧著良心，不講事實，欺騙讀者？……玉碎我也自願，苟且取巧我素恥惡！」自「禁止郵遞」事件以來，史量才在多種場合、多次提到「寧肯玉碎，絕不苟且偷生」，也許是他早有精神準備，也許是冥冥中心靈的指引，讓他走上了一條不歸路。

黎烈文不願給史量才惹太大的麻煩，在主持《自由談》一年半後，1934 年 5 月 9 日，他聲明辭去在《申報》的職務，《自由談》編務由張梓年接手主持。

茅盾先生對《自由談》評價甚高。他在《回憶錄·多事而活躍的歲月》中寫道：「延續兩年的《申報·自由談》的革新，在中國現代文學史上應當大書一筆……還因為『自由談』的改革推動了雜文的發展，造就了一批雜文家……。」茅盾特別提到了魯迅：「1933 年——1934 年他在『自由談』上寫的雜文，卻是數量最多最集中，影響最廣的。」「這樣說也許不算過分：《申報·自由談》的革新，引來了雜文的全盛時期。」

蔣介石對史量才的怨懟沒有絲毫消解，而且與日俱增。「領袖」的憤怒感染了學生。戴笠出手了，他要為「領袖」除掉史量才這個眼中釘，手中刺。一張罩向史量才的死亡之網，悄悄織就了。

史量才多年來忙碌於事業，飲食無常，積勞成疾，得了嚴重的胃潰瘍。晚境以來，他時常去杭州休養，在湖光瀲灩之間怡養性情，療治舊疾。1934 年 10 月 6 日，史量才再次由滬赴杭休養。江南的秋日，

麗日清風，天高雲淡，輕塵不飛，纖蘿不動，史量才時常提筆賦詩，表達自己優雅、散淡的心境。其中一首詩這樣寫道：

晴光曠渺絕塵埃，麗日封窗曉夢回。
禽語泉聲通性命，湖光嵐翠繞樓臺。
山中歲月無古今，世外風煙空往來。
案上橫琴溫舊操，捲簾人對牡丹開。

詩境恬靜飄逸，澄明透澈。既有對世事無常的感悟，又有對光明未來的嚮往。從這首意境淡雅的詩中，品不出生命末日的慘烈氣息。

11月13日下午，在杭州休養了三十九天的史量才，乘自家的「司蒂倍克」牌防彈轎車啟程回滬。當時車內共有六人，司機是黃錦才，副駕駛座上是史量才唯一的兒子史詠賡。後排是史量才，二夫人沈秋水和沈秋水的乾女兒沈麗娟。中間加座上是搭便車回滬的史詠賡的同學鄧祖詢。

下午3點多一點，「司蒂倍克」汽車駛入浙江海寧縣翁家埠路段時，被橫亙在馬路中央的一輛「京字72號」別克敞篷車擋住了去路。那別克車似乎是壞了，幾個人正在手忙腳亂地修著。史詠賡大聲招呼，請他們讓開道路。兩位修車模樣的人向「司蒂倍克」走來。及至近前，這二人突然掏出手槍，向「司蒂倍克」的輪胎急射，立馬將輪胎打爆。與此同時，埋伏在公路兩邊的四個黑衣人，邊開槍邊向汽車飛奔而來，史量才立即明白發生了什麼，他大喊一聲「詠賡快跑！」便拉開車門，奪路而去。兩個黑衣人緊追史量才而去，另外三人朝相反方向追趕史詠賡，一人守住汽車，向車內亂射。追殺者必欲置史量才於死地。史量才跑向翁家埠23號農民沈瑞富家的小院，他從前門衝進，後門穿出，追殺者窮追不捨，射中史量才的腳掌，史量才無法再跑，倒在翁家埠村頭乾涸的水塘內。殺手趕到，一槍從左耳進右耳出，一槍射入口腔，史量才當場斃命。

史詠賡跑進小樹林中，三名殺手的二十幾槍，居然只傷到了他的小手指頭。追殺者子彈打光後，史詠賡回身與他們搏鬥，一個扔下公

路，一個掰斷手臂，一個打趴在地，最終得以脫身，搭了翁家埠小販的手推車，直奔附近的航空學校報警。「司蒂倍克」車上，司機黃錦才和史詠賡的同學鄧祖詢被亂槍打死，乾女兒沈麗娟被擊傷腿部，二夫人沈秋水跳車時扭傷了腳踝。

這是極其專業的謀殺，六人分工相當明確。先是佯裝修理工的兩個殺手打爆輪胎，並打死司機，令汽車無法開動，又將坐在中間加座上的鄧祖詢毫不留情地射殺於車上，他們誤把鄧祖詢當成保鏢了。追殺史量才的兩個殺手，槍法精湛，心狠手毒。只是另外那三個殺手太愚笨，三支手槍沒能置史詠賡於死地。史詠賡憑他的機智與勇敢，死裏逃生。

11月14日，《申報》率先刊出了「本報總理史量才先生噩耗——汽車夫及鄧祖詢君同時遇難」的消息，宛如晴天響雷，舉國震驚。各界紛紛聲討這一慘忍的狙殺行徑，要求當局迅速查明真相，嚴懲兇手及幕後操縱者。蔣介石迫於輿論壓力，四次電令浙江省政府限期破案，嚴緝兇犯。他還致電《申報》館及史量才家屬，以示慰問。

浙江省發出懸賞令，「拿獲首要送案者賞洋一萬元，通風報信因而破案者賞洋五千元。」對史量才深懷敬意的浙江省長魯滌平窮追不捨，在蛛絲馬跡中發現了不少線索。正在這關鍵時刻，蔣介石及南京政府竟以破案不利、難慰民情的理由，將魯滌平等人撤職查辦。史量才被殺一案，自此成了千古奇冤，是非莫辯。

史量才死後，中國的國學大師、自由主義先驅章太炎先生，親自為他撰寫了墓誌銘，高度評價了史量才的一生。章太炎尤其讚歎道，以史量才的智慧和才能，他輕而易舉地就可以把自己弄成一個巨富，實現他「實業救國」的理想，但史量才卻選擇了繁重蕪雜、風險與成就同在的民間報業，來作為他實現人生價值的事業，他是在佈滿荊棘的道路上艱難前行的。

史量才高瞻遠矚的辦報宗旨和辦報方針，為報界樹立了「純以服務社會為職志，不挾任何主義，亦無任何政治背景」、「非為私而為社會國家樹一較有歷史之言論機關」的辦報寫史宗旨。為忠於職守，史

量才堅持「貧賤不能移、富貴不能淫、威武不能屈」的「三不」原則；為明浩然之志，他秉持「人有人格、報有報格、國有國格」的「三格」精神境界，達到了中國民間報人從未有過的精神高度。

　　學者張育仁對史量才的評價獨到而經典。他認為，史量才不是要做政治秩序的顛覆者，而是要做政治權威的批評者和政治失範的整飭者。這才是他膺守的獨立精神的真實涵義。矛盾和困難的是，極權政治和它的領袖人物不需要他持守這樣的姿態，……終於，在這個不可調和的問題上，他們的對峙最後演變成了僵局。這不是理論上的勢均力敵，而是現實中的以弱制強——這個傲岸無懼的「荊軻」，終於倒在了現代「秦王」的卑鄙算計之下。

主要參考文獻

《申報魂》 龐榮棣著 上海遠東出版社 2008 年 7 月第一版

《中國近代報刊發展概況》 楊光輝、熊尚存、呂良海、李仲民編　新華出版社 1986 年 9 月第一版

《自由的歷險——中國自由主義新聞思想史》張育仁著 雲南人民出版社 2002 年 11 月第一版

張季鸞

　　《大公報》總編輯張季鸞誕生於 1888 年，去世於 1941 年，只活了短短的五十三歲。

　　1926 年，張季鸞與吳鼎昌、胡政之組建了新記大公報公司，注入了巨額資金，拯救了風雨飄搖之中的《大公報》。在吳、胡、張的精心打理下，《大公報》走上了一條健康的發展之路，報紙越辦越好，影響日益廣大，從天津走向了華北，進而走向了全國，成為當時中國數一數二的政經大報。

　　張季鸞和《大公報》在臺灣的影響和知名度遠遠高於大陸。1988 年，在張季鸞誕生一百周年的時候，臺灣方面還專門舉行了紀念和研討活動。而大陸方面由於改革開放不久，文化斷層還沒有接續，意識形態與世界潮流格格不入，真的沒有多少人知曉張季鸞，瞭解《大公報》。自張季鸞冥誕百年之後，二十一年過去了，張季鸞不斷為大陸知識界、學術界、新聞界所瞭解，研究張季鸞的專著和文章不斷湧現，百年《大公報》的歷史也在釐清和匡正。更有學者，從「自由主義歷險」的新穎角度，去分析包括《大公報》在內的上世紀早期中國民間報紙的艱難歷程。梁由之說：「百年中國新聞史，無論見識、人品、事功還是文筆，張季鸞先生都是最傑出的報人。」傅國湧更多地是從「文人論政」的立場評價張季鸞，他指出，張季鸞「為推動中國報紙特別是報紙評論的發展做出了重大貢獻，他的社評包含著民族的呼聲和人民的願望，譜寫了百年言論史上十分重要的一頁。」

　　對張季鸞的評價還可以搜尋出很多。高低優劣，見仁見智。筆者之見，更願意把張季鸞形容為「士子情懷」、「名士風流」和「國士精神」。

一

　　幼年失怙，孤兒寡母相依為命，兒子發憤苦讀，立志成才，終於功成名就，光宗耀祖⋯⋯這不是舊時戲劇裏的傳奇故事，而是張季鸞早期生活的真實寫照。

　　張季鸞祖籍陝西榆林。關中民風，慓悍純樸。父親張楚林，立志功名，經世致用。張楚林早年習武，少年時應童子試考的是武秀才，三射二中時，坐騎受驚墜馬，手臂受傷，因而棄武學文，仍不捨功名。榆林總兵劉厚基和陝西知府蔡兆槐欣賞張楚林的才氣，對他悉心培養。光緒二年（1876 年），張楚林終於考中了進士。這是榆林自乾隆以降一百多年來出的第一個進士，在當地引起了不小的轟動。

　　張楚林以進士之身份發山東任知縣。他為官清正，不結黨營私、巴結逢迎，二十幾年來一直在山東的幾個窮知縣任上轉轉。1888 年 3 月 20 日，張季鸞出生於山東鄒平。這是張楚林與繼室、山東姑娘王氏所生的第一個孩子。

　　張楚林做人耿直，知恩圖報。儘管自己仕途不順，蹉跎於世，但對於劉厚基、蔡兆槐的知遇之恩，未敢絲毫遺忘。他在家中專設劉蔡二人牌位，年節冥誕之時，必祭祀於前。這給了張季鸞以極大的影響。他成年後寫道：「我的人生觀，很迂淺的。簡言之，可稱為報恩主義。就是報親恩，報國恩，報一切恩！」這甚至昇華為張季鸞的一種處世態度和世界觀，影響了他整個人生。

　　1900 年，六十六歲的張楚林在山東濟南病故。張季鸞的下邊還有兩個年幼的妹妹，家道中落，苦不堪言。深明大義的山東婦女王氏，堅持要把亡夫的靈柩送回榆林老家。於是，孤兒寡母四人第二年扶柩西行，「一路風雪向榆林」。這也是張季鸞第一次回到故鄉。他後來回憶說：「一路的困難不必說了，到家即發生生活問題。全家箱匣中，只

有幾隻元寶。有一處夥開的商業被人吞沒，成了訟案，先母自己上堂，而命我早出遊學，艱難家計，一身承當。」

人生常常就是一個輪迴。幾十年後，張季鸞走著幾乎與他父親同樣的人生道路。母親在家含辛操持，一定要讓張季鸞讀書成才。張季鸞的確也天資聰穎，過目不忘，尤其喜歡作文，往往詞意超群，一揮而就。父親在世時就對他的用功學習十分鍾愛。母親決心不辜負先夫的意願，讓張季鸞以學問立天下。

張季鸞的求學之路上，遇到了一個好老師，這就是劉古愚。劉古愚真的是鄉間大儒。此人身無分文，心憂天下；獨處僻壤，放眼世界。他是八百年前宋儒張載所創「關學」的忠實繼承人，對橫渠四句心有靈犀：為天地立心，為生民立命，為往聖繼絕學，為萬世開太平。

劉古愚的教育宗旨是「學貴於有用」。他教給張季鸞的，不僅僅是《四書》、《五經》、國學根基、文章策論，更包括農事甚至工業，山川形勝，家勢國運等等。所有這些，給了張季鸞以極大的影響：「對人生社會持進取態度，處板蕩之世則談兵論劍，由改良而趨於革命。」

如果說劉古愚是張季鸞求學歷程中的恩師的話，那麼沈衛則是張季鸞年輕生命中的伯樂了。陝西學台沈衛，當年負責考拔秀才。沈衛的侄子，就是後來大名鼎鼎的民主人士沈鈞儒。沈鈞儒此時已中了進士，跟著叔叔沈衛做一些抄抄寫寫的輔助工作。沈鈞儒清楚地記得，張季鸞赴省會西安應試，在截止報考的號角已經吹響，考棚大門即將關閉的時刻，他才手提考籃，跌跌撞撞地來到考場。張季鸞向考官們訴說趕路的艱辛，要求破例准其入闈應考。沈衛將張季鸞叫了進去，問他平日讀了什麼書，有何專長。張季鸞答，對北方山川地貌，曾加以研究。沈衛便讓他將長城各口的險要寫出個大概來。張季鸞不假思索，提筆便寫。沈鈞儒憶起，張季鸞瘦弱矮小，坐在條凳上，兩隻腳還夠不著地呢！沈衛看過張季鸞答案後很滿意，特准他參加考試。後來閱卷，成績果然不錯。

這一年是西元 1905 年。風雨飄搖中的滿清政府，面對內憂外患的窘困處境，迫於社會各界的改革壓力，決定廢止科舉，興辦新學，選

派留學生出洋，學習西方的先進思想和文化。經沈衛保舉，張季鸞被選中官費留學日本。他是陝西省三十四個赴日留學生中年齡最小的一個，還不足十八周歲。

張季鸞勤奮好學，刻苦嚴謹，留學期間埋頭苦讀，很快便嶄露頭角。留學五年，他對日本的歷史、政治、思想、文化，尤其是明治維新以後的社會思潮、風俗人情，都做了深入的調查和研究。他的日文水平也相當不錯。當時日本學者評價說，中國留學生中，日文寫得流暢清麗的，首推張季鸞的論文和戴天仇的書信、小品。

在日本留學期間，張季鸞還結識了同盟會的諸多骨幹、精英，參與創辦了《秦隴》、《關隴》、《夏聲》等進步刊物，用「少白」、「一葦」的筆名發表文章，鼓吹革命。這也是張季鸞與新聞的首次牽手。

1911 年，張季鸞學業完成，準備啟程回國。那時，辛亥革命正在緊鑼密鼓地籌備之中，武昌首義的槍聲即將響起。張季鸞對同鄉說：「這次起義，必獲成功，我決意先行回滬，協助于右任先生，鼓吹革命思想，期早達成目的。」

辛亥功成，共和初行。1912 年元旦，南京臨時政府成立，孫中山就任中華民國臨時大總統。正在上海協助于右任辦《民立報》的張季鸞，經于右任推薦，擔任了總統府秘書，參與起草了孫中山的《臨時大總統就職宣言》。這是一篇在中國近代史上有重大影響的劃時代宣言：

> 中華民國締造之始，而文以不德，膺臨時大總統之任，夙夜戒懼，慮無以副國民之望。夫中國專制政治之毒，至二百餘年來而滋甚，一旦以國民之力踣而去之，起事不過數旬，光復已十餘行省，自有歷史以來，成功未有若是之速也。國民以為於內無統一之機關，於外無對待之主體，建設之事，更不容緩，於是以組織臨時政府之責相屬。自推功讓能之觀念以言，文所不敢任也；自服務盡職之觀念以言，則文所不敢辭也。是用黽勉從國民之後，能盡掃專制之流毒，確定共和，以達革命之宗旨，完國民之志願，端在今日。敢披肝瀝膽，為國民告：

國家之本，在於人民。合漢、滿、蒙、回、藏諸地為一國，即合漢、滿、蒙、回、藏諸族為一人，是曰民族之統一。武漢首義，十數行省先後獨立。所謂獨立，對於清廷為脫離，對於各省為聯合。蒙古、西藏意亦同此。行動既一，決無歧趨，樞機成於中央，斯經緯周於四至，是曰領土之統一。血鐘一鳴，義旗四起，擁甲帶戈之士遍於十餘行省，雖編制或不一，號令或不齊，而目的所在則無不同。由共同之目的，以為共同之行動，整齊劃一，夫豈其難，是曰軍政之統一。國家幅員遼闊，各省自有其風氣所宜。前此清廷強以中央集權之法行之，以遂其偽立憲之術。今者各省聯合，互謀自治，此後行政期於中央政府與各省之關係，調劑得宜，大綱既挈，條目自舉，是曰內治之統一。滿清時代藉立憲之名，行斂財之實，雜捐苛細，民不聊生。此後國家經費，取給於民，必期合於理財學理，而尤在改良社會經濟組織，使人民知有生之樂，是曰財政之統一。

以上數者，為行政之方針，持此進行，庶無大過。若夫革命主義，為吾儕所倡言，萬國所同喻。前此雖屢起屢躓，外人無不鑒其用心。八月以來，義旗飆發，諸友邦對之抱平和之望，持中立之態，而報紙及輿論尤每表其同情，鄰誼之篤，良足深謝。臨時政府成立以後，當盡文明國應盡之義務，以期享文明國應享之權利。滿清時代辱國之舉措與排外之心理，務一洗而去之；與我友邦益增睦誼，持平和主義，使中國見重於國際社會，且將使世界漸趨於大同。循序以進，不為幸獲。對外方針，實在於是。夫民國新建，外交內政，百緒繁生。文自顧何人，而克勝此？然而臨時之政府，革命時代之政府也。十餘年來，從事於革命者，皆以誠摯純潔之精神，戰勝其所遇之艱難。即使後此之艱難遠逾於前日，而吾人惟保此革命之精神，一往而莫之能阻。必使中華民國之基礎確立於大地，然後臨時政府之職務始盡，而吾人始可告無罪於國民也。今以與我國民初相見之日，披布腹心，惟我四萬萬之同胞可鑒之。

對於這篇《臨時大總統就職宣言》，張季鸞的內心是隱隱地引為自豪的。儘管他嘴上說「意見是孫先生的，我不過記錄而已，而且孫先生審閱後署名發表，就是他的文章了，我不該引以為榮」，但他知道，做為一篇歷史文獻，張季鸞的名字與孫中山、與辛亥革命、與中華民國永遠地寫在一起了。而這一年，張季鸞還不足二十五周歲。以這個年紀，寫出如此厚重、全面、持平、幹練的文字，實屬難能可貴。難怪張季鸞晚年談到平生三大得意之事時，第一件就是為孫中山先生起草臨時大總統就職宣言。另外兩件是，續辦《大公報》並獲得密蘇里大學新聞學院獎章和五十得子。

二

許多人迷信數字，他們非要挖空心思，在這些毫無生命的阿拉伯符號當中找出與自己的人生、命運、事業有某種契合的所謂幸運、吉祥號碼。早年的美國報業大亨約瑟夫・普立茲（Joseph Pulitzer），出生於 4 月 10 日，他固執地認為「10」就是他的幸運數字。因而他的一些重大決策、決定，往往都選定在 10 號這一天做出。據說毛澤東在從西柏坡進入北京之際，在五臺山匿了身份去拜訪了一位高僧。高僧沒說別的，送給毛澤東一組數字：8341。無人意會其意，毛便用它命名了自己的警衛部隊。待毛澤東逝世之後，人們大悟，毛澤東活了八十三歲，執掌中共大權四十一年。

對於毛的這段傳說不足為信，姑妄聽之。

如果非要給張季鸞確定一個幸運數字的話，那麼「15」可能是他無法回避的一個數字心結。

1926 年，是張季鸞跌宕人生的轉折之年。這一年，是民國十五年，也是張季鸞自日本學成歸國十五周年。這一年，是張季鸞三十年新聞生涯的中分之年。這一年，距張季鸞生命的終點還有十五年……

　　「15」，既是張季鸞的幸運，又是張季鸞的讖語。命運這東西，還真是不好說。

　　袁世凱同意執掌民國，孫中山黯然去職之後，張季鸞便立即離開了南京總統府。日本留學的經歷，特別是明治維新的成功經驗，讓張季鸞對辦報紙、開民智，存有意乎尋常的熱情。

　　自日本舟楫返國，張季鸞就是衝著于右任的《民立報》去的。在短期擔任孫中山的秘書之後，張季鸞又回到了《民立報》，他的勤勉和出眾的文字，為《民立報》增色不少。于右任贊他：「英思卓識，天宇開張」。1913 年 3 月，袁世凱派人謀刺了宋教仁，舉國一片聲討之聲，張季鸞也在報紙上直言袁世凱難逃干係。6 月，張季鸞又在他與曹成甫共同創辦的北京《民立報》上披露袁世凱向英、法、德、俄、日五國列強借款的內幕。這讓袁大總統惱羞成怒，下令查封了北京《民立報》，並將張季鸞、曹成甫抓進了大牢。這是張季鸞第一次「因言獲罪」，身陷囹圄。三個多月後，張季鸞在好友李根源等人的多方營救下得以解脫，被袁世凱驅逐出京。而曹成甫就沒有那麼幸運了。他瘐死獄中，未能等到自由的那一天。

　　此後，張季鸞漂泊於上海，為留日同學胡政之任總編輯的《大共和日報》編輯國際版，同時兼為其他諸多報刊，如《申報》、《民信日報》等撰寫稿件，顛沛流離，聊以謀生。

　　1916 年，袁世凱稱帝夢碎，在全國人民的唾罵聲中暴卒於北京，正所謂千夫所指，無疾而終。張季鸞又回到了北京，主持剛剛創辦的《中華新報》。兩年後，因刊發了交通通訊社〈嗚呼三大借款〉一稿，抨擊段祺瑞政府擅舉外債，致使段執政震怒無比，查封了《中華新報》，逮捕了總編輯張季鸞。這是張季鸞第二次「因言獲罪」，二度坐牢。半個月後，被社長張耀曾營救出獄。但《中華新報》卻一直未獲復刊。

　　在從事這些鼓吹共和，反對獨裁的積極報刊的編輯工作時，當年留學日本的「革命同學」，多次動員張季鸞參加同盟會或其他革命組織，張季鸞思忖再三，都一一婉拒。他說，「做記者的人最好要超然於

黨派之外，這樣，說話可以不受約束，宣傳一種主張，也易於發揮自己的才能，更容易為廣大讀者所接受。」

正當張季鸞輾轉京滬兩地，生活無著之際，河南軍務督辦、張季鸞的同鄉摯友胡景翼，為他謀得了隴海鐵路會辦之職。這可是舉世矚目的「肥缺」。張季鸞上任不足一個月就轉身而去。他不會當官，受不了官場的束縛和阿諛奉承，他說：「不幹這個勞什子，還是當我的窮記者去。」

1926 年，張季鸞的轉機來了。

天津的《大公報》創刊於 1902 年，出資人是柴天寵、王郅隆和嚴復。此三人或為傳教士、或為天主教堂總管、或為社會改革家，總之，是一批具有現代思想的開明人士。主持《大公報》編務的是滿族人英斂之。英斂之出身貧苦，後入天主教，具有強烈的革新、改良思想。在《大公報》的發刊詞上，英斂之把辦報宗旨定位為採納西方思想，啟迪民智，開風氣之先，目的是移風易俗，富國強民。關於報名，英斂之解釋說：「忘己之為大，無私之謂公」。

當下的讀者如果對英斂之知之不多的話，對他的後人倒是應該有所耳聞。英斂之的獨生子是英千里，孫子是英若誠，曾孫就是英達、英壯。

英斂之是滿族人，對清廷有著異乎尋常的感情。英斂之的「敢言」，是有限度的。他的力主還權於光緒、反對太后聽政也好；他的鼓吹變法改良、揭露官場弊政也好，都是取維新而避革命，立君憲而救滿清。辛亥首義之槍，震驚全國，不足一月，各行省均宣佈獨立，清政府名存實亡，繼而宣統被迫遜位，中華大地上又一次改朝換代。所有這一切，大大出乎英斂之的意料之外，也大大超出了他的承受能力。他不知道他主持的《大公報》還能再說什麼。他徹底失去了辦報的興趣。

無奈之下，出資人之一的王郅隆接手了《大公報》。王郅隆走的是一條黨派報紙的路線，沒有幾年，便將《大公報》帶進了死胡同。軍閥混戰，天下大亂，城頭變換大王旗的動盪社會局面，也不是辦報的理想環境。至 1926 年年初，《大公報》基本上處於了停刊狀態。

　　《大公報》的窘境，讓同為官費日本留學生的吳鼎昌、胡政之、張季鸞心痛不已。儘管《大公報》出版於天津，地理位置不如政治、文化中心的北京，遜色於經濟、商業、時尚大都會的上海，不及革命浪潮風起雲湧、開風氣之先的廣州，但天津畢竟是華北名城，地處京畿，歷史悠久。只要《大公報》有足夠的資金，延攬到國內一流人才，辦一張像樣的大報，刊佈新聞，評論時政，還是完全能辦得到的。

　　吳鼎昌是金融界的巨頭，搞錢有辦法；胡政之善經營，懂財務，理財是高手；張季鸞癡迷於文字，辦報的激情未有絲毫衰竭，是總編輯的不二人選。三人約法五章：

一、資金。由吳鼎昌一人籌措，不向任何方面募款。吳鼎昌認為，民國以來，一般報館辦不好，主要是因為資金不足，濫拉政治關係，拿政客的津貼，政局一有變動，報就垮了。所以，辦報首先就要自籌足夠的資金。吳鼎昌協商於「四行儲備會」，從「經濟研究經費」中籌措了五萬元給《大公報》使用，經營得好，繼續擴展事業。經營不好，關門了事，權當五萬元打了水漂。

二、待遇。三人專心辦報，三年之內不得擔任有俸給的公職。既做報人，就要專心辦報，把報紙當作事業來做。為保證胡政之、張季鸞專心辦報，吳鼎昌提議，自己有資產，不在報館支薪水。胡、張每人每月領取薪水三百元。

三、企業性質。《大公報》是股份公司性質。吳鼎昌募集資金，胡政之和張季鸞雖不出錢，但以勞力入股，每屆年終，由報館送給相當股額的股票。公司的名字叫「《大公報》新記公司」。

四、職責分工。根據各人所長，三人職務分配如下：吳鼎昌任社長，胡政之任經理兼副總編輯，張季鸞任總編輯兼副經理。

五、言論。三人共組社評委員會研究時事問題，商榷意見，決定主張，文字分擔。如有不同意見，服從多數，若三人各不相同，由張季鸞決定。

　　這「約法五章」言簡意賅，將謀劃一個報館的方方面面均包括了進去。胡政之說：「簡直就是我們創業時的憲法，一直被我們供奉著。」

1926 年 9 月 1 日，新記《大公報》公司正式開張，復刊後的《大公報》也在這一天與讀者見面了。在刊發於一版的《本社同人之志趣》一文中，張季鸞第一次提出了他的「不黨、不賣、不私、不盲」的辦報宗旨：

> 所謂「不黨」，即純以公民之地位，發表意見，此外無成見，無背景。凡其行為有利於國者，擁護之，其害國者，糾彈之。
>
> 所謂「不賣」，即聲明不以言論作交易。不受一切帶有政治性質之金錢輔助，且不接受政治方面入股投資。是以吾人之言論，或不免囿於智識及感情，而斷不為金錢所左右。
>
> 所謂「不私」，即本社同人除願忠於報紙固有之職務外，並無他圖。易言之，對於報紙並無私用。願向全國開放，使為公眾喉舌。
>
> 所謂「不盲」，即夫隨聲附和，是謂盲從。一知半解，是為盲信。感情所動，不事詳求，是為盲動。評詆激烈，昧於事實，是謂盲爭。吾人誠不明，而不願諂於盲。

「四不」辦報方針，已經有了現代報紙的理念和雛型。對於張季鸞而言，「不黨、不賣、不私、不盲」不是他心血來潮的即興之念，而是十幾年來記者生涯和辦報甘苦的切身體會。在中國近代新聞史上，有張季鸞這樣識見和思考的新聞人，鳳毛麟角。新聞史研究學者王潤澤指出：「四不主義」的提出，第一次表明中國職業報人獨立意識的覺醒，是中國報紙擺脫政黨報刊，跳出純粹商業目的，進入更高的獨立報紙階段的開始；是中國報業現代化過程中重要的里程碑。

三

1949 年以後，中國大陸的意識形態發生了天翻地覆的變化，價值標準和評判方式迥異於既往。每經歷一次政治運動，張季鸞就被塗上一層「非革命」的油彩，做為反面教材和痛毆的靶子供人們批判。

張季鸞及其《大公報》對國民黨政府「小罵大幫忙」就是帶有官方色彩的要害性評價，也是扣在張季鸞頭上的最大的一頂「政治帽子」。

這完全是從意識形態出發，以階級劃線，苛求先賢的僵化標準。筆者每議及至此，便忿忿不平，如鯁骨在喉，不吐不快。

其一，每一個人都是歷史和時代的產物，都是生活在他所處的那個特定的社會環境中的。超越時代和社會的任何評價，不是苛求，就是不科學和不公正的。張季鸞是一個知識份子，一介書生，他不是某一種獨立階級的成員，只能依附於現有社會和合法政權安身立命，勞作謀生。這是所有國家、所有社會知識份子的共同命運。張季鸞所處的中國社會狀況尤為特殊。辛亥革命後，中華大地四分五裂，軍閥混戰了十幾年之久，生靈塗炭，民不聊生。蔣介石率軍北伐，統一了中國，國家終於歸元，政令終可暢通，任何負責任的媒體都會歡呼這一嶄新局面，張季鸞由此而成為「國家主義者」，信奉一個領袖，一個國家也就不足為怪了。

東北淪陷，戰雲密佈；抗戰爆發，國難當頭。張季鸞在《大公報》上「教戰」、「明恥」，主張在蔣介石的領導下，全民抗戰，堅持到底。這是每一個有良知的中國人在危難之時的唯一正確選擇。

其二，報紙是社會公器，是大眾的輿論工具，它必須最大限度地代表和滿足讀者的意願，如果讀者不買帳，報紙就失去了生存的意義。辦報人只顧自說自話，狂飆突進，逞一時之快，大眾讀者是不會喜歡它的。張季鸞即便是為報紙生存計，也不會黑著臉想罵誰就罵誰。事實上，新記《大公報》復刊短短幾年，就成為了中國輿論的重鎮，發行量直線攀升，廣告收入大幅增加，讀者喜愛有加，就在於它的持平之論和客觀報導。

《大公報》社評立論的基礎是什麼呢？應該說是自由資本主義的立場。張季鸞的理想是建立一個民主、法治、憲政的現代國家。這就構成了一個他主持《大公報》筆政的基本原則：凡符合民主、自由資本主義的就贊成，違背的就反對。對國民政府，他一邊擁護它的合法性，一邊抨擊它的一黨專權。

　　其三，世界上所有國家的報紙，都是在體制內生存的。它要經過現有合法政府的批准、註冊，在既有的法律框架下辦報紙、搞發行。體制的容忍程度是最高標準，是生存的唯一前提。照後世評論者們的說法，張季鸞對國民黨政府和蔣介石罵到什麼程度才可以呢？難道要像邵飄萍那樣在報紙上大罵張作霖，罵到張作霖殺心驟起，打進北京城就立即槍斃了邵飄萍？難道要像林白水那樣逞一時之痛快，罵張宗昌是「狗肉將軍」，罵張的智囊潘復是睪丸，被張宗昌半夜拘捕，不經審訊，直送北京天橋刑場彈穿後腦？或者張季鸞「罵亦有道」，可免一死，可罵得報紙被查封、報館被封門，中國近代史上，《大公報》銷聲匿跡，早早歸於沉寂，後世評論各輩便豎起大拇指大加讚揚，心安理得了？

　　人是歷史的產物。當代之人不能脫離所處現實而生存；後來之人也不能不顧客觀而妄加評論。我們眼下的情形又是如何呢？報紙已成了黨、政府和人民的喉舌，宣傳紀律的細緻入微無以復加。不要說「大罵」，你「小罵」試試？不要說「小罵」，你「輿論不一」試試？肯定是立即關門大吉，噤聲遁形。我們今天都無法做到的事情，憑什麼苛求於近百年前的張季鸞呢？他罵也好，幫忙也好，小罵大罵悉聽尊便，大幫忙小幫忙無可厚非，因為他遵循的，是新聞自由的鐵定原則。

　　我們幼稚的學術研究恰恰在這一點表現得讓國人瞠目結舌。在鮮明的意識形態指導下，以階級劃線，以政治標準為最高原則，認可了後世之人脫離社會現實硬按給《大公報》的「小罵大幫忙」論，然後又試圖為張季鸞和《大公報》解脫，在既有的思維定勢下證明《大公報》不僅小罵，也有大罵；不僅幫國民黨，也幫了共產黨。這是何等的荒謬和可笑。這種僵化、幼稚的歷史觀，陳陳相襲，遺害了多少歷史研究之人！

　　某公，耄耋之年，國內新聞史研究的頂級權威，著作等身，流頒甚廣。他先用概念的繩索結結實實地捆綁了張季鸞和《大公報》，然後再沒法去解開這些死結。這種原地踏步的學術研究，這種幼稚的「辯史」方式，筆者等晚輩絕不敢苟同。

　　某公說:「小罵大幫忙」是專就《大公報》對國民黨當局的態度做出的一句帶有概括性的話,是長期以來扣在《大公報》頭上的一頂沉重的政治帽子,是難以坐實的。

　　此言不虛,足以撥亂反正,以正視聽。然而緊接著,此公用政治標準去解析政治帽子,用現實是非價值標準去評判和匡正先人,則真是刻舟求劍,南轅北轍了。

　　此公說:先說罵,《大公報》對國民黨當局,不光是「小罵」,也有大罵,有時甚至是怒罵和痛罵。……而且是出自肺腑的真罵,不是假罵。憂國憂民之心,溢於言表(這話不夠嚴謹,反而有反諷之嫌,「憂國憂民」?張季鸞憂的是哪一個「國」呢?自然是中華民國)。……考慮到國民黨當局對報刊言論的嚴厲限禁和迫害,考慮到連魯迅那樣的作家尚且只能「戴著鐐銬跳舞」,能夠如此堅定地站在人民的立場,為民族和國家的利益,不畏強禦,不屈從於權勢,鐵骨錚錚,克盡言責,不但無可厚非,而且難能可貴。

　　此公將張季鸞和《大公報》抬到如此高的地位,也不怕九天之上的張季鸞驚悚不已。一個不爭的事實是,張季鸞與《大公報》始終是在國民政府新聞審查制度允許的範圍內立論和辦報的,它至少沒有像其他報紙那樣被「開天窗」、被停刊數日或永久查禁。

　　此公說:《大公報》確實也罵過共產黨。這是因為它是一份無黨無派的報紙,又時時以「四不」為標榜,對包括共產黨在內的各個黨派,都有所批評和指摘,是很自然也是很正常的事情。對共產黨的罵,多數情況下是罵錯了。……《大公報》不是共產黨的機關報,也並非左派報紙,這些社評的撰稿人也不是馬克思主義者,不能要求他們完全接受共產黨的觀點和主張。不可能不出一點差錯。出了差錯,受了批評,認識了,改正了,就行了。

　　這完全是一種居高臨下、頤指氣使的神態,完全是一種「非我族類,其心必異」的叢林歷史觀。它的潛臺詞明確無誤:共產黨是罵不得的,罵了就是大錯特錯,必須認真反省,痛改前非……

在「幫忙」論的分析上，此公的論述尤為「精彩」：《大公報》確實給國民黨幫過忙。從大革命後期幫起，「清共」和「分共」的時候幫過，攻打蘇區的時候幫過，「九・一八」事變前後幫過，西安事變前後幫過，抗日戰爭時期幫過，解放戰爭開始的一段時期也幫過。一般說來，擁蔣反共就是幫國民黨的忙。

這些話缺少實事求是的歷史分析。在上述的所有歷史時期，中國的合法政府、中國的「正朔」是誰呢？是中華民國政府。而共產黨只是輾轉於大山深處、黃土高原的「流寇」、「草莽」、「共匪」，《大公報》不去為合法政府幫襯，而是為企圖推翻政府的「革命武裝」張目，它還能生存下去嗎？

我們的近代史、革命史研究，總是希圖得出這樣一個結論：在漫長的革命鬥爭時期、在取得合法政權之前，我們共產黨及其理想從一開始就已經得到了全國人民、社會各界（包括知識界、新聞界）的衷心擁護，輿論的天平是自始至終倒向我們一邊的。因而，《大公報》也是幫過共產黨的。此公論述道：

> 尤其不能忘記的是，《大公報》不僅幫過國民黨的忙，也大大地幫過共產黨的忙。第一個派記者到蘇聯採訪、向中國讀者介紹建設中的蘇聯真實情況的是《大公報》。第一個派記者去邊區、向全國人民報導中國工農紅軍萬里長征的真實情況和邊區建設情況的是《大公報》。對共產黨的報導，《大公報》始終尊重事實，不歪曲，不捏造，採取了客觀或比較客觀的態度。
>
> ……

我們不能再用這些幼稚和膚淺的分析佔用我們的篇幅了。這些都是苛求古人的一面之詞，一家之言。給《大公報》貼上後人需要的政治標籤是徒勞的和無益的。《大公報》就是《大公報》。這是一張同人辦的民間報紙，立場中立，報導公允，立論持平，它代表了當時中國廣大中產階級的利益，是一張深受中上層讀者喜愛的報紙。報紙經營

得法，財力日隆，發行量扶搖直上，最終位居了中國報紙的第一發行量的交椅。

這些難道不夠嗎？這就是歷史，這就是事實。天地翻覆之後，以「小罵大幫忙」定性《大公報》，實在是無稽之談。不足為訓，不足為評。

四

後世學者論及張季鸞和《大公報》，往往著眼於「文人議政」和「文章報國」。

不錯，言論是報紙的旗幟。舊時中國知識份子，身居陋室，心憂天下，一枝纖筆報家國。上世紀五十年代以前的報紙，社評是報紙的重要內容，主持筆政的文人，是報紙的棟樑之材，地位顯赫，收入優渥。《大公報》自然也不例外。自它創刊以來，尤其是新記《大公報》復刊以來，每天一篇社評甚至數篇社評，大到國計民生，小到街談巷議，都是《大公報》社評關注的內容。持平、明晰，或娓娓道來，或條分縷析的《大公報》社評，為張季鸞和《大公報》爭得了極大的聲譽。

但是，一張報紙，究竟是「言論立報」呢還是「新聞立報」？換句話說，讀者購買你的報紙，看重的是你的社評呢，還是你刊發的大量公正客觀及時的新聞？

筆者始終認為，「新聞立報」是根本。

報紙，終究是新聞的載體而不是觀念的平臺。報紙又叫「新聞紙」，所謂「newspaper」。每天採擷、編發大量有價值的新聞載於報紙之上，是所有編輯、記者的第一要務。舍此，便是言不及義，棄本逐末。

1941 年 5 月，《大公報》獲得了美國密蘇里大學新聞學院「最佳新聞服務獎」。這是中國報紙第一次也是唯一一次獲得該獎。密蘇里大學新聞學院非常看重它的「最佳新聞服務獎」。在《大公報》之前，獲得該項大獎的，在英國只有《泰晤士報》和《曼徹斯特衛報》，在美國

只有《紐約時報》、《基督教科學箴言報》，在亞洲其他國家，只有日本的《朝日新聞》和印度的《泰晤士報》。

密蘇里大學新聞學院給《大公報》的獲獎評語是：

> 在中國遭遇國內外嚴重局勢之長時期中，《大公報》對於國內新聞和國際新聞之報導，始終充實而精粹，其勇敢而鋒利之社評影響於國內輿論者至巨。該報自 1902 年創辦以來，始終能堅守自由進步之政策；在長期作報期間，始終能堅持其積極性新聞之傳統，雖曾遇經濟上之困難，機會上之不便以及外來之威脅，仍能增其威望。該報之機器及內部人員，曾不顧重大之困難，自津遷滬抵漢以至渝港兩地，實具有異常之勇氣機智與魅力。該報能在防空洞繼續出版，在長期中雖曾停刊數日，實具有非常之精神與決心，且能不顧敵機不斷之轟炸，保持其中國報紙中最受人敬重最富啟迪意義及編輯最為精粹之特出地位，《大公報》自創辦以來之奮鬥史，已在中國新聞史上放一異彩，迄今無可以頡頏者。

細心的讀者也許已經發現，密蘇里大學新聞學院的評語裏，是把「新聞」列於「社評」之前的。也就是說，它首先肯定的是《大公報》的「充實而精粹」的國內國際新聞報導。報紙是以刊發新聞為己任的。「新聞立報」是唯一準則。

當然，張季鸞的社評的確很有特色。這在他當世及後來，已引起了眾多專家學者的關注和評析。新聞評論學者塗光晉，將張季鸞的社評寫作總結為如下幾個特點：增強時效性，追求新聞價值基礎上的評論價值；追求預見性，洞悉時局與事態的本質及趨勢；注重邏輯性，文章結構嚴謹，論證縝密；走向通俗性，用平實暢達的語言敘事說理；標榜公正性，在「客觀」與「敢言」間尋求平衡。

臺灣研究《大公報》的陳紀瀅，早年就是《大公報》的編輯。他曾明確表示，別人是模仿不來張季鸞的風格的。「這種風格代表著簡明、理性與具有豐富的感情。這是張季鸞先生一手形成的。他寫文章從不用

典，不用深奧偏僻的文字、語句，更不以文字氣勢凌人；他總是以娓娓動人的理性講話，彷彿當面對人言，有相當禮貌，讓人能接受下去。」

張季鸞一生寫的社評蔚蔚大觀，成百上千篇，但人們津津樂道的也不是太多，這正應了那句老話：報紙是易碎品。張季鸞自己就打趣地說過，報紙「早晨還有人看，下午就被人拿去包花生米了」。

筆者尤其欣賞的是張季鸞在西安事變發生之後的幾篇社評。

12 月 13 日，正在天津的張季鸞聞聽西安兵變，蔣介石蒙難，「在報館裏坐臥不安，來回踱步，不斷催促駐外記者回報消息。這一天他連飯都未顧上吃」。張季鸞明白，當此國難橫空、民族危亡之際，只有穩定人心，一致對外才是正確之途，積貧積弱的中華民族再也經不起自己內部的折騰了。張季鸞曾對徐鑄成回憶當時情景：「他們要蔣先生答應與共產黨聯合一致抗日，我是準備莊嚴地說幾句話，千萬勿破壞團結，遺人以口實，讓敵人乘虛大舉進攻，各個擊破」。這表明了張季鸞的理智之見和大局意識。當日，張季鸞趕寫了一篇社評，題目就是〈西安事變之善後〉。張季鸞在社評中明確指出，「解決時局，避免分崩」，「國家必須統一，統一必須領袖」，「各方應迅速努力恢復蔣委員長之自由」。第二天，張季鸞又寫了《再論西安事變》的社評，呼籲全國各方以大局為重，呼籲張學良、楊虎城「幡然回悟」，尊重蔣介石之中心地位，確保其人身安全。

經過幾天的深思熟慮之後，12 月 18 日，張季鸞的第三篇社評〈給西安軍界的公開信〉發表於《大公報》上。這是解決西安事變的發軔之作，也是張季鸞一生中最著名、最有力的社評範文。

社評開宗明義，對東北軍表示了深切的同情：

> 陝變不是一個人的事，張學良也是主動，也是被動。西安市充塞了乖戾幼稚不平的空氣，醞釀著，鼓蕩著，差不多一年多時間，才形成這種陰謀。現在千鈞一髮之時，要釜底抽薪，必須向東北軍在西安的將士們剴切勸說，我們在這裏謹以至誠，給他們說幾句話。

主動及附和這次事變的人們聽著！你們完全錯誤了，錯誤的要亡國家，亡自己。現在所幸尚可挽回，全國同胞這幾天都悲憤著，焦灼著，祈禱你們悔禍。

東北軍的境遇，大家特別同情，因為是東北失後在關內所餘唯一的軍團，也就是九一八國難以來關於東北唯一的活紀念。你們在西北很辛苦，大概都帶著家眷，從西安到蘭州之各城市，都住著東北軍眷屬，而且眷屬之外還有許多東北流亡同胞來依附你們。全國悲痛國難，你們還要加上亡家的苦痛，所以你們的焦灼煩悶格外加甚，這些情形是國民同情的。

表達了足夠的同情之後，張季鸞筆鋒一轉，痛斥了東北軍的魯莽行徑：

你們大概聽了許多惡意的幼稚的煽動，竟做下這種大錯，你們心裏或者還以為自己是愛國，哪知道危害國家再沒有這樣狠毒嚴重的了！你們把全國政治外交的重心、全軍的統帥羈禁了，還講什麼救國？你們不聽見綏遠前線將士們，突聞陝變，都在內蒙荒原中痛哭嗎？你們不知道嗎？自十二日之後，全國各大學各學術團體以及全國工商實業各界誰不悲憤？誰不可惜你們？你們一定妄信煽動，以為有人同情，請你們看看這幾天全國的表示，誰不是痛罵！就是本心反政府想政權的人，在全國無黨無派的大多數愛國同胞之前，斷沒有一個人能附和你們的。因為事實最雄辯，蔣先生正以全副精神領導救國，國家才有轉機，你們下此辣手。你們再看看全世界震動的情形！凡是同情中國的國家，沒有不嚴重關心的。全世界的輿論，認定你們是禍國，是便利外患侵略，因為這是必然的事實。蔣先生不是全智全能，自然也會有招致不平反對的事，但是他熱誠為國的精神與其領導全軍的能力，實際上早成了中國領袖，全世界國家都以他為對華外交的重心。這樣人才與資望，決再找不出來，也沒有機會再培植。

你們製造陰謀之日，一定能預料到至少中央直屬的幾十萬軍隊
要同你們拼命。那麼你們怎樣還說要求停止內戰？你們大概以
為把蔣先生劫持著，中央不肯打你們，現在討伐令下了，多少
軍隊在全國悲憤焦慮空氣中，正往陝西開。你們抗拒是和全國
愛國同胞抗拒，這樣死了，教全國同胞雖可憐而不能見諒。你
們當中有不少真正愛國者，乃既拼了命而禍了國，值與不值？
這幾天全國各地的東北同胞，他們都替你們悲痛，盼望趕緊悔
悟，你們還不悔還不悟嗎？

　　義正辭嚴、深責痛斥之後，張季鸞又給他們指出了解決陝變的正
確道路：

所幸者現在尚有機會，有辦法，辦法上且極容易，在西安城內
就立刻可以解決。你們要從心坎裏悲悔認錯！要知道全國公論
不容你們！要知道你們的舉動充其量要斷送祖國的運命，而你
們沒有一點出路。最要緊的，你們要信蔣先生是你們的救星，
只有他能救這個危機，只有他能瞭解能原諒你們。你們趕緊去
見蔣先生謝罪罷！你們快把蔣先生抱住，大家同哭一場！這一
哭，是中華民族的辛酸，是哭祖國的積弱，哭東北，哭冀察，
哭綏遠！哭多少年來在內憂外患中犧牲生命的同胞！你們要
發誓，從此更精誠團結，一致的擁護中國。你們如果這樣悲悔
了，蔣先生一定陪你們痛哭，安慰你們，因為他為國事受的辛
酸，比你們更大更多。我們看他這幾年在國難中常常有進步，
但進步還不夠。此次之後，他看見全國民這樣焦憂，全世界這
樣繫念，而眼前看見他所領導指揮的可愛的軍隊大眾要自己開
火，而又受你們的感動，他的心境，一定是自責自奮，絕不怪
你們。從此之後，一定要努力，集思廣益，負責執行民族復興
的大業。那麼這一場事變就立刻逢凶化吉，轉禍為福了。你們
記住幾點：（一）現在不是勸你們送蔣先生出來，是你們應當
快求蔣先生出來。（二）蔣先生若能自由執行職務，在西安就

立刻可以執行，你們一個通電，蔣先生一個命令就解決了，幾時出西安，是個小問題，誰不是他的部下，誰不能作衛隊呢？（三）切莫要索保證，要條件，蔣先生的人格，全國的輿論，就是保證。你們有什麼意見，待蔣先生執行職務後，盡可以去貢獻，只要與國家民族有利，他一定能採納，一定比從前更認真去研究。（四）蔣先生是中央的一員，現在中央命令討伐，是國家執行紀律。但我們相信蔣先生一定能向中央代你們懇求，一定能愛護你們到底。

社評的最後，張季鸞沒有忘記標榜他的公正立場，以中允的態度，做最後的陳情：

我們是靠賣報吃飯的，誰看報也是一元法幣一月，所以我們是無私心。我們只是愛中國，愛中國人，只是悲憂目前的危機，馨香禱告逢凶化吉！求大家成功，不要大家失敗。今天的事情，關係國家幾十年乃至一百年的命運，現在尚盡有大家成功的機會，所以不得不以血淚之辭貢獻給張學良先生與各將士。我想中華民族，只有徹底的同胞愛與至誠能挽救。我盼望飛機把我們這一封公開的信，快帶到西安，請西安大家一看，快快化乖戾之氣而為祥和。同時請西安的耆老士紳學生青年，都快去求張先生、楊先生們，照這樣做，這是中國的生路，各軍隊的生路，也就是西安二十萬市民的生路。全世界全中國這幾天都以殷憂的目光，望著西安陰鬱的天空趕緊大放光明吧！萬萬不要使華清池西安等地，在中國歷史上成了永久的最大的不祥紀念，我們期待三天以內就要有喜訊，立等著給全國的同胞報喜。

國民政府十分贊同和看重張季鸞的這篇社評，立即讓《大公報》加印了四十萬份，派專機飛往西安上空散發。陳紀瀅說：「所有東北軍及楊虎城所屬看了這張傳單式的社評，馬上改變了態度。張、楊二氏的心理，也立刻起了急劇變化。後來筆者親自遇見當時參加事變的幾

位東北軍高級軍事將領,他們描述那張傳單的功效時說,『我們看了這篇社評,又感動又洩氣。那篇文章說得入情入理,特別把東北軍的處境與其遭遇,說得透徹極了,所以我們都受了莫大感動。但大家又說:大公報不支持我們,還有什麼話可說?我們便拿著傳單去見副司令(張學良),進了房間,見副司令正閱讀那上面的文章,他看完之後,神色也變了,立刻召集會議,討論一切。後來的變化雖然多半受委座品德的感召,但軍心渙散,將士轉向,不能不說與這篇文章有重要關係。』」

一篇宏文,罷兵息武。準備圍困西安、血洗古城的幾十萬大軍停止了前進。蔣介石安全釋放,返回南京。中國近代史開始了另一種的寫法。誰說書生不濟世?如椽巨筆定乾坤。

1988 年是張季鸞的百年壽誕,臺灣舉行了隆重的紀念活動。張季鸞的兒子張士基,由海外專程赴台與會。暮年中的少帥親自接見張士基,親和友善,並從頭至尾,一字不差地背了一遍這篇社評,一時傳為佳話。

另一篇為世人稱道的《大公報》社評是抗戰時期的〈我們在割稻子〉。

1941 年 8 月,日軍對陪都重慶進行了連續幾個月的狂轟濫炸,山城人民的生命財產損失慘重。8 月 18 日,《大公報》主筆王芸生到長江南岸汪山探望病重的張季鸞。談到日本轟炸機的倡狂,王芸生眉頭不展。張季鸞說:「芸生,你儘管唉聲歎氣有什麼用?我們應該想個說法打擊敵人。」王芸生回答:「敵機走了,毫無抵抗,我們怎麼可以用空言安慰國人打擊敵人呢?」張季鸞問:「敵機走了,老百姓在幹什麼?」王芸生說:「我來的路上,看到老百姓在田裏割稻子。」突然,張季鸞擁被而起,興奮地說:「今天你就寫文章,題目叫〈我們在割稻子〉。就說,在最近敵機來襲時,我們的農民在割稻。」於是,第二天的《大公報》發表了一篇角度新穎的社評〈我們在割稻子〉。文中說:「就在最近十天晴空而日機連連來襲之際,我們的農人,在萬里田疇間,割下了黃金之稻!」「讓無聊的敵機來肆擾吧!我們還是在割稻子,因為這是我們第一等大事。食足了,兵也足,有了糧食,就能戰鬥,就能戰鬥到敵寇徹底失敗的那一天。」

象徵主義的寫作手法，以「割稻子」做積極生活的象徵，表達了中國人民從容應對、藐視敵人的氣概和膽識。這篇社評，收到了意想不到的良好效果。也是新聞史上一篇難得的佳作。

王芸生說，這是我與張先生合著的一篇社評，也是最值得紀念的。

這篇社評發表十八天後，張季鸞就因肺病與世長辭了。從某種意義上說，〈我們在割稻子〉也是張季鸞的絕筆，是一個報人悲憤的絕響。

張季鸞親自主持了《大公報》筆政凡一十五年，許多人便刻意誇大了「評論」在報紙中的地位，其實這是一種誤解。報紙總是以刊登新聞為最基本的職責，這一點，受過現代開放教育的吳鼎昌、胡政之、張季鸞是十分清楚、並尊為辦報圭臬的。早年胡政之在王郅隆的《大公報》任職之時，就提出了以「改良新聞記事」為基礎，重視採訪報導，要求儘量少用通訊社的稿件，反對摘抄、轉載其他報紙的新聞，主張記者親歷新聞現場，寫出精彩報導。胡政之在 1917 年的元旦寄語〈本報之新希望〉中說：「顧吾以為，新聞事業之天職有二：一在報導真確公正之新聞，一在鑄造穩健切實之輿論。而二者相較，前者尤甚，蓋新聞不真確、不公正，則穩健切實之輿論無所根據也。」

1917 年天津水災、張勳復辟等重大事件，胡政之主持的《大公報》都做了詳盡報導，在國內各報紙中一枝獨秀。

1918 年 9 月，胡政之親赴東北採訪，寫出了十三篇系列報導，對關內人民對於具有重要軍事政治地位的東北有所瞭解，發揮了積極作用。

1919 年巴黎和會，中國以戰勝方身份與會討論戰後世界重建事宜。胡政之在安福系核心人物王揖唐的資助下，代表《大公報》前往採訪，成為巴黎和會上重要的中國新聞記者。

新記《大公報》公司組建、復刊《大公報》後，重視新聞採訪和報導的傳統絲毫沒有改變。

1930 年，張季鸞派曹穀冰去蘇聯採訪，並作了一系列實事求是、有褒有貶的客觀報導。

1935 年 5 月，年僅二十五歲的范長江以《大公報》特約通訊員的身份開始了西北採訪的歷程，歷時十個月，行程萬餘里，在《大公報》

上連續刊發了六十九篇通訊，其中有七篇專門報導了共產黨、紅軍的活動，第一次以寫實的筆法公開客觀地報導了紅軍長征的情形。後來，這些通訊結集出版，名為《中國的西北角》。

第二次世界大戰爆發，歐洲戰局吃緊。胡政之湊足了巨額經費，派記者蕭乾赴歐洲採訪。粗枝大葉的蕭乾居然將這筆旅費弄丟了。胡政之毫無責怪，立即又準備了一份盤纏，交到蕭乾手中，囑他早日出發，不負讀者期待。蕭乾感動不已，隻身赴歐，寫出了大量精彩報導。

1945 年 9 月 2 日，日本在亞洲戰場的投降協議是在美國「密蘇里號」戰列艦上簽署的。到場採訪的只有三名中國記者。一個是中央社的，另外兩名中國記者，就是《大公報》的朱啟平和黎秀石。這些獨家報導，極大地提升了《大公報》的聲望和形象。

「新聞立報」，從來都是《大公報》先賢們抓在手中的第一要務。

五

張季鸞生得一副文弱書生的樣子，個子不高，也不粗壯，少白頭，謙謙君子狀。但他眉宇間，總透著一股獨特的氣質，綿裏藏針，柔中帶剛，屬於那種「腹有詩書氣自華」的從容淡定。

毛澤東、周恩來都欣賞張季鸞的氣度，有一種人才難得的惺惜之歎。1958 年，毛澤東向當時的新華社社長兼《人民日報》總編輯吳冷西談到：「張季鸞搖著鵝毛扇，到處作座上客。這種眼觀六路，耳聽八方觀察形勢的方法，卻是當總編輯的應該學習的。」抗戰時期在重慶，周恩來也曾對《大公報》記者徐盈等人說：「做總編輯，要像張季鸞那樣，有悠哉遊哉的氣概，如騰龍躍虎，遊刃有餘。」

「座上客」也好，「遊刃有餘」也罷，前提是張季鸞精神的獨立和思想的自由。這是張季鸞一輩子最珍重的精神財富。

1932 年「淞滬抗戰」之後，國內輿論對國民政府的批評日漸增多。國民黨宣傳部長葉楚傖準備用「拉」與「打」的兩種手段整肅報紙。葉楚傖在國民黨中常會一次秘密會議上，就報刊整肅做了陳述，會議認為《大公報》是國內最具影響力的報，它的新聞報導和言論常使政府尷尬、懼怕，會議決定用鉅資收買張季鸞和《大公報》，讓它歸順和聽話。欲出多少錢呢？十五萬元！這可是 1926 年新記大公報公司復刊《大公報》費用的三倍！足以讓《大公報》過上幾年好日子。

某日凌晨一時許，《大公報》總務主任到張季鸞辦公室，遞上了一張十五萬元的交通銀行匯票，收款人是張季鸞，匯款人是國民政府文官處。張季鸞馬上把還沒有下班的編輯人員叫到了總編室，他拿著這張匯票侃侃而談，講了「文人要窮，文窮而後工」，講了「文人就是不能發財，否則文章寫不出來」，在重申了《大公報》「不黨、不賣、不私、不盲」、「言論報國」的十二字辦報方針後，張季鸞命總務主任將匯票退回。

王芸生主持《大公報》筆政後，國民政府的軍政部門又是給他送聘書，又是給他發津貼，極盡拉籠、撫慰之能事。王芸生以張季鸞為楷模，將這些聘書和津貼一一退回，連蔣介石委託陳布雷送來的聘書也不例外。王芸生說：「我服從司馬遷的一句話，『戴盆何能望天』！意思是頭上已戴了新聞記者這個盆子，便看不見別的了。」張季鸞聞之，稱讚王芸生是執行《大公報》「四不」辦報方針的模範。

張季鸞寬厚善良，和顏悅色，為人正直，為文嚴謹。《百年五牛圖》的作者梁由之評論道：「季鸞先生寫文章態度十分嚴謹，執筆前深思熟慮，文章通篇情緒飽滿，遣詞造句一絲不苟。談論一些問題，往往能夠抽絲剝繭，層層深入。文中常有精美警策的對仗句，讀起來琅琅上口。他認為，寫文章立意固然要不落俗套，而文字尤其需要推敲妥切，不能留有漏洞，而為他人所乘。他的文章無隙可乘，無懈可擊。」「與梁啟超縱橫捭闔、跌宕起伏的文風相比，張季鸞的筆墨更注重邏輯的嚴密和議論的周全。有臺灣學者認為，論文筆，論影響力，他超越了梁啟超。」

1940 年夏天，四川糧價連續暴漲，老百姓叫苦不迭。6 月 29 日，王芸生在《大公報》上發表了社評〈天時人事之雨〉，主張用曹操借人頭的辦法，殺幾個囤積居奇的奸商，以平抑糧價。文章發表後，不少讀者拍手稱快。可張季鸞在讀完這篇社評後對王芸生說：「芸生，我們的報紙怎麼能主張殺人呢！」

張季鸞也有聲色俱厲的時候。《大公報》年輕記者范長江在赴西北採訪、刊發了系列通訊之後，在新聞界已是嶄露頭角。張季鸞認為，一個合格的報人要寫社評、編稿件、做標題、拼版、看清樣，樣樣都要精通，不僅要能跑，能采，還要能坐，能熬。他欣賞范長江的才華，也有意培養他、磨煉他。張季鸞安排范長江上夜班，做要聞版編輯。沒想到范長江只值了兩天夜班就大發牢騷，對王芸生說：「我不能這樣出賣我的健康！」向來溫厚待人的張季鸞十分生氣：「出賣健康？我們出賣了一輩子健康，從來沒有怨言，他只做了兩天就受不了，叫他走！」

1941 年 9 月 6 日，張季鸞因肺病逝世於重慶，享年五十三歲。
生榮死哀。

蔣介石立即致《大公報》社唁函。函曰：「季鸞先生，一代論宗，精誠愛國，忘劬積瘁，致耗其軀。握手猶溫，遽聞殂謝。斯人不作，天下所悲。」張季鸞公祭大會這一天，蔣介石親筆題寫了輓聯：「天下慕正聲，千秋不朽；崇朝嗟永訣，四海同悲。」

周恩來、鄧穎超聯名書贈輓聯：「忠於所事，不屈不撓，三十年筆墨生涯，樹立起報人模範；病已及身，忽輕忽重，四五月杖鞋矢次，消磨了國士精神。」

張季鸞留給中國新聞界的最大財富，是自由主義的報業理想，是新聞自由在中國的努力和實踐。他曾論述道：「中國報人本來以英美式的自由主義為理想，是自由職業者的一門。其信仰是言論自由，而職業獨立。對政治，貴敢言，對新聞，貴爭快，從消極的說，是反統制，反干涉。」

胡政之與張季鸞相知幾十年，胡對張季鸞的評價，中肯而情深：

> 他的道德文章，處世技術，一切都在我以上……季鸞為人，外和易而內剛正，與人交輒出肺腑相示，新知舊好，對之皆能言無不盡。而其與人亦能處處為人打算，所以很能得人信賴。採訪所得，常可達到問題之癥結。尤其生活興趣極為廣泛，無論任何場合，皆能參加深入，然而中有所主，卻又絕不輕於動搖。生活看起來似乎很隨便，而實際負責認真，決沒有文人一般毛病……季鸞先生眼中無惡人。他同誰都好，他同誰都談得來。而且一談就談成朋友。

張季鸞五十壽辰時，于右任曾獻詩：

> 榆林張季子，
> 五十更風流。
> 日日忙人事，
> 時時念國仇。

這是對忙碌了一生的張季鸞的最好褒獎。

主要參考文獻：

《〈大公報〉百年史》，方漢奇等著，中國人民大學出版社，2004 年 7 月第一版

《自由的歷險——中國自由主義新聞思想史》，張育仁著，雲南人民出版社，2002 年 11 月第一版

《張季鸞與〈大公報〉》，王潤澤著，中華書局，2008 年 8 月第一版

《追尋失去的傳統》，傅國湧著，湖南文藝出版社，2004 年 10 月第一版

《百年五牛圖》，梁由之著，廣西師範大學出版社，2008 年 11 月第一版

胡政之

在中國現代新聞史上，對胡政之的評價似乎有些不公正。

也許是胡政之晚年，與國民政府走動得太頻繁，「國民參政員」的角色，他當起來滿腔熱忱，樂此不疲。讓注重政治表現、看重意識形態立場的中共方面大為不滿……

也許是在解放前後，政權易手之際，胡政之對新生的權力機構缺乏足夠的瞭解，對《大公報》的前景看不透、摸不準，放棄了原有的在大陸繼續發展的打算，遷《大公報》於香港，孤懸海外，左顧右盼。這種不合作的冷漠態度，讓勝利者大為惱火……

其實，胡政之在現代新聞史上的地位，是真的抹煞不了的。他幾乎把畢生的精力，獻給了民營的《大公報》，用全部的熱情和精力，打造了中國報業史上的這艘艨艟巨艦。而一部《大公報》史，幾乎就是半部中國新聞史、報業史。如果說「大公報」三個字無法從中國現代史上抹去的話，那麼「胡政之」三個字，就應該與「大公報」共生共存，傳諸後世。

胡政之活了六十歲，算是英年早逝。可胡家後繼有人，賢順可嘉。最近幾年，胡政之的孫女、外孫，致力於胡政之新聞思想和實踐的研究、發掘，「打開追憶的門扉」，再現風雲際會的歷史，讓胡政之重新走進了人們的視野，重新走進了中國新聞史的殿堂。他們的努力，令人欣慰。

胡政之出生於 1889 年，祖籍四川成都。胡家是舊時封建家庭，父親一心功名，志在科舉，寒窗苦讀。母親知書識字，能教他誦讀唐詩。胡政之發蒙時，入的是家鄉的私塾，他感到「童年裏並沒有多大的快樂」。

1894 年，胡政之的父親胡登崧終於中了「甲午科」舉人，外放安徽任知縣。胡政之一家便隨父親去了安徽，定居於省會安慶。安慶地

處長江下游，靠近上海，得風氣之先，開放程度遠高於四川和成都。在安慶，胡政之入了安徽省高等學堂，這是一所新式學校，教授西方社會思潮和自然科學知識。正是在這所學校中，胡政之從嚴復的《天演論》中接受了「進化論」的觀點。安徽又是古文流派的重要一支。胡政之學習用功，對桐城派文章下過一番功夫，在青少年時代就打下了堅實的文字基礎和文體感覺。

1906 年，胡登崧在安徽五河縣知縣任上病逝，胡政之扶柩回成都，安葬了父親。這一年胡政之十七歲，正是風華正茂、海闊天空之時。那時的年輕一代，出洋留學是時尚，而且大多數人首選日本。胡政之也是躍躍欲試，嚮往著東渡扶桑、海外求學的生活。賢慧的嫂嫂變賣了自己的首飾，為他湊足了盤纏。1907 年，胡政之與姐夫來到了日本。看來胡家是個和睦友好的大家庭，身為小叔子和小舅哥的胡政之，得到了哥嫂和姐姐、姐夫的細緻關照。

胡政之進的是日本東京帝國大學的法律系。在日本期間，他與在日本高等商業學校學商科的同鄉吳鼎昌相識，後來又結識了在東京第一高等學校攻讀政治經濟學的張季鸞。三人意氣相投，年齡又相仿，很快成了好朋友。

胡政之在日本求學期間，同盟會的許多領導人，包括孫中山等，就在日本生活和活動。胡政之約上吳鼎昌，曾經去拜訪過孫中山先生。對於這位中華民族的偉大先行者，胡政之從內心裏敬佩。孫中山逝世後，他寫了一篇悼念文章，特別談到了孫中山的人格魅力：「吾於先生雖敬仰多年，而親承顏色則僅在最近三四年間。每一瞻對，輒覺精神上如服興奮劑，不期然而有懦夫立志之感，蓋其堅強的意志，誠實之態度，實足以使人受其感化。吾治新聞事業往來南北垂十數年，所見偉人名士不可數計，求其一見即能予吾人以人格之感化者先生與段合肥（祺瑞）兩人而已。」

1911 年辛亥革命勝利後，胡政之學成回國。三個好朋友中，最年長的吳鼎昌最早歸國，曾任大清銀行的總務科長。武昌首義後，致力於實業救國，擔任了中國銀行總裁。長胡政之一歲的張季鸞，在辛亥

革命爆發前幾個月趕回國內，他是應于右任的邀請，回國協助他編輯《民立報》的。南京臨時總統府成立後，經于右任推薦，張季鸞擔任了孫中山臨時大總統的秘書，並負責起草了《臨時大總統就職宣言》，這是足以讓後人仰視的壯美之舉。

回國之初，胡政之事業上並不太順。他留學海外學的是法律專業，便在上海聯絡了幾個同人和朋友，掛起了律師事務所的牌子。可政權更迭之際，國內動盪不安，哪有什麼法治環境可言。律師事務所攬不到業務，不久就歇業了。隨後，胡政之又進了章太炎在上海主辦的《大共和日報》，做翻譯和編輯。業餘時間，在唐心孚主持的中國公學講授法律課程。說來也巧，張季鸞在孫中山辭去臨時大總統後，便離開了南京總統府，來到了上海。他也進了《大共和日報》，業餘時間也在中國公學兼課。這兩個落拓才子又聚到了一起。這也算是宿命和緣分吧！

早年，胡政之一直沒有破滅他的法律治國之夢，一有機會，他便想試試身手。他曾經跑到淮陰，當了江蘇高等法院第二分院刑庭庭長，手握法柄，親操法槌，實際主持起了審判事宜。許是理想與現實之間的矛盾過於強烈，這庭長幹了沒多久，胡政之又回到了上海。此刻的章太炎慧眼識珠又用人心切，擢拔年僅二十四歲的胡政之為《大共和日報》的總編輯，將報紙的日常編輯大權，交給了這個初出茅廬的小夥子。

不久之後，胡政之搭識了革命重臣王揖唐。1915 年，北洋政府委派王揖唐為吉林巡按使（相當於省長），胡政之做為王揖唐的秘書長，隨同前往。1916 年，王揖唐調任段祺瑞內閣的內務總長，胡政之又隨之出任內務部參事。胡政之由此與皖系軍閥有了較多的接觸，就在這一年的 9 月，英斂之將他的《大公報》盤給了皖系政客王郅隆。

滿族人英斂之創辦於 1902 年的《大公報》，本是一張支持光緒變法、反對太后幹政，鼓吹君主立憲的民間報紙。辛亥革命之後，清廷倒臺，時局大變，軍閥各據一方，國事紛擾，政局動盪。英斂之心灰意冷，無意於再刊一家之言。王郅隆接手《大公報》後，四處網羅人才，勉力維持出版。王揖唐向他推薦了胡政之。於是，1916 年秋日的

一天，胡政之走馬《大公報》主筆兼經理。從此刻起，胡政之的一生
與新聞事業結下了不解之緣。

胡政之初掌《大公報》時，「報館如衙門，主持人稱師爺」。由於
英斂之信教，整個報館的人都是天主教徒，只有胡政之一人不是。七
個訪員（記者），都是「腦中專電」製造專家，所發新聞，捕風捉影，
隨意測度、誇大，有些甚至就是主觀臆造。胡政之把他們開除了六個，
只留下一人。不是因為這留下之人夠水平，而是因為他父親是總統府
的承宣官，「總統派車接誰和誰去看總統的消息，因為他是宣達者，所
以不會錯的」。與此同時，胡政之聘請北京的林白水、梁鴻志、王峨孫
等為特約訪員，每天以電話向天津發消息，或以快郵寄稿，《大公報》
的新聞因此大有改觀。

胡政之在這一時期對《大公報》的興利除弊是全方位的。他首先
對版面進行了改革。《大公報》同那個時期許多報紙一樣，一直是書冊
式版面，一個整版直排，分上下兩欄，欄與欄之間留有空白，每欄都
加了邊框，對折之後即可裝訂成冊。自 1916 年 11 月 10 日起，在胡政
之的主持下，《大公報》由書冊式改成了通欄式，將垂直的兩欄，改成
四欄，後來又逐漸改成六欄、八欄。內文和標題字型大小也進行了調
整，不同的大小，不同的字體搭配使用，使報紙版面煥然一新。

胡政之下最大氣力的，是對報紙內容的革新。他明白，人們讀報，
讀的是內容，讀的是新聞。他在報紙上開闢了教育、實業專欄，「廣搜
名家論著介紹、調查報告，披露各種成績，以供愛讀諸君參考……」。
他還創造性地開闢了「特別記載」專欄，由他親自主持採訪。這相當
於我們今天的人物專訪。胡政之在這個欄目中每期採訪一位名流，配
發照片，談論的話題從政治、外交、財政到社會、文化、教育、思想，
幾乎無所不包。胡政之有意讓「特別記載」欄目成為發表不同意見，
包容不同見解的園地，體現出一個公正、責任媒體的胸懷和大度。1917
年 2 月 1 日，「特別記載」採訪了北大教授林琴南，發表了他「論古文
之不宜廢」的觀點；2 月 5 日，又刊出北大校長蔡元培的談話，倡導
職業教育，倡導「兼收並蓄」的教育理想。

　　年紀不大，閱歷不算太深的胡政之，對現代新聞理念已有了自己的判斷和追求。他堅持發表了日本《朝日新聞》駐北京記者神田正雄的〈與友邦同業諸彥書〉，提出新聞要獨立、公平，擔當起指導國家社會的責任，記者人格修養不足、用力不勤是兩大弊病。新聞從業者要有世界眼光，不偏不黨，才能盡責。胡政之深以此文觀點為是。他不僅親自翻譯了這篇文章，還在前面寫了幾句推薦的話，以告讀者。

　　新聞才是立報之本。在重大新聞事件面前，胡政之是當仁不讓，全力以赴。1917 年秋天的天津水災，讓《大公報》賺足了讀者的眼球。在此之前的辮帥張勳的復辟鬧劇，也讓《大公報》著實風光了一陣子。

　　前清遺老張勳，拖著那乾枯的半截豬尾巴式的辮子，借進京調停府院之爭的機會，黎明進宮，拽起小皇帝溥儀，強迫他復辟登基。第二天，《大公報》以「共和果從此告終乎」的大標題，用幾個版的篇幅，對復辟的情形、處置黎元洪的傳聞、任命官吏的種種、北京的秩序、清室的態度、外交界的反應等都作了詳細報導。「傳聞大內得復辟消息，世太保、清太妃等均大哭，云每年四百萬元恐難保矣」，將復辟鬧劇的滑稽一面公諸於世。胡政之還在第一版的顯著位置發表署名評論《復辟》，寥寥數語，冷靜而客觀：「吾人讀法國革命史，誠知此舉為必經之階段，吾人觀袁帝時代之往事，又不難推定其結果。」

　　此後幾天，《大公報》都以主要篇幅報導這一全國關注的重大事件，消息、評論連篇累牘，言論分析犀利，消息及時準確。在〈敬告國人〉的社論中，胡政之指出，復辟鬧劇使「國家人格掃地幾盡，人類價值因此銳減」。在評論〈懺悔之機〉中，胡政之說：「張勳復辟固死有餘辜，然使張勳敢為今日之舉者，則歷來之政府、各派之政客、有智識之國民，要皆不能辭其咎，故今日實予吾人以懺悔之機。今後國中智識階級之人務當各養實力，各盡職責，勿圖利用他力以排異己，勿更逾越常軌以致兩傷。」段祺瑞馬廠誓師，出兵討逆，胡政之竟約在現場的梁啟超為《大公報》撰寫新聞，獨家刊發。

　　多年之後，胡政之回憶此事，「張勳復辟之役，本報言論記事，翕合人心，銷路大增，一時有辛亥年上海《民立報》之目。」1917 年 7

月 5 日《大公報》刊載的〈本報特別啟事〉可以為證：「本報日來銷路飛漲，工人印刷勞苦異常。」

1918 年，第一次世界大戰終於以協約國獲勝而煙消雲散。美國總統威爾遜（Thomas Woodrow Wilson）、英國首相勞合‧喬治（David Lloyd George）、法國總理克里蒙梭（Georges Clemenceau）倡議召開巴黎和平會議，以解決戰爭的遺留問題，規劃未來的世界和平。中國因為搭上了參戰的末班車，才得以有機會以戰勝國的身份派出自己的外交代表共襄盛會。當然，中國在巴黎和會上的地位是極其低下的。

王郅隆不知為何靈光閃現，決定派胡政之遠涉重洋，去巴黎和會採訪。這是王郅隆在主掌《大公報》期間，少有的幾個明智決定之一。多年的研究資料都這樣表明：胡政之是我國採訪巴黎和會的唯一記者。後來有人找到佐證，說是巴黎和會高潮階段，胡政之曾聘當地華人與他一同與會採訪；還有資料說，張君勱為《時事新報》採訪供稿，周太玄為巴黎通信社和《申報》供稿。「唯一」是否並不重要。重要的是胡政之的報導之於《大公報》，那是轟動全國的專電，是冷靜觀察後的分析，是史料般珍貴的現場記錄。

胡政之於 1918 年 12 月動身，於 1919 年 1 月 23 日抵達巴黎。從 25 日和會開幕到 6 月 28 日中國代表拒絕在合約上簽字，他以一個中國記者的獨特視角，親歷了巴黎和會的全過程。

胡政之以記者的敏感，一針見血地指出了巴黎和會的虛偽：強國操縱世界，弱國無以立言。他發回的第一篇通訊〈平和會議之光景〉中指出，國家沒有實力，不能自強，「公法固不足恃，即人道正義之說亦欺人之談」。他告訴國人，巴黎和會實際上是由美英法意日五國操縱的，所有事項都是「五強」代表「先議決一定辦法，然後提交大會報告一番而已。二、三等國家固無可否之權也」。連會議代表的人數都是不對等的。「五強」各有五名代表，二等國家有三名代表，三等國家僅有兩人。胡政之感歎：「國之不可不自強也」。

可中國的談判代表們，還真不給中國人爭氣，代表著不同派別，不同地域，內部意見就常常不統一，談何外爭國權？胡政之用他的神

來之筆，在〈外交人物寫真〉一文中，將中國「專使」描摩得神形兼備：「陸徵祥謙謹和平而絀於才斷；王正延惘悃無華而遠於事實；顧維鈞才調頗優而氣驕量狹；施肇基資格雖老而性情乖亂；魏宸組口才雖有而欠缺條理」。幾個人甚至為了爭奪代表席位而起了風波。最後，陸徵祥無故出走，不知去向，鬧得輿論譁然，各國恥笑。胡政之感慨萬端：「中國人辦事，兩人共事必鬧意見，三人共事必生黨派。」

山東半島的歸屬問題，是巴黎和會的焦點之一。在中國談判代表的據理力爭下，會議最初決定將山東半島歸還中國。興奮的胡政之於4月29日拍發了〈巴黎專電〉，稱：德國已聲明放棄對山東半島的專屬，「28日，英法美三國會議令日本國於得膠州灣後，以各國公認之條件歸還我國。」老謀深算、狡詐陰險的日本，背著中國遊說「五強」，在沒有中國代表參加的情況下，竟開會決定將德國在山東半島的特權轉於日本，膠州灣又成了日本的租借地。義憤填膺的胡政之，寫出了〈平和會議決定山東問題實記〉一文，詳細披露了其中的內容。

巴黎和會定於6月28日舉行簽字儀式。在經過一系列奔波、說項、申明，甚至讓步，都歸無效之後，6月27日夜，中國代表王正廷、顧維鈞、魏宸組三人就是否在和約上簽字舉行徹夜會議，最後決定，為「抵拒國際專制主義，」不去參加簽字儀式。

6月28日下午，協約國代表與德國代表在凡爾賽宮富麗堂皇的鏡廳簽訂和平條約。簽字儀式盛況空前，出席會議的各國記者就有四百多人，現場的中國人只有胡政之和他臨時在法國聘用的助手謝東發。

午後三點了，中國代表的兩個席位依舊空著。胡政之確認中國代表不會來了，他和謝東發將這一消息分別告知了各國記者，「一時爭相傳告，遍於全場，有嗟歎者，有錯愕者，亦有冷笑者」。法國人和美國人多有「驚詫嘆服之感」，「英國人多露輕蔑之色」。威爾遜的笑容、喬治的蠻橫都和平日一樣，只有克里蒙梭很不高興。日本記者見中國代表不到，有故作鎮靜的，有找胡政之打探消息的，「大抵是絕對想不到而已」。一位美國人大呼：「今日之中國真中國也。」一位法國人對胡政之說：「此日本人之切腹也。」

　　胡政之讓謝東發在現場發出了簡短新聞，消息用法語寫成：「中國之不簽字，得保其國家之尊嚴與名譽」。胡政之仔細記錄現場狀況，見證了那個歷史性的時刻，寫出了感人通訊〈1919 年 6 月 28 日與中國〉。胡政之明白，他寫下的每一個字，都是歷史的珍貴記錄，是時代的風雲際會。胡政之說，我國外交向來講屈服，「今日之舉，真是開外交新紀元」。

　　當然，拒絕和約簽字，也只是逞一時之快，泄一時之憤。山東半島問題不會因為你的拒絕簽字而變化。膠州灣終究落入了日本人手中。問題的實質在於國家積貧積弱，無以自立於世界民族之林。巴黎之行，讓胡政之深深明白：弱國無外交，弱國的外交無新聞。這是他極力避開的一處難以癒合的心靈瘡疤。在此後的幾十年中，談到巴黎和會和那次歐洲之行，胡政之往往以趣聞軼事搪塞，決不願再談及北洋政府的無能和腐敗，決不願再憶起那喪權辱國的羞恥一幕。

　　巴黎和會之後，胡政之沒有馬上回國，而是遊歷了比利時、義大利、瑞士、德國等歐洲國家，為《大公報》發回了不少遊記式的報導，直到 1920 年 7 月才回到天津。

　　去國一年半的胡政之，增長了見識，開闊了眼界，回到《大公報》後，他躊躇滿志，著手對《大公報》進行脫胎換骨的改造。8 月，胡政之即在報上發表了〈本報改造之旨趣〉一文，「新聞為社會之縮影。吾國社會所最缺者，為世界知識。自來報紙所載世界消息，或傳之機關作用之通信，或譯自輾轉傳聞之外國報，東鱗西爪，模糊不清，以至讀者意趣索然。本報今後於世界潮流，國際形勢，當編成系統、記敘本原，以其養成國民世界的判斷力。」這不能不說是胡政之出國採訪、考察的最大收穫。

　　而此時的《大公報》，安福系的背景越來越濃厚。胡政之本是倡導公正新聞的，他指出：「報紙者天下之公器，非一人一黨派所得而私。吾人業新聞者，當竭其智力，為公共利益。」然而，這種現代新聞意識，只能是胡政之的一廂情願。8 月上旬，直皖大戰爆發。皖系迅速敗退，戰局不容樂觀。王郅隆倉皇逃出天津，前往日本避難，並宣佈

與《大公報》脫離關係。在夾縫中生存的胡政之，自然也無法繼續他的報紙改造了，「將《大公報》主筆兼經理職務概行辭退」，到北京謀新的發展去了。

在北京，胡政之加入了《新社會報》，任該報的總編輯。《新社會報》的社長是林白水，是一個清朝末年即活躍於新聞界的老報人。沒過多久，胡政之就與林白水分道揚鑣了。外界評論說是二人意見不和。其實是胡政之感到，以林白水的名士作派和落拓不羈、為所欲為的辦報方針、言論風格，早晚有一天要出事。還真是被胡政之言中了。林白水嬉笑怒罵的辛辣社論，招忌於直、奉、魯各路軍閥。1926 年夏天，他又在社論中影射潘復是張督辦宗昌的腎囊，潘復哭訴於張宗昌，張宗昌便派警備司令部司令王琦，半夜一點前往報社抓人，凌晨四點，未經任何審訊、判決，便將林白水槍殺於北京天橋，上演了一出現代文明史上的慘劇。

離開林白水，胡政之南下上海，創辦了國聞通信社。這種現代、便捷的新聞通信社，在西方國家已成氣候，而中國竟還沒有一家。胡政之想模仿美聯社，創建自己的新聞發佈機構，建立中國的新聞發佈網路。當然，胡政之是沒有資金來運作這一切的，出錢的是皖系軍閥、浙江督軍盧永祥。盧永祥的本意可不是做新聞。他只是想為重新集結於上海的皖系反對直系打造一個宣傳機構。可胡政之一旦接手，可是當做一項新聞事業認真去做的。未幾，他便以上海為總部，逐漸在北京、漢口、天津、長沙、廣州、重慶、貴陽等地開設了國聞通信社的分支機構，每日發佈新聞，影響日隆。1924 年 9 月，盧永祥在江浙戰於齊燮元，盧大敗。盧部人員退出了上海，也退出了國聞通信社，胡政之便實質控制了這家機構。胡政之畢竟是報人出身，傳遞新聞，刊播言論，是中國報人永遠不能回避的兩大主題。胡政之覺得國聞通信社只能向各報發稿，不能發言，做得規模再大，也終究是個遺憾。因而，他積極籌畫，建立自己的言論陣地，《國聞週報》就在這樣的背景下面世了。

胡政之親自給《國聞週報》撰寫發刊辭，抒發他的抱負。他認為，「今之新聞記者，其職能即古之史官，而盡職之難則遠逾古昔。」「吾

人苟欲建輿論之權威，第一當先求判斷資料之事實問題。首當求真實之發現，與忠實的報導，此同人所由三年以來摒除百務以從事通信事業，蓋欲搜羅社會各方之事實，一一寫照於國人之前，以供其自由判斷而構成真正輿論的資料。」

　　《國聞週報》是當時辦得非常成功、非常有影響的一份新聞刊物，它刊發了許多獨家新聞，引起了社會各界的關注。瞿秋白的〈多餘的話〉，就是《國聞週報》大約在 1936 年首發的。當時在北京大學讀書的范長江，就是從《國聞週報》上瞭解到了中央蘇區的一些情況。他說：「……天津的《國聞週報》連續刊載了幾期『赤區土地問題』專欄，說明蘇區有一整套社會制度，絕不是國民黨所宣傳的『土匪』、『流寇』。」後來叱吒中國新聞界的幾位風雲人物，出道之初，也都是得到了《國聞週報》的提攜，在《國聞週報》上刊發了最初的習作，如王芸生、徐鑄成等等。胡政之本人也在《國聞週報》上刊發了大量的言論、遊記、見聞等，為《國聞週報》的發展壯大費盡了心機。

　　《國聞週報》是一份綜合性的時事週刊，設有一周簡評、時事論文、外論介紹、一周間國內外大事述要、一周大事日記、文藝、書評、新聞圖片、國際諷刺畫、時人彙志等欄目。1937 年出到第十四卷，每卷五十期。發行數量最高時曾到一萬五千多份，是當時出版時間最久、發行數量最多的週刊。1926 年夏天，因胡政之到天津續辦《大公報》，《國聞週報》也隨遷天津出版。1936 年因《大公報》出上海版，又再次遷回上海。「八‧一三」淞滬抗戰爆發，改出《戰時增刊》，直到 1937 年底上海淪陷之後，《國聞週報》休刊。

　　世事無常。1920 年跑到日本避難的王郅隆，萬萬沒有想到他會死於 1923 年的日本關東大地震。王郅隆死後，他的兒子王景杭接管了《大公報》。但王景杭志不在此，加上安福系的日趨沒落，《大公報》失去了政治背景和官僚支撐，報紙逐漸沉淪，銷售無人問津，以至於每天只印幾十份，僅僅張貼於街頭的閱報欄。1925 年 11 月 27 日，再也無力維持的王景杭，終於宣佈了《大公報》停刊。

此時的胡政之，因為國聞通信社和《國聞週報》的業務需要，常常光顧津門。張季鸞也在幾經顛沛流離，遭受軍閥迫害，數度辦報失敗之後，閒賦在天津。兩位老朋友，路經關門停刊的《大公報》館，不禁感慨良多，惋惜不已。

胡政之設想，利用《大公報》的報名和舊有人員、傳統，辦一張沒有任何政治背景，純粹民間的報紙。張季鸞極力回應，兩人一拍即合。他們找到了老相識、老朋友吳鼎昌，請他出資。吳此時擔任鹽業、金城、中南、大陸四銀行的總經理，他從「四行」經濟研究會的經費中撥出五萬元，投資於《大公報》，組建了新記大公報公司。吳鼎昌出資本，胡政之抓管理，張季鸞管文字，各展所長，各負其責，相得益彰。王芸生多年後曾指出：「可以說，新記公司《大公報》是由吳鼎昌的資金、胡政之的組織、張季鸞的文章三者構成的。」

新記大公報的大量基礎工作是胡政之完成的。他親自制定了公司管理的初期章程：「先是我等三人決議之初，約定五事：（一）資金由吳先生一人籌措，不向任何方面募款。（二）我等三人專心辦報，在三年之內大家都不得擔任任何有俸給的公職。（三）我和張先生以勞力入股，每屆年終，須由報館送與相當股額之股票。（四）吳先生任社長，我任經理兼副總編輯，張先生任總編輯兼副經理。（五）由三人共組社評委員會，研究時事問題，商榷意見，決定主張、文字，分任撰述，而張先生則負責整理修正之責，意見有不同時，以多數決之，三人各各不同時從張先生。這也差不多是我們創業時的憲法。」

吳鼎昌說：一般的報館辦不好，主要是因為資本不足，濫拉政治關係，拿津貼，政局一有波動，報就垮了。我計畫拿五萬元開一個報館，準備賠光完事，不拉政治關係，不收外股。然後請一個總經理和一位總編輯，每人月薪三百元，叫他們不兼其他職務，不拿其他的錢。

1926 年 9 月 1 日，新記公司主辦的《大公報》復刊。張季鸞親撰了〈本社同人之志趣〉一文，宣佈了《大公報》不黨、不賣、不私、不盲的辦報主張，被國人稱為「四不主義」。

這真是一個絕妙的組合。

　　吳鼎昌白天在鹽業銀行工作，晚間到報館同胡政之、張季鸞議論時局，研究社評。在報館業務方面，他主要掌握經營方針和購買紙張。當時印報都用進口紙，價格隨外匯行情起落，一時算計不到，辛辛苦苦辦報賺來的錢就會貼進去。幸而吳鼎昌是金融專家，理財高手，善於籌畫，資金運用得當，使《大公報》免遭經營風險。方便、及時的銀行結匯，也讓《大公報》節省了大量成本，資金周轉十分有效率。

　　胡政之每天清早七八點鐘便到報館，著重瞭解發行和廣告情況，閱讀報紙。中午和經理部同仁一同就餐。午間稍事休息，便督促白班和採訪人員工作，到下午四時，規定夜班編輯集中閱報，瞭解各報動態。他習慣把好的新聞用紅筆圈出，供編輯記者參考。晚上與吳鼎昌、張季鸞研究社務、言論以及分擔社評寫作。他每週寫兩篇社評，有時還寫新聞。週末，他返回北京的家中，還要去指導國聞通信社和《大公報》北京站的工作。

　　張季鸞主要忙於編輯業務。他每晚都到編輯部當班，簽發大樣，經常要工作到凌晨兩三點鐘，有時要熬到天亮。他到班後，首先評點京津各報短長，對本報的好稿給予表揚，漏掉的重要消息或較他報遜色的稿件，提醒當事人注意。他把各地發來的電稿分門別類，關照編輯如何處理，重要的新聞留待他自己製作標題。

　　胡政之後來回憶說：

中國人向來最不容易合作，而「文人相輕」，尤為「自古已然」；吳、張兩位同我都是各有個性，都可說是文人，當結合之初，許多朋友都認為未必能夠長久水乳，但是我們合作了多年，精誠友愛，出乎通常交誼，所以然者，各人都能尊重個性，也能發揮個性。吳先生長於計畫，我們每有重大興革，一定要儘量地問他的意見。我是負責經營，張先生絕對地信賴我，讓我能夠事權統一，放手辦事。張先生長於交際，思想與文字都好，我們也都是儘量讓他發揮他的能力。這樣在互相尊

重的中間，所以在二十年間，才能夠由一個地方報辦成一個全國性的報，而且在國際上多少得到一點地位。這都不是偶然僥倖的。

吳鼎昌沒有賠進去那五萬元。在經歷了最初幾個月的艱難運行後，第二年5月，《大公報》的發行量和廣告都有了較大提高，達到了收支平衡。一年後，報紙就有了盈餘。1936年，新記《大公報》公司創辦十年的時候，公司資本已達五十萬元，是1926年吳鼎昌投資的十倍。《大公報》站在了中國報業之巔。

胡政之對《大公報》的最重要貢獻，是發現、提攜、培養了一大批年輕的編輯記者，使《大公報》能在二十多年的辦報實踐和市場競爭中，生機勃勃，長盛不衰。

胡政之親自培養的年輕後生實在是太多了。如果一一道來，那將是一串很長的名單和極大的篇幅。擇其要而述之，徐鑄成、范長江、蕭乾則各具特色，各有故事。

徐鑄成1927年考入北京師範大學後，急於找份零工掙錢，以補貼學費和生活用度。他的舅舅朱幼珊介紹他去國聞通信社北京分社當抄寫員，每天下午四時上班，謄抄幾篇稿子，工作三四個小時即可。國聞社管一頓晚餐，還有二十元的工錢。徐鑄成求之不得，欣然前往。

在國聞社當抄寫員期間，徐鑄成仔細閱讀了《國聞週報》和《大公報》，讀出了自己的一些體會。徐鑄成覺得，北伐之後，國民政府定都於南京，北京改成了北平特別市。政治中心的南移，使得北平的重要時政新聞越來越少。但做為文化古城，大學和文化機關薈萃，仍舊是全國的文化中心。國聞社、《國聞週報》、《大公報》應把在北平的採訪重點由政治新聞轉移到文化新聞方面。徐鑄成後生無畏，不揣冒昧，把自己的這些想法寫成了一封信，徑直寄給了胡政之。

沒想到，僅僅幾天之後，徐鑄成接到通知，胡先生要親自找他談話。胡政之是利用週末返家之際，約徐鑄成面談的。徐鑄成忐忑不安

地走進胡政之的辦公室。胡政之面帶笑容地請他坐下，說：「徐先生，你的建議很有見地，確實現在政治中心南移，應該做適當的轉變，這關係國聞社的前途，我也曾考慮及此，只是一時間無從著手，既缺這方面的經驗，又無適合的人選來嘗試。」他問徐鑄成在北師大的課程是否緊張，能否脫出身來，為國聞社的文化報導做些探索。徐鑄成回答，北平的大學正在學法國的管理體制，搞大學區制，許多學校要合併，各校人心惶惶，下午基本不上課了，他有時間為國聞社做些事情。胡政之聽罷，連聲說好。胡政之提出，「晏陽初在定縣搞的平民教育促進會很有成績，我想請你去參觀一趟，為期三五天，回來寫一篇報導，以作為你設想的嘗試。」胡政之辦事立說立行。他吩咐庶務曹鳳池，立即為徐鑄成辦好了《大公報》記者的名片、介紹信、旅差費等等。第二天，徐鑄成便出發採訪去了。

晏陽初四川巴中人，早年受洗入基督教會，成年後入香港大學、美國耶魯大學學習。學成回國後倡導平民教育，組建中華平民教育促進會，選定河北定縣作為試點之地，企望由村到區，由區到縣，一步步形成以縣為單位的平民教育試驗區。徐鑄成就是在這樣的背景下赴定縣採訪的。

不巧的是，晏陽初出訪美國不在國內。平教會副會長湯茂如、陳築山熱情接待了徐鑄成，帶領他到各個場地參觀。採訪的最後一天，徐鑄成來到一個窮山溝裏，訪問正在此進行村莊建設的米迪崗兄弟。村民們聽說來了遠客，熱情招待，各家湊白麵，包餃子，可情急之下卻找不到豬肉，因為農村半月才殺一次豬，眼下不是殺豬的日子。忽聽說鄰村死了一匹馬，趕忙去買來馬肉作餡，吃了一頓熱鬧飯。這頓飯，給徐鑄成留下了極深印象。

結束定縣之行後，徐鑄成趕寫了〈定縣平教會參觀記〉，寄給胡政之。胡政之立即安排發表在《大公報》上，分四五天才刊完。胡政之還親自配發了一篇社評，向讀者推薦這篇報導，他說，中國的知識份子學成後，大多把目光放在城市，而中國的前途在農村，知識必須普及，知識份子應該把眼光放在農村。

　　1929年，華北運動會在瀋陽召開，徐鑄成再次領銜出征。這次，《大公報》還破例給他配了個助手，是本市新聞編輯何心冷。精明的徐鑄成為搞好這次採訪做了充分準備。從天津出發前，他將預計能取得好成績的運動員，按競賽姿勢拍好照片，放在編輯部備用。來到瀋陽，他與何心冷先到電報局瞭解情況。原來，瀋陽與天津間的電報線路十分緊張，下午自瀋陽拍發的電報，很難在當天到達天津。好在瀋陽與天津剛剛架設了長途電話，又在試運行階段。徐鑄成便決定用長途電話發稿。

　　那時的長途電話費用高，而且信號不好，很容易中斷，必須迅速、快捷地發出報導。徐鑄成找來三份運動員名單，給每個運動員編了號，一份寄《大公報》編輯部，一份給何心冷，一份他自用。他讓何心冷每天守在電話機旁，他去比賽場地採訪。每一個項目一結束，他便通知何心冷，幾號獲得了第一名，幾號獲得了第二名……何心冷便立即電話告知天津。《大公報》每天刊出一個整版的華北運動會特刊，不僅有頭一天全天的比賽情況，還配發運動員的照片。而其他報紙只有頭天上午的賽況，沒有運動員照片。向來以體育新聞見長的天津《庸報》，被初出茅廬的徐鑄成打得一敗塗地，相形見絀。《庸報》總編輯氣急敗壞地要撤回前方採訪記者：「用你們的來電，不如轉載《大公報》的了！」

　　徐鑄成完成採訪任務，由瀋陽返回北平，在天津轉車時，胡政之專門派人去火車站等候：「胡先生請您下車，在天津住幾天。」

　　徐鑄成早期在《大公報》的最為得意之作，是三下太原，搞清了馮玉祥的行蹤之謎。

　　北伐勝利後，國內形成了蔣介石、馮玉祥、閻錫山、李宗仁四大軍事集團。他們貌合神離，爭權奪利，沒有一刻消停。果然，北伐後不久，就爆發了蔣桂之戰，蔣馮之戰。蔣、馮大戰中，馮玉祥本有望獲勝，可蔣介石暗中收買了馮玉祥的部下韓復榘、石友三，韓、石陣前倒戈，馮玉祥大敗，只得宣佈下野。閻錫山與馮玉祥是拜把兄弟，借此機會，閻錫山將馮玉祥請到了山西。可馮玉祥此去之後就與外界失去了聯繫……

　　一下太原，二下太原，徐鑄成都想方設法，採訪到了戒備森嚴中的馮玉祥，在《大公報》上發出了報導，國內為之轟動。張季鸞專函徐鑄成：「自兄到並（即太原）後，所盼消息、電訊應有盡有，殊深佩慰，足見賢能。希繼續努力，並盼珍重。」

　　1930 年暮春，交遊甚廣，消息靈通的張季鸞，預感太原政局將有重大變化，立即派徐鑄成三下太原，務必採訪到真實消息和第一手材料。

　　馮玉祥被閻錫山扣在山西後，馮的部下憤憤不平，蔣介石趁機做馮玉祥部下的工作，提出聯馮反閻。馮的舊部密謀後同意，三路大軍開始行動，計畫分別攻擊閻錫山控制的河北、北平、天津。閻錫山聞訊後慌了手腳，求救於馮玉祥。馮玉祥答：「只有讓我自己出馬。讓我帶五百萬元，還有軍械，一到潼關就下令和你一起討蔣。」閻錫山沒有別的辦法，只好如此。馮玉祥化裝後，於 4 月 11 日晚極其秘密地離開了太原。

　　馮玉祥走後的第二天，毫無頭緒的徐鑄成來到山西大飯店馮玉祥留守處打探消息。只見馮的秘書們正在圍桌打麻將，其中居然有馮的機要秘書雷嗣尚。徐鑄成知道馮玉祥治軍甚嚴，如果他在太原，他的屬下是不敢如此放肆遊戲的。記者的敏感讓他嗅到了異常。他立即趕到能參與馮玉祥內幕策劃的劉志洲府上，寒暄過後，徐鑄成貌似不經意地問：「馮先生已離開太原了？」劉志洲臉色大變：「你是怎麼知道的？這是千萬不能發表的。」

　　摸到了真實消息的徐鑄成，急於將資訊傳回編輯部。到電報局一打聽，這幾天控制得特別嚴，就是一般的商業性電報，也得檢查官蓋章方可拍發。徐鑄成忽然想到，電報局一姓楊的發報員與他是老鄉，他便約他出來吃飯。席間談到，有位親戚新遭喪事，要通知天津親屬，可否發個電報？這位老鄉想了一下說，可以，乘檢查官每一小時出去抽鴉片時，就立即發出。徐鑄成立馬擬了電文：「天津四面鐘對面胡霖表兄鑒：『二舅真晚西逝，但請勿告外祖，以免過悲。壽。』」天津四面鍾對面就是《大公報》報館；胡霖是胡政之的本名，沒有多少人知道；「二舅」即指第二集團軍司令馮玉祥；「真」是 11 日的韻日代號；「西逝」即是西去；「勿告外祖」是指不要公開。

胡政之、張季鸞接電後，自然心領神會。第二天《大公報》頭版頭條旁，用五號字發了一條消息：「北平電話，據太原來人談，馮玉祥於十一日起不見客。」消息發表後，張季鸞走訪第二集團軍駐津代表林叔言，談及馮玉祥已離開太原，林叔言絕不相信。三天後，馮玉祥現身潼關，下達了進攻令，林叔言才恍然大悟，不禁對張季鸞感歎：「你們的記者真是神通廣大啊！」

徐鑄成，是胡政之慧眼發現的最得意的人才。

范長江也是在胡政之的調教下，由「醜小鴨」變成了「白天鵝」。

1930 年代初期，顛沛流離的范長江來到北京大學讀書。此時的范長江身無長物，一貧如洗，過著「東齋洗臉，西齋吃飯」的乞討般日子。冬日北京的夜晚寒徹骨髓，范長江衣單被薄，半夜常常被凍醒，他就爬起來在屋裏蹦跳，活動熱了身子躺下再睡。為解決衣食溫飽，范長江給北平的《世界日報》、北平《晨報》和天津的《大公報》、《益世報》當起了通訊員，報導一些北大校園裏的文化消息，掙點稿費，聊補困頓。胡政之很快發現了范長江的新聞潛質，他讓《大公報》駐北平辦事處的楊世焯、洪大中找到范長江，聘他為《大公報》通訊員，每月固定津貼十五元，不再按稿計酬，條件只有一個，范長江必須獨家為《大公報》供稿，不再為其他報紙採寫稿件。每月能掙十五元，這是范長江想都不敢想的好事。他立即答應了，並且努力地為《大公報》撰寫稿件，文化報導的題材越來越廣泛，報導的角度也越來越新穎。他甚至為《大公報》採寫過北京大學圖書館的見聞式連續報導，使這個冷僻的領域第一次在讀者面前展現它多彩的容顏。

范長江一直有去中國西北部採訪的念頭。這種想法也是來自《大公報》的啟發。「九一八」事變後，張季鸞就在社評中公開主張：「中國屈無可屈，和無可和，只有陷於長期的頑強的鬥爭。而積極經營西北，則長期鬥爭必要之條件也。」

范長江起初聯絡了幾個志同道合的好朋友，在報紙上發廣告，招募贊助和支持者，以完成西北考察之壯舉。無人響應。國難當頭，人心惶惶，人們無暇顧及於此。此路不通，只好借助媒體了。

　　范長江擬定了詳細的考察採訪計畫，交給了《世界日報》採訪部主任賀逸文。范長江覺得，《世界日報》就在北平，溝通交流起來方便一些。再者，《世界日報》在北平，乃至全國有相當的影響，會需要這種大氣度的採訪。《世界日報》社社長成舍我對計畫本身挑不出毛病，可他慳吝成性，對採訪需要的幾十至上百元錢，真是捨不得拿出來，猶豫再三，他將計畫書退給了范長江，找個藉口說：「《世界日報》不需要這類報導。」

　　范長江轉投了《大公報》北平辦事處的洪大中。洪大中興奮不已，立即交給了天津總部的胡政之。胡政之閱後，第一時間約見了范長江，同意范長江的採訪計畫，聘他為《大公報》旅行記者，提供路費，出具介紹信，稿費從優，並預支了部分稿費。起初，范長江擔心《大公報》不同意，開出的條件很低，沒想到《大公報》全盤接受，還給予了許多優惠。范長江說：「《大公報》那時在全國聲望很高，有了《大公報》的正式名義，又經常在報上發表我署名的通訊，還有《大公報》在全國的分支機構可以依靠，雖然我的經濟情況那時還很困難，常常捉襟見肘，但我活動的局面已開始打開了。」

　　1935 年 7 月起，范長江從四川成都出發，開始了他著名的旅行考察。他克服重重困難，馬不停蹄，舟車勞頓，歷時十個月，行程六千餘裏，足跡遍及四川、陝西、青海、甘肅、內蒙古西北五省區，歷盡艱辛採寫了大量的報導，在天津《大公報》上發表，引起了極大的轟動。范長江在這些報導中，第一次披露了紅軍長征的消息，客觀報導了西北戰局。他採寫的軍事題材的報導有：〈岷山南北「剿匪」軍事之現勢〉、〈長安之瞥〉、〈毛澤東過甘入陝之經過〉、〈從瑞金到陝邊〉等等。他還考察了河西地區少數民族與漢族的關係，寫出了〈弱水三千之「河西」〉。還對劉志丹做了實事求是的評論，認為劉不是綠林好漢，而是有組織的社會運動。

　　《大公報》出版部根據胡政之的指示，於 1936 年 8 月將范長江的通訊結集成冊，取名為《中國的西北角》出版，在全國發行，「未及一月，初版數千部已售罄，而續購者仍極踴躍」，不得不再版九次，發行十幾萬冊，一時風行全國，膾炙人口。

　　「七七」事變之前，華北局勢驟然緊張，綏遠成了抗戰最前沿。胡政之立即電告正在外地採訪的范長江，火速趕往事發第一線。他在指令中說：「這次如果不趕快去，也許要錯失最後機會了。」范長江日夜兼程，公共汽車、軍用飛機、牛車馬車，能夠用得上的交通工具，他幾乎都用遍了。在過日軍佔領區時，他甚至化裝成商人，隨著駱駝馬幫隊勇闖封鎖線，終於趕到了綏遠抗日最前線，報導了我軍將士堅守陣地，奮勇殺敵的壯麗行為。

　　西安事變是一次嚴重的危機，對抗戰走向事關重大。胡政之又指示范長江前去採訪。范長江遂又成為第一個進入西安市區的新聞記者。他在這裏見到了周恩來，提出了去延安採訪的請求。沒想到第二天毛澤東便批准了這一請求。六天後，范長江便來到延安，與毛澤東做了多次竟夜長談，並採訪了其他中共高級領導人。

　　2月14日傍晚，范長江回到上海大公報社。他誰也沒見，一頭紮進了胡政之的辦公室，詳細彙報了西安和延安之行的情況。胡政之讓他立即動筆寫稿，第二天見報。就在胡政之的辦公室裏，范長江寫一段，胡政之審一段。當晚10時，稿子完成，胡政之加了個中性標題「動盪中之西北大局」，並即刻派人送國民黨上海新聞檢查所審稿。沒想到，稿子未獲通過。胡政之略加修改，決定「抗檢」，冒險發表，並指示天津《大公報》同時刊發。第二天的《大公報》，引發了讀者的廣泛關注和爭相傳閱。〈動盪中之西北大局〉發表的前前後後，足見胡政之的膽識。范長江說：「在對於這個新聞的把握和發表堅決方面，胡先生的做法，實在是可以稱道的。」范長江後來還回憶：「當時《大公報》有一些老幹部對於我在差旅費方面用得較多，很有意見，主張限制我的活動範圍，把我固定在某一個地區，不要到處亂跑。胡對他們說，這幾年我們《大公報》在銷路上打開局面，主要靠范長江吃飯，不要去打擊他。」

　　正是胡政之、范長江二人之間的相互欣賞和相互信任，才造就了范長江這個著名記者，成就了《大公報》的新聞事業。

　　蕭乾自己說：「我進《大公報》，一點也不偶然。」蕭乾少有文名，風流倜儻，聰慧過人，自然人見人愛。1933年10月，他的第一篇小

說《蠶》，就是發表在由沈從文任編輯的《大公報·文藝》上。以後沈從文約他每月寫一篇旅行通訊，這樣，蕭乾便與《大公報》有了更直接的聯繫。

1935年春天，胡政之想物色一個《大公報》文藝編輯，主編「小公園」專欄，楊振聲、沈從文便向胡政之推薦了蕭乾。從這時起，蕭乾有了自己的第一份工作。

蕭乾接過「小公園」編務後，發現了一個矛盾。原來這「小公園」是個以傳統曲藝及舊聞掌故為主的副刊，版面下半部拼的是五花八門的廣告，什麼彩券、性藥、火車時刻表等，還有一些跑馬、回力球、圍棋雜七雜八的小稿件。待用的稿件如「七夕考證」等陳詞濫調。胡政之不久後問起蕭乾接編「小公園」的情況時，蕭乾皺著眉頭據實相告：我覺得由我來編這樣的副刊恐怕不對頭。

胡政之反倒興奮起來。他說：「你覺得不對頭，這就對頭了。我就是嫌這個副刊編得太老氣橫秋。《大公報》不能只編給提籠架鳥的老頭兒看。把你請來，就是要你放手按你的理想去改造這一頁。你怎麼改都成，我都支持你。」蕭乾領了這尚方寶劍，真就大幹了起來，很快就讓「小公園」變了大模樣，文章清新、時尚，藝術品位也有了明顯提高。

1939年，倫敦大學寄給蕭乾一封邀請函，請他去當訪問學者，可條件過於苛刻，經濟上實在是不夠寬裕，蕭乾猶豫不決。此事不知怎麼讓正在香港主持《大公報》的胡政之知道了。他借回內陸公幹之機，將蕭乾請到了他的辦公室。他笑吟吟地朝蕭乾眨眨眼說：「這可是從天上掉下來的好事，你還猶豫什麼！馬上回他們一封信，接下聘書。至於旅費，報館可以替你墊上，靠你那管筆來還嘛！」

見蕭乾還在遲疑，胡政之便幫他分析開了：「希特勒已經吞併了奧地利，如今又進佔捷克。這小子胃口大著哪。他這麼一點點蠶食，列強就能眼睜睜地望著？大戰註定是非打起來不可了。從咱們幹新聞的這一行來說，這可是個千載難逢的機會。現在我就是出錢想派個記者過去，英國也未必肯讓入境。如今，他們請上門來了，你還二乎什麼？

我通知會計科給你買船票，叫庶務科老徐給你辦護照！」胡政之就這樣拍板了。不幾天，護照、船票都辦好了。胡政之還特別吩咐，為蕭乾準備了幾十英鎊的生活費和過境法國時使用的法郎。

蕭乾打點好行裝，準備第二天出發。沒想到，這一切被對面樓上的「樑上君子」窺到了。蕭乾一覺醒來，驚了一身冷汗，護照、入境證明等等散了一地，床下的皮箱已被撬開，裏面花花綠綠的外幣，一張也不見了。這可愁壞了蕭乾。

又是胡政之發話了：證件去了沒有？沒丟就好。他寬慰蕭乾：「好事總是多磨的，人生哪能沒點挫折！丟的錢照樣給你補一份就是了，反正你勤寫點通訊都有啦。」

1943 年年底，蕭乾正動手準備碩士論文時，胡政之隨中國友好代表團來到了英國。在劍橋訪問的那個週末，胡政之約見了蕭乾。他開門見山地說：「我不是來這個大學城看風景名勝的，我就是要把你從這個古老的學院拉出來，讓你脫下那身黑袍，摘下方帽，到歐洲戰場上去顯一顯記者的身手。」

他攤開那雙厚實的手掌，眯著高度近視的眼睛對蕭乾說：「現在墨索里尼完蛋了，納粹給紅軍在史達林格勒打得落花流水。我看西線不會沉寂多久了。盟軍非反攻不可，把納粹德國夾在中間打。」胡政之的眼中，充滿著希望的光輝，「從個人來說，你的機會來了。第一次世界大戰給我趕上了。這回，機會輪到你了。問題是：你還迷信什麼學位，當個無聲無臭的學者呢，還是抓住這個千載難逢的良機，大幹它一場。」

胡政之向蕭乾談了他的具體設想：「前兩三年你只是咱們報的兼任駐英特派員。因為你還在教書，隨後又讀起書來。現在我要求你拿出全副精力，成為咱們報正式的特派員兼倫敦辦事處主任。」胡政之的勸告太有鼓動性了。學期一終了，蕭乾就脫去黑袍，走上了戰地記者的崗位。

一年多後，胡政之赴美國三藩市參加聯合國制憲大會，電告正在倫敦的蕭乾趕往三藩市報導此一轟動世界的重要新聞。在美國，蕭乾既是記者，又是助手，協助胡政之做了許多工作。一天，胡政之對蕭

乾說，今晚蘇聯代表團團長莫洛托夫要宴請中國代表團，你就不必參加了。也就是說，蕭乾有了一個晚上的自由活動時間。

優哉游哉的蕭乾，吃罷晚飯，休息了一會兒便上床了。還未睡著，電話鈴急促地響起。拿起聽筒一聽，是胡政之的聲音。他急急地說：「你務必馬上來一趟，一切見面再說。」

蕭乾匆匆穿上衣服，下樓攔了一輛計程車，趕到了蘇聯代表團駐地。只見胡政之已經焦急地等在旅館大廳了。他說，「剛才莫洛托夫向宋子文碰杯敬酒時說的話給我聽到了。翻譯出來就是：歡迎中國代表團到莫斯科來簽訂《中蘇互不侵犯條約》。」胡政之得意地說：「我趕緊裝作解小手就溜出來給你打了那個電話。」

說完，胡政之揮揮手向電梯走去。他要趕回去照舊參加宴會。蕭乾一個箭步躍上人行道，招手喊了一輛計程車，向大西洋海底電報局疾馳而去。他給《大公報》發了一個特急電報。第二天，這消息加上花邊，在《大公報》的頭版頭條刊登了出來。胡政之與蕭乾，用他們的新聞敏感和技巧，聯手接力，抓到了一條重大的獨家新聞。

胡政之培養和提攜的新聞記者當然不止上述三位。陳紀瀅、梁厚甫、朱啟平、李俠文、曾敏之、查良鏞（金庸）等等，發現、引進和錄用，都出於胡政之的慧眼和決策。

《大公報》記者朱啟平，在胡政之的首肯和支持下，用另一種方式，與我們後來之人發生了密切的聯繫。

1945 年春天，太平洋戰爭已逼近日本本土，勝利的曙光已經顯現。《大公報》重慶版編輯朱啟平，被新聞記者的使命鼓動著，提筆給胡政之寫信，自薦到美國太平洋艦隊採訪。朱啟平通曉英語，身體又好，足以勝任這項工作。胡政之慨然允諾，並幫助聯繫相關事宜。朱啟平跟隨美軍，轉戰於太平洋和亞洲戰場，寫出了許多出色的戰地通訊。9 月 2 日，日本將在美國「密蘇里」戰列艦上向盟軍和聯合國簽字投降。朱啟平是距這一歷史性事件最近的記者。胡政之立即電令朱啟平想盡一切辦法登艦採訪，目睹這一莊嚴而偉大的一刻。朱啟平完美地完成採訪，寫下了載入史冊的現場通訊〈落日〉。

　　〈落日〉是一篇經典的新聞通訊。在那一個特殊而莊重的場合，記者只能靠眼睛去觀察、去採訪，去捕捉每一個細節和每一個瞬間。朱啟平的〈落日〉主題鮮明，條理清晰。背景的運用，場景的描寫，人物的刻劃，都十分精到、準確、生動，這件難得的紀實作品，是後人瞭解歷史的重要經典，更是新聞作品的範式和模本。

　　朱啟平開門見山，在〈落日〉的第一段便點出了新聞的主題和意義：

> 一九四五年九月二日上午九點十分，我在日本東京灣內美國超級戰艦「密蘇里」號上，離日本簽降代表約兩三丈的地方，目睹他們代表日本簽字，向聯合國投降。這簽字，洗淨了中華民族七十年來的奇恥大辱。這一幕，簡單、莊嚴、肅穆，永志不忘。

　　朱啟平用他那細緻的筆觸，舒緩有致地為讀者娓娓道來，從軍服整潔筆挺的士兵，到雲集的各國記者；從簽字現場的佈置，到各國代表的到來，纖毫畢現，栩栩如生，令讀者如聞其聲，如見其景。「儀式開始」這部分，則是全篇的精華：

> 九時整，麥克亞瑟和尼米茲、海爾賽走出將領指揮室。麥克亞瑟走到擴音機前，尼米茲則站到徐永昌將軍的右面，立於第一名代表的位置。海爾賽列入海軍將領組，站在首位。麥克亞瑟執講稿在手，極清晰、極莊嚴、一個字一個字對著擴音機宣讀。日本代表團肅立靜聽。麥克亞瑟讀到最後，昂首向日本代表團說：「我現在命令日本皇帝和日本政府的代表，日本帝國大本營的代表，在投降書上指定的地方簽字。」他說完後，一個日本人走到桌前，審視那兩份像大書夾一樣白紙黑字的投降書，證明無誤，然後又折回入隊。（日本外相）重光葵掙扎上前（他在上海虹口閱兵時被朝鮮志士尹奉吉炸斷一條腿）行近簽字桌，除帽放在桌上，斜身入椅，倚杖椅邊，除手套，執

投降書看了約一分鐘，才從衣袋裏取出一支自來水筆，在兩份投降書上分別簽了字。梅津美治郎隨即也簽了字。他簽字時沒有入座，右手除手套，立著欠身執筆簽字。這時是九時十分……

麥克亞瑟繼續宣佈：「盟國最高統帥現在代表和日本作戰各國簽字。」

接著回身邀請魏銳德將軍和潘西藩將軍陪同簽字。魏是菲律賓失守前最後抗拒日軍的美軍將領，潘是新加坡淪陷時英軍的指揮官。兩人步出行列，向麥克亞瑟敬禮後立在他身後。麥克亞瑟坐在椅子上，掏出筆簽字。才寫一點，便轉身把筆送給魏銳德。魏銳德掏出第二支筆給他，寫了一點又送給潘西藩。他一共用了六支筆簽字。簽完字後，回到擴音器前說：「美利堅合眾國代表現在簽字。」這時，尼米茲步出行列，他請海爾賽將軍和西門將軍陪同簽字。這兩人是他的左右手。海、西兩人出列後，尼米茲入座簽字，簽完字，就各歸原位。麥克亞瑟接著又宣佈：「中華民國代表現在簽字。」徐永昌步至桌前，由王之陪同簽字。這時我轉眼看看日本代表，他們像木頭人一樣站立在那裏。之後，英、蘇、澳、加、法、荷等國代表在麥克亞瑟宣佈到自己時，先後出列向麥克亞瑟敬禮後，請人陪同簽字。陪同的人澳洲最多，有四個，荷蘭、新西蘭最少，各一人。各國代表在簽字時的態度以美國最安閒，中國最嚴肅，英國最歡愉，蘇聯最威武。荷蘭代表在簽字前，曾和麥克亞瑟商量過。全體簽字畢，麥克亞瑟和各國首席代表離場，退入將領指揮室，看表是九點十八分。我猛然一震，「九·一八」！一九三一年九月十八日日寇製造瀋陽事件，隨即侵佔東北；一九三三年又強迫我們和偽滿通車，從關外開往北平的列車，到站時間也正好是九點十八分。現在十四年過去了。沒有想到日本侵略者竟然又在這個時刻，在東京灣簽字投降了，天網恢恢，天理昭彰，其此之謂歟！

記者的最大功力在於觀察的細微和採訪的深入。朱啟平不放過現場的任何一個疑點。荷蘭代表在簽字前，曾與麥克亞瑟商量過。這是為什麼呢？儀式一結束，朱啟平追蹤詢問。原來，加拿大代表在簽署交給日本的那份投降書時，簽低了一格，佔據了法國簽字的位置，法國順延，占了下一個簽字國的位置。荷蘭代表簽字時發現了錯誤，所以才和麥克亞瑟商量。日本代表不願意拿回去這份簽錯了位置的投降書。麥克亞瑟的參謀長蘇賽蘭將軍板著臉與日本代表交涉了半天，最後當機立斷，掏出筆將簽錯的國家劃回原處，並附上說明和自己的簽字為證。弄清了原委，朱啟平在通訊中不無幸災樂禍地寫道：「倒楣的日本人，連份投降書也不是乾乾淨淨的。」

甲板上，一個滿臉稚氣、不足二十歲的美國水兵，鄭重其事地對同伴說：「今天這一幕，我將來要講給我的孫子孫女們聽。」

朱啟平深以為然。「這水兵的話是對的，我們將來也要講給子孫聽，代代相傳。可是，我們別忘了百萬將士流血成仁，千萬民眾流血犧牲，勝利雖最後到來，代價卻十分重大。我們的國勢猶弱，問題仍多，需要真正的民主團結，才能保持和發揚這個勝利成果。否則，我們將無面目對子孫後輩講述這一段光榮歷史了。舊恥已湔雪，中國應新生。」

於是，朱啟平用《落日》向我們講述這一切了。

於是，胡政之用《大公報》向我們講述這一切了。

一個報人，一個記者，在歷史的關鍵時刻，濃墨重彩地記上一筆，此生足矣！

方漢奇教授曾經指出，《大公報》為中國的新聞事業培養了很多人才。他的統計表明：《大公報》僅列入《中國新聞年鑒》「中國新聞界名人簡介」的就有六十多人；列入 1991 年正式出版的《中國大百科全書》（新聞出版卷）的有十二人，占全卷一百零八人的九分之一。胡政之於此功不可沒。

胡政之早年的敬業精神，在《大公報》是有目共睹的。《大公報》的曹世瑛回憶道：

胡經理是個矮胖子，五短身材，大近視眼，聲音洪亮，時常發出爽朗的笑聲。表情嚴肅，但不難接近。他是一位不尚空談的實幹家。任何問題都可以當機立斷，決不可模稜兩可，拖泥帶水。儘管夜間下班都在午夜之後，他還是每天早晨就到報社來。他先到經理部坐一坐，然後就上樓到編輯部。報架上有幾十種報紙……他都要翻看一遍。當時報社沒有星期日，也沒有輪休，只要他在天津，一年到頭都是如此。外出也要寫通訊。由於經理如此，別人也很積極。每天編輯工作結束時，要寫幾張大字的新聞提要，貼在臨街的窗子上，原由副刊編輯何心冷負責，後來由我執筆，寫完時總在早晨兩三點鐘。

據徐鑄成回憶，每天下午，胡政之都仔細閱讀本市和外埠的各家報紙，與《大公報》作比較，從中找出新聞線索，發電指示駐外記者採訪要點。較小的地方報，胡政之也要看，找出可以改寫本報通信的素材，交給地方版編輯。每天下午的四時到六時，是各版編輯集中看報的時間。有一次，徐鑄成遲到了，看到胡政之就坐在他的座位上看報。徐鑄成非常尷尬，默默地站在胡政之背後。胡政之讀一段落，回頭看了徐鑄成一眼，一聲不響地站起來走了。徐鑄成覺得，這比申斥他一番還難受。

胡政之對員工的生活和福利待遇非常重視，想方設法凝聚人心，增強向心力。天津時代，《大公報》員工的工資比較穩定，一般職員月工資三十元左右，編輯一般一百元左右，這在北方的報館中是高的。此外，胡政之還規定，凡是職員父母整壽或喪亡，本人整壽、婚嫁及子女婚嫁，報館都要贈送相當於本人兩個月工資的賵金，並言明其中一個月的賵金是代報館同仁贈送，免得彼此酬酢造成負擔。員工平時遇到生活困難，可以借錢，只要情況屬實，胡政之從不拒絕。那一年，徐鑄成回江蘇宜興老家結婚，因手頭拮据寫信向胡政之告急，胡政之立即彙去一百元錢，只是在匯款單上加了一句：「盼兄以後多體會物力之艱難。」

　　1938 年，香港《大公報》創刊，李俠文入報館工作。太平洋戰爭後，香港淪陷，港版《大公報》人員將轉移到桂林《大公報》社。離港前，李俠文與女同事林慧潔結婚，偕同赴桂。胡政之關心員工，詢問結婚籌辦事宜。李俠文生性不願欠下人情，婚禮從簡，所費不多。但他還是認真地感謝了胡政之的好意。時隔十年，抗戰勝利，香港《大公報》於 1948 年復刊。李俠文與夫人雙雙回到香港工作。一日，胡政之單獨約李俠文夫婦在中環的一家法國餐廳聚餐。坐定之後，胡政之說：「我記得你們新婚的晚上就在這家餐廳進餐，被我遇見了。所以我今晚特意請你們到這裏來。」對於胡政之的細緻和有心，李俠文、林慧潔感慨不已。

　　胡政之對《大公報》的最大貢獻，是他對《大公報》戰略發展的思考與佈局。而對這個問題的認識，最初胡政之是十分不清醒和幼稚的。

　　「九・一八」事變後，張季鸞認識到日本的野心決不僅在滿州，報社應未雨綢繆，早做打算，做好南遷建館的準備。而胡政之則覺得新記《大公報》公司草創沒有幾年，事業正在逐步走上正規，經不起折騰。二人意見不合。張季鸞拔腿去了成都，找四川軍閥劉湘出資，商議能否另起爐灶，再辦一張報紙。張季鸞的出走，給了胡政之很大的觸動。他仔細分析了張季鸞的建議和對時局的把握，認為張的意見是有道理的。他便急忙請回了張季鸞，共商南遷事宜。這倒讓張季鸞左右為難，裏外不是人了。因為劉湘已答應了張季鸞的請求，同意為他出資辦報。張季鸞內心是捨不得《大公報》的，畢竟舊情難忘。他見胡政之回心轉意，便辭了劉湘，重回《大公報》了。

　　胡政之一旦看準了的事情，便不惜氣力捨命以赴。《大公報》立即籌備上海版，很快便於 1936 年 4 月 1 日創刊出版，《大公報》形成了南北共有之勢。「盧溝橋」事變後，日本大舉進入北平，不久天津也淪陷了，天津《大公報》於當年 8 月停刊。但就在天津停刊的當月，胡政之指示曹谷冰等人，立即著手籌辦漢口《大公報》。胡政之明白，上海也不知能守到多久。漢口《大公報》未及創刊，日軍鐵蹄已踐踏了大半個中國。胡政之與張季鸞兵分兩路，胡帶一部分人直奔香港，創

辦香港《大公報》，張帶另一部分人西進桂、渝，創辦桂林《大公報》
和重慶《大公報》。此後幾年，胡政之在艱難中維持，艱辛備嚐。吳鼎
昌入閣為官，辭去了《大公報》社長之職，張季鸞積勞成疾，於 1941
年 9 月因肺病去世。胡政之在奔波中維持，在維持中發展，由漢口而
香港，由香港而桂林，由桂林而重慶，戰亂讓《大公報》的事業四分
五裂，人員分合無序，胡政之要像當家的婆婆一樣，協調各方關係，
避免逞強爭大，義氣用事。終於熬到了抗戰勝利，《大公報》得以復員
津、滬，載譽重建。他興奮地對李俠文說：「這張報紙的影響不下於一
個政黨，你看辦報是不是很有意義？」

　　胡政之這一時期的最大榮耀，是作為中國政府代表團的一員，在
1945 年三藩市聯合國制憲大會上，在聯合國憲章上莊嚴地簽下了自己
的名字。也許是胡政之知道茲事體大，他用毛筆公公正正地寫下的是
他的本名：胡霖。

　　胡政之的經營才能，常常掩蓋了他文章高手的真實身份。李俠文
形容他：「一生有為有守，見識廣博，洞明世事，積行內滿，文辭外發，
自能議論周匝，繞有氣勢。」胡政之如有所思，常常抓一個編輯到他
辦公室坐下，他站在一旁口授社評，由編輯筆錄。他說一句，編輯記
一句，中間沒有思考、停頓，段落分明，條理清晰。記完之後，送交
編輯部發排就行了。真的是「出口成章」，「倚馬可待」。

　　1948 年年初，胡政之再赴香港，恢復港版《大公報》。他嘔心瀝
血，親歷親為，忙碌了幾個月，終於使香港《大公報》於 3 月 15 日正
式復刊。

　　此時的《大公報》，滬、津、渝、港四版同時發行，總銷量為二十
餘萬份，總資產達六十多萬美元。四地的簡稱都帶「水」字，是否預
示著《大公報》的事業江河湖海般奔湧不息？

　　4 月 24 日夜間，胡政之在香港《大公報》伏案工作、審發大樣時，
突然暈倒。醫生救治後，疑為肝硬化。27 日，在同仁的勸說下，胡政
之飛滬就醫，此後纏綿病榻，一蹶不起，維持了整整一年之後，於 1949
年 4 月 14 日逝世於上海。

人說「生不逢時」，可胡政之卻是「死不逢時」。

當年張季鸞逝世時，國共正在合作抗日，政局尚且穩定。社會各界為張季鸞舉行了盛大的公祭儀式。蔣介石在張季鸞去世時，即發唁函，云：「季鸞先生，一代論宗，精誠愛國，忘劬積瘁，致耗其軀。握手猶溫，遽聞殂謝。斯人不作，天下所悲。」張季鸞的靈堂，擺放著蔣介石題寫的輓聯：「天下慕正聲，千秋不朽；崇朝嗟永訣，四海同悲。」

周恩來、鄧穎超送的輓聯上寫著：「忠於所事，不屈不撓，三十年筆墨生涯，樹立起報人模範；病已及身，忽輕忽重，四五月杖鞋矢次，消磨了國士精神。」

蔣介石、周恩來都參加了張季鸞的公祭大會，足見國共兩黨對張季鸞的尊重。

胡政之去世時，據上海解放只差四十三天，時局十分動盪，乾坤即將翻轉。失敗的國民黨，惶惶如喪家之犬，逃出了大陸，避急於孤島；勝利的共產黨，正大步流星踏遍祖國大地，將佔領的旗幟插遍四面八方。一個報人的棄世，有何說道呢！再者，他的政治立場極有問題，還沒有找他說清楚呢，就這樣走了，便宜他了。

胡政之原配夫人去世後，1938 年續娶顧維鈞侄女顧俊琦為妻，育有一子。顧俊琦「出身望族，幼受庭訓，受過高等教育，氣質不凡，而端莊蘊藉，備受人尊敬」。胡政之逝世，上海解放，顧俊琦作為異類，受到里弄組織的嚴密監視。1951 年春天的一日，顧俊琦佯裝街頭散步，跳上電車趕到南市火車站，購買了一張去廣州的硬座車票（那時購臥鋪票要預訂，並要接受詢問），隻身來到廣州，後又設法去了香港。顧俊琦不僅身無長物，沒有帶走胡政之的任何財產、資料，甚至連她與胡政之生育的八歲的兒子也未能帶走。後託朋友輾轉將兒子帶到香港，母子二人遠涉重洋去美國謀生，胡政之在大陸的紐帶就這樣斷絕了。

近幾年狀況有了極大改善，我們才有了談論胡政之的空間和資料。這已是胡先生去世半個多世紀之後了。個中滋味，實在無法言表。

徐鑄成晚年對胡政之有過一段精到的評價:「邵飄萍、黃遠生諸先生富有採訪經驗,文筆恣肆,而不長於經營。史量才、張竹平、汪漢溪諸先生工於籌計,擘畫精緻,而不以著述見長。在我所瞭解的新聞界前輩中,恐怕只有胡政之先生可稱多面手,文、武、昆、亂不擋。後起的如成舍我輩,雖然也精力充沛,編輯、經營都有一套,但手面、魄力,似乎都不能與胡相比。」

主要參考文獻

《回憶胡政之》 胡玖、王瑾編 天津人民出版社 2009 年 6 月第一版

《張季鸞與〈大公報〉》 王潤澤著 中華書局 2008 年 8 月第一版

《百年五牛圖》 梁由之著 廣西師範大學出版社 2008 年 11 月第一版

《徐鑄成傳》 李偉著 廣西師範大學出版社 2008 年 7 月第一版

《〈大公報〉百年史》 方漢奇等著 中國人民大學出版社 2004 年 7 月第一版

《自由的歷險——中國自由主義新聞思想史》 張育仁著 雲南人民出版社 2002 年 11 月第一版

林白水

很難用一句話準確概括林白水的一生。

他是在軍閥割劇、天下大亂的時代，被「狗肉將軍」張宗昌野蠻槍殺的新聞工作者，「喋血記者」似乎成了林白水的專用定語。

其實，林白水的一生複雜曲折。在他五十二年的生命歷程中，可以清晰地分成三個階段。早年的名士階段，自別於清廷，蔑視科舉，開壇講學，倡導新文化；辛亥首義後，大浪裹沙，乘勢而進，成了一名政客，投奔在袁世凱門下，依附於「籌安會」，跳了一場擁袁稱帝的滑稽戲，最後大夢始醒，心灰意冷地別了政壇；最後十幾年，一心投在新聞事業上，創辦了現代意義的報紙。一支健筆，刺社會醜惡百態，一紙風行，辦大眾喜愛媒體，享譽京城，名滿天下，終於因筆起釁，因文招禍，被軍閥忌恨、忌憚，飲彈天橋，暴屍郊外……

鄧拓在《燕山夜話》中專門有一文章談及林白水，他說：「無論如何，最後蓋棺論定，畢竟還是為反抗封建軍閥、官僚而遭殺害的。我們應該建議在編寫中國近代報刊史的時候，適當予以應有的評價。」在以階級劃線、以革命與否為評判標準的上世紀五六十年代，只能做這樣的分析和結論。也許是鄧拓的話起了作用，1986 年，在林白水被害整整六十年後，國家民政部追認他為革命烈士。這會讓九泉之下的林白水驚詫不已。被槍殺於民國還未統一的 1926 年，居然會被追授為中華人民共和國的烈士。

林白水生於 1874 年，祖籍福建閩縣青圃村。林白水本名林獬。獬是一種傳說中的獨角異獸，善辨曲直是非。見人爭鬥，就用角去沖頂壞人。這倒很符合林白水成年後的性格。林白水幼承家學，弱冠之年他在福州書院就讀，詩詞、書法在當地已是小有名氣，很得老師高鳳岐的賞識。

　　書院不同於私塾。私塾是發蒙教育，是初級階段，而且教學的目的只有一個，考取功名。書院往往是大儒和名士創辦的更高層次的學府，創立學派與搏取功名兼而有之。朱熹、王陽明、李贄、王闓運，甚至康有為，都曾設壇講學，傳播自己的學問和思想。康有為本無心功名，他在南海書院的「傳道授業解惑」已名震一方，後深感於國家不改革無以希望，更無出路，四十歲時，才北上京師，借考試之機，聯絡諸子，「公車上書」。

　　林白水也頗有名士風範。兩次鴉片戰爭後，清室割地賠款、開放門戶，福州被辟為與西洋通商之埠。林白水認為這是中國人的奇恥大辱。他不屑與這樣腐敗無能的政府為伍，因而下定了不考功名、不事清廷的決心。二十幾歲時，林白水已是文名遠播。福建同鄉、杭州富商林伯穎延攬他來杭州，在家塾中任教。這樣，林伯穎的兒子林長民、林尹民等便成了他的親授弟子。杭州知府、福建人林啟更是愛才心切，力邀林白水執教於杭州蠶桑學堂、求是書院。這種教學理念、教學內容、教學方式全新的現代學堂，給了林白水很大的觸動。1899 年春天，他返回家鄉，與方聲濤、黃展雲等在福州創辦了第一所新式學堂「蒙學堂」。後來參加黃花岡起義英勇犧牲的陳更新、陳可鈞、林覺民等烈士，就是他的學生。

　　1901 年 6 月，求是學院學生、杭州名士項藻馨創辦《杭州白話報》，邀請林白水主持筆政，林白水欣然前往，親撰了發刊詞〈論看報的好處〉。這是林白水第一次涉足報刊事業。那時，報、刊不分家。名義上是叫《杭州白話報》，實則相當於我們現在的期刊。《杭州白話報》最初就是月刊，後來逐漸變成旬刊、週刊、三日刊，最後成了日報。發行量從二千份，一步步增加到三千份，直至五千份，是杭州及周邊地區一張有影響的報紙。

　　在《杭州白話報》上，林白水以「宣樊」、「宣樊子」的筆名，用白話寫了大量文章，鼓吹新政。他攻擊女子裹腳、迷信、吸食鴉片等陳規陋習，文章尖銳潑辣，文筆流暢，很受讀者歡迎。

　　1903 年春，林白水第一次留學日本。本想去研討明治維新後日本迅速崛起的改革之路，可沙皇俄國對我國東北的野心日漸顯露，林白

水毅然參加了拒俄義勇隊，秘密發起組織「軍國民教育會」。幾個月後，他便與黃興一起回到了國內。這一年的 12 月 9 日，林白水在上海獨自創辦了《中國白話報》，在更大的舞臺上宣示著他鼎立革新的政治主張。在第一期的「論說」專欄中，他寫道：

> ……這些官吏，他本是替我們百姓辦事的。……天下是我們百姓的天下，那些事件，全是我們百姓的事件。……倘使把我們這血汗換來的錢糧拿去三七二十一大家分去瞎用……又沒有開個清帳給我們百姓看看，做百姓的還是拼命的供給他們快活，那就萬萬不行的！

在第七期的「論說」專欄中，林白水又發表了《國民的意見》，他指出：「凡國民有出租稅的，都應該得享各種權利，這權利叫自由權，如思想自由、言論自由、出版自由……」

一百多年以前，林白水的這些言論和思想，不啻晴天響炸雷，具有極其震撼的啟蒙作用。今天，在我們共和國的百姓當中，在那些缺乏「公民社會」意識的官僚當中，對這些最基本的人權，仍懵懂未名。林白水的先見之明、先人之言，的確令人敬佩。

《中國白話報》幾乎就是林白水一人獨撐，所有的欄目，都是他以「白話道人」的筆名撰寫的。他寫的許多文章，已經具備了現代新聞的基本特徵。如，重視標題的提煉與製作，使文章先聲奪人，搶人眼目；如注重細節的描寫，讓讀者有身臨其境之感；如充分運用了對話，令文章生動活潑，節奏明快，舒緩有致；如交待了事情的結局或結果，使讀者了然於心，閱讀的欲望得到滿足……

在《中國白話報》上，林白水較有特色的文章是〈俄國武官不客氣的說話〉、〈商部尚書吃花酒〉、〈大家聽戲，好玩得很哩〉等等，讀者一見標題，便有讀而知之的強烈願望。

> 張之洞看見俄人占了奉天，也著了忙，就跑到俄國欽差衙門裏面去求見他……俄欽差冷笑道：不行也要行了！張之洞還亂嚷

道：萬萬不行，萬萬不行！那俄欽差捲著鬍子，抬頭看著天，拿一條紙煙只管一上一下地吃，不去睬他……（《俄國武官不客氣的說話》）

北京近來又立個商部，這商部尚書是慶王爺兒子載振做的。這位載振很喜歡吃花酒。有一天約了幾個商部侍郎，還有幾個闊佬，在北京餘園地方吃花酒，又叫了許多局子，那種花顏雲鬢，陪著紅頂花翎，坐在一塊兒，著實配得很哩！可巧有一位御史，姓張名叫元奇，知道這椿事體，立刻做了一本奏摺上去，皇太后聽見這話，就降一道懿旨，淡淡的罵了幾句！（《商部尚書吃花酒》）

這種新奇的文章表現手法，介乎於新聞紀實和說書藝人的戲噱之間，讓當時的讀者耳目一新。

《中國白話報》堅持出版了二十四期，將近十個月，在 1904 年 10 月 8 日停刊了。這是林白水在中國報刊史上寫下的濃重一筆。

《中國白話報》停刊一個多月後，慈禧太后的七十壽辰臨近，清廷大肆籌辦了萬壽慶典，為慈禧祝壽。林白水憤而寫下了一副對聯，在蔡元培創辦的《警鐘日報》上發表：

今日幸西苑，明日幸頤和，何日再幸圓明園！四百兆骨髓全枯，只剩一人何有幸；五十失琉球，六十失台海，七十又失東三省！五萬里版圖彌蹙，每逢萬壽必無疆！

一聯既出，國人拍案叫絕。上海各報乃至全國各地報紙爭相轉載，一時口耳相傳，誦遍大江南北。

林白水的身上，深深遺留著那個時代的「名士」風格，風流倜儻，落拓不羈。林白水成名之後，以賣文為生，足以糊口，且還能過得不錯。他的文章，每篇索價五元，這已是時價的一倍以上。既便如此，林白水也絕不多寫，寫完一篇，得錢五元，非得花完了這五元錢，才動手寫下一篇。一日，一位朋友來看他，林白水留朋友吃飯，一摸口

袋，竟分文沒有。他對朋友說了聲「你稍等片刻」，便伏案疾書。「一
盞茶的工夫」，一篇千字文就搞定了。他吩咐僕人：「趕快送到報館去，
要現錢。」不一會兒，僕人帶著五元稿酬回來了。林白水於是請朋友
到飯館飽餐了一頓。當時「海上諸報，無不以刊白水之文為榮」。多年
後，林白水回憶他兩辦白話報的光榮歷史，不無驕傲地說：「說到杭州
白話報，算是白話的老祖宗，我從杭州到上海，又做了《中國白話報》
的總編輯，與劉申培兩人共同擔任，中國數十年來，用語體的報紙來
做革命的宣傳，恐怕我是第一人了。」

　　1905 年底，林白水再次東渡日本，入早稻田大學主修法政，兼修
新聞，於是成為「中國留學外國學新聞學的第一人。」有了兩辦「白
話報」的實務經驗，林白水學起新聞學想必是得心應手，他當年辦報
時採用的號外、文摘、時事問答、連續報導、綜合報導、集納新聞、
編者按語、編後記等新聞形式，無論是有意為之，還是無意模仿，在
上升為理論和學術的概括之後，便統統化為了他的自覺行動，在他創
辦現代報紙時得到了淋漓盡致的施展和發揮。這是後話。

　　1907 年秋天，林白水第三次東渡日本，再入早稻田大學。這次，
他是為系統研究英美法律和日本的教育而來的。留學期間，他應商務
印書館編輯、他的老師高鳳岐之弟高夢旦之約，翻譯了《自助論》、《英
美法》、《日本明治教育史》等經典著作，由商務印書館出版。他譯編
的《華盛頓》、《俾斯麥》、《哥倫布》、《大彼得》、《納威爾》、《加里波
的》等六本西方近代史上著名人物的傳記，被商務印書館編為「少年
叢書」發行，自 1909 年至 1930 年，長銷不衰，共印行了十三版，其
中《大彼得》發行了十九版之多。

　　1910 年，林白水學成，與大革命家黃興一同回國。以林白水的對
清廷的不屑和對革命的青睞，他結交這些同盟會的志士仁人，也是題
中應有之義。在日本時，他就與宋教仁、孫中山過從甚密，孫中山曾
手書「博愛」條幅相贈。同盟會成立時，他也欣然參加。第二次留學
日本期間，正是因為日本文部省頒佈《取締清國留學生規則》，林白水
憤然退學，半途而歸。他的革命激情可見一斑。

辛亥革命成功，袁世凱無功摘桃，坐享其成。林白水不知哪一根神經犯了糊塗，迅速投入了袁世凱的懷抱。這也符合他的「名士」脾性。蔑視科舉，不屑在清廷為官，並不是不想出人頭地、光宗耀祖，而是清廷腐敗、頹唐，不願與它共同沉入歷史的深淵而已。革命成功，社稷更生。有明主治國，名士們還是願意一展雄才大略，貢獻於家國江山的。

1913 年春天，在模仿西方的議會選舉中，林白水以共和黨籍當選為眾議院議員，他北上進京任職，從此活躍於民國初年的政治舞臺。

1914 年 1 月，袁世凱對國會的種種掣肘終於忍無可忍，悍然下令解散了國會，搞了一個袁記的「政治會議」，接著又召開「約法會議」，林白水因得到袁世凱的賞識，被任命為「政治會議」、「約法會議」議員，還做了總統府秘書兼直隸督軍府秘書長。

1915 年 8 月，楊度、孫毓筠、嚴復、劉師培、李燮和、胡瑛等發起成立了「籌安會」。所謂「籌安會」，是「籌一國之治安」。楊度等人認為，只有再行帝制，大權歸一，才能結束軍閥割據、天下紛爭的混亂局面，而他們心目中堪當大任的新皇帝，便是袁世凱。

林白水的舊識劉師培，拉他進了「籌安會」，在薛大可主辦的《亞細亞報》上，他發表了不少文章，撰表紀，寫勸進書，為袁大總統向洪憲皇帝過渡大造輿論。袁世凱論功行賞，林白水撈了個參政院的參政。

蔡鍔打響了護國討袁的第一槍。全國各界、包括擁兵割據的軍閥，都對袁世凱的倒行逆施大加撻伐，前清舊臣馮國璋等人也是極力反對。歷史只能正向前進，邁出了共和艱難一步的中國人民，怎麼會容忍再有一個皇帝騎在人民頭上作威作福呢？怎麼會將國計民生的大權交給一個人去濫施號令呢？短命的洪憲皇帝僅僅當了八十三天便被迫退位。第二年春天，便在全國人民的唾罵聲中一命嗚呼。正所謂千夫所指，無疾而終。更何況這袁世凱早已病入膏肓，從裏到外都爛透了。

民國之初的袁世凱，以早年支持變法，訓練新軍的姿態，的確蒙蔽了不少人，就連孫中山、黃興也對他大加讚揚，認為是革命成果的

值得託付之人，再造共和的時代先驅。但袁世凱一旦露出稱帝野心，小丑嘴臉，孫中山便立即與之決裂，強烈反對，率軍討伐。這是事關革命成敗，事關民族復興的大是大非問題。林白水為什麼就看不清呢？為什麼就能在長達三年的時間裏，執迷不悟，鐵心追隨，在「籌安會」裏鞍前馬後地緊著忙活呢？他的革命志向哪裡去了？他的報人信仰哪裡去了？他倡導的人權、民本思想和英美的法治理念，統統不知哪裡去了！這段不光彩的經歷，是林白水身上永遠洗不盡的污點。三年迷途，令時人扼腕，更讓後世之人匪夷所思。

袁世凱一命嗚呼，林白水大夢方醒。1916 年 8 月 1 日，他毅然辭去議員之職，決心全力以赴投身新聞事業，創辦中國現代意義的報紙。僅僅一個月後，9 月 1 日，《公言報》便創刊了。從報名便可看出，林白水是想將報紙做為社會的公器，大眾的代言，發公眾、公正之聲，而不是哪一個政治或軍事集團的應聲蟲。林白水的初衷是好的，但在那個時代，辦報紙，要有社會名流扶持，要有巨額資金支撐，林白水一無權，二無錢，所有的僅僅是對新聞事業的一腔熱情和新聞技巧的嫻熟運用，以他一己之力，顯然辦不成報紙。《公言報》得到了林白水的同鄉、早年白話報同事林紓的幫助。林紓因用章回體、文言文意譯西方名著（《黑奴籲天錄》等），已是社會名流。辦報資金就是林紓門生、段祺瑞的心腹徐樹錚提供的。《公言報》的確算不上一張獨立的報紙，林白水在「公言」和「私利」的夾縫中艱難生存。但一個新聞工作者的良知，讓林白水在有限的空間和舞臺上，唱響了一出大戲。包括向他的後臺老闆開炮和發難。

1917 年春，《公言報》創刊半年多一點，林白水就首先披露了政客陳錦濤賄選議員的醜聞。緊接著，又揭露了交通總長許世英在津浦鐵路租車案的貪贓舞弊行為，京城輿論一片譁然。

這許世英是國務總理段祺瑞的拜把兄弟，又入了國民黨籍，白以為可以無法無天，為所欲為了。在他主持的津浦鐵路租借國外機車、車輛事宜中大肆收賄。沒想到，這件密不示人的齷齪之事，竟被林白水知道了。他想盡辦法搞到了租車合同，在《公言報》上發表了。事情一公開，許世英無以遁形。在第二天的國務會議上，他老老實實地

承認，並請段總理派人調查、處理。以段祺瑞那樣強勢的軍閥，「也不能不有三分尊重輿論」，證據確鑿，無可狡辯，他只有暗地裏勸他這個把兄弟辭職以平事態。

那位財政總長陳錦濤，也是因為五萬元錢的賄賂選舉，被《公言報》揭穿，不僅自請查辦，引咎辭職，還依當時的法律覊押、審判，定罪服刑。後來費了好大的勁，才被大總統特赦出獄。

事後談到這段歷史，林白水不無得意：「公言報出版一年內顛覆三閣員，舉發二贓案，一時有劊子手之稱，可謂甚矣。」

1917 年 7 月，辮帥張勳上演了一場復辟鬧劇，蟄回天津的段祺瑞不得不馬廠誓師，率軍討伐。不足半月，辮子軍灰飛煙滅。張勳躲入荷蘭駐華使館避難，溥儀又乖乖地滾下龍椅，回他的紫禁深院中當「寓公」去了。平定復辟幾天後，政府竟發政令赦免了溥儀、張勳等人的罪過。畢竟段祺瑞、徐世昌都是前清舊臣，與張勳又曾同朝為官。這種曖昧態度讓林白水怒不可遏，他立即在《公言報》發評論〈便宜不得〉，聲稱不能便宜了上演復辟醜劇的前清小朝廷和遺老遺少們。這讓徐樹錚和林紓大為不滿。

許世英被迫辭職下野後，京官做不成了。他四處活動，打通關節，謀到了福建省省長一職。沒想到林白水竟窮追不捨。他不願讓這個大貪官去他的家鄉主政，貽害父老鄉親。他寫了一篇〈青山漫漫七閩路〉的時評，將即將赴任的許世英貪贓舞弊、任用親信的老底抖了個底朝天，許世英的省長夢就此破滅。徐樹錚又是大為不滿。

1918 年，徐樹錚、王揖唐在北京安福胡同成立了俱樂部，賄買選票，包辦選舉，「安福」國會隨即誕生。「安福系」便成了段祺瑞政府的代名詞。儘管徐樹錚是《公言報》的大老闆，真正的出資人，掌控著報社的經濟大權，可林白水還是敢不買帳。《公言報》的確不時為安福派說話，但一有機會，林白水還是要發出自己的聲音。「有吏皆安福，無官不福安」的著名對聯，就出自林白水之手，「見者莫不哄堂拍案」。林白水自知與徐樹錚、林紓漸行漸遠，「道不同，不相與謀」，1919 年 5 月，他與《公言報》分道揚鑣了。

林白水一生中最輝煌的新聞生涯，是在他辦社會報的五年當中。

1921 年 3 月 1 日，林白水與胡政之一起創辦《新社會報》，對開四版。他為社長，胡政之為總編輯。他倆制定的辦報理念是，「樹改造報業之先聲，做革新社會之前馬」。「改造」、「革新」談何容易？林白水深知，報紙本身的發行和廣告收入，都不足以維持報紙的正常生存，沒有津貼，難以為繼。而依附於某一政治集團討來的津貼，又喪失了報紙隨意發表議論的話語權。萬般無奈之下，林白水取乎下策，將犀利的筆觸指向政府財政機關和富商大賈，利用新聞內幕和醜聞敲竹槓，斂錢財。他打算向誰要錢，就在報上指名道姓大罵一頓。被罵人想息事寧人，只有趕緊送錢過來。甚至連他的親朋好友，也不放過。權貴們既怕他、又恨他。當時的財政總長李思浩就說，對《新社會報》「要給以相當數目的資助」。所謂「資助」，實則「封口費」而已，是花錢買平安。胡政之對這一套甚為不滿，感到是有悖於新聞的客觀與公正。他覺得「北京辦報易受壓迫」，擔心被牽連進去，便離開了《新社會報》，南下上海創辦國聞通信社了。還真被胡政之不幸言中了。1922 年 2 月，創刊不到一年的《新社會報》就因揭露吳佩孚挪用飛機炸彈和鹽餘公債的黑幕，被警察廳勒令停刊了。

兩個多月後，1922 年 5 月 1 日，《社會日報》鳳凰涅槃，橫空出世。林白水在復刊詞中說：「蒙赦，不可不改也。自今伊始，除去新社會報之新字，如斬首級，示所以自刑也。」

林白水似乎得了英美報紙的真傳。實際上，自創辦《社會日報》起，林白水就將自己置於了政府和權貴們的對立面，專事揭露政府黑幕，抨擊權貴劣跡，為百姓代言，為社會求真。在中國那樣一個法制和輿論環境極不完善的時代，林白水堅持這樣做，從某種意義上說，就是把自己送上了一條不歸路。

1923 年 1 月，教育總長彭允彝諂媚軍閥，干涉司法獨立，要求逮捕北大兼課教師、財政總長羅文幹。蔡元培憤而辭去北大校長的職務。辭呈指出：「元培目擊時難，痛心於政治清明之無望，不忍為同流合污之苟安，尤不忍於此種教育當局之下支持教育殘局，以招國人與天良

之譴責！」這哪裡是辭呈，分明是戰鬥的動員令。18 日起，北京學界掀起了驅彭風潮，政府動用軍警鎮壓，一時風聲鶴唳，劍拔弩張。《社會日報》旗幟鮮明，支持蔡元培及學生運動。

1 月 27 日，林白水在評論《否認》中盛讚蔡元培的為人，「若彼攻擊之者，更無一人是以比擬蔡氏於萬一」。他堅決表示「吾人對於現政府與議會絕對的否認」。

1 月 28 日，他在〈告知識界〉的評論中說：

> 就眼前的司法被蹂躪，教育被破壞兩問題，我們知識界要群起作積極消極的應付，積極方面，就是喚醒全國的輿論，促起全國各界的注意，用大規模的示威，推倒程克（司法總長）、彭允彝（教育總長）……消極方面，就是凡屬知識界的人物，對於現政府各機關職務，就應立即引退……因為知識界要是全體罷工，我敢相信政府一定擔不起。無論如何，總要屈服。……

2 月 22 日，新春伊始。在一片「祝福」聲中，林白水發表評論《恭喜，張內閣，快點倒下去》。接著他連續發表《緩急倒置》、《請看某部之大拍賣》等文，「今之北京政府，可謂完全不懂事傢伙湊在一堆，自名曰政府，自號曰中央，猶復不知羞恥地自證『合法』。」其實，從議會到政府，大小官吏都有定價，賣官鬻爵，明目張膽。

1924 年秋天，馮玉祥發動政變，佔領了北京。當了一年多賄選總統的曹錕黯然下臺。前清小朝廷也被趕出了紫禁城。11 月 4 日，林白水發表評論〈哭與笑〉，將那些竊據要位、貪得無厭的軍閥、政客戲弄了一番。11 月 10 日，在〈請大家回憶今年雙十節〉中，他從不可一世的吳佩孚、曹錕慘敗的事實出發，得出了「武力靠不住，驕橫暴亂貪黷之可危」的結論，警告「繼曹吳而起的軍事當局」，「盡可以就拿曹吳這一幕電影寫真，來當教科書念罷了。」「孫中山所以敢隻身北來……就是他抱個三民的主義，能得一部分的信仰罷了。……要是沒有主義，單靠兵多地盤廣，那末曹吳的兵，曹吳的地盤，何曾不多不

廣，為什麼不及三禮拜，會弄得這樣一塌糊塗？」這是一篇很有見地
的新聞評論。

林白水的《社會日報》不僅評論觀點尖銳，文筆犀利，它的新聞
報導也獨具特色。前面已經說過，林白水深得英美報紙之真傳，對現
代報紙的三昧也體會得到位、深刻。市井人情，街談巷議，生活疾苦，
都是《社會日報》關注的報導熱點，「舉人生日用社會消息，無不筆而
出之」。林白水親自採寫的一篇人力車夫的報導，「都門中下社會胥為
震動，報紙銷路飛漲，日以數百份計」。

林白水的敢於直言，《社會日報》的公正客觀，獲得了社會各界的
好評，「無私無黨，直言不諱者，白水一人而已。觀其時評，無任何軍
閥、任何政客、任何士民，有好壞處，莫不良心驅使，力加戒勉，且
聰明絕頂，料事如神。」「信手拈來，借成妙諦；其見諸報章，每發端
於蒼蠅臭蟲之微，而歸結及於政局，針針見血，物無遁形。」「詞嚴義
正，道人所不敢道，言人所不敢言」，「污吏寒心，貪官打齒」，「對一
般惡官僚，當頭棒喝；對一般新青年，痛下針砭」。人稱「透骨見血、
鐵肩辣手」。當時京城的《東方》雜誌稱讚《社會日報》深受讀者歡迎：
「北京之中央公園，夏日晚涼，遊人手持報紙而誦者，皆《社會日報》
也。」

林白水身上，新聞記者的俠肝義膽愈挫愈甚，而文人雅士的風流
倜儻也日甚一日。他酷愛收藏硯臺，尤其對端硯，更是鍾愛有加。有
一年，他曾耗資千金購買了一方名為「生春紅」的端硯，喜愛之極，
索性也將《社會日報》的副刊更名為「生春紅」，既透出了對這方端硯
的無比喜愛之情，又顯現了名士不拘一格的孟浪超然。1925 年 7 月 3
日起，林白水突然在「生春紅」副刊上登載了〈林白水賣文字辦報〉
的廣告，而且期期必登，連續刊出：

> 《社會日報》自出世以迄今日，已滿三年，耗自己之心血，不
> 知幾斗；靡朋友之金錢，不知幾萬。艱艱締造，為社會留此公
> 共言論機關，為平民作一發抒意見代表，觸忌諱、冒艱險，所

不敢辭。然為資力所扼,發展無望,愧對讀者。……計不得出,唯有出賣其自以為能之文與字,藉資全活。

廣告之後,他緊跟著「潤例啟事」,煞有介事一般。當然,林白水很大程度上說的是實情,但噱頭的成份大大高於他「籌資」的意願。他無非是借此舉擴大《社會日報》的影響,抓人眼球、引人耳目而已。

1925 年 12 月 1 日,北京《晨報》館被暴徒搗毀,《社會日報》報館也險些被砸,林白水也收到了窮兇極惡的威脅信。他以退為進,在《社會日報》上刊出「白水啟事」:「今則年逾五十,家徒四壁,一子一女,學業未成,外對社會,內顧家庭,猶多未盡之責,迭承親友勸告,勿以言論招禍。自今日起,不再執筆為文……」當天《社會日報》的評論署名,即由「白水」改為「記者」。

讀者聞聽「白水啟事」,紛紛致信詢問,安慰。期待林白水不畏權勢,筆耕不輟。其中一位青年學生的來信,讀之令人動容:「我們每日拿出腦血換來的八枚銅元,買一張《社會日報》,只要讀一段半段的時評,因為他有益於我們知識的能力。」自 12 月 6 日到 27 日,二十二天中,林白水在《社會日報》上每日一欄,連續刊登了五十七封支持他的讀者來信,以見輿情之所繫,民意之所向。林白水以他以退為進的高超新聞手法,為《社會日報》大大地做了一次免費廣告。

1926 年 4 月 16 日,直奉聯軍進入北京。十天之後,奉系軍閥張作霖就以「通赤」之名槍殺了《京報》社長邵飄萍。林白水不為所懼,在 5 月 17 日的《社會日報》上撰文批評直奉軍閥:

樹討赤之旗,……但直奉聯軍開到近畿以來,近畿之民,廬舍為墟,田園盡蕪,室中雞犬不留,婦女老弱,流離顛沛。彼身罹兵禍之愚民,固不知討赤者有許多好處在後,而但覺目前之所遭之慘禍,雖不赤亦何可樂也!……赤黨之洪水猛獸未見,而不赤之洪水猛獸先來,……鳴呼,自由自由,天下許多罪惡,假汝之名以行,今之討赤者,念之哉。

　　將槍刺在手、生殺予奪皆一念之間的直奉聯軍，直斥為「洪水猛獸」，林白水的膽子可真夠大的。是的，林白水毫不顧忌，5月26日的評論，他又向吳佩孚、張作霖開炮了：「軍既成閥，多半不利於民，有害於國。除是死不要臉，願作走狗，樂為虎倀的報館，背著良心，替他宣傳之外，要是稍知廉恥、略具天良的記者，哪有不替百姓說話，轉去獻媚軍人的道理。」好在沒幾日，張作霖撤出京城，回了東北。山東軍閥張宗昌迤迤然統兵前來。早幾年林白水就歎過：「總理一年而九易，則政亂可知。」現如今，各派軍閥輪番進京，你方唱罷我登場，國家亂象亦可見一斑。

　　林白水還是那副脾氣，還是那支健筆，他又向山東軍閥張宗昌和他的幕僚潘復發難了。其實，林白水與張宗昌、潘復的芥蒂，幾年前就結下了。他曾譏諷張宗昌為「長腿將軍」，意為遇到敵人撒腿就跑，讓張宗昌忌恨不已。三年多以前，林白水還在《社會日報》刊發消息「山東全省好礦都要發現了，礦師潘大少爺恭喜山東人發財」，揭露了潘復貪污斂財的種種劣跡，讓他做山東省長的美夢化作了泡影。這官運被阻之恨，潘復自然記在了林白水和《社會日報》頭上。

　　潘復字馨航。用林白水的福建普通話念之，尤如「腎囊」。而「腎囊」又諧「智囊」。林白水便拿潘復開涮了。8月5日，《社會日報》刊發了他的評論〈官僚之運氣〉：

> 　　狗有狗運，豬有豬運，督辦亦有督辦運，苟運氣未到，不怕你有大來頭，終難如願也。某君者，人皆號稱為某軍閥之腎囊，因其終日繫在某軍閥之胯下，亦步亦趨，不離晷刻，有類於腎囊累贅，終日懸於腿間也。此君熱心做官，熱心刮地皮，固是有口皆碑，而此次既不能得優缺總長，乃並一優缺督辦，亦不能得，……可見表面炎炎赫赫之某腎囊，由總長降格求為督辦，終不可得，結果不免於剖池子之玩笑，甚矣運氣之不能不講也。

　　在林白水那尖刻的筆下，智囊就是馨航，馨航就是腎囊，腎囊就是睪丸。潘復受此奇恥大辱，豈能善罷甘休。他當天指示手下給林白

水打電話，要求《社會日報》就此文刊登更正聲明，並公開道歉。林白水的答覆是，「言論自由，豈容暴力干涉。」惱羞成怒的潘復，連夜跑去找張宗昌，哭訴著要張宗昌為他做主，將林白水處以極刑以解心頭之恨。張宗昌正愁找不到茬子加害林白水呢，樂於送個順水人情。於是張潘當下密謀，給林白水安了個「通敵有證」的罪名，指示憲兵隊連夜捕人，連夜處決。林白水所通之「敵」，便是剛剛撤出北京不久的馮玉祥。因為馮玉祥在京期間，《社會日報》刊發了好幾篇讚揚馮玉祥的文章。正所謂「欲加之罪，何患無辭」。

8月6日凌晨1時，京畿憲兵司令王琦乘車來到《社會日報》報館，說是張宗昌將軍請林白水前去談話。便將林白水強行擁入汽車，押解而去。報館編輯見狀不妙，趕緊打電話四處求助。

楊度、薛大可、葉公綽能人匆匆趕到潘復住宅，找到了正在此處打牌的張宗昌、潘復等人，苦苦為林白水求情，薛大可竟長跪不起，情真意切。潘復叫過王琦，耳語幾句，王琦含首而去。少頃，張宗昌才開口說話，同意將「立即槍決」的命令，改為「暫緩執行」。可傳令兵找到王琦時，林白水已經被執行槍決了。

8月6日凌晨4時10分，林白水被憲兵押到北京天橋刑場執行槍決。子彈從後腦入，左眼出。遇難之時，林白水身穿夏布長衫，鬚髮斑白，雙目未瞑，陳屍道旁，見者無不駭然傷心。這一天，離邵飄萍遇害相距百日左右。這無疑是中國新聞史上最痛楚、最悲愴的記憶。兩年後，北京《自立晚報》在談及此事時擬的新聞標題是「萍水相逢百日間」。

林白水的遺囑寫於8月6日凌晨4時：

> 我絕命於頃刻，家中事一時無從說起，只好聽之！愛女好好讀書，以後擇婿，須格外慎重。可電知陸兒回家照應。小林、寶玉和氣過日，所有難決之事，請莪孫、淮生、律閣、秋岳諸友幫忙。我生平不做虧心事，天應佑我家人也。
>
> 丙寅八月七日夜四時萬里絕筆

　　林白水字萬里，「白水」只是他 1916 年起在報紙上發文章時用的筆名。後筆名大譽，蓋過真名。

　　林白水的遺書，是在匆忙中寫下的，日期都寫錯了。凌晨 1 時突然被抓，不足三個小時後突然宣佈執行死刑，生命危在旦夕、分秒之間，誰也無法神閒氣定，從容不迫。「丙寅」是農曆紀年，丙寅後邊應寫為六月二十八日，而不是西曆的時間。西曆時間也寫錯了，不是八月七日凌晨，而是八月六日凌晨。「以後擇婿，須格外慎重」九個字，也是後來加上的。可見，「秀才遇見兵，有理說不清。」纖纖文弱書生，面對兇神惡煞、荷槍實彈的兵痞，是何等的痛苦！正如林白水女兒林慰君成年後在所撰《林白水傳》中，寫下的這樣一段文字：「人家都說先父是慷慨就義，絲毫不在乎。但他內心的痛苦不知多麼厲害！又有誰知道？」

　　當年，北京新聞界激於義憤，為邵飄萍、林白水舉行了盛大的追悼會。會場高懸一聯，將兩人的名字嵌入其中：

　　一樣飄萍身世
　　千秋白水文章

　　悲惋痛悼之情立現。

　　「新聞記者應該說人話，不說鬼話；應該說真話，不說假話！」林白水的從業箴言，千古不朽。

主要參考文獻

《北京的紅塵舊夢》　劉東黎著　人民文學出版社　2009 年 1 月第一版

《大變局與狂書生》　王開林著　中華書局出版社　2006 年 11 月第一版

《追尋失去的傳統》　傅國湧著　湖南文藝出版社　2004 年 10 月第一版

《歷史的空白處》　張鳴著　珠海出版社　2007 年 9 月第一版

成舍我

　　1924 年 4 月，成舍我以二百大洋起步，創辦自己的《世界晚報》的時候，美國「世界」報系的創始人、報業大亨約瑟夫·普立茲已經去世十三個年頭了。而成舍我本人也在中國的新聞圈子裏闖蕩了十年。現在沒有證據表明，成舍我是刻意模仿普立茲，白手起家，艱苦打拼，一磚一瓦建築自己的報業大廈。但從後來的發展看，由《世界晚報》到《世界日報》再到《世界畫報》，由單純辦媒體到涉足新聞教育、創立新聞學體系、培養中國的新聞專業人才，成舍我的奮鬥經歷，與普立茲何其相似乃爾。稱他為「中國的普立茲」，似乎是再恰當不過了。

　　取名「世界」晚報大有深意。它揭櫫的是成舍我的眼界、志向和邈遠的打造中國傳媒「帝國大廈」的宏大目標。

　　而這一切，發軔於《世界晚報》創刊的十幾年之前。確切地說，源於他父親的不白之冤。成舍我是因為家庭的變故而走上新聞之路的。

　　成舍我本名成平，「舍我」是他用過的一個筆名，取自《孟子》「如欲平治天下，當今之世，舍我其誰也？」豪氣幹雲，不可一世。這響亮的筆名，最終蓋過了他的本名，「成舍我」就這樣一直叫了下去。在中國近代新聞史上，筆名取代了本名的大牌記者不勝枚數，如鄒韜奮、范長江、穆青、一葦、彬彬、林白水、殷海光、楊剛……等等，等等。

　　成舍我祖籍湖南湘鄉。這些地處窮鄉僻壤，老實巴交，祖祖輩輩過著日出而作、日落而息農耕生活的莊稼漢們，本來是沒有什麼機會改變自己命運的。洪秀全的農民起義蕩滌了這一切。太平軍從廣西金田扯旗造反，一路席捲江南諸省，佔領了南京，立號「太平天國」，南京亦更名為天京。咸豐皇帝派出了幾路大軍阻擊洪秀全，都被太平軍打得丟盔卸甲，一敗塗地，清廷江山大有不保之虞。無奈之下，朝廷

只好啟用漢人文臣，回鄉練勇，對抗「長毛」。此刻，朝中大臣、湖南人曾國藩領命回鄉，組建湘軍。曾國藩此行，改變了數十萬乃至上百萬湖南人的命運，讓他們的生命軌跡走上了另外一條發展曲線。這當中，自然包括成舍我的祖先。

成舍我的祖父成春池，也就在這個時候，拋卻祖業，背井離鄉，來到了曾國藩之弟曾國荃門下。作戰有功，朝廷封賞，成春池便輾轉於江浙一帶為官。到成舍我父親這一輩，家族身份從根本上得以改變。由自耕自給、略有薄產的農民，變成了既無房產也無地產的城市居民。這是伴隨著社會大動盪而產生的民眾大遷徙：無錢的農民進城落戶，有錢的城裏人逃到鄉下。

成舍我的父親成心白上過幾年學，粗通文墨。此時成家定居南京，成心白靠給人起草信札、文書、契約等勉強維持生活。1898 年，成舍我出生於南京下關。1900 年，成心白因平定地方土匪有功，由鄉人保舉，朝廷封了一個九品候補官位，分發到安徽候缺。成心白便帶著全家遷往安徽省府安慶，在湖南會館暫且棲身。直到 1906 年，成心白才被實任為舒縣監獄典史，也就是監獄長。然而，沒過兩年，舒縣監獄數十名犯人暴動越獄，成心白在追趕逃犯時被打成重傷。此事餘波所及，讓成家飽受坎坷。

按照清朝政府的規定，犯人乘隙逃脫，稱為「越獄」，看守人員要負疏於防範的責任。囚犯集體鬧事，暴動逃跑，稱為「反獄」，屬獄政管理問題，知縣要負責任。數十囚犯暴動造反，知縣顯然難脫干係。舒城陸知縣為逃避責任，私下裏找成心白商議，願出兩千兩紋銀買成心白同意，在上報的呈文中將「反獄」寫成「越獄」，也就是說，讓成心白頂缸，保他知縣安全無虞。成心白還真是個性格梗直的湖南漢子，寧可不要知縣的銀子，也不肯替他頂罪。陸知縣惱羞成怒，在呈文中硬說是先有囚犯挖洞跑了幾個人，後來才群毆打架，反獄出逃。陸知縣還深諳輿論之道，他跑到安慶，買通了上海各報駐安徽的訪員，編造發佈了對成心白不利的報導。成心白一時有口難辯。後來朝廷裁決下來，知縣撤職，成心白也被撤職。

　　輿論竟有這麼大的作用。能將白的說成黑的，能讓無辜之人蒙受不白之冤。成心白鬱結難平，小小年紀的成舍我也是刻骨銘心。

　　成心白咽不下這口氣。他認為舒城「反獄」，責任在知縣而不在典史。知縣不但應撤職，還要治罪，而他典史不該受此牽連，丟掉飯碗。湖南人天不怕地不怕、認死理的勁頭上來了。成心白帶領全家趕到安慶，住在湖南人聚集的大雜院「曾公祠」內，開始了曠日持久的艱苦「上訪」。就在此時，成心白經人介紹，認識了上海《神州日報》派駐安慶的訪員方石蓀。方石蓀也是湖南人，為人正直，好打抱不平。聽了成心白的敘述，方石蓀十分同情他的遭遇，寫了一篇長篇報導，詳細講述了舒城監獄暴動的真相。文章刊登後，成心白終於平反。當然，再回舒城做典史是不可能了。為前途、生活計，成心白考入了安徽省安慶高等巡警學堂。兩年畢業後，又被派到了鳳台縣任警察局長。

　　同是一支筆，秉公直書，仗義執言，能將冤案平反昭雪。成舍我對記者職業崇羨不已。從他家的親身經歷中，他深深感受到了新聞的強大力量，從個人福禍到社會正義，無不有所作用和裨益。從這時起，成舍我對記者一職、對新聞事業心嚮往之，至死不渝。

　　成舍我家境平平。一個小小的九品候補之官、縣城的監獄典史，所得俸祿，僅夠糊口而已。成舍我小時候沒有受過正規教育，都是在家跟著父親讀書、認字，直到宣統元年（1909），十二歲時才入安慶湖南旅皖第四公學讀書。由於成舍我天資聰穎，又加上隨父親讀書多年，有點基礎，入學不到一年，便自初小跳至高小，由高小升至初中了。誰知好景不長。這個旅皖第四公學是一幫在安徽做官的湖南人挪用公款建立的。雖說為子女教育，事出有因、情有可原，但朝廷還是解散了這所學校，成舍我又失學在家了。

　　又過了沒多長時間，辛亥革命爆發了。各地紛紛通電，響應革命，宣佈獨立。安徽是鬧得比較凶的一個省，許多縣令被殺。成心白雖為警察局長，但處事還算公道，人緣較好，得以從鳳台全身而退，帶領全家幾經水陸周折，返回了省城安慶。

　　此時，安徽已經光復，新政府業已成立。成心白是前朝舊官，不可能再被錄用，只得閒賦在家。成舍我正是壯懷激烈之年，一心嚮往革命，便跑去投考青年軍。安慶的青年軍招三個隊，每隊五百人。成舍我考入了第一隊。軍監韓衍將成舍我等幾人叫到跟前，說：「你們的成績很好，我各送你們一本書吧。」於是，就拿來幾本《華盛頓傳》分給他們。「你們很不錯，希望你們做未來的華盛頓。」華盛頓是辛亥革命時革命派崇拜的偶像。這本書，應當也是由當時的著名報人林白水翻譯，商務印書館出版的。

　　也就是在這個時候，成舍我開始給報刊投稿。說來也巧，引領他走上新聞之路的，就是當年為他父親申冤的《神州日報》訪員方石蓀的兒子方競舟。方競舟時年二十出頭，素有繼承父業，投身新聞工作的願望。結識了成舍我後，引為同道，共同學習、切磋。他指導成舍我就親見親歷之事，寫成新聞，幫他修改潤色後，向報館投稿，並常常被採用。1913 年秋，成舍我剛剛十五歲的時候，便被《民嵒報》聘為外勤記者。《民嵒報》1912 年創刊於安慶，是安徽最早鼓吹革命的報紙之一。「嵒」，意為參差不齊的岩石，取報名「民嵒」喻民意的多元。

　　袁世凱竊國後，復辟帝制的野心日益暴露。《民嵒報》大力聲討，口誅筆伐。袁世凱大為光火，指示親信以「亂黨報紙」罪名查封各地國民黨報紙。成舍我在青年軍時已入國民黨，是安慶城中的活躍分子，又在《民嵒報》上積極撰稿，討論時局。此番政局波動，成舍我情知不妙，於 1915 年夏天，由安慶躲到了瀋陽，經親戚介紹，在王新命辦的《健報》任校對。王新命見他擅詩能文，於新聞也有一定的基礎，又提升他為副刊編輯。從此，他與王新命的友誼延續了四十多年。成舍我曾說，王新命是他從事新聞事業的第一個上司。

　　1916 年初，大局日趨明朗，洪憲皇帝風雨飄搖，討袁聲勢日益高漲。成舍我由瀋陽來到上海，被《民國日報》主持人葉楚傖攬入報館做校對和助理編輯。成舍我的文筆，得到了商務印書館編輯高夢旦的賞識，高便不時向他約稿。業餘時間，成舍我便賣文為生。此時成舍我結識的文友包括劉半農、向愷然（平江不肖生）、章石屏等。他還給

《新青年》雜誌投稿，不時有稿件被採用，與陳獨秀、李大釗都有書信往還。

成舍我在上海時，幹了一件「英雄壯舉」，讓時人對他刮目相看。出於對文學的熱愛，成舍我加入了柳亞子的「南社」，並積極參加南社的「雅集」活動，詩詞唱和，好不快活。1917 年春天，南社負責人柳亞子因唐宋詩地位問題與社員朱鴛雛「詩見」不和，發生爭執，柳亞子立即寫了一個開除朱鴛雛的啟事，送《民國日報》刊登。成舍我不滿於柳亞子的粗暴和武斷，力勸葉楚傖不要刊登啟事。可葉礙於情面，還是登了出去，這令成舍我大為不滿。柳亞子索性將成舍我一併開除出社。成舍我憤而從《民國日報》辭職，典當了衣物，花錢在《申報》上刊登廣告，披露南社論詩紛爭的內幕，指責柳亞子狂妄欺人，批評葉楚傖趨炎附勢。一時鬧得沸沸揚揚。人們說，成舍我是俠肝義膽，丟了工作，揚了名聲。

上海又待不住了，成舍我不知何去何從。他記起了李大釗來滬之時，曾對他當面說起過，如有機會，仍應進入正規學校深造，以求將來的發展。成舍我便動了投考北京大學的念頭。他托好友劉半農給陳獨秀、李大釗帶口信，徵詢他們對自己投考北大、半工半讀完成學業的計畫可行與否。此時，陳獨秀已是北大文科學長，李大釗為北大圖書館館長。他們二人很快復函，願意為成舍我提供各種幫助，助他完成學業。成舍我決心已定，北上求學，可盤纏又成了大問題。當了衣物用於《申報》的廣告後，成舍我已是身無長物。無奈之下，他用自己自學的英語，翻譯了三篇西洋短篇小說，投到胡政之主編的《大共和日報》，得到一百元稿費，才於 1918 年初離滬赴京。這一年，成舍我剛好二十歲。

陳獨秀、李大釗，本為青年領袖，時代俊傑，不遺餘力地鼓勵、扶持有志青年。成舍我抵京後，陳獨秀安排他在北大學生第六宿舍暫住，入國文系旁聽。李大釗也托人在北京《益世報》給他找了份工作，以解燃眉之急。入學北大一事，還是遇到了一些周折。北大規定，即便是入學旁聽，也得須有中學畢業證書。而且在旁聽的第一學年當中，只有所有的功課成績均在八十分以上，才能轉為正式學生。成舍我唯

讀過一年旅皖第四公學，自學至今，再無讀書經歷，更無畢業文憑。無奈之下，他提筆給北大校長蔡元培寫了一封萬言長信，敘述動盪坎坷的家境，表述殷殷好學之情。求校長予以通融。蔡元培寬容大度，從來都是愛才心切。他看成舍我文筆流暢，言之有理，憐其情況，准以同等學力資格報考旁聽生。這才有了成舍我的柳暗花明，時來運轉。

　　成舍我在北大旁聽和讀書期間，唯一的生活來源就是《益世報》的這份差事了。他無論如何也要抓住不放，堅持做下去。《益世報》總部在天津，是法國天主教天津教區神甫雷鳴遠創辦的，本意是傳播教義，介紹西方思想，捎帶著刊登時事新聞。天津《益世報》初步成功後，雷鳴遠又在北京投資辦了北京《益世報》。當然，北京《益世報》的規模和形制都比天津差多了。成舍我剛入北京《益世報》打工，就被委以總編輯，寫社論、編副刊、看大樣，他一個人全包了，這也足見《益世報》的窘迫和促狹。

　　成舍我艱苦的半工半讀生活開始了。《益世報》在城南，北京大學在城東北方向的沙灘。在報館忙到看完大樣之後，一般是凌晨四點左右了。報館到學校距離很遠，稍微打個盹後，就要趕到學校上課，累得成舍我幾乎就吃不消了。熬了一個學期下來，成績還不錯，看來升「正式生」問題不大。成舍我找到了《益世報》社長杜竹玄，提出辭掉總編輯，改任主筆，除寫社論外，兼跑新聞，了卻熬夜編稿之苦，以期完成學業。杜社長體諒成舍我的苦衷，答應了他的要求，改聘中學教師潘雲超來做總編輯。

　　民國初年，軍閥混戰，派系林立，報紙的言論稍有不慎，就會招致軍閥不滿，或打砸報館，或封門停刊。那時候，因言罹禍的報紙實在不少。

　　1919 年春「五四」運動後的一天，成舍我由北大學生宿舍來到報館，徵詢當日社論的主題。剛巧杜社長不在。代理他的人就說：「老闆不在，你就隨便寫吧。」成舍我平日裏甚是看不慣北洋政府安福系的霸道和驕橫，「安福與強盜」的社論題目便一下子跳進了他的腦海。就著這個題目，成舍我鋪陳開來：

北京城裏，強盜的窟宅非常的多，這幾年來，又發生了一個最大的窟宅，弄得兵戈憂攘，雞犬不寧，諸君知道這個窟宅在哪裡呢？就是太平湖的安福俱樂部。

安福俱樂部成立以來，試問他們替人民安了什麼，福了什麼，他們所做所為，那一件不是鬼鬼祟祟禍國殃民的勾當，他們眼中只有金錢，只有飯碗，只要自己那一窩子有金錢、有飯碗，他們便不問國亡也好，種滅也好，這種行動，簡直是強盜的行動，所以我說他是強盜窟宅。

他們得意的時候，便是我們痛哭的時候，我想他們若是到了生平最大得意的時候，那麼便是我們宣告死刑的時候了，我現在且把他們得意的事情寫出請大家看看。

軍事協約成功，他們有了參戰借款，每個人都分了若干賣國錢，這是他們第一件得意事，新國會成功造就了幾百個飯碗，他們可以幫著政府為所欲為，這是他們第二件得意事，現在他們又有了兩件得意的事：（一）就是南北合約快要決裂，他們在那裏拼命運動，從前眼巴巴的在那裏盼望決裂。如今快達目的了，從此南北還是打仗，他們還是可以多吃飯搶錢賣國；（二）就是這一次學生愛國運動，政府不但不能發現半點兒天良，也去愛下國子，卻反把一班有名望的志士一網打盡，他們安福部都趁著這個機會，要去把那從前沒有插入的地方去極力鑽迎佔據，你看這幾天外間所盛傳的什麼教育總長哩！大學校長哩！他們安福不都在那裏打主意，想把這兩把交椅搶奪過來，做成他們完全的強盜政治。

我可憐的國民呀！安福部最大得意的時候快要到了，我們便聽他得意麼，我們若果不叫他得意，我們便應該大家起來，掃除這極大的強盜窟宅，我們就有了光明同幸福，若是大家放棄了掃除的責任，叫他們大肆活動。那麼，恐怕我們宣告死刑的日子就在目前了。

　　這一篇社論，惹得段祺瑞的北洋政府火冒三丈。報紙出版的當天，員警就來到報館，抓走了總編輯，封了報館的門。若不是《益世報》老闆的外國人背景，報紙非被永久停刊不可。最終，總編輯潘雲超被轉交地檢廳起訴、審判，判刑一年。報紙經整頓後恢復出版。

　　成舍我戰戰兢兢，以為闖了大禍。而社長杜竹玄卻眉開眼笑，絲毫沒有責備他的意思。原來，北京《益世報》因禍得福。這是一次極為成功的「自我宣傳」。報紙被查之前，《益世報》日銷量只不過兩千份左右，「安福與強盜」之事一出，《益世報》名聲大振，恢復出版後，日銷量猛增至兩萬份。杜竹玄立即讓成舍我代理總編輯，新聞、言論一手抓，直到潘雲超刑滿出獄為止。

　　這是成舍我在北京新聞圈子裏製造的第一個轟動效應。當然，「轟動」只能傳誦於一時，不能持久地解決生計問題。《益世報》經常拖欠、克扣他的工資。他的半工半讀的求學之路仍是那麼難熬，「缺覺」成了他基本的生存狀態。北方數九寒天，成舍我竟因為衣衫單薄而不能出門，只好貓在宿舍大罵資本家心黑，歎社會之不公。成舍我是個個人奮鬥主義者，他越發強烈地希望辦一張自己說了算的報紙，打造自己的報紙帝國。他為此積蓄著，努力著，準備著……

　　「資本家拿錢，專門家辦報，老百姓說話。」這是成舍我早年經常掛在嘴邊上的一句話。他認為，這是最佳的辦報模式。他自認為是新聞的「專門家」，於辦報紙體會頗多，志向遠大；辦一張為老百姓說話，揚善抑惡的民間報紙，也是他孜孜以求的目標，他唯一缺少的就是資金。搞到足以辦報的錢財，幾乎成了那個時期成舍我的一塊心病。

　　他動用各種關係，為自己尋找在政府部門兼職的機會，拿乾薪，籌資金；他四處遊說，八方化緣，動員資本家接受他的計畫，出錢辦報……

　　所有這些，收效不大。

　　1924 年，成舍我從北京《益世報》辭職了。報館念他多年的貢獻，一次性給了他兩百大洋的辭職費。成舍我下定決心，就用這兩百大洋辦報創業。

　　成舍我認真研究、考察了北京的報紙市場，他覺得晨報市場競爭激烈，晚報市場還有空間。他打算從辦一張晚報入手，著手打造他的報業帝國。他把自己籌辦的報紙起名為《世界晚報》。正在這時，瀋陽《健報》的王新命遭軍閥迫害，避難來北京。成舍我便想拉王新命入夥。他說：「現在辦一張有當日新聞的晚報，是相當出色的。因為北京的日報雖多，晚報卻只有《北京晚報》一家還像樣子。這《北京晚報》上的新聞，卻幾乎全是隔日早報上剪下來的，決不採用隔日舊聞的《世界晚報》出版之後，便一定有其光明的前途。」

　　這種分析十分正確，也足見成舍我的專業眼光和職業素養。但王新命是老報人，廝混於這個圈子也非一年，他不會僅僅被成舍我的「光明前途」鼓動量的。他問成舍我資金如何，兩百大洋用在了何處？成舍我只好老實承認，四開四版的《世界晚報》，登記、租房、招攬人員、添置辦公用品，已花得不剩一子。若明天出報，今天連買白報紙的錢也沒有了。王新命笑他是「叫花子過日子」，說了聲「恕不奉陪」，轉身走了。

　　成舍我後來承認：

> 一白元的開辦費用光了。譬如說預定創刊的日期就是明天，但今天此時，卻還連買紙的錢都沒有。
>
> 那時，購買印報用的紙張，不僅不能像現在報館，幾十幾百噸的整批購進，而是向紙行多則三五令，少則一兩令零星購買。送紙的工人，將紙背在肩上，走進大門，先將紙款拿到手，才肯把肩上的紙卸下，如果你說一句待明天來取錢，他連頭也不回，就背著紙走了。

　　1924 年 4 月 16 日，《世界晚報》創刊了。成舍我確立了「言論公正，消息靈確」的辦報宗旨，並分述了報紙的五大特色：

(一) 本報新聞，力求靈確。而對當日之國務會議，國會紀事及政局上之重要消息，尤能儘先揭載。各部院均有專員採訪，京外要埠並有專電，絕不向早報、滬報抄襲片紙隻字。

(二) 國外新聞關係重要，本報為引進國人世界觀念起見，特聘專人擔任各國通訊，並與外國通信社特約，凡本日下午二時以前拍發到京之電報，本報均能儘先譯載，不但不抄襲早報，而且比早報先登一日。

(三) 本報為發展教育起見，特闢專欄，揭載關於教育界之種種消息，以引起國民注意。

(四) 本報特闢「夜光」一版，揭載各種富於興趣之文字，均聘有專員，分類擔任撰述。而《春明外史》描寫北京各級社會之狀況，淋漓盡致，尤為不可多得之作。

(五) 本報對於政治上各種問題，均時有公正之批評，遇有重大問題發生，並特請專家擔任撰述。

《世界晚報》創刊時，北京已有多家晚報。成舍我不懼強手，獨闢蹊徑，強調時效性、獨家性和趣味性，一下子就同各家晚報拉開了距離。對於現代報紙的傳播之道，成舍我是體會深刻，踐行堅決。

草創之初，《世界晚報》的報館就設在西單手帕胡同 35 號成舍我的家中。一間辦公室，幾張辦公桌，一間放置雜物的倉庫，報紙排版、印刷都由社會印刷所代幹代印，成舍我社長兼外勤記者，龔德柏總編輯兼國際新聞編輯，張恨水編副刊，成舍我的太太楊璠直接掌管財務。這就是《世界晚報》的全部家當和全班人員。

就是這樣三個能人，將《世界晚報》辦得紅紅火火，攪得北京晚報市場熱熱鬧鬧。

成舍我每天清晨出門，去國會和各部院採訪，甚至去鴉片館、飯店、酒店打探消息，總有獨家的重要新聞被他訪到，迅速成章，下午就能見報發行。

龔德柏早年留學日本，精通日語，對於國際問題也頗有研究。他每日去東郊民巷訪問英、美、法等國使館，採訪國際新聞。龔德柏在日本駐華大使館中有不少舊識和朋友。日本人做事嚴謹，每天都將各地動態和重大事件匯總於大使館，這正是龔德柏獲取資訊的最佳方式。這為《世界晚報》提供了大量的獨家新聞。

　　張恨水原名張天培，早年在上海灘演文明戲，文筆淒婉，善講故事。成舍我聘他主持《世界晚報》副刊「夜光」，連載他創作的長篇小說《春明外史》，竟讓眾多讀者愛不釋手，先睹為快。常常有這種情況，傍晚時分，《世界晚報》尚未印完、上市，讀者就在報館門前排起了長隊，就是為了買報讀《春明外史》。

　　成舍我對《世界晚報》傾注了極大的熱情和心血，為辦好報紙、賣好報紙，他是想盡了一切辦法，用盡了一切手段。

　　他提出了「每日一人」的口號，即每天上午至少採訪一個軍政要人，從談話中探索時局消息，編成特訊，在報上發表。

　　他特別重視社會新聞的採訪和刊發。在其他報紙往往不能上頭版頭條的示威、遊行、戰亂、民生等新聞，成舍我大膽拿來登在《世界晚報》頭版頭條，吸引讀者，增加賣點。如5月7日，《世界晚報》創刊不足一月，北京各校學生在天安門廣場集會，紀念日本帝國主義向袁世凱賣國政府提出廿一條國恥日，被軍警打傷幾十人。《世界晚報》頭版頭條刊登慘案詳情，並發表評論，指責北洋政府的暴行，指出當時的教育總長章士釗是慘案的指使人，應當懲辦。這一下，又提高了報紙身價，增加了銷路。報業壯大之後，成舍我經常對手下的編輯、記者們說：「只要保證真實，對社會沒有危害，什麼新聞都可以刊登。如果出了什麼事，你們不負責任，打官司、坐牢，歸我去。」

　　成舍我辦報時的老搭檔、世界報系經理吳范寰回憶：「在辦《世界晚報》初期，成舍我除自己出動採訪新聞以外，每天下午晚報出版後，一面攜帶報紙若干份，雇汽車到城南遊藝園一帶去賣；一面他自己又雜在人叢中爭著買自己的晚報，以吸引購者。他還想出打筆墨官司的辦法來引起讀者的注意，有一時期他以那時的《北京晚報》作對象，指責對方哪些新聞如何失實，甚至詆為造謠，並揭發對方同某派某系有關係。對方不免照樣回敬，於是造成對罵的熱鬧場面，引起不少讀者看晚報打架的興趣。後來有一個時期，他和《大同晚報》的龔德柏又照演了一場。因成、龔二人原是辦《世界晚報》的夥伴，在這場筆墨官司中，雙方互揭隱私，更顯得熱鬧。以後成又另想花招，有意識

地找一些權貴，如段祺瑞的兒子段宏業和當時教育總長章士釗等為對象加以攻擊，一方面可以嘩眾取寵，博取敢言的名聲；一方面引起權貴干涉，借此提高聲價，擴充報紙的銷路。」

有意為之的促銷之舉，想得辛苦，用著吃力，往往是事倍而功半，效果並不顯著。而無意為之的飛來橫禍，逢凶化吉之後，似是神來之筆，尤如靈佑庇護，卻收功半而事倍之效。《世界晚報》的因「禍」得「福」，便是成舍我的造化所至。

1924年秋天，擁兵關外的張作霖終於奈不住等待，急於想率軍入京，主掌朝綱。交火的藉口是隨時可以找到的。幾次零星戰鬥過後，引爆了第二次「直奉大戰」。賄選總統曹錕，捨不得他花大把銀子買來的總統寶座就此坍塌。他指示吳佩孚立即出兵，將奉軍阻在北京城外。

這吳佩孚滿腦子迷信思想，行軍打仗都要以黃曆行事，以扶乩取捨。他專門從開封調來了一個叫「張福來」的大將，由他領兵出征，以期旗開得勝，禍盡福來。

這可是各報爭搶的頭條新聞。《世界晚報》也不例外，拿到稿子，做了這樣一個新聞標題：「前敵總指揮張福來今早出發」。那天中午，外交部有個記者招待會，並邀記者午餐。但中午時分是晚報最忙的時候，因為下午兩點左右報紙就要印完上街。中午定稿子、改標題、看大樣，各晚報編輯部內通常忙碌異常。《世界晚報》的各版也正在排版當中，大樣還沒出來。龔德柏說，「外交部開會的時候快到了，可能有重要報告，你趕快去開會，今天的大樣由我來看，有什麼關係呢？」

成舍我囑咐了一句：「你要當心啊！不可錯字。」便匆匆往外交部趕去。

會議結束，午餐過後，成舍我乘人力車回報館。街頭，報販們已經在叫賣《世界晚報》了。成舍我買了一份瀏覽起來。第一眼他便如五雷轟頂，兩眼發黑。揉揉眼睛仔細一看，頭題是「前敵總指揮張福來今早出發」，「福」字竟誤植為「禍」字，那頭題便成了「前敵總指揮張禍來今早出發」。那吳佩孚還不氣得火冒三丈、殺人洩憤？！成舍我急忙趕回報館，那龔德柏還在桌前閱稿，渾然不覺呢！成舍我把那

個錯字指給他看，龔德柏頓時「嚇得呆若木雞，久久不能自語」。成舍我當機立斷，吩咐龔德柏趕緊整理貴重物品，「三十六計，走為上計」，立即雇車，趕往東交民巷，躲到六國飯店裏，才算喘了口氣。

果然，成舍我、龔德柏逃掉不久，傍晚時分，報館就被憲兵和警察包圍。由於沒有抓到當事人，員警便將大門貼了封條，以待處理。

成、龔二人如熱鍋上的螞蟻，在六國飯店急得團團亂轉。一來不知此事如何收場，報紙是否還有生路；二來長此住下去，這六國飯店一天好幾個大洋的房費也出不起呀！

真是吉人天相。天無絕人之路。風雲突變，幸運之門洞開。直系第三軍總司令馮玉祥趁吳佩孚、張作霖大戰於石門寨、山海關一帶時，率軍倒戈，回師北京，發動了政變，軟禁了總統曹錕，驅趕了溥儀小朝廷，自己掌起了國印大璽。《世界晚報》不但無過，而且有功。僅僅停了五天便復刊了。復刊之日的 10 月 23 日，報紙銷路大增，由原來的兩三千份一躍而為上萬份。成舍我名聲大噪，成了街談巷議的熱門話題。當然，成舍我還是一陣陣後怕。這種「因禍得福」攬聲譽的遊戲，風險太大。那是在懸崖上走鋼絲，一旦掌握不好平衡，便會墜下深淵，粉身碎骨。

《世界晚報》創刊不足一年，還遠遠未到贏利的程度，成舍我已經急不可耐，要興辦新的報紙了。晨報市場是報紙競爭的主戰場。人才、資金、人脈、網路尚不充沛時，成舍我只好劍走偏鋒，先辦張晚報小試身手。以成舍我的冒險個性和才大志高的自視，他是一定要殺進主戰場拼個高下，見個輸贏的。

1925 年 2 月 10 日，《世界日報》創刊。報館設在北京西城石駙馬大街一所租來的大房子中。辦報經費，是以《世界晚報》做抵押，由財政總長賀得霖斡旋，從東陸銀行貸出的三千元錢。成舍我的精明可見一斑。辦了兩張報紙，總共的實有投資只是兩百元。他近似於空手套白狼了。

《世界日報》是對開八版，第五版是每月一期的石印「世界畫報」。半年多後，成舍我又將這畫報單獨出版。至此，不足兩年時間，《世界晚報》、《世界日報》、《世界畫報》相繼出版，「世界」報系漸成格局。成舍我的報業帝國還就真被他建成了。這是中國報刊史上的一個奇

蹟。也是中國近代史上個人奮鬥終至成功的一個典範。王新命那句「叫花子過日子」的斷語，還真是下錯了！

《世界日報》的新聞採編，略似於《世界晚報》，但由於是早晨出版，競爭更為激烈，因而《世界日報》的新聞完全以吸引讀者為出發點。重點新聞突出處理，大字刊出；標題製作一語驚人、抓人眼球；內容不拘一格，生動活潑等等，都是《世界日報》的辦報特色。

那時各報的頭版頭條，依慣例都是軍事、政治新聞。軍閥混戰，政府走馬燈般的交替，成為報紙頭題也情有可原。而《世界日報》卻打破常規，有些地方或社會新聞，如女師學生被軍警毆傷、教育部強行接收女師大、銀行被竊鉅款等，也都編為頭條新聞刊發。九六公債行情暴漲暴落，引起社會很大波動。其他報紙都在「經濟界」裏處理此類稿件，《世界日報》卻把它拿到了要聞版上。1925 年 8 月 22 日，北洋政府教育部司長劉百昭帶人強行接收女師大，學生緊閉校門抗議，劉百昭竟越牆進去。《世界日報》頭版頭條的標題是：「劉百昭爬牆而入」。1925 年 11 月 29 日的新聞標題是「昨日十萬民眾對段政府大示威」。

1926 年「三・一八」慘案發生的第二天，《世界日報》以大量篇幅刊登新聞及死難者照片，畫刊和副刊都出了專刊。報紙上發表了署名「舍我」的《段政府尚不知悔禍耶》的社評，嚴正提出了段政府引咎辭職、懲辦兇手、優恤死亡者三項要求。當段祺瑞政府通緝李大釗等五人，企圖轉移視線、推卸責任時；當京師地方檢察廳確認段祺瑞政府衛隊犯有殺人罪行時，《世界日報》、《世界晚報》都及時發表了社評，嚴加譴責。

創辦《世界日報》時，成舍我做出了一個重大而正確的決定，斥鉅資購買自己的印刷機。以前印報，都是社會印刷廠承印。這些印刷廠，毫無新聞觀念，只知唯利是圖。校樣多改幾遍，他便牢騷滿腹，甚至有些錯用標點、文字，他連改都不改，你催得急了，他便找藉口拖延，急得你六神無主，抓耳撓腮。有時報紙正印著呢，工人們就高喊餓了，不給加餐就躺倒不幹了。報紙是新聞紙，時效就是生命，早半個小時上市，就能佔領市場，反之，再好的新聞也無人問津。要想出好報，出早報，必不能受制於人，必得有自己的印刷廠不可。成舍

我的兩台新式印刷機，讓《世界日報》如虎添翼。清晨，在印刷機的有節奏的聲響中入睡，是成舍我最幸福的事情。有時，機器偶有故障，停機檢修，他竟能一個激靈醒來，睡不著了。

正當北京的報人們客觀辦報，公正言論，為再造共和，統一中國搖旗吶喊的時候，北京城頭不斷變幻的大王旗，卻殺機四伏，磨刀霍霍。直奉大戰還沒打出個眉目，馮玉祥的政變卻讓這兩路軍閥聯起手來。「直奉聯軍」打進北京，趕跑了馮玉祥，北洋政府的段祺瑞重新執政，張作霖、張宗昌以「討赤」之名，向曾經攻擊過他們的報紙和報人下手了。1926 年 4 月 24 日，以「勾結蘇俄」罪名逮捕了《京報》社長邵飄萍，兩天後，邵飄萍在天橋刑場慘遭殺害。8 月 6 日深夜，又以「通赤」之名逮捕了《社會日報》社長林白水，不經審判，三個小時後隨即槍決於天橋刑場。人稱「萍水相逢百日間」。

第三個，輪到成舍我了。8 月 7 日凌晨，處決林白水不足二十四小時之後，憲兵包圍了《世界日報》報館。那是半夜一點多鐘（林白水也是在這個時間被抓的），成舍我看完了報紙大樣剛剛睡下，「來了一屋子槍兵」，傳令「憲兵司令部王司令請你談話」。成舍我情知「大事不好」，但又不能反抗，只好老老實實跟著走。臨走之前，他抓過一張紙，匆匆寫下了一句「找孫寶琦求救」，留給了家人。

成舍我被抓後，憲兵司令部宣佈了他三大罪狀：惡毒反奉；和馮玉祥有密切勾結；替國民黨廣為宣傳，最近還接受廣州方面十萬大洋之宣傳費等等。成舍我聽著這些罪名，寒從腳起，冷徹全身。他知道，憑這些罪名，極刑是躲不過去的了。其實，從上了卡車押往憲兵司令部的路上，他就什麼私心雜念都沒有了，只覺得一顆子彈從後腦打進去、前腦穿出來，涼颼颼地。

成舍我被捕當夜，夫人楊璠便找到了他的好朋友孫景陽，由孫景陽帶著去見其父、前國務總理孫寶琦。楊璠一見孫寶琦，便雙膝跪地，哭訴情由，請求孫寶琦設法營救。孫寶琦與張宗昌是舊交，見事態嚴重，天一亮就趕到石老娘胡同張公館，就憲兵司令部所列三大罪狀，一一為成舍我解釋、開脫，商請緩頰行事。張宗昌礙於孫寶琦北方政

界元老的身份，應允手下留情，絕不重辦，保成舍我一條性命。孫寶琦辭出後，張宗昌當晚覆信，說：「本應立予槍決，此承尊囑，已改處無期徒刑」。孫寶琦明白，這僅僅是給了他一點點面子，若要成舍我全身而出，還得去求張宗昌。無奈，孫寶琦二次登門，再次申明成舍我決無接受國民黨宣傳經費之事。此事不能坐實，便應立即放人。張宗昌見此情形，料定孫寶琦與成舍我關係非同一般，樂得送個順水人情，於是答應對判刑一事再做考慮。

獄中的成舍我，度日如年。釋放回家後，他回顧了那段大悲大喜又頗帶滑稽色彩的生命歷程：

> 第四天下午，一位副官來叫我，說王司令（王琦）等我說話，這個王司令是張宗昌親信，在張宗昌的極盛時期，他真算紅得發紫，無惡不作。當我進到他辦公室時，竟出我意料，他一變其驕橫兇惡的態度，很客氣的向我說明：這次很對不住，委屈了你好幾天，現在督辦（張宗昌）已有命令，叫我將你送交孫慕老，你現在就可以走了。說完，他就派一名副官，讓我回屋收拾隨身雜物，陪我乘車，到永康胡同，孫正在借來避暑的一個私人花園。副官拿出一張大卡片，上面寫著：「茲送上成舍我一名，請查收。」孫也寫了一張回片：「茲收到成舍我一名，謝謝。」副官交待完畢，我十分感激，叩謝了孫慕老，於是我回到《世界日報》，結束了四天以來的我畢生未有的一幕驚險怪劇。

將人像貨物一般送來交去，簽發收條，大約只有中國軍閥能想得出來，做得出來。在他們眼中，人與物無異，都是棋子、籌碼而已，生殺予奪，就一句話。

成舍我的四天牢獄，驚煞了親朋好友。許多人都認為他生還無望，一些朋友還在天橋刑場守候，以期與他最後訣別呢！路透社駐京記者更是搶先發了消息，「成舍我氏已被處決」。

那麼，孫寶琦為什麼要全力救助成舍我呢？這裏面有個成、孫神交的源淵和故事。

　　孫寶琦是浙江杭州人，在清朝任過督撫。辛亥起義時，孫寶琦在山東為官，因回應獨立，被任為都督。民國成立後，歷任外交總長、審計局長等。1924 年 1 月曹錕賄選上臺任大總統時，孫寶琦年逾六旬，仍受邀出任國務總理。因大力提倡「奉行憲法」、「和平統一」等施政綱領，很快得罪了曹錕，並同財政總長王克敏水火不相融。孫寶琦主持行政不久即遭到多方掣肘與排斥，反對派還收買一些報館主筆寫文章對孫群起而攻之，指責他年老昏聵，神智不清，等等。孫寶琦在位僅半年，便稱病辭職，從此不問政事。當各報圍攻孫寶琦時，《世界晚報》認為有失言論公正，「抱打不平」，發了不少文章為孫寶琦說話。1924 年夏，有一批德發債票要發行。這是人人眼熱的事情。債票歸財政部管理，王克敏又是曹錕的紅人，孫寶琦插不上手。便假意通電全國，此款已由國務會議決定，由財政部開列分配清單，提請國會兩院議決，才能分發。孫寶琦故意將通電內容透露給了成舍我，成立即在《世界晚報》全文照登，造成木已成舟之勢，讓王克敏獨攬債票分配大權的如意算盤落了空。

　　孫寶琦下野後，他的大兒子孫景陽有一天突然去拜訪了成舍我，在說了許多感激的話之後，臨走時拿出兩百大洋的支票，對《世界晚報》的主持公道、仗義執言再表謝意。說「端午節到了，這是家父的一點小意思。」成舍我連忙阻止：「你這是做什麼？我支持孫總理完全是基於道義的，要收你這兩百塊錢，不是就失掉我的原意了嗎？何況我一向不要人家的錢，假如我向王克敏要錢，一定會比你這兩百塊錢多十倍、百倍。這實在不可以，請你趕快收起來。」

　　孫景陽見成舍我十分堅決，就把支票拿了回去。之後，孫景陽給成舍我寫來一信，說他父親認為像成舍我這樣的人很少了，值得做一個換譜的朋友，所謂「義結金蘭」。成舍我回信，這倒很好，做個好朋友嗎！不過後來，成舍我、孫景陽並沒有真正換帖拜把。

　　成舍我無意中交下的這個忘年之交，關鍵時刻還真救了他一命。這也是定數。

　　陰差陽錯也的確是命中註定。據說，抓到成舍我的那天夜裏，王琦本該立即報告張宗昌執行槍決。可那天晚上，張宗昌娶了第十房姨

太太，王琦不敢攬了張宗昌的好事，心想天亮裏報也不遲。誰知天一亮，孫寶琦就登門張府求情來了。

真是三十年河東，三十年河西。北伐勝利，全國統一之後，各地軍閥勢力土崩瓦解。張宗昌流亡日本躲了幾年，後被張學良召回北平，寓居鐵獅子胡同，鬱鬱寡歡，常獨自到公園散心。成舍我也有個習慣，每天「一俟《世界晚報》出版，總多半趕到中山公園，步行一周，並在來今雨軒作短暫的休息」。一天，成舍我、張宗昌竟然在公園裏相遇了。成舍我提起往事，張宗昌依然記得，頗為尷尬地說，「那次真對不起，以後請你多幫忙。」兩人「狂笑」了一陣，在笑聲中告辭了。成舍我說，這一次的笑，是其「生命史上出自心坎最真誠和永不會忘記之一笑」。何也？權力與政客已是過眼雲煙，公正的媒體才長久不衰。

那畢竟是在鬼門關裏走了一遭，成舍我心有餘悸。八個月後，張作霖又絞殺了共產黨人李大釗，白色恐怖越發強烈。成舍我離開北京，到南方躲避去了。不久，北伐勝利，民國底定。國民政府定都南京。成舍我盤桓於寧，與友人合作創辦了《民生報》。這權宜之計沒想到收到了意想不到之效。成舍我的首都專電，讓《世界日報》的報導視野大大開拓；來自北平的文化、教育新聞，又讓《民生報》及時傳播了歷史文化之城的訊息。兩張報紙，南北呼應，互通有無，一時呈共同繁榮之徵。

北平的報業市場，此時也發生了極大的分化與變革。久負盛名的《晨報》，是研究系政客的言論機關，北洋政府垮臺後，這些政客失去依附，於 1928 年 6 月 5 日首先自動停刊。由日本外務省支持、日本人辦的《順天時報》，自 1902 年在北京創刊以來，一直是北京發行量最大的報紙，1928 年「五三」濟南慘案後，人民反日情緒高漲，《順天時報》越來越被大眾所不齒。由過去每天銷售一萬四千多份，降至連四千份也銷不上去了。在賠進去十幾萬元之後，於 1930 年 3 月 27 日宣佈停刊。《社會日報》本是林白水一人獨撐。白水先生命喪黃泉後，《社會日報》隨即銷聲。素有讀者的《京報》，在邵飄萍遇害後停刊整飭。後飄萍夫人撐起門面，恢復出刊，但因失了邵飄萍這樣的英才，《京報》未能恢復往日聲譽。張學良在東北易幟後，中華大地總算實現了

形式上的統一。張學良在北京成立了陸海空軍總司令行營，自任行營主任。他招集《晨報》舊有人員，網羅了其他報紙編輯記者，出版了《北平晨報》。軍政機關背景太重、干涉太多，《北平晨報》實難有大的發展。一度銷售甚廣的北京《益世報》，也在動盪中消沉，很難守住教會報紙的傳教功能和底線，已是一蹶不振。這一番分化、動盪過後，倒成就了《世界日報》北平市場報紙老大的龍頭地位。

「九一八」事變後，成舍我和《世界日報》，旗幟鮮明，態度堅定，強烈反對不抵抗主義，積極主張抗日，熱情支持抗日救國的群眾運動，表現了一個正直知識份子的良知和公正報人的情操。9月19日《世界晚報》要聞版、9月20日《世界日報》要聞版，分別以整版篇幅刊載了日本侵略者的暴行。日報頭條大字標題《國難至矣，速起禦侮！日軍昨陷瀋陽！》使讀者觸目驚心，激起國人同仇敵愾奮起抗日的決心。

成舍我奮筆疾書，以「百憂」的筆名發表社論《國人抗日應有的認識》。他說：「國人於不抵抗方略下，應有一最後之防線，否則不抵抗三字，直可為民族崩潰之別解。」他主張「立止內爭，協力禦侮，實為今日最迫切之惟一要務。否則國亡無日，異日既起諸公之白骨而鞭之，亦何足贖罪於萬一。」

成舍我在社論中痛陳：「關外數千里膏腴之地，勢將為日軍暫時割據，非復我有，稍有人心，安得不錐心泣血，誓死奮起？惟舉國對外，事貴有濟，於此生死存亡之交，一心畏避，任人宰割固非二十世紀自主民族所應有，然若專恃浮躁憤激之詞，挑撥感情，恐不足震懾強敵，反而貽前途無窮之紛擾。」「應始終堅持，寧使猙獰兇惡之日軍，長此襲據，而城下之盟決不可屈。苟所謂國際公法及公理，尚有絲毫存在，則此種強盜行為之佔領，我終有得直之一日。」

10月13日，蔣介石在國民黨紀念周上發表演說，慷慨激昂，稱「為維持國家人格計，將不惜一切犧牲。」他說，「抵抗失敗，固足致國家危亡，然拱手退讓，其危亡亦必相等。」《世界日報》發表社論回應，呼籲國人一致督促政府對日宣戰，進一步主張宣佈對日絕交，「今

日惟一要圖惟有一戰，養兵百萬，非侮臨頭，不能一戰，本已莫大可恥。國土任人佔領，國人任人屠殺，乃猶不出一戰，並世各國未嘗有者。」

木秀於林，風必摧之。《世界日報》北平報紙市場龍頭老大的地位，已被日本侵略者覬覦良久。「七七」事變後，日本侵略軍兵臨城下之際，便唆使日本特務、漢奸威逼利誘，企圖使成舍我屈服，使《世界日報》為其所用。日軍未入城之前，北平城內漢奸已是彈冠相慶，招搖過市，大肆活動。著名大漢奸潘毓桂出任北平市警察局長，組織地方維持會。為把持輿論計，潘毓桂將成舍我也列入了維持會的委員名單之內。潘厚顏無恥地對成舍我說：「我是鐵筋洋灰做成的大漢奸，說幹就幹，決不含糊。你如若畏首畏尾，怕脫褲子，不但是事業維持不住，連安全都可能有問題。」面對赤裸裸的敲詐和威脅，成舍我怒不可遏，他終宵不寐，思忖再三，痛下決心，決不事敵，決不當漢奸。日軍進城第二天，他毅然停掉《世界日報》，潛往天津。日軍派憲兵和特務去報館搜查，劫走無線電收報機，逮捕了部分職工。8 月 15 日，潘毓桂派宋介、魏誠齋等漢奸嘍囉率大批員警接收了《世界日報》，並用原名復刊。成舍我十幾年奮鬥的心血和財產，就這樣落入了敵偽手中。

國破報亡，家仇國恨，成舍我五內俱焚。他由天津而上海，由上海而漢口，由漢口而香港，一路逃難，一路謀劃著重新出版《世界日報》，終因時局動盪、資金不足，一次次努力化做泡影，一次次希望復歸破滅，報人之心，肝腸寸斷。

直到 1944 年，成舍我由桂林避戰火而入重慶。國民黨在桂林的《掃蕩報》也退到重慶，無心再辦。成舍我聯絡了幾個同人，出資買下了《掃蕩報》的設備，終於在重慶復刊了合資經營的《世界日報》，七年的奔波總算有了一個初步的結果。

日寇投降，抗戰勝利，舉國歡慶。成舍我最割捨不下的就是他的報紙。他將重慶的《世界日報》托人代管，9 月便搭上飛機飛往上海，收回了早年在滬創辦的《立報》後，立即北飛北平，接收了《世界日報》的房屋和資產。值得慶倖的是，除了一部輪轉印刷機和十六部平

版印刷機，還多了一台凹印機，搶到了大量白報紙。成舍我馬上著手組建編輯部，力爭早日復刊。

　　1945 年 11 月 20 日，《世界日報》、《世界晚報》同日復刊。成舍我心潮難平，激蕩於胸，提筆寫下了充滿感情的長文〈我們這一時代的報人〉，「將我以及世界日報同人心坎上的一些雜感，寫出獻給我們今日的讀者，尤其我們這時代的報人」：

> 我們真不幸，做了這一時代的報人！在艱苦奮鬥中，單就我自己說，三十多年的報人生活，本身坐牢不下二十次，報館封門也不下十餘次。世界日報出版較晚，它創刊於民國十四年（一九二五年），因為誕生地在北平，北平，此偉大莊嚴的古城，二十年來卻多災多難，內有各種軍閥的混戰，外有日本強盜的劫據，世界日報和許多惡魔苦鬥，所以也就不能不與北平同遭殘酷的厄運。厄運最後一幕，竟使我們經過八年零三個月悠久時間，不能和讀者相見，全部資產被敵人沒收。……世界日報的生命中斷，一個純粹的民營的報紙，竟如此犧牲。實則此種艱辛險惡的遭遇，在這一時代的中國報業，也可算司空見慣，極其平凡；做一個報人，不能依循軌範，求本身正常的發展。人與報均朝不保夕，未知命在何時，我們真不幸，做了這一時代的報人！但從另一角度看，我們也真太幸運了，做了這一時代的報人！我們雖曾遭受各種軍閥的壓迫，現在這些軍閥，誰能再壓迫我們？許多惡魔叱吒風雲，這一個起來，那個倒去，結果同歸於盡。槍殺邵飄萍、林白水以及若干新聞界先烈的劊子手，有幾個不是「殺人者人恒殺之」？在林先生就義的後一天，我也曾被張宗昌捕去，並宣佈處死。經孫寶琦先生力救得免。……我僅是萬千報人中的一個。現在我只真憑實據，證明我們的確太幸運，做了這一時代的報人。過去凡是我們所反對的，幾無一不徹底消滅。這不是我們若干報人的力量，而是我們忠誠篤實反映輿論的結果。再以此次全世界反法西斯戰爭來說，在中

國，因抗日而犧牲的報紙，不知有多少。當敵人沒收我們資產時，豈不志得意滿？利用我們資產，出版了多少偽報？曾幾何時，我們終於舊地重來，物歸原主。……我們有筆，要寫文章；有口，要說話。報紙是發表意見最著功效的工具，我們一定要竭盡心力，珍重愛護。北洋軍閥和日本強盜，都不能打倒我們，不僅過去如此，相信一切反時代反民眾的惡勢力，無論內外，都將永遠如此。打倒我們的，只有我們自己；只有我們自己，變成了時代和民眾的渣滓。我們向正義之路前進，我們有無限的光明。我們太幸運，做了這一時代報人！

接下來，成舍我從政治和社會兩個方面，分析了抗戰勝利之後，報紙應擔負的重建國家、改造社會的艱巨任務。他認為，報紙的超然態度、自由的思想，是引導輿論的基本前提。成舍我看重人民的選擇和力量。他說「老百姓是主人，主人有力量，任何黨派，應該聽主人的話。」文章的最後，成舍我滿懷深情地說：

歸根結底，我們真不能否認這一時代的報人，確太幸運。國內軍閥，摧毀不了我們；外國帝國主義者，也消滅不了我們，我們現在還能挺起腰幹，替四萬萬五千萬國民說話，我們要發揮輿論權威，一方面建立民主自由的國家；一方面改造封建腐惡的社會。我們的任務是何等偉大；我們的前途是何等光明。眼前若干錯綜複雜的危機，只是黎明前暫時的昏晦。大家努力！我們這一時代的報人，將為國家奠下富強康樂的基石，將為後世留下燦爛豐厚的資產。我們何幸而為這一時代的報人！在萬千報人奮鬥的行列中，我及每一世界日報同仁，都願發憤淬礪，將永遠追從先進，成為這一行列中的一員！

成舍我一輩子剛正不阿，不事權貴，不願拿原則做交易，不願屈膝以討巧。他頂撞、拂逆汪精衛、蔣介石父子的故事，堪稱中國近代史上的佳話。

　　1934 年，成舍我在南京辦《民生報》時，記者採訪到當時國民政府行政院院長汪精衛的親信、行政院政務處長彭學沛的貪污瀆職劣跡。當時有人勸成舍我別與汪精衛過不去，而且彭學沛又是成太太蕭宗讓的姑父。成舍我認為，主持公道，揭露貪腐是報紙的職責所在。他義無反顧地在《民生報》上公開披露。汪精衛惱羞成怒，指使彭學沛向法院控告成舍我和《民生報》侵犯名譽權。開庭之日，成舍我親自出庭答辯，慷慨陳詞兩個小時，據理力爭，迫使對方撤訴。汪精衛懷恨在心，找了個藉口將成舍我逮捕並關押了四十多天，還責令《民生報》永久停刊。成舍我出獄後，汪精衛的屬下唐有壬勸他，「新聞記者怎能與行政院長作對？新聞記者總是失敗的。你不如與汪先生妥協，給他寫一封道歉信，民生報便可恢復。」成舍我嚴詞拒絕，說出了一句流芳千古的名言：「我可以當一輩子新聞記者，汪先生不可能做一輩子行政院長。」

　　大陸解放，成舍我到臺灣後，一直想恢復出版《世界日報》。1959 年的一天，當時的國民黨宣傳部長陶希聖找到成舍我說：「上面有意要讓一些過去在大陸有聲望的報紙在臺灣出版，你不是一直想恢復出版世界日報嗎？你最好直接給蔣公寫封信。」成舍我卻回答：「這封信我不能寫。因為世界日報一向是民營報紙，我一旦寫信給蔣公，他必然會對我有所要求，我也必然要對他有所承諾，這就束縛了我辦報的手腳。因此我只能正式向政府申請出版世界日報，而不能給蔣公寫信。」陶希聖向蔣介石彙報後，蔣介石大發雷霆，親筆批示道：「此人不宜讓他在臺灣辦報。」

　　成舍我早年加入辛亥青年軍時，曾集體加入過國民黨。後來他以辦報為職業，以中立為標榜，宣佈退出國民黨。蔣經國上臺執政後，曾對成舍我的好朋友、國民黨中常委黃少谷說：「成舍我是我黨的老黨員，你可勸他歸隊，也不必辦什麼手續，登記一下就可以了。」成舍我聽說後回答，「我今年已八十二歲了，當了多年的『社會賢達』，我想就不必再歸隊了吧！」回了蔣經國一個軟釘子。據說蔣經國知道成舍我的態度後，甚為不快。

　　成舍我的節儉和吝嗇，也是出了名的。他把報紙，真的是當成了自家的事業，一分錢也要掰成兩半花，能省一點是一點。《世界日報》錄用人員，無論編輯、記者、職員、練習生，都是採取招聘招考的辦法。那時就業狀況並不好，成舍我每次招聘時，總有大大超過錄取量的人數報名，他便極力提高標準、降低工資，人們為生活計，也只好勉強應聘。成舍我用人，算得上用人不疑，只要能勝任工作，不出錯誤，他便放手大膽用人去做。可論到薪金報酬，他卻摳門得很，無論經營狀況如何好轉、回升，他的職工的薪酬，比起北平的其他報紙來，都是低的。

　　成舍我的報館，沒有福利待遇。早期年節休刊時，還能放幾天假。後來報紙越辦越紅火，發行、廣告都不斷攀升時，成舍我便以國難當頭為藉口，年節也不休刊了，對外以「每年發行三百六十五份」為號召。編輯因病因事請假，須自行託人代編，否則報館找人代替，由請假人付工資。《世界晚報》某編輯結婚時，是編完了當天的報紙才去做新郎的，一時傳為笑柄。職工按工作性質，分別規定上班時間，並要求嚴格遵守。遲到三次為請假一天，曠工一天為請假三天，月底結算，照扣工資。在大家一再要求下，到 1936 年，成舍我才同意每人每週輪休半天。而且，在輪休的前一天晚上，必須上個夜班。

　　成舍我的獎勵都是動態的。作為記者，你這個月做得好，寫了許多獨家新聞，轟動一時，他會給你加薪幾十元。如果你下個月沒有這麼多好稿子，成舍我會毫不猶豫地將你的薪水減下來。

　　成舍我還制定嚴格的差錯扣罰辦法。無論是編輯、記者、校對、撿字、排版，誰的差錯就扣罰誰。有時一月下來，被七扣八扣之後，所得沒有幾元，連吃飯都成問題。抗戰勝利後，南京玄武湖展出了一隻活的大玳瑁，《世界日報》記者發稿時，誤寫為「大烏龜」。第二天翻閱了各報的報導後，成舍我去電報質詢，為省電報費，他的電文是：「人皆玳瑁，我獨烏龜，何也？」聞者無不笑破肚皮。

　　重慶《世界日報》時期，成舍我慘澹經營，勉強維持。他對職工實行低薪制，任意增加工作時間，嚴定處罰辦法，甚至職工食堂也只許吃糙米，做菜不放油。職工因工作勞累，營養不好，多次要求改善

伙食，成舍我始終不許。1945 年 4 月 12 日，美國總統羅斯福逝世，消息在中午傳到重慶，職工們正在食堂吃午飯，成舍我借題發揮說：「你們看，羅斯福是金元王國的總統，營養應當是很好的，可是他也死了，可見營養的關係不大。」話未說完，滿堂哄笑。

艱苦出人才。《世界日報》的工作條件一向是艱苦的，在那「又要馬兒跑，又要馬兒不吃草」的環境中，的確為新聞界造就了一批頗具才幹的編輯、記者。《世界日報》開的是流水席，一批人進去了，一批人出來了；又一批人進去了，又一批人出來了。進去時是生手，出來的都是行家。成舍我沒有延攬、留下大牌的、享有聲望的編輯、記者，這也許是他的失敗，也許正是他的成功。人員的極大流動，才造就了世界報系的欣欣向榮，較少拘泥。可能由於人事流動太大，成舍我提拔幹部是很放手的。只要你肯出力，不計較錢的多少，而又稍具才幹，往往能受重用。因而，在新陳代謝之中，鍛煉了人的工作能力。在相當長的時期內，只要聽說那個人是從《世界日報》出來的，其他的報館都樂於接納。當時一位新聞界前輩：「世界日報實際上是一所新聞從業人員訓練班。」這話含有辛辣的諷刺意味，同時又是真實的寫照。它從側面反襯了「成舍我是刻薄起家」的說法。

當然，成舍我也為他的「小器」付出了代價。當年，范長江打算進行西部長途跋涉採訪時，先是把報導計畫交給了《世界日報》採訪部主任賀逸文。范長江只要求提供一點路費，刊用的稿子發稿酬即可。賀逸文將計畫轉呈成舍我，成舍我思忖再三，表示《世界日報》不需要此類稿件，將計畫退回了范長江。其實，是成舍我捨不得那幾十塊錢的採訪費用。《大公報》的胡政之拿到這個採訪計畫後，如獲至寶，立即約見范長江，組織實施了這個轟動一時的採訪活動。見讓《大公報》得了個大便宜，成舍我後悔不已。

大陸易手之際，成舍我左右搖擺，不知何去何從。北平和平解放之時，成舍我正在南京，奔波在「國民參政員」的職務之上。共產黨立即宣佈沒收了《世界日報》的所有財產，這讓成舍我下定了離去的決心。《世界日報》是他的心頭之肉，是他全部情感的寄託，時隔十二

年後再度被「沒收」，他無法接受這嚴酷的現實。但是，他對國民黨也完全失去了信心，並不想隨它去臺灣。成舍我先去了香港，暫且安身，以觀時局。三年後，他還是攜婦將雛，去了臺灣。此後幾十年，他一直致力於新聞教育事業。1955 年創辦世界新聞職業學校，是臺灣非常有名的私立學校之一。現已發展成為「世界新聞大學」。1988 年，九十高齡之際，成舍我迎來了臺灣戒嚴令的取消，黨禁、報禁為之放開。他不顧年事已高，申請創辦了《中國立報》。《世界日報》已羽化為他的新聞教學基地，早年在上海創辦的《立報》，在臺灣借木重生，辦報、辦學兩翼重新振翅，成舍我老當益壯，老來逢時，所有的理想正逐步走向現實。只是三年之後，還未見《立報》的根基棻好，成舍我便駕鶴西去，走完了多彩而漫長的一生。

　　成舍我將其一生奉獻給了中國新聞事業與新聞教育，他終身以記者自許。直到晚年，病中口不能言時，仍以筆書寫「我要說話」四字。這恰是成舍我畢生事業的寫照。

　　2009 年 10 月 17 日，成舍我之子，原民建中央主席、經濟學家成思危在重慶參加一個媒體論壇。在論及對中國新聞媒體的期望時，成思危放言：一是振聾發聵，二是推陳出新，三是抑惡揚善，四是求真務實。實有乃父風采！

主要參考文獻

《世界日報興衰史》　張友鸞等著　重慶出版社　1982 年 12 月第一版

《追尋失去的傳統》　傅國湧著　湖南文藝出版社　2004 年 10 月第一版

《溫故》（十六輯）　劉瑞琳主編　廣西師範大學出版社　2009 年 8 月第
　　　一版

《溫故》（十七輯）　劉瑞琳主編　廣西師範大學出版社　2010 年 1 月第
　　　一版

《成舍我的四種精神》　成思危　載《光明日報》1998 年 8 月 19 日

王芸生

　　王芸生不是新記《大公報》公司的發起人，但卻是《大公報》歷史上一個承上啟下的人物。他是張季鸞一手發現，一手培養，一手使用的《大公報》重要幹部之一。好多年之後，人們淡忘了吳鼎昌、胡政之、張季鸞三位挽狂瀾於既倒的《大公報》功臣，而僅僅記住了王芸生。甚至有了「《大公報》就是王芸生，王芸生就是《大公報》」之說。研究《大公報》，真的不能不充分涉及王芸生。

　　王芸生（早年名王德鵬），年輕時曾經相當激進過一陣子。上個世紀二十年代發生在華北大地的反帝、反封建的滾滾革命洪流，讓這個茶葉店、布店、木匠鋪的小學徒，風光地實現了一次自我價值。波推峰舉，王芸生擔任了天津洋務華員工會的宣傳部長，還主編著工會的一份報紙《民力報》，激揚文字，縱論時局，寫了大量反帝、反軍閥，支持革命軍北伐的評論。1925 年底，他加入了正處於國共合作時期的國民黨。

　　革命運動的最初階段，總是像潮汐一樣，此消彼長，變幻莫測。1926 年 3 月 22 日清晨，支持北伐的馮玉祥國民軍退出了天津，直魯聯軍進襲津門。王芸生匆忙之中登上了招商局的一艘輪船，在最後關頭逃離天津，流亡上海。

　　在上海，經中國共產黨重要領導人秦邦憲和另一名共產黨員彭述之介紹，王芸生加入了中國共產黨。革命處於低潮時期，王芸生的情緒也十分低落。1927 年春節前後，因母親病重，王芸生潛回天津照看母親，並在國民黨天津市黨部所辦的《華北新聞》寫社論。4 月 12 日，蔣介石突然舉起了屠刀，與共產黨徹底決裂。上海寶山路上已血流成河，武漢、長沙也相繼大開殺戒。王芸生被這血腥的場面完全嚇呆了。

他不知道，冥冥之中是否有神靈召喚他提早兩個月離開上海那血雨腥河的是非之地。他有一個朋友，比他晚去上海幾個月，也晚走了幾個月，結局便有了天壤之別。「當我在北方驚悉南方惡潮時，這位朋友的熱血已與許多人的血流在一起了。還有一個女孩子，為革命的情緒所鼓舞，要到武漢去投軍，我曾幫助她取得了一個資格，並確知她已登上了長江輪。兩天後，報紙上登出一段新聞，說一隻輪船由上海駛到南京時，一大批去武漢投軍的學生被扣留，且給孫傳芳殺掉了。這段新聞在我的記憶中永遠占著一個重要的位置，一直到現在，我還擔心著那個女孩子是否尚在人間。」

王芸生決心徹底退縮了。缺少理論素養和遠見卓識的他，不明白國民黨和共產黨之間何以要如此相互殺戮。他所崇拜的共產黨領袖陳獨秀，怎麼又成了「叛徒」？黨內紛爭令他十分失望。1927 年 6 月 2 日，天津《大公報》第一版上刊登了一則「王德鵬啟事」：鄙人因感觸時變，早已與一切政團不發生關係，謝絕政治活動，唯從事著述，謀以糊口，恐各方師友不察，有所誤會，特此聲明。

在臨陣易幟這一點上，《新民報》的鄧季惺與王芸生可謂殊途同歸。早年的鄧季惺也是一個進步學生，嚮往革命，十六七歲時，便與女同學結伴出川，雲遊江南，尋找能實現她革命理想的地方和學校。可戀愛、結婚之後，丈夫吳竹似生生將她拉回家中，相夫理家，平安度日。大女兒出生後，鄧季惺激情復萌。1927 年春天，經國民黨左派領導人吳玉章介紹，鄧季惺去四川巴縣女中擔任訓育員。上任的那天，正是 3 月 31 日。年輕的鄧季惺心中揣著迎接新生活的喜悅和憧憬，披著一身春光來到這個離重慶市不到十公里的縣城。可是，巴縣已經被浸在血泊之中了。就在這一天，四川軍閥劉湘製造了「三・三一」屠殺，共產黨人屍橫遍野，血流成河。鄧季惺被深深驚悚了。想想病中的丈夫，看看身邊幼小的女兒，她想，「我既然沒有決死的心，又不跟反動派同流合污，那麼，不必要參加革命組織，只孤立地終身服務於社會，爭取社會合理、男女平等，也就算相當正義的了。」

　　王芸生志在新聞。尤其是政論新聞。他的最高理想，是做一纖纖
儒夫，搖一管鵝毛細筆，縱論天下，開啟民智，評點時局，臧否朝野，
以一己之力，助社會進步。

　　英斂之 1902 年創辦的《大公報》，一路艱辛地走著，幾經停刊，
至 1925 年已是風雨飄搖，難以為繼了。1926 年，吳鼎昌、胡政之、
張季鸞出資接手了《大公報》，組建了新記《大公報》公司，《大公報》
的新生開始了。溫文爾雅、淡定從容的新聞才子張季鸞，為《大公報》
制定了著名的「不黨、不賣、不私、不盲」的「四不」辦報方針。1926
年 9 月 1 日，新記《大公報》出版的第一天，刊登了張季鸞親自撰寫
的〈本社同人之志趣〉，對「不黨、不賣、不私、不盲」做了具體闡釋：

> 所謂「不黨」，即純以公民之地位，發表意見，此外無成見，
> 無背景。凡其行為有利於國者，擁護之，其害國者，糾彈之。……
> 所謂「不賣」，即聲明不以言論作交易。不受一切帶有政治性
> 質之金錢輔助，且不接受政治方面入股投資。是以吾人之言
> 論，或不免囿於智識及感情，而斷不為金錢所左右。……所謂
> 「不私」，即本社同人除願忠於報紙固有之職務外，並無他圖。
> 易言之，對於報紙並無私用。願向全國開放，使為公眾喉
> 舌。……所謂「不盲」，即夫隨聲附和，是謂盲從。一知半解，
> 是為盲信。感情所動，不事詳求，是為盲動。評詆激烈，昧於
> 事實，是謂盲爭。吾人誠不明，而不願陷於盲。

　　王芸生在國民黨天津市黨部的報紙《華北新聞》寫社論時，曾與
張季鸞有過一場筆墨「官司」。

　　1927 年 3 月，北伐軍打進南京，英、美、法、意等帝國主義竟派
出軍艦，炮轟南京城，引起程潛率領的第六軍官兵的奮起反擊，並搗
毀了南京的一些外國領事館。一腔愛國熱情、支持北伐的王芸生，在
《華北新聞》上撰寫社論，抗議帝國主義的野蠻行徑，聲援第六軍將
士的正義之舉。而此一時期的《大公報》，卻發表了由總編輯張季鸞執
筆的社評〈躬自厚〉。社評說：「東方道德所以為人類交際之規範者殊

夥，其中一義曰：『躬自厚而薄於責人。』人與人如是，社會和平矣。今之中外，關係亦然。如其咎在我者，我應自責之，所謂『躬自厚』也。而為外人者，亦應自省其過去或現在之咎責，同時承認我國民一般之友誼，蓋雖不敢望其自厚，而不得不勸其勿專責人也。」張季鸞的論說的確過於圓滑。貌似公允，實則是各打五十大板。

張季鸞的社評在《大公報》上見報的第二天，4月1日，王芸生又在《華北新聞》發表了他寫的反駁社論〈中國國民革命之根本觀〉，他滿腔熱忱地寫道：「中國自鴉片戰爭以來，即淪為帝國主義侵略下的半殖民地，被侵略者對侵略者無所謂『躬自厚』的問題。中國國民革命的根本任務，不僅對內要打倒軍閥，對外還要取消一切不平等條約，把帝國主義的特權剷除淨盡。」

這顯然超出了張季鸞論題的範圍。他對年輕人的衝動和激情一笑置之，沒有再做回應。但是他特別打聽了《華北新聞》社論的作者，並托人傳話，希望與王芸生面晤。王芸生為此專程去《大公報》拜訪了張季鸞。這是他們最初的相見與相識。

王芸生對於《大公報》的「四不」辦報原則，在精神上是相當契合的。新記《大公報》人才薈萃，資金寬餘，步履穩健，發展迅速，短短幾年，已是天津數一數二的輿論重鎮。王芸生對於《大公報》，真可謂是景仰仰之，景行行之。1929年，在坎坷跌宕了多年之後，王芸生提筆給張季鸞寫了一封信，希望在《大公報》謀一職位。張季鸞沒有忘記這位1927年4月初在《華北新聞》上與他打筆墨之仗的好學的年輕人，他冰釋齟齬，不計前嫌，將王芸生招至《大公報》社。有了《大公報》這個廣闊的平臺，有了張季鸞這樣心智俱佳、循循善誘的師長，王芸生在中國當代新聞事業中大施身手，一展宏圖。

王芸生初入《大公報》時，做的是地方新聞編輯，第二年又參與編輯《大公報》的姊妹刊《國聞週報》。1931年「九一八」事變後，舉國震驚。《大公報》確定了「緩戰」、「明恥」的應對策略。所謂「明恥」即儘快在報紙上開闢一個專欄，記載自1871年中日兩國簽訂《中日修好條規》至1931年「九一八」事變的重大事件，幫助讀者瞭解甲

午以來的對日屈辱史，欄目就定名為「六十年來中國與日本」，指定由
王芸生全力負責。王芸生以極大的熱情投入了這項艱難的工作。自
1931 年 10 月開始，他入圖書館，跑資料室，甚至多次往詢北平故宮
博物館，在浩如煙海的清史檔案中細細披閱，仔細查找。經過三個多
月的準備工作，王芸生初步理出了頭緒，形成了專欄的綱目、結構。
1932 年 1 月 11 日，《大公報》正式推出了「六十年來中國與日本」專
欄，每日刊登一篇，連續兩年半之久，無一日中斷。這也是當代中國
新聞史上少有的長時間、大跨度連載文章。每日的連載文章之前，王
芸生都不忘寫下這樣十六個字：「前事不忘，後事之師！國恥認明，國
難可救！」讀來鏗鏘有聲。

日寇步步緊逼，北方局勢吃緊。新記《大公報》公司未雨綢繆，
於 1936 年 4 月出刊了《大公報》上海版。當年 9 月，王芸生奉命南下，
出任上海《大公報》編輯部主任。

抗戰全面爆發的前夜，華北的學生運動風起雲湧。對於學潮，王
芸生歷來有自己的看法。1936 年 12 月，他在《國聞週報》上發表了
〈寄北方青年〉的公開信，闡發了自己的觀點。文章發表後，引來了
不同觀點的爭論。當時二十二歲的青年革命者顧准，也寫來商榷的信
函。王芸生一鼓作氣，在五個多月的時間，連續發表了〈再寄北方青
年〉、〈三寄北方青年〉……共六篇文章。這「六寄北方青年」集中表
現的是王芸生「讀書第一」論和「學生不黨」論兩個基本觀點。

王芸生在文章中寫道：我曾親眼看見你們自一二·九以來的苦鬥，
你們在北方局勢最震盪時喊出擁護國家的口號，你們在北方大局要崩
潰時阻止了國家的分裂，這些情形都曾使我感動得流淚。在以後的救
亡運動中，雖然你們的步驟稍有凌亂，把敵愾的怒潮一部分轉成內訌
的意氣，但我總以為這種缺憾是可以由理智來彌補的。王芸生說，「讀
書與救國」的問題，人們對於它的答案好像雞生蛋或蛋生雞那樣費躊
躇，我的答案卻很簡單，便是「讀書第一」。讀書是學生的本分，政治
運動則是偶然的觸發。我不反對學生參加政治運動，但要純真。像五
四和一二·九，在像當前的大問題爆發的時候，青年學生起來做衛護

祖國的吶喊，純潔真摯，那是萬分應該的。但一流於形式化，經常地做黨派鬥爭，那便墜入魔道了。像今年紀念五四時，北平新舊學聯竟大動其武，無論如何，是使人萬分傷心的。王芸生繼續分析道，學生黨爭之風，自軍事告一段落，似已稍殺，然事實上之鬥爭，仍俯拾即是。北平學潮之波瀾重疊，及各種複雜現象，任何人皆不能斷定無黨派背影。……在近代立憲國家，多行軍人不黨制，所以防軍人供黨爭也。然此非一黨專政之事，尚不必據此以論中國問題，而學生不黨，則為萬分切要之事。願各黨各派認清民族生存之前提，共成此美德，尤望學生諸君自加覺悟，勿以歧途自誤，自害且害國也。王芸生還「現身說法」地寫道，學生參加黨派之爭，我是深知其況味的。我是過來人，我有許多朋友為黨派流血了，尤可痛心的是多數人供黨派做撒豆成兵的資料，錯過讀書的光陰，變成學術的低能兒。這對於我們民族國家的損失太大了。

王芸生的這些觀點，歷史地看，有一定的道理，但在那樣一個如火如荼的民族救亡的大背景下，說這些話難免有些不合時宜。

1937 年 12 月 13 日，即南京淪陷當日，日本佔領軍通知上海租界各報紙，自 15 日起須送報紙小樣接受日方新聞檢查。總經理胡政之召集王芸生、張琴南、李子寬等主要人物商量對策，一致決定，寧肯停版，決不接受新聞檢查。胡政之當即拍板：《大公報》上海版次日停刊。

1937 年 12 月 14 日，《大公報》上海版少有地一天同時刊發了兩篇社評，而且這兩篇社評都是王芸生寫的。一篇是〈暫別上海讀者〉，一篇是〈不投降論〉。〈暫別上海讀者〉說：「本報津版已隨國權的中斷而自動停版，今天又到了本報滬版與讀者告別的時候。國軍是上月 12 日完全退出了上海，擺在我們報面前有兩條路，一是隨國軍的退卻而停版，另一是在艱難的環境下繼續撐持下去，盡可能地為我們上海的三百萬同胞服務一天算一天，一直盡了我們最後的力量為止。但是有一個牢固的信條，便是：我們是中國人，辦的是中國報，一不投降，二不受辱。哪一天環境不容許中國人在這裏辦中國報了，便算是我們

為上海三百萬同胞服務到了暫時的最後一天。國軍退出的上海完全成了孤島，我們在這孤島上又支撐了三十多天。在這三十多天內，我們繼續記載南北各戰場的戰跡，繼續鼓舞國人抗戰的決心，關於上海的一切，尤充滿了沉痛的篇幅。特殊勢力的氣焰一天天增高，租界內中國人的生命財產也一再受到非常的侵犯，我們這個中國人辦的中國報，自然也漸漸地不能與特殊勢力並存了。特殊勢力先接收了我們的新聞檢查所，成立了他們的新聞檢查機關。這個機關要求我們送報，我們未送；昨天又來『通告』，說：『自 12 月 15 日須送小樣檢查，而不經檢查之新聞一概不准登載。』我們是奉中華民國正朔的，自然不受異族干涉。我們是中華子孫，服膺祖宗的明訓，我們的報及我們的人義不受辱。我們在不受干涉不受辱的前提下，昨天敵人的『通知』使我們決定與上海讀者暫時告別。」

另一篇社評〈不投降論〉寫得慷慨激昂：「不投降的意義非常重要。只要我們的武士不做降將軍，文人不做降大夫，四萬萬五千萬人保住中華民族的聖潔靈魂，國必不亡。岳武穆百戰不撓，袁督師獨拒強敵，這兩個雖都被奸佞陷害，齎志以歿，然忠烈所被，千載之下，猶令中華子孫感奮零涕，播下復仇種子。文天祥斷頭菜市口，史可法戰死揚州城，更給中華民族保存了浩然正氣。反之，石敬塘、張邦昌、吳三桂、臧式毅、殷汝耕等輩，或投降異族，或甘做傀儡，哪一個不是毒被全族、禍及身家？凜然的歷史教訓，凡是中國人都應該牢記心頭。」「我們是報人，生平深懷文章報國之志，在平時，我們對國家無所贊襄，對同胞少所貢獻，深感慚愧，到今天，我們所能自勉兼為同胞勉者，唯有這三個字—不投降。」

這兩篇社評盪氣迴腸，催人淚下，張一腔之忿懣，獲一時之好評！

自 1926 年至 1941 年，張季鸞主持《大公報》筆政十數年。《大公報》這個時期的社論，絕大多數是張季鸞親自撰寫或參與起草的，這給《大公報》留下了一筆寶貴的精神財富和筆政傳統。徐鑄成說，張季鸞的文章之所以常常具有打動人心的力量，就在於「字字句句，樸質沉痛」；就在於他不僅有見識，站得高，看得遠，看得深，同時也在

於他的「筆鋒常帶感情」。王芸生評價張季鸞的文章說：「我覺得極難得的是他具有一副永遠清新的頭腦，活潑綿密而極得要領的思路，更有高人一籌的見解。」

而王芸生的兒子王芝琛從個性上分析了張季鸞、王芸生文章的不同風格。他說，同樣是激情文字，張是「含而不露」，王是「江河直瀉」。張季鸞向以「老謀深慮」著稱。他寫的社評沒有深奧的道理，能抽絲剝繭，層層深入，以理服人，以情動人。文章常有對仗的警句，讀起來琅琅上口。而王芸生的文章則如江河奔瀉，給人以痛快淋漓之感。張、王相互輝映，蔚成《大公報》社評的特有風格。

其實，個人秉性和文字風格，不是評判文章高下的惟一標準，信念和理想的不同追求，往往造就了文章的大俗大雅、大開大闔。張季鸞是個國家主義者，他認可蔣介石的領袖地位，並極力維護他的合法權力。蔣介石如同找到知音一般，與張季鸞神交既深且久。張季鸞病逝，蔣介石前往弔唁，並親撰輓聯一副：天下慕正聲，千秋不朽；崇朝嗟永訣，四海同悲。而王芸生是個徹底的自由主義者，他崇尚新聞自由，追尋媒體的公器、公正地位。他的這種自由主義立場，在參與《大公報》筆政之初，不斷給他帶來一些不大不小的麻煩。張季鸞告誡他的為文的兩句話：「以鋒利之筆寫忠厚之文，以鈍拙之筆寫尖銳之文」也就無所適用了。

1936 年 10 月 19 日，魯迅先生逝世。第二天的《大公報》第四版，整版都是魯迅逝世的消息、通訊及新聞照片等。豎排的報紙排到最後，在左下角有一個小小的空白，凌晨看大樣的編輯主任王芸生，無奈親自動手，補了一個短評，題為〈悼魯迅先生〉，全文一共三段：

> 文藝界鉅子魯迅（周樹人）先生昨晨病故於上海，這是中國文藝界的一個重大損失。
>
> 他已是世界文壇上的有數人物，對於中國文藝界影響尤大。自《吶喊》出版，他的作品曾風靡一時。他那不妥協的倔強性格和嫉惡如仇的革命精神，確足以代表一代大匠的風度。他那尖

酸刻薄的筆調，給中國文壇劃了一個時代，同時也給青少年不少不良影響。

無疑的，他是中國文壇最有希望的領袖之一，可惜在他晚年，把許多力量浪費了，而沒有用到中國文藝的建設上。與他接近的人們，不知應該怎樣愛護這樣一個人，給他許多不必要的刺激和興奮，慫恿一個需要休息的人，用很大的精神，打無謂的筆墨官司，把一個稀有的作家生命消耗了。這是我們所萬分悼惜的。

王芸生的本意，也許是想不偏不倚、客觀公正地評價魯迅，他在進行這個「補白」時，可能記起了魯迅的那句名言：左翼之中，只有革命，沒有文學。但是，這個短評一見報，立即引起了軒然大波，各界聲討之聲不絕於耳。《大公報》副刊編輯蕭乾，憤然找到胡政之，堅決要求辭職。他說他感到好像被人「從後面捅了一刀」。

1940 年夏天，四川糧價連續暴漲，老百姓叫苦不迭。6 月 29 日，王芸生在《大公報》上發表社評〈天時人事之雨〉，他主張用曹操借人頭的辦法，殺幾個囤積居奇的奸商，以平抑糧價。文章發表後，不少讀者拍手稱快。可張季鸞在讀完這篇社評後卻對王芸生說：「芸生，我們的報紙怎麼能主張殺人呢！」

1941 年 8 月，敵人對重慶進行了連續幾個月的狂轟濫炸，山城人民的生命財產損失嚴重。8 月 18 日，王芸生到長江南岸汪山探望病重的張季鸞。談到日本轟炸機的倡狂，王芸生眉頭不展。張季鸞說：「芸生，你儘管唉聲歎氣有什麼用？我們應該想個說法打擊敵人。」王芸生回答：「敵機走了，毫無抵抗，我們怎麼可以用空言安慰國人打擊敵人呢？」張季鸞問：「敵機走了，老百姓在幹什麼？」王芸生說：「我來的路上，看到老百姓在田裏割稻子。」突然，張季鸞擁被而起，興奮地說：「今天你就寫文章，題目叫〈我們在割稻子〉。就說：『在最近敵機來襲時，我們的農民在割稻子。』」於是，第二天的《大公報》發表了王芸生的社評〈我們在割稻子〉。文中說：「就在最近十天晴空而

日機連連來襲之際，我們的農人，在萬里田疇間，割下了黃金之稻！」
「讓無聊的敵機來肆擾吧！我們還是在割稻子，因為這是我們第一等
大事。食足了，兵也足，有了糧食，就能戰鬥，就能戰鬥到敵寇徹底
失敗的那一天。」這是一篇具有特別象徵意義的時評，是中國新聞史
上的一個創舉。王芸生說，這是我與張先生合作的一篇社評，也是最
值得紀念的。

如果硬要在《大公報》內分什麼派別的話，那麼，徐鑄成曾經是
胡政之的得意門生，而王芸生則可稱之為張季鸞的精神傳人。1941 年
9 月 6 日凌晨 4 時，久困於肺病的折磨，《大公報》主筆張季鸞逝世於
重慶中央醫院，享年僅五十三歲。王芸生稱「此在本報為塌天之禍事，
在國家亦為巨大之損失。」

9 月 8 日，由王芸生親自撰寫的社評〈敬悼季鸞先生〉發表在《大
公報》上：

> 先生之視報業，一非政治階梯，亦非營利機關，乃為文人論政
> 而設，而個人則以國士自許。先生為十足之文人，而其言論行
> 誼，則有國士風。先生之學問見識，高人一等；而熱情忠悃，
> 常流筆端。先生嘗言：報人之天職，曰忠，曰勇。忠即忠於主
> 張，勇則勇於發表。忠勇二字，本做人行事之本，先生引為報
> 人天職，故先生之主張能忠貞不惑，發表亦少所禁忌。先生文
> 章之影響大，感人深，胥由忠勇二字得來……
> 先生嘗對同人言：新聞記者不為威脅易，不為利誘亦易，惟不
> 為名惑最難。先生言論終身，初期僅署別號，接辦本報後文章
> 概不署名。然先生不求名，而名滿天下，此殆非躁急之士所能
> 解矣。先生不為名惑之訓，不僅不出風頭、不鶩浮譽之謂，尤
> 有與流俗作戰而準備失敗之積極精神。先生嘗以「不望成功，
> 準備失敗」八個字為報紙之秘訣……
> 先生以一身繫國家三十年輿論之重，繼往開來，堪當中國報界
> 之一代大師。于右任先生謂：「先生積三十年之奮鬥，對國家

有大貢獻，對時代有大影響，其言論地位，在國家、在世界，並皆崇高。」先生何以能達此境界？同人以為其最高興趣與最低享受實造成之。報人生活，原極辛苦，而先生業此不疲，實靠其最高興趣維持。先生於新聞事業永遠興趣盎然，環境之艱，生活之苦，皆不足以阻之。先生三十年做報，無時不在奮鬥……

先生成就之大，不徒文章名世，而其人格性情實為基本。先生性和易瀟灑，有藹然仁者之風；而所守不渝，故貞亮冠世。先生交友遍天下，上至名公巨卿，下至販夫走卒，無不樂與先生為友，而深契生死者，更仆難數。先生不求名而名至，但從不以其成就自驕，時時以扶弱小同業為念，而尤以獎掖後進為樂……

先生一生，做人無缺陷，成就邁前賢，今日瞑目，毫無遺憾；惟國家尚須此老發言，本報同人尤須先生領導，而先生竟撒手歸去矣！先生近年主持抗戰言論，而不及見勝利之完成，此真千古恨！……同人不敏，願紹先生之遺志，效忠言論報國之事，而不墜《大公報》之令譽。嗚呼！同人之所以慰先生報先生者，亦唯此矣！亦唯此矣！

　　文章寫得既恣肆江洋，又纏綿悱惻，情真意切，言從心出。一方面是王芸生從內心深處感佩張季鸞，痛悼他的英年早逝；另一方面，又是惺惺相惜，英雄相憐。很大程度上，是王芸生自我心聲的表達。千古文章事，唯「真」最動人。

　　張季鸞逝世後，王芸生還寫了一篇十分得意的社評。1941 年 12月 8 日太平洋戰爭爆發。《大公報》總經理胡政之陷於香港，情況危急。王芸生找到陳布雷，請陳設法救胡出來。陳布雷告訴王芸生說「蔣委員長已電告香港機構，讓胡先生盡速乘飛機出來」。《大公報》隨即派人去珊瑚壩機場接機。機門打開，並無胡政之，卻見大批箱籠、幾條洋狗和老媽子從飛機上下來，由穿著男人西裝、戴著墨鏡的孔二小姐

接走。王芸生聞訊，十分生氣。當然，他知道，這樣的新聞是通不過審查的。恰巧國民黨在開五屆九中全會，會議於 12 月 20 日通過了一個《增進行政效能，屬行法治制度，以修明政治案》，王芸生借題發揮，寫了一篇〈擁護修明政治案〉的社評，發表在 12 月 22 日的《大公報》上，惹起了一場俗稱「飛機洋狗」的事件。

社評說：「說到修明政治……最要緊的一點，就是肅官箴，儆官邪。譬如最近太平洋戰事爆發，逃難的飛機竟裝來了箱籠、老媽與洋狗，而多少應該內渡的人卻危懸海外。善於持盈保泰者，本應該斂鋒謙退，現竟這樣不識大體。又如某部長在重慶已有幾處住宅，最近竟用五十六萬元公款買了一所公館。國家升平時代，為壯觀瞻，原不妨為一部之長置備漂亮的宿舍，現當國家如此艱難之時，他的衙門還是箕踞辦公，而個人如此排場享受，於心怎安？另聞此君於私行上尚有不檢之事，不堪揭舉。總之，非分妄為之事，蕩檢逾閒之行，以掌政府樞要之人，竟公然為之而無忌。此等事例，已遍傳重慶，乃一不見監察院彈章，二不見於輿論的抗言，真是是非模糊，正義泯滅。」

文中所舉的「某部長」是指當時的外交部長郭泰祺。蔣介石讀到社評後雷霆震怒，當天就將郭泰祺撤職了。

王芸生性格耿直、狷介，憎愛分明，嫉惡如仇，道德文章，春秋賢者。王芸生一生把金錢和官職看得很輕。抗戰初期，《大公報》盤桓漢口期間，正值國民政府成立軍事委員會政治部，郭沫若任第三廳廳長，陳誠親自邀請王芸生擔任第三廳宣傳部部長，王芸生當即婉言謝絕了。陳誠連忙補充說：「不要你去辦公，你可推薦一個副手幫你就是了。」王芸生仍沒接受。不久，陳誠又送來政治部設計委員的聘書，每月支取三百元津貼，也被他退了回去。陳誠有一次與王芸生晤面時說：「芸生先生，你不要太清高了。」王芸生聽後一笑置之。事後他對朋友說：「我服從司馬遷的一句話，『戴盆何能望天』！意思是頭上已戴了新聞記者這個盆子，便看不見別的了。」《大公報》遷到重慶後，王芸生又收到國民政府聘他為軍事委員會參議的聘書。蔣介石侍從室

主任陳布雷打來電話說：「這是委員長的意思，請勉強收下吧，好在只是個空頭銜。」可到了月底，軍委會竟送來了數目可觀的薪水。王芸生立即把聘書和薪水一併退了回去。張季鸞聞之，稱讚王芸生是執行《大公報》「四不」辦報方針的模範。

1947 年，中統特務在上海抓了《大公報》記者唐振常，王芸生親自給上海市市長吳國楨去電話：「今天不放人，明天就登報！」

抗戰勝利後，《大公報》回遷上海。有一次報館開社務會議，胡政之總經理在會上批評某經理以報館名義做投機生意。從來不過問報館財務狀況的王芸生，卻一時衝動起來，走過去給了那個經理一記耳光。王芸生痛心疾首地說：「我們《大公報》成天寫文章罵政府有一幫貪官污吏，現在我們報館也出這種事，叫我們還怎麼寫文章？」

王芸生的狷介，是個性使然，更是那個時代一切有良知的知識份子的必然選擇。他一生孜孜以行的，是他為之獻身的新聞自由的偉大事業。

王芸生對「新聞自由」有他自己的理解。他說：「所謂新聞自由，據一般解釋，其中包括新聞採訪的自由、新聞的傳遞自由及新聞發佈的自由。」新聞就是客觀事實的寫照，為美為瑕，事實是頂好的說明。苟根據事實所寫的新聞自由發表，自由交換，一任其公開於光天化日之下，則真相畢露，醜惡者無處藏身，也就無從矯造欺瞞，偷天換日。」王芸生的「新聞自由」的觀念，是美國新聞觀的延續和發展，是對權力的監督和挑戰。

王芸生對報紙的功能有過一個生動的比喻：「報紙是一面鏡子，它的作用是反映現實。如果現實是醜惡的，怎樣控制，鏡子也無從把它照美了。鏡子可以摔碎，卻不能借挖掉後面幾塊水銀來光鮮面容，那只是把鏡子本身弄得破爛而已。」他說，「向世界誇耀國家如何光榮地尊重新聞自由，不管那光榮真實到怎樣程度，能夠把新聞自由認做光榮，這趨向總是極其可喜的。」「如果把新聞言路嚴密堵塞起來，我們敢說沾光的不是政府，更不是升斗小民，卻必然是膽大包天的貪污腐敗的一群。」

　　王芸生告誡各位同人：「新聞自由，是新聞記者的本分要求，這等於要求一種權利。但權利不應該是片面享受的，我們還應該忠實地盡到我們的義務……新聞記者怎樣執行這種實際、莊嚴而有意義的職務呢？我們認為只有『真』與『勇』兩個字。真實地記出你所見到的事，勇敢地說出你心裏的話，可以無愧為一個新聞記者了。敢說、敢做、敢擔當，是自由人的風度；敢記、敢言、敢負責，是自由報人的作風。新聞自由應該如此求，也應該如此用。」王芸生曾經對初涉新聞的年輕記者們說：「抓到刑場，揪住小辮兒，鋼刀一舉，喀嚓一聲的時候，小子，你要一聲不吭，咬緊牙關頂得住，才算得一條好漢，一個好記者。」

　　王芸生對「新聞自由」的夢想，集中體現在他 1948 年記者節的社評〈九一之夢〉中。中華民國政府決定每年的 9 月 1 日為記者節。每到此日，記者們和各類報刊，便借「節」言事，借物抒懷，暢想一番新聞自由的「美好」夢想。在〈九一之夢〉中，王芸生寫道：

> 　　報是五顏六色的。這不是說報紙的顏色，而是說報紙的內容。種種樣樣的報紙，數不清的種類，有的屬於政府黨，有的屬於在野各黨派，有的代表大企業家的利益，也有的代表中產階級或勤勞大眾的利益。這許多報紙，七嘴八舌，各說各的話，只要言之成理，百無禁忌。除了觸犯了刑法上的誹謗，要防被侵害者控訴而被法庭刑訊外，此外絕不會有封報館、打報館、抓記者甚至殺記者的事。就因為這樣，記者們不必服膺中國聖人的三諱主義。他們不必「為尊者諱」，國家元首也是人民的公僕，他們可以隨便批評或指責；他們不必「為親者諱」，那倒無所謂「大義滅親」，因為真理面前，只論是非，不管親疏，其父攘羊，而子證之，一點也不算稀奇；他們也不必「為賢者諱」，舉國皆曰好人，他若一旦做了糊塗事，報紙照樣群起而攻之。
> 　　今天是記者節。這節日，不僅記者們高興，成千上萬的讀者更高興。在記者舉行紀念會時，廣大的讀者群，男男女女，老老

少少，都來參加……「誰說記者是無冕之王？我們今天給他加冕！」讀者們一倡萬應，於是把手上的報紙折疊成王冠模樣，給老老少少、男男女女、高高矮矮、胖胖瘦瘦的記者們每人戴上一頂王冠，冠上並排寫上「真」「正」二字。這「真」「正」二字，用意很好，給記者戴上，就是說他是真正的記者，不是摻假的記者或打了折扣的記者，而且更代表的是「真理」與「正義」。加冕既畢，萬眾歡呼。

王芸生的確是沉浸在了他的「南柯」之夢當中。他也只好自嘲：「理想的夢，最終會圓的。」

抗戰勝利，百廢待興。經歷了八年外族欺侮和戰亂的中國人民，的確需要一個休養生息的和平環境。人到中年的王芸生，自由主義思想日臻成熟，「文人論政」的幼稚和執著更加凸顯。他固執地認為，只要是有利於和平建國的方針，都是正確的，只要是有悖於統一和穩定的政策，都是反動的。他掄圓了雙臂，左一下扇共產黨，右一下摑國民黨，忙得不亦樂乎。

毛澤東赴重慶談判，王芸生欣喜若狂，他以為國共合作，息兵罷戰，就在眼前。他寫道：「毛澤東先生來了！中國人民聽了高興，世界人民聽了高興，無疑問的，大家都以為這是中國的一件大喜事。」「認真地演這幕大團圓的喜劇吧，要知道這是中國人民最嗜好的。」王芸生也真是太天真了。

1945 年 11 月 20 日，內戰之火日見熾熱，王芸生在《大公報》發表社評〈質中共〉，奉勸中共應該以「政爭」，而不應該以「兵爭」。「希望共產黨放下軍隊，為天下政黨不擁軍隊之倡，放下局部特殊政權，以爭全國政權。」11 月 21 日，中共機關報重慶《新華日報》立即發表了反駁的社論〈與《大公報》論國是〉，這是周恩來親自起草的一篇社論，把王芸生比做「好一個妙舌生花的說客呀！」「《大公報》在這裏是大公呢？還是大私？」

　　1946 年 4 月中旬，人民解放軍發動了解放長春之戰。4 月 17 日，王芸生撰寫社評〈可恥的長春之戰〉，「蘇軍剛剛邁步走去，國軍接防立腳未穩，中共的部隊四面八方打來了，且已攻入市區。多難的長春，軍民又在喋血⋯⋯中國人想想吧！這可恥不可恥？」「敵人降了，盟軍撤了，我們自己卻打起來了，實在太可恥了！快停止這可恥的長春之戰吧！由長春起，整個停止東北之亂；更由東北起，放出全國和平統一的光明。」4 月 18 日，《新華日報》立即反擊，發表的社論題目就是〈可恥的《大公報》社論〉，「誰不承認東北問題有內政問題？誰破壞停戰令和政治協商會議決議？中國人民，中外人士，都知道這就是由於馬歇爾將軍所說的國民黨『頑固分子』作祟。《大公報》不但不敢說出這種淺顯的真理，反借長春戰爭為題，含沙射影，歸罪於中共和中國人民。這樣來替頑固派開脫罪名，並替頑固派幫兇，真是可恥極了！」

　　毛澤東重慶談判期間，在《新民報》上發表了他的舊作〈沁園春・雪〉，說古論今，暢意抒懷。「北國風光，千里冰封，萬里雪飄。望長城內外，惟餘莽莽；大河上下，頓失滔滔。山舞銀蛇，原馳蠟象，欲與天公試比高。須晴日，看紅裝素裹，分外妖嬈。江山如此多嬌，引無數英雄競折腰。惜秦皇漢武，略輸文采；唐宗宋祖，稍遜風騷。一代天驕，成吉思汗，只識彎弓射大鵰。俱往矣，數風流人物，還看今朝。」王芸生讀罷，很不以為然。他拿出了自己的一篇早已寫好的文章〈我對中國歷史的一種看法〉，在《大公報》上分四次連載。在文前，他寫了一段「補識」，「中華民族應該翻身了，但卻是從兩千多年專制傳統及一百多年帝國主義侵略之下的大翻身。豈容太撿便宜？要從根算起，尤須廣大人民之起而進步。近見今人述懷之作，還看見『秦皇漢武』、『唐宗宋祖』的比量。因此覺得我這篇斥復古迷信、反帝王思想的文章還值得拿出來與人見面。翻身吧！必兢兢於今，勿戀戀於古，小百姓們起來，向民主進步。」

　　1948 年 7 月 8 日，國民黨政府援引《出版法》，永久查封了陳銘德、鄧季惺夫婦創辦的南京《新民報》。王芸生得到消息後十分氣憤，

當即就寫了社評〈由《新民報》停刊談出版法〉。文章說：「溽暑炎天之際，中國新聞界又出了不幸事件，南京《新民報》於前天奉命永久停刊。讀內政部發言人的談話，《新民報》受到如此嚴重的處分，全是為了報導與刊載軍事新聞失檢之故。這可見在國家不安定的時期做報之困難。我們既屬同業，實不勝關切與惶悚之情。」文章還說：「現代民主憲政國家，人民可以公開抨擊政府施政，在野黨在憲政軌道中尤其以推翻政權為其能事，那非但不犯法，且是一種特權。」

國民黨機關報《中央日報》抓住「特權」二字大做文章，向王芸生猛烈攻擊，說他是「新華社的應聲蟲」。王芸生怒不可遏，以個人署名文章反駁，竟招來了《中央日報》的連篇炮轟，「三查王芸生」。

《中央日報》1948 年 7 月 19 日的社論〈王芸生先生之第三查〉寫得饒有風趣：

> 我們大可發起三查運動來檢討王芸生君。我們的第一查，查出自 1946 年 7 月至 1947 年 3 月，王芸生君致力於國際干涉運動，為莫斯科會議做準備。經過了《大公報》九個月的準備，蘇聯外長莫洛托夫在莫斯科會議上提議蘇美英三國共同干涉中國。我們的第二查，查出自 1947 年 3 月以後到今日，王芸生君以《大公報》貢獻於反美扶日運動。是他首先在《大公報》發表文章，指責麥克亞瑟將軍扶植日本，必將利用日本軍隊到中國來，一面攻蘇，一面剿共。是他繼續不斷響應共匪新華社的廣播，為共產國際策動的反美扶日運動努力。馬路政客，殘餘保守黨和職業學生，反美扶日宣言，都是他王芸生作為寶貴的資料而提供《大公報》的篇幅。他這一貢獻大了。這一貢獻大可以孤立美國，破壞麥克亞瑟將軍的信譽，為蘇聯在北太平洋和我們東北的擴展戰略開路。
>
> 今天我們等待著第三查。本月 10 日，中國共產黨中央委員會通過了一個決議，回應共產國際譴責南斯拉夫共產黨的決議，命令共匪黨徒「熱烈研究」共產國際情報局這一決議，加強教

育一般黨徒克服民族主義，為共產國際效忠。我們等待著王芸
生君譴責南斯拉夫共產黨特別是狄托（即鐵托）元帥的論文和
通訊在《大公報》發表，作為他效忠共產國際的證明。

世界上的「機關報」怎麼都是這種德性呢？色厲內荏，語言空洞，
棍子手中握，帽子滿天飛，從主觀臆斷出發，下駭人聽聞結論。民間
報紙那種以理服人，條分縷析，委婉柔和，實事求是的言論風格，「機
關報」永遠學不來，也不屑去學。是的，掄起棒子就可以打人，誰還
有說理的耐心啊！

那個時期的王芸生，是在「一連串的煩悶」中過活的。他說：「國
大在侃侃議憲，戰場在狼狼廝殺。其事極其矛盾，卻正並行不悖，真
煩悶煞人！」「今天事，大多人民對議憲不甚感興趣；雖渴望和平安
定，而亦無可奈何；甚至對打仗雙方無所愛憎，或只有憎，然亦無可
奈何。就算打下去吧！何時打完？是一大煩悶。打完了，國家能好嗎？
又是一大煩悶」。

人民解放軍摧枯拉朽，迅速解放了大半個中國。國民黨日薄西山，
氣息奄奄。沒有了國共合作的可能，民主建國的平臺也垮塌殆盡，蔣
介石再也不需要「民主憲政」這塊遮羞布了。王芸生「和平建國」的
幻想一直沒有放棄。這是那個時代眾多知識份子的一廂情願，沈鈞儒、
章伯鈞、羅隆基、儲安平都曾抱定這樣的政治見解，全力推進他們的
「第三條道路」。即，不主張國民黨一黨專權，也不希望共產黨奪取天
下。他們倡議國共兩大黨精誠合作，整頓黨務，整合軍隊，聯合其他
民主黨派，組成聯合政府，將中國引向民主共和之路，真正實現孫中
山先生民主革命的歷史宏願。王芸生們的願望，真的是「書生之見」，
儘管他們在報紙、雜誌上連篇累牘地鼓噪和宣示，戰場上殺紅了眼的
國共雙方，已經沒有了任何轉圜的餘地。尤其是共產黨一方，大軍北
上南進，東突西擊，縱橫捭闔，馳騁千里，勝利就在眼前，你讓他停
止進攻，劃江而治，或息兵止戈，聯合執政，那不是從人家碗裏夾肉
呀！簡直是異想天開。眼見戰火再起，硝煙彌漫，王芸生絕望至極，

提筆寫下了《和平無望》的社評後，南避香港，繼而，亡命東南亞。直到《大公報》女記者、地下共產黨員楊剛策劃他發表了「起義」聲明後，王芸生才重新回到「人民」的懷抱。

全國解放後，王芸生海外歸來。幾經整合，《大公報》只保留了北京版一張報紙。王芸生名為社長，實則已無任何對報紙的控制權和發言權。有人說，解放後的王芸生是「座上賓」，有人說他是「死老虎」，還有人說他作了許多「違心之論」。所有這些評價都是有欠公允和全面的。在那樣一個極左觀念橫行的年代裏，要想保持自己的個性，保留那麼一點「文人論政」的自由和姿態，豈非天方夜譚？

金無足赤，人無完人。王芸生在《大公報》奮鬥了幾十年，功勞、苦勞自不待說。他引起《大公報》內外詬病的，主要是兩大問題。一是主持渝版《大公報》期間，不夠寬容，不夠人度，對因戰火塗炭、彙聚於重慶的《大公報》港版、桂林版的同人防之戒之，水油兩分。二是解放後在歷次政治運動中，在「紅色恐怖」的高壓下，傷害了不少《大公報》的老員工，迎合了那個時代政治鬥爭的需要。

1941 年 9 月張季鸞逝世後，胡政之日漸忙於他「國民參政員」的事務，重慶《大公報》的日常工作，完全掌握在王芸生手中。太平洋戰爭爆發，香港迅速淪陷，港版《大公報》停刊，徐鑄成歷盡千辛萬苦逃回國內，水陸兼程，幾經輾轉，向大西南進發。戰火蔓延，兵臨城下，《大公報》桂林版也難以為繼了，金誠夫帶著桂林版的員工，經貴州入川，也往重慶趕去。

對於港、桂兩版職工的安置，重慶《大公報》是做了精心準備的，他們租借了三江村的土地，面向嘉陵江，依山勢層層而上，建了七幢平房，竹片外塗抹黃泥，門面也堂皇壯觀，讓逃難中的職工有了「歸家」的感覺。但是說到工作，王芸生卻不願意讓港、桂兩版的人員到重慶版來攪和。他說服胡政之，新創辦了個《大公晚報》，讓徐鑄成去當主編，讓桂林版的郭根去當要聞版編輯。王芸生不愧是辦報行家，連《大公晚報》的編輯方針都做了詳細要求，不發社評，少登時事新聞，風花雪月，琴棋書畫而已。徐鑄成忽然覺得，他過上了「生平最

閒散的生活」，有時又感覺是「半凍結的日子」。莫名其妙的規定接踵而至。如，《大公晚報》不發社評，卻要求徐鑄成每週為《大公報》寫一篇言論，至於《大公報》何時用，如何用，那就不關徐鑄成的事了。

工作中的摩擦和矛盾很快就表面化了。《大公晚報》的清樣送上去審核，拿回來後，要聞版編輯郭根細細看來，發現改動的標題文不對題，詞不達意，又「擅自」改了回去。這可不得了了，如此蔑視權威，冒犯權力，真是大逆不道。王芸生便以「不服從上級命令」為由，立即開除了郭根。又過了不久，原桂林版的廣告部主任戚家祥與其兄弟戚家柱，因「撤退時利用職務私做生意」，被開除出社。而這二人，皆是金誠夫的親戚。這就有點「殺雞儆猴」的意味了。

《大公晚報》那幾個版，哪裡夠徐鑄成看的呀。每天兩個小時，審完大樣就算完事。回到三江村的集體宿舍，徐鑄成閒來無事，或埋頭讀書，或蒙頭大睡，實在無聊了，就憑窗望江，數來往於江上的大船小舟。

無奈之下，胡政之出面作工作了。他找來徐鑄成和金誠夫，作了一次敞開心扉的交談。胡政之說：「重慶桂林兩館，好比同根連枝，現在桂林館以兵災而停止，這正像傾家蕩產了的二房，要來依靠長房，就要『以小事大』，什麼事都要忍讓，還要忍氣吞聲。」說起重慶版的總編輯王芸生、總經理曹穀冰，胡政之說：「他們兩位是很有心機的，比如穀冰有事來見我，我雖滿腹心事，必整容含笑接談，以免引起多心。此意，望你們兩位，好好體會。」

多年後，有人評論和猜測說，是王芸生嫉妒徐鑄成的才華，怕徐搶了他的風頭，才不讓徐鑄成插手重慶《大公報》的編務。這樣說，未免太小瞧王芸生了。王芸生不致於那麼小肚雞腸。這只是習慣使然，是權力使然。試想，《大公報》重慶版在王芸生的一手掌管下運行了那麼多年（張季鸞在去世幾年前已經撒手了），機制、制度、人員，甚至思維方式已成定勢，怎麼願意外人來改變它呢？

全國解放之後，歷次政治運動，特別是對知識份子的思想改造，讓王芸生戰戰兢兢。他努力適應著新時代的要求，不斷地批判自己的

舊思想舊習慣。1953 年 9 月的國務會議上，毛澤東與梁漱溟爆發了激烈的爭吵。毛澤東在批駁梁漱溟時話鋒一轉：「當年有人不要我們另起爐灶。」毛澤東話音剛落，王芸生從座位上站了起來，老實承認：「這話是我說的。」毛澤東再也沒有讓王芸生坐下，一頓猛批和炮轟。王芸生事後說：「這時毛主席才是真正對我『怒斥』！當時心情十分緊張，還不知毛對我將如何『發落』呢。」

反右運動，毛澤東保了王芸生。這的確「保」得有點陰差陽錯。解放前夕，立場偏左，積極支援民主革命和共產黨的《文匯報》總編輯徐鑄成，在反右時被打成了右派；而態度一貫偏右，大罵共產黨製造摩擦、導致內戰的王芸生倒不是右派。這也是無奈之舉。徐鑄成要「拆牆」，儲安平攻擊老和尚是「黨天下」，右派分子帽子他們不戴誰戴。民主黨派報紙中，只剩下了《大公報》的王芸生，再打成右派，「全軍覆沒」也著實不好看。網開一面，王芸生便逃出生天了。當然，也沒讓他輕易過關，逼他交代與《大公報》地下黨員李純青的關係。這個交代，讓王芸生後悔了一輩子。「反右時，沒有經驗，太輕信上面說的話。他們一再讓我交代與李純青的關係，並說他們已經很清楚，主要考驗你是否向黨交心。」「他們保證只是組織知道一下就行了，不會擴散，對李純青不會有影響。難道你連黨中央都不相信了嗎？」「至於這些話是騙人的話，還是『策略』的話，只有天知道。」現實的情況是，王芸生交代過後，李純青被控制使用達二十年之久。

1959 年，周恩來親自找到王芸生，讓他撰寫《大公報》史，王芸生以各種藉口推託，不想攬下這個棘手的難題。當周恩來第三次找王芸生談此事時，終於挑明讓王芸生寫《大公報》史，是毛澤東的意思。甚至有人告訴他，毛主席保王芸生不當右派，就是讓他寫大公報史。無奈，王芸生只好應命。他與曹谷冰一起花了大量時間，重新翻閱了幾十年的舊《大公報》，並查閱有關資料，兩年後，寫出了〈英斂之時期的舊《大公報》〉和〈1926 年至 1949 年的舊《大公報》〉兩篇長文。文章的史實是詳盡的，但「綱」和「線」也上得夠高的。王、曹在文章中反覆申明：「《大公報》是屬於大資產階級的報紙。」

這兩篇長文，分期登載在由全國政協文史資料研究委員會主編的《文史資料選輯》上。看到變成了鉛字的正式出版物，王芸生的心中惴惴不安，他不由自主地感歎道：「想不到《大公報》還是由我蓋棺定論。」他私下裏多次表示：「大公報史將來仍需重新寫過。」臨終前，已大徹大悟的王芸生痛悔不已。他覺得，無論有多麼大的壓力，都不應該寫那篇「自我討伐」的長文。〈1926年至1949年的舊《大公報》〉這篇文章，不僅對他自己，而且對吳鼎昌、胡政之、張季鸞等使用了極為刻薄、污穢的語言。他萬分痛恨自己參與了那場對《大公報》的「圍剿」。他是蘸著自己的鮮血，研磨著自己的青春生命在給《大公報》抹黑啊！

躲得過反右，逃不掉「文革」。十年浩劫當中，王芸生受到衝擊，被罰去掃大街，沖廁所。隨後便去了北京車公莊一隅的「鬥私批修」學習班接受「勞動改造」。

1972年夏天，日本首相田中角榮訪華。田中抵京前，毛澤東讓人找來了當年王芸生寫的《六十年來中國與日本》，作為參考材料閱讀。

6月26日，毛澤東與田中角榮會談時，兩次提到了《六十年來中國與日本》這套書。毛澤東還突然轉頭向周恩來說，應當讓王芸生來參加接待活動。而此時此刻，周恩來根本不知道王芸生在哪裡，是死是活也不清楚。會見結束後，周恩來立即指示有關部門，一是安排王芸生參加9月30日的國慶招待會，二是適當安排王芸生參加中日友好交往活動。

指示被層層落實，王芸生被逐級解放。待王芸生回到北京城裏的家中時，當日就收到了出席國慶招待會的請柬。9月30日，王芸生手持請柬，誠惶誠恐地步行前往人民大會堂出席國慶宴會。挨鬥多年，家被屢「抄」，一身布衣裝束，更重要的，是那老是挺不直的腰板和謹小慎微的委瑣之相，雖手持請柬，卻還是被警衛擋在大門之外。因為警衛人員無論如何不相信，參加國慶招待會的來賓，居然會自己步行而來。經警衛與有關部門多次聯繫，反覆「盤查」，王芸生才被放行。王芸生沒有計較這一切，他被巨大的幸福感、安全感包圍著。直到看

到招待會那隆重、莊嚴的場面時，王芸生說：「我真不敢相信，這一切都是真的！」

1980 年 4 月，王芸生的生命進入了最後階段，一會兒清醒，一會兒昏迷。清醒時他說過：「我的回憶錄，我的自傳，我看是沒有必要寫了。我那四十年一天都不差的日記都已經燒了。在燒的時候，我就決定不寫了，不寫了。但我是欠債的，我欠，欠季鸞兄一篇他的傳記。我答應過他，他也說過：『芸生，這件事非你莫屬了。』」此時王芸生流下了熱淚，情緒也立時激動起來：「我多少次動念頭，多少次又都放棄了。他瀟灑、儒雅、大度、寬厚，才思機敏。我自量沒有這個文采，恰當地還一個張季鸞給世人。別說這麼一個歷史人物，時事的俊傑，還要再編排一些『帽子』給他戴上，這筆如何下？這麼該寫的人，我都沒寫，對季鸞兄於師於兄於友，我都愧對他……」王芸生手抖著拿出一張白紙喃喃道：「寄給他，寄給他，我的白卷……」

1980 年 5 月 30 日，王芸生與世長辭。享年八十歲。

主要參考文獻

《〈大公報〉百年史》　方漢奇等著　中國人民大學出版社　2004 年 7 月第一版

《一代報人王芸生》　王芝琛著　長江文藝出版社　2004 年 9 月第一版

《徐鑄成回憶錄》　徐鑄成著　三聯書店　1998 年 4 月第一版

《胡適和他的朋友們》　智效民著　雲南人民出版社　2004 年 6 月第一版

徐鑄成

　　晚年徐鑄成，因為戒煙，身體有些發福，圓圓的臉龐，慈眉善目，加上那副老式的黑框深度近視眼鏡，不笑自喜，其樂陶陶。不諳之人很難把徐鑄成與飽經風霜，叱吒風雲，三寸毛錐動天下、一支健筆寫華章的知名報人聯繫在一起。

　　其實，徐鑄成心意遼遠，自視甚高。他曾經說過，在中國，真正稱得上報人的並沒有幾個人。徐鑄成去世後，趙超構先生寫文章懷念他，稱徐鑄成「是個報界有名的全才，能訪，能編，能寫，而且樣樣都幹得很出色。」被業內人士如此激賞，被新聞同仁高度誇讚，徐鑄成是為數不多的幾個人之一。趙超構讚譽的最高標準是在「全才」這一點上。能訪，是說能到一線、在新聞現場採訪、寫稿；能編，是指能主編版面，選稿、編稿、製做標題、文章組合，都能做，而且做得精到；能寫，特指能寫社評，能寫言論。評論是報紙的旗幟。辦報之人以能組織言論寫作為很高的境界。因而，舊時的報紙有總編輯與總主筆兩個高管職位。總編輯只管新聞，只管版面；總主筆只管社評。每天評此論彼，寫什麼、怎樣寫，都是總主筆說了算。報紙的總主筆，有時地位高過總編輯。總編輯易求，總主筆難得。而且常常是主持筆政之人，能給後世留下一筆寶貴的精神財富。中國的陳獨秀、張季鸞、儲安平、殷海光，美國的李普曼（Walter Lippmann）、賴斯頓（James Reston），日本的福澤諭吉等，就是這類「總主筆」般的新聞人，他們的思想，至今影響著我們的生活。

　　再回過頭來說「全才」。徐鑄成就是這種難得的「能訪，能編，能寫」之人。他是一個真正的報人，一生除了新聞事業，再沒從事過任何其他職業。還未走出大學校門就成為兼職記者，在新聞這個圈子裏蹉跎、輾轉、奮鬥了一個甲子。在中國近代新聞史上，徐鑄成應該留下重重的一筆。

1907 年，徐鑄成的曾祖父七十八歲了。早在幾年前，老爺子就放出話來，一定要有一個重孫子。他說，對於四室同堂的老人，閻王爺格外照顧，到陰曹地府報到時，不用向閻王爺下跪。就在這一年，徐鑄成來到了人間。這真是天遂人願，老爺子喜不自勝，自然視徐鑄成為掌上明珠，寵愛有加。兩年後，八十高齡的曾祖父無疾而終，駕鶴西去。至於是否不用給閻王爺下跪了，還真是無法考證。

徐鑄成的家鄉是江蘇宜興。由於出產一種獨特的陶土，宜興以南泥和紫砂製品聞名天下。近現代之人，是由著名的紫砂茶壺而認識宜興的。其實，明清以降，蘇錫常一帶讀書風氣甚隆，飽學之士大有人在，不僅及第進士、金榜狀元出了不少，就是帝師、太傅、宰輔、大學士也是不乏其人。無錫縣城裏有一條「狀元巷」，這條不起眼的小巷當中，幾百年來出了好幾個狀元。

徐家原是宜興的大戶人家，在縣城東珠巷、獅子巷口，有一處挺大的院落。到二十世紀初葉，已是家道頹敗，可祖上傳下的幾進房屋還在，徐氏各支就在這大院落中分室而居。這院落的廳堂是明代建築，四根大立柱直立挺拔，油漆剝落了，更顯出純正楠木的高貴。地上鋪的大方磚雖然殘破，可揭去一層，下面還有一層。

這院子的隔壁就是縣衙。徐鑄成小時候聽家人說，早年，家裏人常常架梯子爬上牆頭，或看縣太爺升堂，打犯人屁股；或看縣太爺的眷屬在縣衙後花園玩耍。能與縣衙比鄰而居，可以看出徐家當年也確曾顯赫過。

「耕讀傳家久，詩書繼世長」。宜興自古重學重教的民風十分醇厚而悠長。徐鑄成七歲時，也被家人送去城裏的小學讀書。徐鑄成自嘲，他生性愚鈍，開初幾年，讀書一直不開竅，什麼也聽不進去，什麼也學不會，只知貪玩，與小夥伴們下河捉魚，上樹逮鳥，漫山遍野地瘋跑。初小（初級小學，相當於我們現在的小學四年級）畢業時，居然考了個全校最末一名，氣得母親沒少數落他。

徐鑄成父親也是一名小學教師，由於為人木訥老實，除教書之外沈默寡言，不善交際，城裏的好學校自然沒有他的位置。多少年來，

他一直在偏遠山區的幾個小學轉來轉去。這一年，父親又被派到了山區的廣善小學。暑假回家後，母親憂慮地說：「這孩子大概讀不出書了，你把他帶到你那兒去再讀一年四年級，如再無起色，我也就斷了他讀書的念頭了。」

秋天，徐鑄成隨父親去了廣善小學，寄居在姑奶奶家中，吃「嗟來之食」的滋味讓他深受刺激。白天插班讀書，晚上父親輔導。無論是《論語》還是《孟子》，父親娓娓道來，講解條理，注釋準確，而且父親溫和慈祥，無論徐鑄成學得怎樣，父親從不呵斥他，這讓他對學習有了極大的興趣。一年後，徐鑄成回到城裏，仍入原來的敦本小學，讀高小（高級小學）一年級（現在的小學五年級），門門功課都是第一，讓老師和同學們大吃一驚。

1922年，十五歲的徐鑄成高小畢業了，他以全校第一名的成績走出校園，趾高氣揚，自不待說。

去哪裡讀中學呢？徐鑄成選擇了常州的省立第五中學和無錫的省立第三師範學校做為投考目標。常州的省立五中先考。徐鑄成從宜興趕去，考了兩天，不覺吃力，各門功課答卷順利，感覺良好。考完之後在常州盤桓兩日時，聽一位族叔說，已看過錄取榜，徐鑄成榜上有名。於是，高高興興地回家報喜，靜候錄取通知。誰知半月之後，別人都已拿到錄取通知了，徐鑄成的卻遲遲不見。母親怨他消息不實，他也不得其解，只好匆匆準備，再去無錫趕考。徐鑄成心想，報考省立第三師範學校，只此一路，別無選擇了。只許成功，不許失敗。筆試兩天，他不敢稍有差池，認真答好每一道題。面試之日，也是精心準備，從容應答。發榜時，共招收五十名學生，徐鑄成居然考了個第二名！回到宜興，常州省立中學的通知書也已到家，在錄取的八十名考生中，他名列第十四名。八十多歲的曾祖母喜形於色，逢人便誇，「鴻生（徐鑄成的乳名）小小年紀，兩榜都高中，等於是秀才了。」

權衡去哪裡讀書，倒是費了父母和徐鑄成一番周折。無錫畢竟繁華，有「小上海」之稱，而且師範學校，學費與食宿費用全免，畢業

後即當小學老師，工作有保障。考慮到家裏的經濟條件，徐鑄成決定，去無錫省立第三師範學校讀書。

無錫省立三師學養深厚，學源流長。徐鑄成入學時，學校薈萃了一批呈一時之選的優秀教師。國文教師中就有被張謇譽為「大江南北一人而已」的錢基博（錢鍾書之父），有與柳亞子一同創辦「南社」的沈穎若，還有名躁國內國文講壇的錢賓四。

對於徐鑄成來說，在無錫省立三師，他最大的收穫是養成了讀報的良好習慣。學校閱覽室裏，除了當地的《無錫報》、《新無錫報》之外，還有上海的《申報》、《新聞報》、《時事新報》、《時報》、《民國日報》。課餘時間，徐鑄成總是在閱覽室裏讀報。讀得久了，他便有了偏好和傾向。這諸多報紙中，他最喜歡《申報》的「飄萍北京特約通信」，《時報》的「彬彬特約通信」，《新聞報》的「一葦特約通信」。飄萍就是邵飄萍，彬彬是徐凌霄的筆名，一葦是張季鸞的筆名。這三人都是當時國內數得著的大牌記者，他們寫的「通信」的共同特點，是文筆優美，描述細緻，剖析時局見解獨到，鞭辟入裏，很為年輕的徐鑄成敬佩。後來，徐鑄成投到張季鸞門下學寫新聞、評論，與徐凌霄成為同事，共同服務於《大公報》社。他與邵飄萍緣慳一面。他進京讀書時，邵飄萍已被奉系軍閥張作霖所殺，但徐鑄成與邵飄萍死後主掌《京報》的邵的夫人湯修慧有過新聞報導方面的交往。兒時崇拜的三大「名記」，後來都有友情往還，也算是風雲際會吧！

1926 年，徐鑄成就要升入無錫省立三師的三年級了，再讀一年就畢業了，前程已經註定，那就是去小學當老師。按照當時教育主管部門的規定，師範畢業生只有去學校教書兩年之後，才被允許考大學。隨著徐鑄成年齡的增長和視野的開闊，他越來越不滿足於囿於鄉村小天地，做一個碌碌的小學教師。他渴望著考大學，考一流大學，去更寬廣的知識海洋裏遨遊。也是人小膽大，徐鑄成仔細研究了教育部門的規則，發現被學校開除的師範學生不受教學兩年方能考大學的限制。人都被學校開除了，沒有畢業證書，如何能教書呢？！徐鑄成這是硬鑽空子，自找理由。為了能上大學，年輕人也是顧不得那麼多了。

他毅然放棄了兩門主課的期末考試，依學校的規定，他被開除學籍。他又借了高他幾級的一位遠親的師範畢業證書，打算冒名頂替考大學。

1926 年的夏天，是清華學堂改為清華大學的第二年，學生的培養方向也不僅僅是留美預科生了。這一年，清華大學在南方的考點設於上海。徐鑄成央告母親湊足了五元路費趕去應試。被無錫省立三師開除之事他沒敢告訴家人，但他心裏明白，他已是華山一條路了，必須考中，別無他途。由於準備充分，又是志在必得，徐鑄成考得非常順利。考完之後便匆匆返回宜興，靜待發榜了。

清華大學錄取了他！徐鑄成興奮異常。這也是徐氏家族的榮耀和驕傲，是轟動鄉間的一大喜訊。徐鑄成的母親四處告貸，八方籌措，好不容易為他湊足了路費和學費。他說：「大概因為將來有留學的希望吧，親戚們也敢於冒險投資。不管怎樣，我總算負笈到了當時的首善之區——北京。」

第一次來到北京的徐鑄成，被京城皇家建築的巍峨壯麗和氣宇軒昂震懾得心旌難平。清華大學莊重的教學樓，典雅的圖書館，舒適的學生宿舍，甚或那豐盛而略顯奢華的早餐，都讓這個南方鄉下來的孩子新奇不已、感佩良多。他好像進了天堂，愉快地生活了一個學期。

麻煩還是來了。學期將盡之時，徐鑄成突然接到教務長辦公室通知，說是教務長約他談話，地點就在教務長寓所。徐鑄成忐忑不安地登門赴約，和藹可親的梅貽琦把他讓進屋內，略一寒暄便直奔主題，「你和你的母校有什麼芥蒂嗎？」徐鑄成一時不知從何說起。梅貽琦介紹說，無錫三師對徐鑄成故意罷考，藉故「被開除」，冒用他人畢業證書考取清華大學之事忌恨在心，幾次三番寫信給清華大學，要求處理徐鑄成。清華惜才愛才，未與理會。這次無錫三師下了最後通牒，如不開除，將向教育部控告。清華也是無奈。當然，梅貽琦表示，學校決不做開除的決定。他拿出一封私人介紹信給徐鑄成：「人生難免挫折，你不要灰心。這樣吧，我出身南開，我已寫好一封給張伯苓校長的介紹信，你去借讀半年，再回來插入二年級。」徐鑄成明白，這只是除名的委婉說法，一則南開大學高昂的學費他就負擔不起，二則誰能保

證半年後他准能回清華讀二年級呢？徐鑄成心意闌珊地去了保定。他父母正投靠親戚在保定鐵路當局做小職員謀生。徐鑄成鐵了心要上大學。他先是在河北大學插班旁聽。第二年夏天，再赴北京。還是借用遠親徐錫華的畢業證書報名投考。先考北京大學，名落孫山。再考北京師範大學，金榜題名。那時的北師大，也是英才薈萃，一時名盛。徐鑄成入校時，魯迅已經南行，但仍有吳承仕、錢玄同、朱希祖、高步瀛、劉文典等國學大師。徐鑄成徜徉在知識的海洋裏，心曠神怡。

那一年，北伐既定，北京改名北平，各項改革舉措紛紛出臺，一時思想激蕩，社會活躍，盛況空前。有人提出大學教育學法國，實行大學區制，全北平聯合成一所大學。這主意還真就試行了起來。李石曾擔任了聯合起來的北平大學的校長，著名報人、《世界日報》社長成舍我，也出山擔任了學校的秘書長。統成一體談何容易。各校博弈、爭論、等待、觀望，教育教學大受影響。徐鑄成所在的北京師範大學，那段時間基本上就不上課了。

徐鑄成的舅舅朱幼珊當時在國聞通信社北平分社做編輯。他看到外甥生活困厄，學校又不怎麼上課，便介紹他到國聞通信社當抄寫員，每天下午 4 時到通信社工作四小時，刻蠟板，抄新聞，每月補貼二十元，外加一頓免費晚餐。徐鑄成求之不得，立即應允。這個信手而來的機遇，徹底改變了徐鑄成的一生。

國聞通信社是報業奇才胡政之一手創辦的。1920 年，胡政之離開王郅隆主政的老《大公報》、又與林白水合作辦了《新社會報》後，在上海創辦了這個國聞通信社，自任總編輯，機構迅速由上海輻射各地，先後在漢口和北京成立了分社。1924 年，在發佈新聞、資訊日益成熟、豐富的前提下，在北京創辦了《國聞週報》。《國聞週報》是綜合性的時事週刊，內容有一周簡評、時事評論、國內外大事述要、書評、新聞圖片等。《國聞週報》是中國新聞史上一份有影響的刊物，刊發過許多有劃時代意義的稿件。瞿秋白的《多餘的話》，就是首發於《國聞週報》的。1926 年胡政之與吳鼎昌、張季鸞聯合，改組成立新記《大公報》公司後，國聞通信社這一社一刊，仍在胡政之名下繼續運行。胡

政之家安在北平，《大公報》總社在天津，他便北平、天津兩頭跑，互相兼顧。當然，主要時間和精力還是靠在《大公報》上。

徐鑄成是個愛動腦筋，愛思考之人。在國聞通信社幫工期間，他仔細閱讀了《國聞週報》。他發現，北伐之後，國民政府設都於南京，政治中心已經南移。北平的時政新聞越來越少。但在這文化古城中，大學和文化機關雲集，北平依然是全國的文化中心。《國聞週報》應該適應這個變化，把採訪報導的重點移到文化和教育方面。他把自己的這些想法，寫了一封信，逕直寄給了胡政之先生。

沒想到，幾天後，胡政之借回北平小住之際，親自約見了他。胡政之客氣地說：「徐先生，你的建議很有見地，確實現在政治中心南移，應該作適當的轉變，這關係國聞社的前途，我也曾考慮及此，只是一時間無從著手，既缺這方面的經驗，又無合適的人選來作嘗試。」當得知徐鑄成在北師大的課程不太緊張，有較充裕的課外時間時，胡政之便邀請他為《大公報》做一些採訪，寫一點專題報導。他當即提出，晏陽初在河北定縣搞的平民教育促進會很有成績，他讓徐鑄成去跑一趟，回來寫一報導，以驗證一下他關注文化教育報導的設想。

徐鑄成毫不猶豫地領受了任務。他沒覺得有什麼為難之處。的確，他沒學過新聞，對新聞採訪之道也絲毫沒有接觸。但徐鑄成自我感覺，他好像是對新聞一行無師自通。自小學起，他就養成了讀報的習慣，尤其是對一些著名記者，如邵飄萍、徐凌霄、張季鸞、胡政之等人的報導，更是每篇必讀，字字用心。久而久之，他對新聞體例、文體、語言、結構了然於心。這次定縣採訪，晏陽初公出在外，由副會長陪同參觀考察，幾天時間，收穫頗豐。從定縣縣城，訪到窮鄉僻壤，看了多處「平教會」農場。回到北平後，趕寫了一長篇報導〈定縣平教會參觀記〉。胡政之立即安排在《大公報》上刊載，分四五天才刊完。徐鑄成在《大公報》上的頭一炮，就這樣打響了。

後來，報社又安排他去太原採訪華北地區籃球賽，去瀋陽採訪華北運動會，甚至指派他三下太原，去探析閻錫山、馮玉祥錯綜複雜的利害關係，去揭開馮玉祥行蹤之謎。所有這一些採訪活動，都完成得

圓滿、獨到，《大公報》那一時期轟動四方的獨家新聞，許多就出自徐鑄成之手，而那時，他還是一個未畢業的大學生呢！

徐鑄成是幸運的。在他邁上新聞之路的最初幾步時，不時有「貴人」相助。胡政之可以說是他的伯樂。而張季鸞則稱得上是他的恩師。那一年他採訪華北運動會大獲成功後，從瀋陽回北平，在天津轉車。沒想到張季鸞專門派人到車站，將他截了下來，在天津小住幾日，以示獎勵。正是此次中途遇截，徐鑄成才第一次見到了張季鸞。在張府的客廳門口，徐鑄成見到了一位面目清臞，兩眼炯炯，留著小髭的藹藹長者。這定是張季鸞無疑。張季鸞握著徐鑄成的手，端祥了一會道：「你是鑄成吧。這次工作很出色，你很有新聞頭腦，年輕有為。」

大學一畢業，徐鑄成立即進入了《大公報》天津總部的編輯部工作。他對胡政之、張季鸞等人的勤奮工作精神親眼所見，感觸良多。胡政之一清早就在經理部瞭解有關經營方面的情況，親自動手處理問題，如報紙的發行數、廣告收入、新聞紙的行情和庫存等等。下午，他詳細閱讀本市和外埠的各家報紙，與自家報紙作比較，從中找出差距和新聞線索，發電指示駐外記者採訪報導。較小的地方報紙，他也要看，找出可以改寫本報通訊的素材，交給地方編輯處理。下午四時到六時，是各版編輯集中看報時間，這是編前會之前的重要準備工作。有時徐鑄成遲到了，看到胡政之就坐在他的座位上讀報，他頗覺尷尬，又不敢招呼，只得立在背後等待。胡政之讀得告一段落，回頭看他一眼，一聲不響地起身走了。徐鑄成覺得，這比申斥他一番還難受。

張季鸞更多地是在新聞業務上手把手地教他，對於自己多年體會到的經驗和訣竅，從不吝嗇，悉數相傳給徐鑄成。他說，「寫報紙評論，千萬別用冷僻的字或典。太冷僻了，讀者面就縮小了。」「千萬勿寫過長的句子，如果一句話講不完，寧可拆開兩句，甚至用幾句話來說明。」「在遣詞造句用成語的地方，凡別人已用濫了的，千萬勿抄襲，應另外找一相同或類似的字或句子。」他告誡徐鑄成，對於拿不准的問題，不要輕易下結論。他形象比喻說：「凡根據現狀，無論如何看不透的問題，應該學學孫行者，跳到半空中向下鳥瞰，也許會看清楚，弄明白的。」

　　徐鑄成在《大公報》很快成了行家裏手，1932 年，報社派他去漢口，任特派記者兼漢口辦事處主任，他已經能夠獨當一面，開疆拓土了。

　　三年後，徐鑄成奉調去上海，籌辦滬版《大公報》。將報紙逐步南遷，這是張季鸞、胡政之的先見之明。「九一八」之後，特別是華北局面動盪以來，張季鸞深感日本的野心絕不僅在東北，華北必有事變。1935年 1 月，張季鸞在《國聞週報》上發了篇評論〈我們有什麼面子〉，沉痛自責：「這多年在天津做報，朋輩們都說是成功，報紙銷得也受重視，在社會各方庇護之下，何償不儼然是中國大報之一；但在『九一八』以後之中國，清夜自思，事前有何補救？事後有何挽回？可見現在四省沉淪，而大報館還是大報館，老記者還是老記者，依然照常的做所謂輿論的指導，要用《春秋》論斷，除恬不知恥四字而外，恐怕任何批評皆不適宜……北方有句俗話：不能混。國家現狀就是這樣，中國人不能混了……」

　　上海版《大公報》於 1936 年 4 月 1 日創刊。王芸生自津南下主持報紙的編輯工作，徐鑄成等一大批編輯記者薈萃滬上。張季鸞又是親自捉刀，為滬版《大公報》創刊撰寫社評〈今後之大公報〉，他說：「本報津滬兩地同刊之計畫，既非擴張事業，亦非避北就南，徒迫於時勢迫切之需要，欲更溝通南北新聞，便利全國讀者。」

　　「七七」事變令《大公報》的所有計劃被全盤打亂。天津淪陷後，《大公報》總部全部南遷，集中於上海。喘息未定，上海「八一三」淞滬抗戰發生，國軍將士英勇殺敵，損失慘重，血染浦江。《大公報》登高振臂，吶喊助威，鼓舞鬥志，逞一時之雄，譽響上海。11 月間，上海失守，淪為「孤島」。12 月 12 日，佔領軍宣佈上海出版的所有華商報紙，須接受日方的新聞檢查後方能出版。各報負責人緊急磋商，一致認為如此侮辱和歧視斷不能接受，《申報》、《大公報》、《時事新報》、《民報》、《立報》等均決定自動停刊，以示抗議。而《新聞報》、《時報》則屈膝受檢，繼續出版。

　　《大公報》氣節誠可貴，可停刊舉措卻大傷人心。胡政之宣佈，除留下工廠工人與李子寬等少數管理人員外，其餘編輯記者，包括徐鑄成、許君遠、楊歷樵、王文彬、蕭乾等一律遣散。

徐鑄成在《大公報》已幹了十年，胡政之要他把《大公報》做為終身事業的話言猶在耳，動亂當頭，就這樣一腳被踢了出來，徐鑄成一時竟蒙了。他的心涼透了。在品嚐到失業的痛苦滋味的同時，他暗下決心，一定要辦一張自己說了算的報紙。

《文匯報》正是在這樣的背景下破繭而出了。失業之後，寓居在家，徐鑄成百無聊賴，一大家子人生活無著，也令他心慌。好友嚴寶禮拉到一筆資金，登門動員他一起辦報，為避免佔領軍的檢查和糾纏，他們拉上了一個不相干的英國人克明，以贈送幹股的形式成為股東之一。外國人在租界登記辦的報紙，日本當局是不限制的。

1938 年 1 月 25 日，《文匯報》在淪陷的上海與讀者見面了。起初，徐鑄成只是每天為《文匯報》寫一篇社評。一個月後，他便正式就任總編輯了。從這一刻開始，徐鑄成幾乎為《文匯報》傾注了全部的心血。他旗幟鮮明地主張，要把《文匯報》辦成一張真正的民間獨立報紙。《大公報》的中立是難以「不偏不倚」的，沒有自己的態度更不是一張負責任的報紙應有的辦報方針；接受任何政府部門任何形式的津貼、補助，都會使報紙喪失獨立的表達權和報導權。

《文匯報》創刊不久，還滯留上海的胡政之派汽車接徐鑄成去胡府敘談。

胡政之問：「我看了這幾天《文匯報》的社論，它的風格、筆調都很像《大公報》，你知道是誰寫的嗎？」

徐鑄成坦然回答：「是我寫的。胡先生看還可以嗎？」

「很好，流暢得很，只是措辭激烈些，怕會出事。」胡政之說。

《文匯報》還真就出事了。創刊第十七天的傍晚，《文匯報》樓下營業部裏闖進一人，拉開木柄手榴彈的引信後轉身就跑。「轟」的一聲巨響後，室內硝煙彌漫，一片狼藉。三名員工受傷。傷勢最重的陳桐軒幾天後去世。3 月 22 日深夜 11 時左右，一輛黑色小轎車駛到報館門前，車中跳下三個暴徒，開槍打傷門衛，然後向報館內投擲了兩顆手榴彈。所幸營業部門員工已下班，無人傷亡，而無辜路人卻被彈片炸傷。3 月 29 日，兩個日本特務和一個漢奸指使一賓

館服務員送三籃水果去《文匯報》，並附了一封假惺惺的慰問信。報館已有警覺，扣下來人，化驗了水果，結果，每只水果都有致命毒液。

《文匯報》是以鮮明的社評和客觀的報導激怒了日本佔領當局和滬上黑社會的。愈挫愈奮，愈壓愈揚。這些卑劣伎倆，反而使《文匯報》贏得了更多讀者的關注，發行量穩步上升，很快就成為上海灘上一張有影響的大報。此時，英國人克明的貪婪之心暴露了出來，他見到報紙發展勢頭良好，前途一片光明，已不滿足於幹股部分的紅利了，他要實際控制報紙，攫取更大的利潤。否則，他以及他拉來的英國朋友將退出董事會。這是克明的撒手鐧。顯然，沒有外國人加盟合辦的報紙，都是要接受日本當局的新聞檢查的。徐鑄成、嚴寶禮等商議，《文匯報》暫時停刊，與克明談判交涉。

1939 年 5 月 18 日，抗戰時期的《文匯報》出版完這一天的報紙後，暫別讀者了。從創刊到被迫停刊，僅僅十七個月。這張一年多一點一舉沖上上海發行量前茅的報紙，就在內外雙重壓力下夭折了。因為克明的條件過於苛刻，國民黨 CC 派又趁火打劫，欲以五萬元法幣收購報紙，甚至孔祥熙也摻合進來，想以二十萬投資控制《文匯報》。徐鑄成、嚴寶禮「寧為玉碎，不為瓦全」，索性將報紙無限期地停了下去。「它也真像經天的彗星一樣，曾有聲有色，閃亮在孤島上空，而霎時就熄滅了！」徐鑄成這樣惋惜地說。

徐鑄成在《文匯報》不足兩年的精彩表現，讓胡政之對他更是刮目相看。胡政之心裏明白，徐鑄成人才難得，不攬入《大公報》門下實在是可惜。他可能隱隱感覺到了上海就地遣散徐鑄成的魯莽之舉了，因而力邀他重回《大公報》，去香港參加港版《大公報》的編輯工作。徐鑄成對被《大公報》一腳踢出門外之事一直耿耿於懷，是否去香港，猶豫不決。胡政之多次電催，力表誠意。其中一封電報說：「弟及季鸞先生，日夜盼速來港，主持編務。」

1939 年盛夏時節，徐鑄成到達香港。歡迎之情之殷殷，出乎他的意料之外，除了報館舉辦歡迎宴會外，胡政之、張季鸞還分別辦了家

宴，為徐鑄成接風洗塵，這讓徐鑄成的自尊心得到了滿足。他又回到了曾經工作過十年的《大公報》，擔任了香港版的編輯部主任。

徐鑄成蒞港之時，正是「八一三」兩周年之際。他翻閱那幾天的《大公報》，為儘早臨事做案頭準備。有一天的頭版頭條是〈可歌可泣「八一三」，人山人海獻金台〉，這十四個字的鏗鏘有力的標題讓徐鑄成眼睛一亮。經打聽得知，主持渝版《大公報》的張季鸞，時常來港治療肺病。那時張季鸞正在香港，晚上到報館視事，看到原標題不夠簡潔有力，便信手改了這樣的標題。徐鑄成暗自佩服。

戰亂時期辦報，逃難和動盪是永恆的主題。來港兩年多，太平洋戰爭又爆發了，日軍必須拿下香港，作為進軍東南亞的橋頭堡。這天下了夜班剛剛睡著，徐鑄成便被密集的槍炮聲驚醒。港英當局及軍隊毫無抵抗能力，日軍幾天之內便南渡維多利亞灣，佔領了全港。

九龍淪陷之日，新聞紙的供應已經中斷，香港島上的《大公報》，也只能在 12 月 13 日出版最後一期了。徐鑄成沉痛地提起筆來，寫下他不知第幾次的「告別感言」：

> 九龍昨已淪陷，本報存紙用盡，不得不暫時停刊，明日起將與讀者小別矣！這一別，也許十天半月，也許數月半年，但我們相信，這期間決不會很久遠。因為我們自始至終對大局抱樂觀，每一個有常識的人，也必認為太平洋的暗流，終將澄清，黎明決不在遠。

徐鑄成用剛剛學會的幾句廣東話，化裝成難民，擠上破舊不堪，擁擠萬分的駁船，回到廣東，混進閘口，一路長途跋涉，顛沛流離，好不容易到達桂林，主持了《大公報》桂林版的出版。

那時的桂林，文化名人雲集，各界精英薈萃，《大公報》倒也辦得有聲有色。正是在桂林，徐鑄成結識了蔣經國先生。那次是蔣經國先生主動拜訪，希望《大公報》刊發他親自撰寫的紀念亡友王后安的一篇文章。王后安是贛南地區南康縣縣長，積勞成疾死在任上。文章事蹟感人，文筆也不錯，看得出是蔣經國的用心之作。蔣經國不願登在

國民黨在贛南的《正氣日報》上，足見他對《大公報》的器重和高看一眼。

桂林又守不住了。徐鑄成一行又向大後方重慶轉移。此時，張季鸞已因病逝世，重慶《大公報》由王芸生主持，兩個山頭的人湊在一起，齟齬在所難免。為安置桂林過來的大批人員，重慶《大公報》又出版了《大公晚報》，徐鑄成任主編。但他這個主編，只是「編」而已，每天兩三個小時看完大樣就算完事，因為王芸生規定，《大公晚報》上不發評論，只刊風花雪月的休閒新聞。

胡政之也是兩頭為難，他找徐鑄成做推心置腹的交談：「重慶桂林兩館，好比同根連枝，現在桂林館以兵災而停業，這正像傾家蕩產了的二房，要來依靠長房，就要『以小事大』，什麼事都要忍讓，還要忍氣吞聲。」話說到這份上，徐鑄成還有什麼可說的呢？他覺得，在重慶那段時光，是「生平最閒散的生活」，是「半凍結的日子」。當然，王芸生是不會讓他徹底凍結的。他要徐鑄成每週為《大公報》寫一篇社評。自己沒有版面，沒有發稿權，稿子送到人家手中，任意「宰割」、「削刪」，那滋味可真是不好受。

抗戰終於勝利了！徐鑄成回到了闊別多年的上海。矛盾立即擺到了面前。一方面是胡政之令他全力恢復滬版《大公報》的出版，重振當年《大公報》的雄風。另一方面，嚴寶禮等老朋友拉著他再辦《文匯報》，重溫當年自主辦報、自主創業的欣喜和艱難。徐鑄成兩頭為難，難下決斷。最後，他對嚴寶禮說，《大公報》是他新聞事業的啟蒙老師和出發點，《大公報》有恩於他，不宜在它用人之時拂袖而去。他先去《大公報》恢復上海版，《文匯報》的復刊也應抓緊進行，到時視情況再做定奪。

1945 年 11 月 1 日，滬版《大公報》復刊了。這是上海最早復刊的抗戰前的報紙之一。人們奔相走告，爭相購買、閱讀。徐鑄成滿懷深情地提筆為《大公報》的復刊撰寫了社評。握筆之時的心態，的確與寫「告別」之語大相徑庭：

上海是《大公報》的第二故鄉。今天我們在上海復刊，自然有
說不盡的欣慰。同時也有訴不盡的感喟。……

這八年中，我們無時不關切上海和東南的同胞，我們相信上海
和東南的同胞也一定關切我們。當我們告別時，上海已成孤
島，我們曾殷殷期望不得已陷身這孤島的同胞，大家學持漢
節、吞冷雪的蘇武，以待祖國的勝利復興。八年來，上海同胞
受盡了磨折苦難，而大家都咬牙苦守，堅貞自持；失節墮落的
只是極少數，其他絕大多數的同胞，都不斷對敵偽作積極和消
極的苦鬥……

我們抗戰必勝的目標，終於貫徹了。建國能不能完成呢？這個
信念絕對不許動搖，但過程之艱苦磨折，必更甚於抗戰之
時……只要我們把握住幾個原則，去推動建國的巨輪，相信眼
前的磨折障礙，都不難克服，不難粉碎。

徐鑄成接著在社評中論述了他的建國原則，第一，建國必須團結，
而鞏固團結之道，首在政治的進步與民主。第二，經濟建設是我們立
國、建國的根本。第三，全力擁護聯合國，創建永久和平的國際秩序。
第四，是建國風氣的建立。徐鑄成認為，建國風氣就是民主。「今後的
世界大勢是民主潮，人民世紀。一切違反這民主潮的國家，都要遭時
代的無情淘汰。但民主的基礎在民而不在政府……」

六十五年後的今天，再看徐鑄成的這些建國原則，絲毫不錯，而
且，仍具現實意義！

國難家頹事業受阻，一連串的磨難深深教育了徐鑄成。在中國這
個積貧積弱的廣袤土地上，實現不了真正的民主，一切都是空談。徐
鑄成的思想急遽左傾，他主持的上海版《大公報》言論激烈，新聞鮮
明。他率先刊發了〈昆明發生屠殺慘案〉的當日新聞，揭露了國民黨
當局鎮壓西南聯大師生的消息，並配發了一篇短評。報紙到達重慶後，
重慶的《大公報》竟然不敢轉載。

　　上海《大公報》的進步傾向，終於引起了當局高層的關注。蔣介石巡視各地到上海後，專門讀了幾天的《大公報》，讀後勃然大怒。國民黨文化委員會主任張道藩進言道：「上海《大公報》的總編輯是徐鑄成，總裁是否要他來談談？」「不！我回重慶找胡政之算帳。」蔣介石氣哼哼地說。

　　此時的胡政之，已當上參議員，與官方往來密切，《大公報》最初的「四不」辦報原則，早已被他忘在了腦後。1946 年 2 月，胡政之從美國考察剛剛回來，就立即約徐鑄成談話。胡政之說：「重慶方面，有你的朋友，也有芸生的朋友。芸生的朋友都說你有政治野心，一面拉著《文匯報》不放手，一面極力推著《大公報》向左轉。他們說這是你有政治企圖的證明。」

　　徐鑄成氣憤地回答：「別人的風言風語我不管，你胡先生對我有什麼看法？」

　　胡政之遲疑了一下說：「我對你自然是相信的，但覺得你的言論態度太激烈些。要知道，我們有職工四百多人，一旦把當局逼急了，把報館封了，幾百職工的生活問題如何解決？」

　　徐鑄成說：「以《大公報》的聲望，我諒當局不敢出此下策。他不能沒有顧忌。再說，我主持上海版的言論態度，並沒有超出民間報的範圍。我來到上海，體會到曾是淪陷區的廣大人民，都對後方回來復刊的報紙，作再認識的辯認。看哪一家是真民間報，哪一家是假民間報？我們回滬復刊後，發行數迅速突破十萬，排著隊訂報，而《時事新報》原是上海老報，復刊後門庭冷落，聽說銷數不過數千。此中消長，難道不值得深思嗎？」

　　胡政之仍然強調：「萬一被封門，幾百職工的生活怎麼辦？你想過沒有？」

　　徐鑄成急了，「辦報只為吃飯，如果這樣，賣油條大餅不也可以吃飯嗎？」

　　胡政之默然。他有點不高興了，說：「等芸生來了，我們一起研究研究。」

徐鑄成明白，他在《大公報》的職業生涯結束了。上海淪陷之際的被遣散，一直是徐鑄成心頭解不開的疙瘩。「自問總是勤勤懇懇，盡力而為的」，「想不到一覺醒來，就被鐵面的老闆一腳踢出了『家』的大門」。「政之先生後來雖竭力想彌補這一失著，但這一傷疤終究是難以徹底平復的。一九四六年我終於最後辭別《大公報》，這是一個主要的原因。」

《文匯報》終於等來了徐鑄成的回歸。

嚴寶禮是個厚道之人。抗戰期間，徐鑄成四處漂泊，老父母滯留上海，生活全靠嚴寶禮照拂，柴米無缺，安度黑暗歲月。這與《大公報》的無情恰成鮮明對比。這也是徐鑄成捨「大公」而入「文匯」的一個原因。有人說，是嚴寶禮的「管鮑遺風」感動了徐鑄成。這話有一定的道理。

徐鑄成的回歸，打造了《文匯報》的「黃金時代」。

復刊之初的《文匯報》，日銷只有五千份，雖然副刊很受歡迎，但言論和新聞卻離「獨立的民間報紙」相去甚遠，幾乎和國民黨的官方報紙同一模式。

《文匯報》一度大力揄揚國民黨上海市的黨政顯要人物，有兩天用頭版頭條的位置，報導了吳紹澍的活動，所謂「宣佈市府施政方針，力謀安定社會及解除民眾痛苦。」

杜月笙回到上海，《文匯報》竟發表〈迎杜月笙先生〉的社評，說：「上海市民引領等待杜月笙先生來滬主持地方事業，有如大旱之望雲霓。」「對於杜先生過去的貢獻，沒有一個不加倍感激。」聽來讓人不免起一身雞皮疙瘩。

嚴寶禮每每感歎所託非人。徐鑄成主持《文匯報》後，立即著手進行大改組。他自己親自主抓社評，又從《大公報》和社會上新引進了郭根、王坪、金慎夫、李肇基、張錫昌、秦柳方、楊培新、欽本立等編輯記者，柯靈推薦了副刊編輯高手唐弢、以群、黃裳、梅朵、陳欽源等等，可謂人才濟濟，群賢畢至。徐鑄成特別強調了新的編輯方針是反內戰、爭民主，反對依違兩可的假中立，堅持明辨是非黑白的獨立立場。

　　1946 年 5 月 1 日，改版後的《文匯報》以全新的面貌與讀者見面。也就是說，從這一天起，《文匯報》烙上了鮮明的徐氏印記，徐鑄成成了這張民間報紙的真正的主人。在徐鑄成親自撰寫的〈我們的自勉〉社評中，他鄭重宣示：「復刊以來，艱苦支撐，而兢兢業業，牢牢守住民間報的立場；我們的新聞記載不夠充實，說話也不免幼稚，但我們的態度是透明的，每一個讀者都看得清清楚楚，我們要求民主，擁護經濟建設，扶植民族工業，反對一切獨裁、壟斷、剝削及違反自由、民主的現象……今後，我們將追隨全國同業之後，加緊努力，為民眾的喉舌，作民眾的前驅，在這建國的大時代中，盡我們應盡的責任。」

　　《文匯報》以戰鬥的姿態挺進了。

　　改版不足一月，上海警方推出「警員警區制」，每個警察管八十到一百二十戶，或四百到六百人，警察可以在任何時間隨意進入居民私宅或商店。《文匯報》率先反對，起而責詰，又是發評論，又是發讀者來信，對上海市警察局長宣鐵吾指名道姓地批評。宣鐵吾惱羞成怒，終於找了個藉口，在 7 月 18 日責令《文匯報》停刊一周。

　　復刊之日，徐鑄成不畏權勢，不懼淫威，以如椽之筆親撰社評，名為向讀者致歉，實則表明報紙的嚴正立場和決心：

> 《文匯報》是一張民間報，所謂民間報決不是中立的，而是獨立的報紙，有一貫的主張，而決無私見偏見。我們當然難免有無心的錯誤，但絕不許昧著良心，不分黑白，不辨是非，一味歌功頌德，或者嘩眾取寵。今後，我們或者還會遭遇困難挫折，但這一點基本的立場，我們絕對牢牢記住，決不改變。

　　遭遇停刊風波的《文匯報》復刊後高揚著民主的旗幟，又高調出擊了。它先是準確及時地報導了南京下關事件，為在南京被打的民主人士雷潔瓊、馬敘倫等人鳴不平，支援民主黨派的和平請願活動。過後不久，他們又站在攤販一邊，反對上海警方以整頓市容之名，驅趕、毆打、拘禁沿街叫賣的小商小販這些社會最底層的勞苦大眾。對上海警方的暴行，表示了極大的義憤。

這個時期《文匯報》的最閃亮之點，是全力支持了進步學生反饑餓、反內戰、反迫害的學生運動。1947 年 5 月 20 日，上海、杭州、蘇州、南京四城市的學生代表約六千人，齊集南京進行大遊行，向國民黨政府請願，呼籲增加教育經費，提高教職工待遇。這樣一場和平示威，遭到了國民黨軍警的殘酷鎮壓，許多學生被皮鞭、棍棒打得頭破血流，還有一些學生遭到拘捕。事情發生後，國民黨中央社和《中央日報》發出了歪曲事實的報導，並軟硬兼施，逼迫全國各地報紙刊發他們的所謂新聞。《文匯報》拒不理睬，以本報記者的親眼見聞，在第二天的報紙上大字刊出新聞〈首都學生遊行被阻珠江路口發生慘案學生受傷者逾二十人〉。同時配發了評論。與《文匯報》同樣採取公正、譴責立場的還有上海的《聯合晚報》和《新民晚報》。

國民黨高層雷霆震怒，立即決定以淞滬警備司令部的名義封殺這三張報紙。

5 月 24 日下午，當局勒令《文匯報》停刊的命令送到了報館：

> 查該報連續登載妨害軍事之消息，及意圖顛覆政府破壞公共秩序之言論與新聞。本市為戒嚴地區，應予取締。依照戒嚴法規定，著令該報於明日起停刊，毋得違誤。此令。

這天下午，收到同樣取締令的還有《聯合晚報》和《新民晚報》。

又是不足兩年，又是無限期停刊。命運多舛的《文匯報》，在那個獨裁、專制的時代裏，是難有出頭之日的。

忽一日，嚴寶禮聽說中央政府有復刊《文匯報》的意圖，便催徐鑄成去首都打探消息。徐鑄成來到南京，前去拜訪了他的老朋友、國民黨中宣部新聞檢查處處長鄧友德。私誼歸私誼，公事歸公事。鄧友德熱情接待了徐鑄成。談到《文匯報》的復刊，鄧友德的條件毫不含糊。一，由政府出資，送具有共產黨背景的《文匯報》總編輯宦鄉出國，政府派一人到《文匯報》任副編輯主任；二，政府加股若干億，並派一會計主任入《文匯報》監督。徐鑄成的答覆也斬釘截鐵：「復刊應該是無條件的。有條件決不復刊！」

　　復刊無望，徐鑄成決定返回上海。鄧友德勸他去見國民黨的文膽陳布雷。陳布雷與張季鸞是故交，也是新聞界的不世之才，見見也應該。

　　陳布雷問：「鑄成兄，你已決定不復刊了？」

　　「您是報界前輩，設身處地，這有條件的復刊如何復得？」徐鑄成徑直回答。

　　陳布雷又問：「閣下今年幾歲了？」

　　「虛度四十一歲。」

　　陳布雷沉吟良久道：「我們國民黨人對自己的黨也有所不滿，但國民黨即使再腐敗，看來二十年天下還能維持。二十年後，閣下想必雙鬢斑白了，你就這樣等下去嗎？」

　　徐鑄成答：「只願此後有太平歲月，做一個太平之民，閉門讀書。」

　　陳布雷和徐鑄成都沒有想到，僅僅兩年之後，國民黨大廈傾圮，兵敗臺灣。也許現實與心理的巨大反差令陳布雷無法適應，這個學富五車的文章高手選擇了自殺殉義，沒有跟著國民黨流竄至彈丸小島上去。

　　再說徐鑄成。大陸政治氣候惡劣，沒有他民間報紙的生存之地，他就到香港去辦。1948 年，徐鑄成輾轉來到香港，在李濟深等人的資助下，在香港登記註冊，成功創辦了香港《文匯報》。全國解放後，中共邀請滯留香港的大批民主人士和文化名人北上，參加新政協，共謀新中國建國大業。徐鑄成也在被邀請之列，與第三批北上人員一起，乘海輪赴山東煙臺，然後轉道天津到達北平。

　　甫回國內的徐鑄成，對新中國的一切不甚了了。他是個書生，是個報人，滿腦子就是辦報發新聞，此刻他最關心的就是上海《文匯報》何日能復刊，而且他想趁此機會，創辦北京《文匯報》、武漢《义匯報》，使《文匯報》形成南北共有之勢，做成中國民間報的龍頭老大。

　　有關部門負責人鄭重告訴他，新中國不允許私人辦報。各地《文匯報》的創辦斷不可能。復刊上海《文匯報》也是權宜之計，總有一天它要改變性質，由民間報紙轉為政府主辦的報紙。這讓徐鑄成十分

愕然，一時也想不明白。能復刊上海《文匯報》也是不幸中的萬幸，也是該當慶倖之事。

當然，新的辦報環境完全迥異於解放之前。人民當家作主的新社會，報紙是一個宣傳陣地，是傳達政令的工具，是統一思想的武器。社評和短評之類的言論是不能再寫了，也寫不好了，因為要求輿論一律，那些標準的表述，早在政府的公告和領導人的講話中闡釋清楚了，主筆們還有什麼自己的話可說呢？至於刊載新聞，這些老報人似乎也不會了，無所適從，動輒得咎。例如，我人民解放軍解放了長沙，《文匯報》從無線電報中已收到確訊，第二天新聞刊出，卻受到主管部門的批評，說是《文匯報》搶新聞，是資產階級的辦報作風，因為新華社未正式發佈消息，各報就不許搶發自己的報導。再如毛澤東的《論人民民主專政》發佈之日，《文匯報》要聞編輯鄭心永，按文章的段落做了分題，一來內容醒目，便於閱讀，二來版面也顯得活潑，避免了黑壓壓一整版文字，讓人有不勝窒息之感。這更被批為離經叛道。如此重要文獻，只能作經典般鄭重排版，怎能擅自加題，自由處理？

讓徐鑄成們不適應的問題接踵而至。某夜，副總編輯郭根值夜班，版面已經拼好，大樣也已看過，正準備付印，郭根也已回宿舍呼呼大睡。忽然上面傳來指示，某稿不得刊用。副總主筆兼總編輯柯靈讓人去叫郭根速來換稿。睡意正濃的郭根被人叫醒，聽了原委後，認為此稿並無不妥，撤換不合情理，一氣之下，斷然說了三個字「開天窗！」柯靈聽了大吃一驚。這種舊社會新聞界用來對付反動政府新聞檢查的手段，怎能用來對付自己的政府呢？柯靈只好自己動手，找了篇合適的稿子換上。儘管耽擱了出報時間，但卻使《文匯報》避免了一場禍事。

1949 年 9 月 29 日，正在北京準備參加開國大典的徐鑄成，在日記中記下了自己的心情和苦惱：

> 甚矣，做事之難，《文匯報》之被歧視，殆即余之不善應付歟！余如遇事諾諾，唯唯聽命，《文匯報》亦不會有今日。而本性難移，要我俯首就範，盲目聽從指揮，寧死也不甘也。

　　這就是徐鑄成的幼稚了。《文匯報》之所以舉步維艱，根本不是他是否善於應付的原因，而是在共產黨的天下裏，壓根兒就不允許民間報紙存在！

　　徐鑄成的不合時宜，還引出了一段掌故。

　　1950 年某日，周恩來來到上海，於馬思南路的周公館裏，召見並宴請上海黨外的知名人士。徐鑄成也在被邀請之列。

　　酒酣耳熱之際，周恩來突然對徐鑄成說：「鑄成先生，你可以參加我們共產黨。」

　　這話來得太突然了。無黨無派，獨立辦報，是徐鑄成的做人原則。可周恩來的問題又不得不回答。略一思忖，徐鑄成說：「如果我們都參加中共，中國豈不就沒有民主人士了嗎？」

　　周恩來莞爾一笑，「這也好，您說得有道理。」

　　貴為政府總理的周恩來，紆尊降貴，請你來入黨你都不入，竟當面駁回，這在周恩來的一生中恐怕是絕無僅有的吧。

　　後來，民盟上海市委轉告了周恩來的指示，要徐鑄成加入民盟。經過反覆動員，「恭敬不如從命」，徐鑄成入盟了。

　　此後幾年，《文匯報》的身份十分尷尬。它不是黨報，民間報的名頭也徒有其表。經過幾次「救報」運動，報紙發行不但沒有增加，反而每況愈下。後來，他們嘗試著走專業報紙的道路，辦成一張為教育界知識份子服務的報紙。試了幾年之後，效果不錯。正在這時，教育部籌畫著辦一張《教師報》，有人提出就用《文匯報》改名遷京辦報即可。此事 1955 年開始商談、籌畫、報批，至 1956 年 3 月，基本建設完成，《教師報》在京的報館及宿舍、印廠等皆已就緒。這年的 4 月 28 日，《文匯報》再次停刊，5 月 1 日起，遷京的《教師報》正式出版發行。

　　《教師報》只是週三刊的報紙，內容專業、單一，做為總編輯的徐鑄成實在是英雄無用武之地，他悠哉遊哉，每週兩次編前會，審定大樣，四個工作日足以應付，其餘時間在家讀書、賞花、飲酒。工作不用盡全力，發行更不是問題，有教育部的通知要求，《教師報》出刊不久就發行了五十萬份。

這種悠閒的日子過了剛剛一個月，就有小道消息不斷傳來，說是中央有意恢復《文匯報》。徐鑄成心神不寧，四處打探，不得要領。從他的本意講，他是不捨得一手創辦的《文匯報》就此消亡的。幾周後，確切消息傳來，中共中央重新考慮了《大公》《光明》《文匯》三報的歸屬問題，認為應該確立三報民間報和民主黨派報紙的性質，甚至有意讓王芸生去辦自己的《大公報》，讓民盟去辦《光明日報》和《文匯報》。《文匯報》班底的老報人們四處遊說，八方動員，終於使中共高層同意《文匯報》仍回上海，調整辦報思路，辦成一張具有民主黨派風格的綜合性日報。

遷進遷出的決定竟這樣草率和多變。剛剛進京不久的《文匯報》又張羅著遷回上海。而徐鑄成則帶著他的得意助手浦熙修、欽本立等人，在京城訪問專家、學者，制訂《文匯報》的復刊方案。

遷出的積極性畢竟高於遷入的積極性。當年的 10 月 1 日，停刊五個月的《文匯報》，以全新的面貌在上海第三次復刊了。當日的銷數即突破十萬份。十幾年來，三起三落。徐鑄成、嚴寶禮這些當年的創始人，絕對想不到會有如許波折，如此的波詭雲譎。

沉浸在《文匯報》再次復刊的巨大喜悅之中，沉浸在中共對民主黨派和知識份子政策的巨大而熱情的調整之中，徐鑄成毫不設防，傾心以赴，輕易掉進了「陽謀」的彀中，成為了「引蛇出洞」戰略的最大受害人之一。

1957 年 3 月上旬的一天，徐鑄成忽然接到上海市委宣傳部的電話，速去科學禮堂開會。趕到會場後得知，中共中央即將召開全國宣傳工作會議，邀請黨外人士參加。今天到會的都將赴京，今晚 7 點就出發，在火車站統一登車。

徐鑄成匆匆交待了編務工作，準備了行裝，晚 7 時登上了火車。同車三十多人，都是各界精英。新聞界是金仲華、趙超構、陸詒、楊永真、徐鑄成；教育界是陳望道、廖世承等；文藝界有巴金、孔羅蓀、傅雷等；影劇界是石揮、吳永剛、吳茵等；出版界是舒新城、孔另境等。上海市委宣傳部派了一個隨行幹部，名叫姚文元。

　　3月10日下午1時左右，徐鑄成在燈市口《文匯報》駐京辦事處附近的飯店用過午餐，一邊散步，一邊回辦事處。

　　辦事處已然在望，遙見大門口有人著急地向他招手。定睛一看，是《解放日報》總編輯楊永直。「你到哪裡去了？找得你好苦。接中南海通知，毛主席接見上海新聞界代表，他們已先走了，我們是最後的了。趕快上車。」楊永真著急地說。

　　徐鑄成急忙上車，一顆心撲撲地跳著，向毛澤東住處急駛而去。

　　客廳前，毛澤東和康生站在門口迎接，康生一一介紹。「這是徐鑄成。」毛澤東伸出大手，緊緊握著他的手說：「你就是徐鑄成同志？」慈祥的目光望著他：「你們的《文匯報》辦得好，琴棋書畫，梅蘭竹菊，花鳥蟲魚，應有盡有，真是辦得好！我下午起身，必先找你們的報紙看，然後看《人民日報》，有工夫再多翻翻其他報紙。」這巨人的肯定和表揚，讓徐鑄成幾乎不能自持，他「感到無比的溫暖和幸福」。

　　座談會由康生主持，他做了一個簡單的開場白：「今天，毛主席邀請新聞出版界的朋友來談談，各位有什麼問題要請主席回答，就請提出來。」

　　大概是都沒有思想準備，冷場了。少頃，鄧拓目視徐鑄成：「鑄成同志，請你開個頭。」

　　徐鑄成不好推辭了。他說：「我們都是舊社會過來的人，馬列主義水平很低，對報紙上開展『雙百』方針的宣傳，覺得心中無數難以掌握。怕抓緊了，犯教條主義的錯誤；抓鬆了，又會犯修正主義的錯誤。請問主席我們該怎麼掌握？」

　　毛澤東輕鬆地回答：「不要怕片面性，片面性總是難免的嘛！多學一點馬列主義，剛學會學不進去，會吐出來，這叫條件反射嘛，多學了會慢慢學進去，像瓶子裝油，倒出來，總會留一點，慢慢學就懂了。魯迅學馬列主義，是創造社、郭沫若逼出來的嘛，他原是相信進化論的嘛，早期的雜文，很多片面性，後來學習馬列主義，片面性就少了。我看，任何人都難免有片面性，年輕人也有，李希凡有片面性，王蒙也有片面性，在青年作家中，我看姚文元的片面性比較少。」

　　兩天後，3 月 12 日，徐鑄成在全國宣傳工作會議上，又親耳聆聽了毛澤東熱情洋溢的講話。他特別鼓勵人們消除各種顧慮，幫助中共整風。

> 不要怕向我們共產黨人提批評建議。「捨得一身剮，敢把皇帝拉下馬」，我們在為社會主義共產主義而鬥爭的時候，必須有這種大無畏的精神，在共產黨人方面，我們要給這些合作者創造有利的條件……放，就是放手讓大家講意見，使人們敢於說話，敢於批評，敢於爭論……我們主張放的方針，現在還是放得不夠，不是放得過多……

　　在此之前，毛澤東在黨內的高級幹部會上講了另外一番話。當然，這番講話，徐鑄成是聽不到的：

> 對民主人士，我們要讓他們唱對臺戲，放手讓他們批評。……不錯的可以補足我們的短處；錯的要反駁。至於梁漱溟、彭一湖、章乃器那一類人，他們有屁就讓他們放，放出來有利，讓大家聞一聞，是香的還是臭的，經過討論，爭取多數，使他們孤立起來。他們要鬧，就讓他們鬧夠。多行不義必自斃。他們講的話越錯越好，犯的錯誤越大越好，這樣他們就越孤立，就越能從反面教育人民。我們對待民主人士，要又團結又鬥爭，分別情況，有一些要主動採取措施，有一些要讓他暴露，後發制人，不要先發制人。

　　毛澤東對整治階級敵人言猶未盡。他接著說：

> 地主，富農，資產階級，民主黨派……他們老於世故，許多人他們現在隱藏著。……一般說來，反革命的言論自然不讓放。但是，它不用反革命的面貌出現，而用革命的面貌出現，那就只好讓它放，這樣才有利於對它進行鑒別和鬥爭。……黨內黨外那些捧波、匈事件的人捧得好呀！開口波茲南，閉口匈牙

利。這一下就露出頭來了，螞蟻出洞了。烏龜王八都出來了。他們隨著哥莫爾卡的棍子轉，哥莫爾卡說大民主，他們也說大民主。……如果有人用什麼大民主來反對社會主義制度，推翻共產黨的領導，我們就對他實行無產階級專政。

全國宣傳工作會議還未結束，徐鑄成就突然接到通知，由他擔任團長，率中國新聞代表團訪問蘇聯。代表團 3 月 27 日自北京出發，5 月 9 日回國，歷時四十四天，訪問了蘇聯十多個加盟共和國，一路上受到熱情接待。訪問的高潮，是回國的前一天，受到了赫魯雪夫的接見。

回到北京做完訪問總結之後，5 月 13 日，徐鑄成回到了上海的家中。此時他無暇顧及鳴放和整風，他把自己關在家中寫訪蘇見聞，準備在《文匯報》上一天一篇連載，連載之後結集出版。

徐鑄成在家寫他的訪蘇見聞，毛澤東也在 5 月中旬連續給黨內高級幹部寫指示，其中〈事情正在起變化〉中，第一次提出了「反右派」的概念。當然，毛澤東還是講究策略的，5 月 20 日的第四個文件〈中共中央關於加強對當前運動的領導的指示〉中說，「左翼分子前一時期不宜多講話，共產黨員則採取暫不講的方針」，「在一個短期內，黨員仍以暫不發言為好。」

一張大網正在悄悄張開，徐鑄成對此毫無所知。

大約是 5 月 17 日，徐鑄成家中的房門被叩響。來人是上海市委宣傳部副部長白彥，他邀請徐鑄成去出席上海宣傳工作會議，幫助黨整風。

徐鑄成為難地說：「我正在趕寫〈訪蘇見聞〉，再說《文匯報》內非黨同志和黨員的關係融洽，合作得很好，我哪有什麼意見可提呢？」

第二天，白彥再度登門，還是誠邀與會，說是會議快結束了，一定得去聽聽。「不給你辦出席證了，你就拿我的去吧。」

盛情難卻。當天下午徐鑄成去會場聽討論。會場確實非常熱鬧，發言爭先恐後。內容都圍繞著消除黨群隔閡，即拆牆問題。一位大專校長談到，他做為一校之長毫無職權，一切由黨委書記說了算。這位書記兼副校長因公赴京，竟貼出公告說，他不在校期間，校務由校長代理。

　　這觸發了徐鑄成要作不平之「鳴」，他要求在第二天上午發言。

　　第二天徐鑄成的發言大意是，「牆」是很容易「拆」掉的，只要彼此尊重，有共同語言，黨員與黨外人士就可以水乳交融。當然，領導在調派黨員幹部時，「應該注意是否恰當，最好委派的同志能夠對這個事業有感情有聯繫的，至少他該對這一行有起碼知識的，否則就沒有法子工作，更不用說領導了。」《文匯報》的記者整理了徐鑄成的講話。副總編輯欽本立問他，這發言是否要見報？徐鑄成回答，當然可以見報。他的發言全文登在 1957 年 5 月 19 日《文匯報》上。

　　共產黨終於抓住了徐鑄成露出的這又長又大的尾巴。

　　1957 年 6 月 8 日，《人民日報》突然刊發社論〈這是為什麼？〉。毛澤東同日發出內部指示：「組織力量反擊右派分子的倡狂進攻」。

　　6 月 14 日，《人民日報》發表了那篇舉世矚目的編輯部文章〈文匯報在一個時期內的資產階級方向〉，嚴厲批評了《文匯報》和《光明日報》：

> 上海文匯報和北京光明日報在過去一個時期內，登了大量的好報導和好文章。但是，這兩個報紙的基本政治方向，卻在一個短時期內，變成了資產階級報紙的方向。這兩個報紙在一個時期內利用「百家爭鳴」這個口號和共產黨的整風運動，發表了大量表現資產階級觀點而並不準備批判的文章和帶煽動性的報導，這是有報可查的。這兩個報紙的一部分人對於報紙的觀點犯了一個大錯誤。他們混淆了資本主義國家的報紙和社會主義國家的報紙的原則區別……

這篇編輯部文章，實則出自毛澤東之手。

　　7 月 1 日，毛澤東再揮巨筆，親寫社論〈文匯報的資產階級方向應當批判〉：

> 嚴重的是文匯報編輯部，這個編輯部是該報鬧資產階級方向期間掛帥的，包袱沉重不易解脫。帥上有帥，攻之者說有，辯之

者說無；並且指名道姓，說是章羅聯盟中的羅隆基。兩帥之間還有一帥，就是文匯報駐京辦事處負責人浦熙修，是一位能幹的女將。人們說：羅隆基──浦熙修──文匯報編輯部，就是文匯報的這樣一個民盟右派系統。

民盟在百家爭鳴過程和整風過程中所起的作用特別惡劣。有組織、有計劃、有綱領、有路線，都是自外於人民的，是反共反社會主義的。還有農工民主黨，一模一樣。這兩個黨在這次驚濤駭浪中特別突出。風浪就是章羅聯盟造起來的。……

毛澤東在這篇社論中還毫不隱諱地表示，前一段的大鳴大放，不是「陰謀」，而是「陽謀」！

現在搞不明白的是，究竟是什麼原因，觸怒了「天庭」，在短短幾個月的時間內，由對《文匯報》的褒獎有嘉，到必欲置於死地？

「最高指示」兩度嚴厲批判，徐鑄成的右派分子是跑不掉了。據說有關部門在上報將徐鑄成、王芸生打成右派的報告時，毛澤東說，這兩張民間報紙，徐鑄成已劃成右派了，王芸生就算了吧，無一倖免，影響不好。

具有諷刺意味的是，自創辦《文匯報》後急速左傾，支持學生運動，揭露國民黨政府致遭勒令停刊的「左派」徐鑄成，倒被共產黨打成了右派。而一貫思想偏右，內戰期間大罵共產黨製造摩擦、破壞和平、發表「可恥的長春之戰」的王芸生，居然不是右派。

世事無常，匪夷所思。

好在徐鑄成「天可憐之」。他熬過了二十三年可怕而暗淡的歲月，經受了無數的皮肉與心靈的折磨，等來了1980年年底的平反昭雪。從七十多歲平反到八十五歲逝世，徐鑄成勤奮筆耕了十幾年，寫下了四百多萬字的寶貴回憶、文章、傳記，出版了十九本獨具特色的珍貴史料般的書籍，創下了人生的又一個「黃金時期」。這樣的人生經歷，令人羨慕，令人敬佩，令人感慨。

主要參考文獻

《徐鑄成傳》　李偉著　廣西師範大學出版社　2008 年 7 月第一版

《徐鑄成回憶錄》　徐鑄成著　三聯書店　1998 年 4 月北京第一版

《舊聞雜憶》　徐鑄成著　遼寧教育出版社　2000 年 9 月第一版

《報海舊聞》　徐鑄成著　上海人民出版社　1981 年 2 月第一版

鄒韜奮

　　鄒韜奮原名叫鄒恩潤，「韜奮」是他主編《生活》週刊時的筆名。鄒韜奮曾向朋友解釋說，「韜」是韜光養晦的韜，「奮」是奮鬥不懈的奮。既要韜光養晦，又要奮鬥不懈，這其中的尺度是極難把握的。從這筆名當中，足以看出鄒韜奮一生中的艱難和矛盾。

　　用今天的標準評判，鄒韜奮算得上一個真正的「憤青」。他一輩子只鍾情於一件事：辦好他的《生活》週刊，以及與他的週刊有關聯的《新生》週刊、《生活日報》、《生活星期刊》、生活系列書店。為了這個目標，他不畏權勢，不懼黑惡，針鋒相對地與國民政府抗爭，幾度流亡海外，經年身陷囹圄，但他癡心未改，鬥志不減，終於積勞成疾，正當壯年之時撒手西歸。他是中國近代新聞史上的一個傳奇人物。他對新聞出版事業的滿腔熱忱和不懈追求，至今無出其右者。

　　中日甲午海戰的第二年（1895），鄒韜奮出生於福建永安。鄒家祖籍江西余江，遷到福建後，重新修訂了族譜用字，以「滿玉隆有，文泗律宇，國恩嘉慶，人壽年豐」二十字為序逐代傳遞。如此算來，鄒韜奮是鄒家遷到福建的第十代了。

　　甲午海戰的失敗，北洋水師的全軍覆沒，舉國上下震驚無比。國人原以為，西洋船堅炮利，窮兵黷武，打不過他倒也罷了。沒想到一直被視為倭寇的蕞爾小國日本，竟在一夜之間突然崛起，敢與大清國分庭抗禮了。失敗、不解、羞恥、痛恨種種複雜的感覺雜陳在幾萬萬中國人的心頭。

　　一邊是有識之士「變法圖強」的奔走呼號，一邊是滿清政府頑固堅持「閉關鎖國」，在舊有的軌道上蹣跚前行。鄒韜奮發蒙之時，父親

也還是要把他送入私塾，去讀「四書」、「五經」。9歲那年，鄒韜奮讀的是〈孟子見梁惠王〉。到了年底，「父親要『清算』我平日的功課了。在夜裏親自聽我背書，很嚴厲，桌上放著一根兩指寬的竹板。我的背向著他立著背書，背不出的時候，他提一個字，就叫我回轉身來把手掌展放在桌上，他拿起這根竹板很重地打下來，我吃了這一苦頭，痛是血肉的身體所無法避免的感覺，當然失聲地哭了，但是還要忍住哭，回過身去再背。不幸又有一處中斷，背不下去；經他再提一字，再打一下。嗚嗚咽咽地背著那位前世冤家的『見梁惠王』的『孟子』！我自己嗚咽著背，同時聽得見坐在旁邊縫紉著的母親也唏唏噓噓地淚如泉湧地哭著。我心裏知道她見我被打，她也覺得好像刺心的痛苦，和我表著十二分的同情，但她卻時時從嗚咽著的、斷斷續續的聲音裏勉強說著『打得好』！她的飲泣吞聲，為的是愛她的兒子；勉強硬著頭皮說聲『打得好』，為的希望她的兒子上進。」背完了半本「梁惠王」，小鄒韜奮的右手掌已被打得有半寸厚了，偷偷向燈光一照，「通亮，好像滿肚子裝著已成熟的絲的蠶身一樣」。……

這種野蠻、愚昧的教學方式讓鄒韜奮痛恨萬分，因而，當有機會轉入新式學堂時，他便義無反顧地投身而去。

鄒韜奮入的是南洋公學，那是我國最早的理工科學院之一，是培養工程師的搖籃。南洋公學學費昂貴，而且要讀四年才能畢業。第一學年還未結束，鄒韜奮的父親就失業在家，無力供養他讀書了。鄒韜奮便想盡一切辦法自力更生，堅持讀書。

要想獲得學校豁免學費的獎勵，必須考出學校前三名的優良成績，成為「優行生」。為了爭取當上這「優行生」，鄒韜奮全力以赴，日夜苦讀，經常是黎明即起，深夜方睡，手捧書本，孜孜以學。他自幼讀的是私塾，經史子集尚有接觸，可數學一科，對鄒韜奮來說無疑於天書，他一無興趣、一竅不通。而南洋公學又是個高度重視數學成績的學校。無奈，逼得鄒韜奮須下定決心，攻下數學一科。有幾次勞累過度，竟熬到咯血。學校慌了，寫信通知家庭，要家長去信勸告鄒韜奮注意保重身體，勞逸結合。校監和老師也到宿舍勸

他，不可過度拼命。鄒韜奮心裏明白，不這樣刻苦讀書，下學期的學費哪裡來呢？

學費只是鄒韜奮讀書費用的一部分，除學費外，還有吃飯、買書、文具、洗理等等無法省卻的費用。這於殷實人家的子弟本不是問題，在鄒韜奮這裏卻是天大的難題。他先是「節流」，除了基本的生活學習費用，其他的一概不花。星期天，同學們娛樂去了，或逛街，或看電影，或郊遊，鄒韜奮手捧書本，悶在宿舍裏、校園內，苦讀度日。此時的校園，如同「靜寂的寺院」，手不釋卷者大約只有鄒韜奮一人。那時，從學校所在地徐家滙到市區已有電車，鄒韜奮萬不得已要去鬧市時，從不捨得乘車，而是來回步行。那二十多里路，權當鍛煉身體了。

當然，「節流」不能從根本上解決問題，「開源」才是治本之策。鄒韜奮絞盡腦汁，想方設法白食其力。一天，在學校閱覽室讀報時，鄒韜奮讀到了《申報》副刊《自由談》刊登的催領稿費啟事。他頗為心動。心想，若能掙些稿費，豈不是「不無小補」。於是，他用「穀僧」的筆名，連寫帶翻譯，給《申報》投起稿來。最初的稿子石沉大海，毫無消息。鄒韜奮不氣餒，繼續努力，終於有稿子見報了。累積一個月，《申報》居然也登出了催他領稿費的啟事了。鄒韜奮拉著弟弟，去小地攤上刻了一枚圖章，興高彩烈地去申報館領出了六個大洋。哥倆當時「喜出望外」，真不知如何支配這筆「資金」。他們連蹦帶跳地出了申報館，並一口氣跑回了徐家滙的學校。有了錢了，也還是捨不得乘電車。

求學的路程雖然坎坷，但鄒韜奮在艱辛中磨煉著意志。隨著知識的積累和眼界的開闊，鄒韜奮決心轉入聖約翰大學讀書。當然，他知道，聖約翰大學是所貴族學校，各種費用貴得驚人。他只好輟學幾個月，經同學介紹，到江蘇省宜興縣蜀山鎮去當家庭教師，每月工資四十元。

鄒韜奮教的這個家塾有三個十幾歲的孩子，他要數學、英文、歷史、地理和作文全包。鄒韜奮是吃過私塾的苦頭的，他不強求學生死記硬背，注意理解力的訓練，教學效果良好，學生進步很快。幾個月後，三個學生都考入了上海的中學，鄒韜奮也揣著一百多元的工資回來考上了聖約翰大學。他的確低估了這所大學的高昂的費用，儘管他

省吃儉用到了極點，在衣著光鮮、出手闊綽的同學們面前像個叫花子般另類和寒酸，但他那辛苦幾個月掙來的錢，還是一個學期便花光了。有一次，做了整整一個暑假的零工，學費還是湊不夠。開學的前一天，鄒韜奮將行李暫時搬進學校，獨自一人在房間內愁眉不展，束手無策。這時，一位畢新生先生敲門走了進來。畢先生是鄒韜奮在朋友家中見過幾次面的相識。畢先生不知怎麼輾轉聽說了鄒韜奮的窘境，專程來送錢的。鄒韜奮礙於情面，堅辭不收。後來兩人商定，權且借用。畢先生走了，鄒韜奮回身關上房門，感時傷懷，竟獨自一人哭了一頓。

拼命做家教、兼職學校圖書館管理員、同學好友的不時接濟，鄒韜奮終於從聖約翰大學畢業了。教會學校，畢業典禮須穿西裝。這在別人那裏不是問題的小事，鄒韜奮這裏都比登天還難。他哪裡有西裝啊！買不起，也做不起，只好租一套來應付。典禮之上，他也流淚了。不是喜極而泣，而是酸楚難耐。他覺得，能熬到畢業，真是太不容易了。當然，這段艱難的求學經歷，也是他一生受用不盡的財富。

大學畢業的鄒韜奮，最大的願望是當一名新聞記者，抨擊黑暗，開啟民智。然而，事情開始並不遂願。鄒韜奮謀到的第一個職業，是到民族資本家穆藕初的厚生紗廠做事。工作沒幾天後，又轉到穆氏創辦的上海紗布交易所去擔任英文秘書。這個簡單的每天只是譯幾頁紗布英文電訊的工作，月薪竟有 120 元，對於一個初出茅廬的年輕人來說，算是十分豐厚的了。可鄒韜奮並不快樂。他志不在此。他看重的不是收入的多少，而是工作的性質。他的新聞之夢從來沒有破滅過，總是想找機會廁身於此。

還真讓他覓到了「縫隙」。

借助一個老同學的關係，鄒韜奮找到了一個在申報館裏「幫忙」兼辦三個星期英文信件的雜活。這是一個毫無創意、十分沒意思，且與新聞工作一點不搭界的工作。可想到能邁進報館的大門，與他神交的報館編輯、記者距離能近一點，鄒韜奮就心滿意足了。

每天下午 6 點，從交易所下班後，鄒韜奮就匆匆趕到申報館。申報的英文信件，主要是兩項業務，一是廣告方面向外國公司兜攬生意

的，二是進口新聞紙與外國生產廠家辦交涉的。主管這些事務的經理是個吹毛求疵的禿頭，他的挑剔和嚴謹，讓鄒韜奮大吃苦頭。

你替他寫英文信件，必須精益求精，譴詞造句、表述口吻，必須盡善盡美，稍有不如意，他便讓你重寫一稿。有時候，你按照他口述的意思列印信件，打著打著，在一旁踱方步的經理靈感突發，重新構思，你那裏便前功盡棄，了無用處了。最不能容忍的是，他屢次是在你打完了信件之後，他才全部推翻，另起爐灶，從頭再來。就好似故意的一般。其實，據鄒韜奮觀察，這正是這位經理的不同凡響之處，無論做什麼，總是要一絲不苟，分毫不差。這讓鄒韜奮有了條件反射，每天列印英文信件，打到最後一行、最後一個單詞的時候，總要怯怯地望著這位踱著方位、摩挲著光頭的經理，不知他又會有什麼突發之奇想，下令重來。

這短暫的報館工作經歷，讓鄒韜奮受益良多。他覺得，這讓他克服了年輕知識份子自命不凡、目空一切、眼高手低的壞脾氣。經理的雞零狗碎，經理的反反覆覆，其實都是在教導他做事要踏實、認真、嚴謹、細緻，來不得絲毫的馬虎和疏漏。扎扎實實地多做幾遍，才能達到完美的境地。到頭來，鄒韜奮有點感激這位苛刻的經理了，「好像做了三個星期的練習生，學得辦事的認真態度，卻是無價之寶。」

鄒韜奮是一個具有強烈正義感的知識青年，他熱心公益事業，願為社會進步貢獻自己的綿薄之力。1920 年代，黃炎培主辦的中華職業教育社，廣募人才，推行大眾教育計畫。鄒韜奮不辭辛苦，熱情參與其中。又是在中華職業學校兼職做英文教員，又是幫忙編刊物，出書報，忙得不亦樂乎。他喜歡這種忙碌。他覺得，不是他在指導別人，而是他自己在這些社會活動中經受了鍛煉，學到了許多在學校、書本上學不到的實際生活經驗。鄒韜奮說：「說句好笑的話，我在這時期裏參加了職業指導運動，對於青年究竟有著什麼實際的效果，我實在不敢說，可是對於我自己確有著很重要的『指導』作用！什麼『指導』作用呢？使我從這裏面感到慚愧，感到苦悶，感到我的思想應該由原來的『牛角尖』裏面轉出來！換句話說，這現實的教訓使我的思想不得不轉變！」

中華職業教育社的機關刊物是《生活》週刊，1925 年 10 月創刊，起初是由美國留學歸來的王志莘主編。僅僅一年之後，王志莘另謀他職，《生活》週刊一時無人接手。理事長黃炎培提名，其他同仁附議，決定由鄒韜奮主編《生活》週刊。

這於鄒韜奮是一個天大的喜訊。他一生的志向就是從事新聞事業，與民眾同呼吸，與社會同進步。他立即辭去了英文教員和在其他報館的兼職，全力以赴投入到《生活》週刊的編輯出版工作。

這一段時間，鄒韜奮也是事事順遂，安居樂業。幾年前，元配夫人去世後，朋友撮合他與沈粹縝女士結婚。婚後，共生育了三個孩子。大兒子嘉驊（即後來的中華人民共和國副總理鄒家華）、二兒子嘉騮（即後來的國家氣象總局局長鄒競蒙）、小女嘉驪。沈女士勤儉持家，相夫教子，鄒韜奮無後顧之憂，無瑣事相擾，《生活》週刊成了他的全部精神寄託。

《生活》週刊最早的辦刊主旨是「專門宣傳職業教育及職業指導的消息和簡要言論」。以鄒韜奮的「憤青」性格，他是不會自甘囿於這個狹小的天地中的。他要干預生活，他要針砭時弊，他要激濁揚清，鼓動進步。

鄒韜奮接辦《生活》週刊不久，就調整了刊物的文風：力避「佶屈聱牙」的貴族式文字，採用「明顯暢快」的平民式文字。他的本能告訴他，一個刊物、一張報紙，沒有讀者，沒有社會的關注，那都是空中樓閣，孤芳自賞，沒有任何影響和意義。鄒韜奮理想的《生活》週刊應該是這樣的：「你逢星期日收到這一個短小精悍的刊物，展閱一遍，好像聽一位好朋友談談天，不但有趣味，而且有價值的談天。……你有問題要想商榷的時候，握起筆來寫幾行寄給這個週刊，也許可以給你一些參考的意見，好像和一位好朋友商量商量。」

在中國近代報刊史上，可以這樣說，沒有哪一個報紙或刊物，如此重視與讀者的聯繫，如此重視讀者來信，如此認真地回復讀者的問題。以讀者為師、視讀者為上帝，這大約是《生活》週刊成功的全部秘訣。至 1932 年的時候，《生活》週刊每天收到讀者來信千封以上，每天回復讀者的信件也在五百封左右。鄒韜奮一個人實在忙不過來了，便雇了四

人專門拆閱、回復讀者來信。但這每一封信在寄發前，鄒韜奮都要過目，親筆簽名。復信寫得不合意，他還要苦苦思索，重新起草，認真回復。

與讀者的密切聯繫，讓鄒韜奮能隨時感知社會的脈搏。「編者每日一到夜裏，獨存斗室之中，就案旁擁著一大堆的來信，手拆目送，百感交集，投函者以知己待編者，編者也以極誠懇的極真摯的情感待他們，簡直隨他們的歌泣為歌泣，隨他們的喜怒為喜怒，恍然若置身於另一天地中，與無數至誠的摯友言歡，或共訴衷曲似的，輒感負託之重，期望之殷，竭我智能，盡忠代謀。」

與讀者的密切聯繫，也讓鄒韜奮能真切地感知刊物的不足和疵瑕，盡力修正，以期完美。「時覺本刊缺點之多，對社會貢獻之淺，慚疚殊深，故對於偶有『不虞之譽』，則汗顏無地，不欲聽聞，對於指摘之語則願安承教，雖醜詆極毀的文字或信札，亦必平心靜氣仔細一讀，因為百句中儘管有九十九句是無的放矢，若有一句搔著癢處，此一句即吾藥石，即吾導師，為我所渴求而不得者，敢不拜嘉。」

自 1925 年創刊以來，《生活》週刊的發行量一直在二千份左右徘徊，而且主要以贈送為主。鄒韜奮接手後，情形大變。至 1929 年，期發數增至八萬份，「九一八」事變後，增加到十二萬份，到 1933 年，更是突破了創紀錄的十五萬五千份。成為了中國當時發行量最大的雜誌。

變化不僅僅是量的激增，而是內容的蛻變。1931 年「九一八」事變，是鄒韜奮思想觀念的轉捩點，也是《生活》週刊辦刊方略的大調整。

「九一八」之前，《生活》週刊是改良的，個體的，是「前途怎樣遼遠，我們不管」。「九一八」之後，鄒韜奮和《生活》週刊自覺地站在了反對日本帝國主義侵略的最前沿。

鄒韜奮的想法簡單而明瞭，凡是阻礙抗戰的，無論個人、團體、政黨、政府，一概反對之；反之，就支持，就擁護。「九一八」之後，鄒韜奮慷慨激昂的血性文字，大量出現在《生活》週刊上了。

1931 年 9 月 26 日出版的《生活》週刊，鄒韜奮抑制不住激憤的情緒，一口氣寫了四篇小言論。他說，「人人應視為與己有切膚之痛，以決死的精神，團結起來做積極的掙扎與苦鬥」。他編寫的「本周要聞」

寫道:「本周要聞,是全國一致悲痛的國難,記者執筆忍痛記述,蓋不自知是血是淚!」10月17日的《生活》週刊,鄒韜奮又寫了四篇小言論,〈寧死不屈的保護國權〉、〈寧死不屈的抗日運動〉、〈寧死不屈的準備應戰〉、〈決死之心和怯懦自殺之區別〉。四篇短文,篇篇的題目帶一「死」字,鄒韜奮似乎已經做好了以身殉國的準備,他在鼓動浴血抗戰的民族氣節。針對政府抗戰態度的曖昧和模糊,他大聲疾呼:「保護國權,須全國人人有決死之心;抗日運動,須全國人人有決死之心;準備應戰,亦須全國人人有決死之心,實為救國的首要條件。」

鼓動抗戰和反對腐敗是一柄雙刃劍。鄒韜奮揮舞著這把鋒利的寶劍,一騎突進,絕塵而去。

「九一八」事變前後,坊間盛傳國民政府交通部長王伯群有重大貪污嫌疑。他用十萬元娶了上海大廈大學校花做小老婆,在上海愚園路310號花五十萬元鉅資建造新屋,婚禮奢華世所僅見。消息傳出,輿論譁然。鄒韜奮提筆痛斥:「當此民窮財盡的中國,應以救國為己任的黨員而復身處高等地位,個人的窮奢縱欲,實為國家罪人。」

王伯群對《生活》週刊的批評十分不滿,寫來信函,百般辯解。鄒韜奮一不做二不休,派出記者認真調查,將王伯群假公濟私建造私宅的內幕一一曝光,並拍了五張豪華私宅的照片,與王伯群的來信一併發表。這一下,王伯群欲蓋彌彰,自食了苦果。

這一組稿件正在發排過程時,王伯群得到了消息。他像熱鍋上的螞蟻,惶惶不知所措。情急之下,他竟派出兩個心腹,想以十萬元鉅款的贊助費,迫《生活》週刊就範。以鄒韜奮的個性,他是愈挫愈強,愈壓愈剛。他義正辭嚴,痛斥了收買者。王伯群們不但碰了一鼻子灰,還為下一期的《生活》週刊增添了評論的題目。鄒韜奮憤然寫道:「在做賊心虛而自己喪盡人格者,誠以為只須出幾個臭錢,便可無人不入其彀中,以為天下都是要錢不要臉的沒有骨氣的人,但是錢的效用亦有時而窮……」

《生活》週刊與國民政府漸行漸遠。它的暢所欲言的仗義文字,在考驗著當權者的耐心和雅量。1933年熱河失守後,鄒韜奮義憤填膺。他覺得張學良「九一八」不抵抗拱手讓出東北三省和湯玉麟不戰而退逃

出熱河，中央政府罪不可逭。他在〈懲湯聲中的推究〉中寫道：「熱河之失，固然是『深堪痛恨』，但瀋陽之失，錦州之失是什麼？老湯搬運私財固是踉蹌已極，但中國的軍閥們誰不是積滿了私財？老湯的『逃』固然太不高明，但身負軍事重責，一向安居後方逍遙的，試問有多少，不過逃的形式不同罷了。老湯用鴉片毒害熱河，大發其財，誠屬重要罪狀，但是軍閥們不幹鴉片害人的生意而從中發財的有誰？誠然，『割須毀容，化裝難民』，在日暮途窮中的老湯固把滑稽劇演得淋漓盡致，但這也不過軍閥末路的暴露而已。可是如果一定要袖手旁觀地恭候軍閥們一個一個踱大步的暴露出來，恐怕這個已經有名無實的『中華民國』就受不了！」

蔣介石火冒三丈了。中華民國頒佈的《出版法施行細則》，國民黨中宣部制定的《宣傳品審查標準》，在鄒韜奮和《生活》週刊那兒居然都不管用。鄒韜奮那枝無所顧忌的筆，越寫越尖銳，越寫越義憤，竟把矛頭直接指向了黨和國家領導人，「軍人不能保衛國土，反而奉送國土，官吏不能整頓國政，反而腐化國政，使青年不能得到可以『安心求學』的環境，這是誰的責任？」

蔣介石要拿《生活》週刊祭刀了。他兩次下令《生活》週刊禁止埠外郵寄。發行十幾萬份的《生活》週刊，上海市區只占很少的一部分，外埠各省，甚至南洋海外訂戶廣大。禁止郵寄，離實際查封《生活》已經相去不遠了。蔡元培等各界名流幾次找蔣介石疏通、求情，蔣介石搬出厚厚的《生活》週刊合訂本，上面用紅筆劃了不少槓槓，標注出了《生活》詆毀政府、鼓吹革命的證據。蔣介石憤憤地說：「批評政府就是反對政府，絕對沒有商量的餘地。」

《生活》週刊在出版七年之後第一次被封，也是明眼人可以理解的了。與政府做對，怎麼會有它的好果子吃呢？更何況這是一個獨裁政府，專制政府，是奉行「一個政黨，一個主義，一個領袖」的國民革命政府！

鄒韜奮在社會理想上也許失之偏頗，過激有餘，公允不足。但在個人修行上，他堪稱楷模。鄒韜奮敬業、認真，公德至上，律己甚嚴。剛剛接手《生活》週刊之時，幾乎就他一個光桿司令，他寫稿、編稿、覆信、接待、跑印廠、看校樣，等等，無所不包，親躬於事，毫無怨

言。有一段時間，因日夜工作，伏案過久，他得了胸痛病，發作起來，胸部劇痛，滿床打滾，而醫生查不出原因，束手無策。發病頻繁時，數日一痛或一日數痛，纏綿了好幾年。鄒韜奮忍著病魔的折磨，稍有好轉，便聚精會神地堅守在工作崗位上。

　　報刊、雜誌，發行本身極少掙錢，完全要靠廣告維持經營。《生活》週刊也不例外，賣刊物的錢不足以支撐出版成本，發行量越大，虧本越大。廣告便是填補虧空、支援運營的唯一法寶。鄒韜奮深知廣告對於《生活》週刊的生命線意義，他也時常親自出馬，拜訪廣告大戶，探討合作，承攬廣告。有一次，鄒韜奮談成一筆在華投資外企的大廣告，竟興奮得不能自已，冒著傾盆大雨趕回《生活》編輯部。即便是如此仰仗廣告，鄒韜奮也有他不可動搖的做人與辦刊的標準。在廣告的刊登上，他就有著名的「五不登」原則。鄒韜奮規定：「略有跡近妨礙道德的廣告不登，略有跡近招搖的廣告不登，花柳病藥的廣告不登，跡近滑頭醫生的廣告不登，有國貨代用品的外國貨廣告不登……」

　　這真讓我們有時空倒錯之感。鄒韜奮當年的「五不登」，今日卻幾乎充斥於我們眾多的小報小刊之上。違規和虛假廣告，竟然成了新聞界的一大公害。

　　在鄒韜奮短暫的一生中，他始終有著兩條清晰的前行路線：政治上主張民主救國；事業上推崇新聞自由。

　　1933 年，《生活》週刊被勒令停刊，鄒韜奮被迫流亡海外。這是鄒韜奮一生中多次流亡中的第一次。他去了英國、法國、蘇聯等歐洲國家，既感受到了西歐各國反對軍國主義的不懈努力，也親身體會了蘇維埃嶄新社會制度的創造力。中國的抗戰形勢日趨嚴峻，家國前途未卜，遊子鄒韜奮歸心似箭。他本是一個極愛旅遊之人，讀萬卷書，行萬里路，本是他追求的最佳記者生存狀態。可被迫出走，畢竟心境難以從容，事業所系的《生活》週刊以及在《生活》之後創辦的《新生》，屢遭坎坷，鄒韜奮心急如焚，袖手不得。一年後，他毅然回到了祖國。

　　回國不久，鄒韜奮便與沈鈞儒、章乃器、陶行知、李公樸、周新民等著名愛國人士發起成立了民主救國會。起初也僅僅是一種聚會性

質，沒有完整的綱領和目標，熱心推動者是沈鈞儒和周新民，一般每一、二周聚會一次，敘餐結束分手前，確定下一次的時間和地點。

漸漸地，救國會的主張和思想逐步清晰。1935 年 12 月 12 日，鄒韜奮與馬相約、沈鈞儒等二百八十多人聯名發表了《上海文化界救國運動宣言》。「在這生死存亡間不容髮的關頭，負責指導社會使命的文化界，再也不能夠苟且偷安，而應當立即奮起，站在民眾的面前而領導救國運動！」《宣言》中透的咄咄豪言，令人民振奮，卻也使政府極度不滿。第二年的 6 月 1 日，全國各界救國聯合會正式成立，聯合會的章程態度鮮明，政治指向明確，她已經大踏步地走到台前，與國民政府在抗日領導權問題上分庭抗禮了。

7 月 15 日，沈鈞儒、陶行知、章乃器、鄒韜奮等發表了〈團結禦侮的幾個基本條件與最低要求〉一文，主張停止對西南的軍事行動，聯合紅軍，共同抗日，給人民以言論和行動的充分自由。這戳到了蔣介石最忌諱的那根軟肋，大約是壓垮蔣介石容忍度的最後一根稻草。

恐怖的逮捕行動開始了。夜半砸門，手銬鎖人，秘密逮捕，突擊搜查，這些過去只在小說和故事中看到的情節，活生生地演變在了鄒韜奮身上。

1936 年 11 月 22 日。這天下午 6 點，鄒韜奮趕到功德林參加援助綏遠軍民抗日座談會，會議結束時已是夜裏 11 點。回到復興中路 601 弄 4 號的家中，已是子夜時分了。「上床後還在想著下一期《生活星期刊》的社論應該做什麼題目」，到凌晨 1 點左右鄒韜奮才漸漸睡去。2 點半，鄒韜奮家後門的敲門聲驟然響起。鄒韜奮夫婦從睡夢中驚醒，「咚咚」的砸門聲令人驚悚萬分。

夫人擔心是強盜打劫，有些害怕。打開後窗問話，來人並不回答，只是拼命拍打，大叫「開門！開門！」鄒韜奮明白了，巡捕房的人上門拿人了。他穿衣下樓，打開了後門。幾個人一擁而進。領頭的法國巡捕舉著手槍，如臨大敵。通過翻譯問過鄒韜奮的姓名、身份後，法國巡捕一臉詫異，這個文弱書生不像扯旗造反的綠林好漢啊。他收起手槍，讓鄒韜奮跟他到巡捕房走一趟。鄒韜奮提出上樓加件衣服，這些人毫無禮

貌地跟進臥室，看著鄒韜奮更衣加衫。一同前來的國民黨上海市政府公安局的偵探，已溜進鄒韜奮書房，搜出了一些印刷品和來往信件……

這前後幾天，一共抓了救國會的七個人，他們是沈鈞儒、李公樸、沙千里、王造時、鄒韜奮、章乃器、史良。史稱「七君子」案件。

蔣介石倒是直言不諱：「我對他們是很客氣的，談了話還請他們吃飯；可是他們反而鬧得更凶了，所以只好逮捕了。」

1936 年的中國，國民政府成立已近十年，在世界洶湧的民主潮流的裹挾下，中國社會的民主、法治意識也在覺醒。蔣介石可以下令抓人，但最終的處理，要靠當時的法律和審判、定罪程式。這看起來像一出戲，但真要按照程式演好也不容易。蔣介石和他的軍閥同僚們耐著性子，靜待法院的裁決。

案子經過江蘇高等法院審理、取證，《起訴書》在四個月羈押期的最後一天送到「被告」手中，控辯雙方在法庭上唇槍舌劍，激烈交鋒，媒體蜂擁而至，爭相報導，國人高度關注，目不轉睛。

中國的事情就是這樣滑稽。司法不獨立，當權者主宰一切，這些逼真的「演出」只能愚弄百姓。沈鈞儒、沙千里、鄒韜奮等在法庭上與檢察院的訴訟人吵得天昏地暗的時候，操著生殺予奪大權的木偶提線者們，也在幕後緊張交易和磋商。蔣介石公然打壓抗日救國運動，箝制不同言論，在國民黨內也頗有微詞。國民黨元老于右任、孫科、馮玉祥、李烈鈞等人曾聯名致電蔣介石，請他「鄭重處理」。桂系軍閥李宗仁、白崇禧要求無條件釋放救國會「七君子」。血氣方剛的張學良隻身去見蔣介石：「蔣委員長這樣專制，這樣摧殘愛國人士，和袁世凱、張宗昌有什麼區別？」蔣介石百般狡辯：「全國只有你這樣看。我是革命政府，我這樣做，就是革命。」

以革命的名義，行專制、獨裁之實，這在中國是最有心得的事情。

「七君子」事件還有一個小小的插曲。當時的國內輿論重鎮《大公報》，全文刊登了檢察院的《起訴書》，洋洋數千言，列舉了救國會的十大罪狀。沈鈞儒等人的《答辯狀》完成後，《大公報》竟然拒絕刊登。救國會的胡子嬰前去與《大公報》總編輯張季鸞交涉。

　　一見面，胡子嬰單刀直入：「江蘇高等檢察院對『七君子』的《起訴書》，《大公報》是不是刊登了？」

　　張季鸞輕鬆答道：「是的。」

　　「既然刊登了《起訴書》，那麼『七君子』的《答辯狀》是不是也應該發表？」胡子嬰追問。

　　「不發表。」張季鸞回答得直截了當。

　　「為什麼？」

　　張季鸞冷笑一聲，不置可否。那神態分明在說，報紙上刊登什麼，不刊登什麼，應該由報館說了算。任何勢力都無權壓制和干涉。

　　胡子嬰料到了張季鸞的態度和藉口，他大聲說：「你們的報紙號稱大公，但是你們只登官方一面之辭，算得上什麼大公？今後你們報社的招牌應該摘掉，不配再叫大公報了……」

　　張季鸞最不能容忍的就是對《大公報》客觀公正報導新聞的非議和質疑。他一輩子孜孜以求的，就是《大公報》「不黨不賣不私不盲」的辦報原則。胡子嬰言之有理，切中要害，他無法反駁。張季鸞當著胡子嬰的面拿起電話，打給編輯部，指示「七君子」的《答辯狀》即刻發排，明天見報。當然，絕對的不偏不倚是不存在的。張季鸞自然有他的政治傾向。《答辯狀》發表後，6 月 11 日，張季鸞親自撰寫《大公報》社評「沈鈞儒等一案公判」，影射了救國會的反政府行為。

　　「七君子」中史良為女性，逮捕後不久就保釋出獄了，真正在監獄中坐大牢的是六位男士。那時的法庭不知出於何種考慮，竟將同案的六人關在一起，讓他們有了充分的討論案情的機會和時間。時局艱險，高峰叵測，他們是做好了「不幸」的準備的。六個人的「家長」是沈鈞儒，入獄之初，他就指出：「六個人是一個人！」要患難相共，「有罪大家有罪，無罪大家無罪；羈押大家羈押，釋放大家釋放。」六個人皆為學有專長之士，甚至就有律師和法學者，他們一致商定了三個原則：一、關於團體的事情，應由團體去解決；二、關於六個人的共同事情，應由六個人的共同決議去解決；三、關於各個人的事情，應由各個人自己負責。盡可能在合法的範圍爭取案件的最佳審判結果，是他們的冷靜之措。

　　牢獄之苦，倒是反激了鄒韜奮的革命熱情，他在獄中慷慨寫道：「我在二十年前想要做個新聞記者，在今日要做的還是個新聞記者——不過意識要比二十年前明確些，要在『新聞記者』這個名詞上面加上『永遠立於大眾立場的』一個形容詞。我所僅有的一點微薄的能力，只是提起這枝禿筆和黑暗勢力作艱苦的抗鬥，為民族和大眾的光明前途盡一部分的推動作用。我要捐著這枝禿筆，揮灑我的熱血，傾獻我的精誠，追隨為民族解放和大眾自由而衝鋒陷陣的戰士們，『冒著敵人的炮火，前進！』」

　　「七君子」案曠日持久，僵持不下。輕易論罪，輿論譁然；無罪釋放，政府顏面盡失。江蘇高等法院出了個折衷之策，以被告等家庭困難為由，裁定停止羈押，具保釋放。張一鵬具結保全了鄒韜奮。這場歷經了二百四十三天的轟動全國的「七君子」案告一段落。

　　鄒韜奮對民主政治的追求期期艾艾，艱辛備嘗。他曾同蔣介石的文膽陳布雷當面探討過中國的政黨制度設想。

　　陳布雷說：「蔣公所提的組織，是指黨的組織。委員長十餘年來有個理想，要集中中國一切人才組織一個偉大的政黨，由他領導起來。」

　　鄒韜奮問：「據你看來，中國共產黨肯毀黨加入嗎？」

　　陳布雷說：「這確是問題，毛澤東第一個就不贊成。」

　　「那怎麼辦呢？」

　　陳布雷答：「那以希望除中國共產黨外，其他一致集合起來組織一個政黨。」

　　鄒韜奮告訴他：「中國是否能夠只有一個政黨，這是一個值得研究的問題。」

　　1938 年，迫於全國一致抗戰的巨大壓力，國民政府組建了國民參政會，聘請社會各界二百名志士仁人為「國民參政員」。這是一個諮詢性質的機關，並無實權。可鄒韜奮卻不放過這個合法行使職責的機會。他說過，「別人請客，我是把自己當作主人的。」他在參政會上力陳己見，雄辯滔滔，於民主、於救國都有不少真知灼見。鄒韜奮提出：一、立即結束訓政，開始憲政，實行無限制的普選制度。

二、開放民眾運動，允許民眾團體合法存在。三、保障言論出版集會結社的自由。四、承認各抗日黨派的合法存在。五、立即撤銷圖書雜誌原稿審查辦法。六、立即停止一切特務活動，保障人民身體之自由。七、立即釋放愛國政治犯。八、在抗戰時期內憲政開始之前，各黨派先行參政，並羅致全國無黨無派人士組織舉國一致的國防政府。

作為一個新聞人、出版家，鄒韜奮最為深惡痛絕的，就是國民政府的出版審查制度。

中國歷代的專制政府，都把箝制思想、禁絕異見做為統治的重要手段強化實施，「防民之口，甚於防川」。他們懼怕「一言喪邦」可怕局面的出現。

國民黨政府當然也不例外。天下甫定，便急乎乎地制定意在扼殺自由言論的種種法規。

1930 年 12 月，國民政府頒佈了《出版法》。

1931 年 1 月，緊接著出臺了《出版法實行細則》二十五條，把出版法的原則和辦法加以具體規定。

1932 年 11 月，國民黨中宣部制定《宣傳品審查標準》。

1934 年 6 月，國民黨中宣部又有《圖書雜誌審查辦法》出臺，規定一切圖書雜誌付印前送「國民黨中央宣傳部圖書雜誌審查委員會」審查。

1934 年 8 月，國民政府制定《檢查新聞辦法大綱》。大綱規定，「新聞原稿必須送檢」。

1938 年 7 月，國民政府頒佈《圖書雜誌原稿審查辦法》，以「戰時」為藉口，全面強化了對新聞出版物的嚴厲審查。

以上這一些，僅僅是公開頒佈、昭告於天下的規定、辦法、條例、法令，國民黨及其中央宣傳部內部制定的言論出版方面的清規戒律，更是多得不計其數。

這左一道繩索，右一道鐵鏈，捆得鄒韜奮動輒得咎，無法舉措。他辦的雜誌、報紙、書店，步履艱澀，勉強維持。

　　鄒韜奮在陪都出版《全民抗戰》週刊。一次出版前送重慶的審查委員會報批。退回送審稿時，有一篇文章被整個的撤下了，理由是文中有幾句話不妥當。時已傍晚，這期刊物當晚就要印刷，撤稿、換稿、重新編輯排版顯然已經來不及了。而審查機關已經下班，鎖了辦公室揚長而去，再去論理已無可能。鄒韜奮一氣之下，直接去了重慶審查委員會主任劉百閔家，而劉百閔也正巧在外應酬，尚未歸家。鄒韜奮就在劉家的客廳中坐等，從晚上 8 點一直等到半夜 12 點，終於讓賚夜歸來的劉百閔開了綠燈，印廠機器啟動，週刊如期印刷、裝訂，鄒韜奮一顆懸著的心才放了下來。

　　讓鄒韜奮最為氣憤的是，這些國民黨的新聞檢查官，不學無術又蠻橫無理，等因奉此，僵化無比。他們刪改的稿子，不允許你注明「被略」或以「□」代替，還必得讓你重新潤色，上下連貫。僅僅是刪節倒也罷了，最不自量力的是他們居然捉刀代筆地修改稿件。不知出處，不知警句，不知名人名言，甚至是總理著作，他們也不知就裏，大刀闊斧修正，其中的笑話，令人捧腹。新聞檢查官還機械地規定，凡是「解放」、「前進」、「光明」、「翻身」、「階級」等詞語，一律不得在文章中使用。一旦出現這樣的字樣，要用他們規定的字詞替換。於是，「農民階級」就改成了「農民社會集團」。「民族解放」就變成了「民族復興」。「婦女解放」便也生硬地被替換為「婦女復興」了。只要避開了敏感詞句，他們才不管你句子通不通，語氣順不順呢！

　　1940 年 7 月的一天，鄒韜奮與新聞檢查官的一番較量，頗有戲劇色彩。

　　這一年的 6 月，希特勒德國攻克巴黎，法國資產階級立即投降，組建了傀儡政府，英國賴以抵抗法西斯主義的屏障，就這樣一夜之間消失了。鄒韜奮編輯的《全民抗戰》，特約一位作家撰寫了〈論法國戰敗速降　變更國體〉一文。文章中的精彩部分有：「法國投降是為了法國資產階級的自救，也正是一國資產階級在處境困難時必然達到的邏輯。法國既在戰場上決定了國家的命運了，但資產者首先想到的當然是保護自己的財產和自己在國內的統治，如果能夠保住這些，那比起

空洞的國家光榮，是更有利的。何況法國人民已放出革命的信號了，首先結束對外戰爭，是比什麼都重要。」文章分析得中肯、精到，批駁了國民政府的御用文人所謂民主導致法國失敗、獨裁助長德國勝利的謬論。這種論調實際上是在為蔣介石和國民黨政府張目，竭力鼓吹和堅持它的專制統治。檢查官大筆一揮，刪掉了這段精彩論述。檢查官還刪掉了文章引述的上海英文報紙密勒氏評論報的一則報導，「據6月29日上海密勒氏評論報所載，法國在投降前幾星期，是在極端危機中，法國已進入革命的邊緣，那些日子中，有大批人民，及所謂左翼分子，並包括國會議員的被捕，就反映了時局的嚴重。同時法國統治者已和希特勒取得諒解，希氏已允諾法國資產階級保有重工業，並包括軍火托拉斯，我們同時也還聽到，希特勒已允不佔領里昂等幾個重工業城市，這是現實利益呀！為了鎮壓國內革命，為了保有自己的財產，這些法國資產者便採取了速降政策。」

這樣精彩的兩段被刪除之後，文章便沒有了靈魂和精氣神。鄒韜奮下決心要與新聞審查委員會較量一番。

那時的審查機關一是為了躲避日本飛機的轟炸，二是為了故意刁難各報刊、雜誌，已由城裏搬到了南岸的真武山上，往返一次要走幾十里山路。鄒韜奮不顧一切，叫上一位年輕的編輯打上門去。

鄒韜奮已有過幾次被要求「應予免登」，也幾次去審查機關交涉論理，那些審查大員們知道他「難纏」，都有意躲著他。這次，鄒韜奮跨江而來，緣山而至，他們便打發一個小秘書出面應付。

鄒韜奮開門見山，要求對方說明刪掉那兩部分的理由。

秘書答：文章裏面有「階級」的字樣，「很不妥當」。

鄒韜奮壓住火氣說：「法國是資本主義發展的國家，他們國內有資產階級，是全世界公認的事，這篇是研究法國的事情，為什麼不可以用『階級』的字樣？」

秘書無話可說，只是不斷嘟囔，「最好不要用。」

鄒韜奮說：「就是中山先生在『三民主義』中也不諱言外國有『資本家』，資本家不是資產階級中人是什麼？中山先生在國民黨第一次

代表大會宣言中更明白說到『近世各國所謂民權制度，往往為資產階級所專有。』為什麼三民主義的中國發展到今天，作家研究法國的問題，提到法國的資產階級都有人發抖，這是什麼道理？」

這顯然超出了一個小秘書的知識結構和理解範圍，他理屈詞窮，無以應對，「一溜煙地跑進去」，向頭頭們請示去了。出來後，他說，「那篇文章裏指出法國的迅速投降是由於要鎮壓國內革命，是由於資產者要保全自己的財產，很不妥當。」

鄒韜奮質問：「這是法國的事實，有什麼不妥當？」他告訴這個小秘書，「上海英文《密勒氏評論報》是美國人辦的刊物，美國是眾所周知的資本主義國家，該報編者至多是自由主義者，他們都不怕據實指出關於法國投降的這些事實，作為研究法國迅速投降的根據，為什麼三民主義的中國一定要替法國的資產階級做保鏢？為什麼三民主義中國的作家一定要對國際上這類鐵的事實閉攏眼睛說瞎話，以自欺而欺國人，硬說法國的投降是由於民主的失敗，以打擊民主政治在中國的發展？」

小秘書又被問倒了，第二次「一溜煙跑進去」請示，然後鸚鵡說舌地對鄒韜奮說：「這篇文章說法國資產者鎮壓國內革命，為了保存自己的財產，便採取了速降的政策，這實有意暗射中國的情形，所以很不妥當！」

鄒韜奮實在忍無可忍了，他聲色俱厲地大聲說道：「法國投降是事實，但是中國政府是在領導全國堅持抗戰，為什麼我們分析法國的投降就是暗射中國情形，你的話實在是侮辱政府，侮辱整個中國的人民！」

小秘書被吼得嚇壞了，放在桌上的十個手指頭都在發抖，他第三次「一溜煙跑進去」……這次出來，他明顯底氣不足了，囁嚅著說：「我們對於法國的失敗，實在是應該同情的。」

鄒韜奮毫不遲疑地回答：「我們對於法國的失敗應該同情，對於法國的投降卻絕對不應該同情，只有中國的漢奸對於法國的投降才表示同情！」

小秘書黔驢技窮了。他沈默著，一句話也不說。

鄒韜奮嚴正指出：「你們的理由既沒有一絲一毫可以成立，那篇文章非全部恢復原狀不可。」

　　小秘書沉吟了一會兒，無可奈何地把文章往桌上一擲說：「你要登就登罷。」

　　鄒韜奮一把抓住那篇「從棺材裏救出來」的稿子，與年輕編輯一起興奮地趕回編輯部，雖然十幾里的山路，跑得汗流浹背，但鄒韜奮欣欣然興奮不已，並不覺得疲勞。

　　當然，每一次的論理不一定都這樣幸運。一天下午，天正下著雨，《全民抗戰》已經排好，正要打紙型製版印刷，一篇重要的國際時事評論突然被扣下了。鄒韜奮抓起一把雨傘火速趕往審查機關。在會客室等了很久，那個審查總幹事才極不情願地走了出來，他對鄒韜奮冷冷地說：「扣了就扣了，沒有什麼理由可說。」

　　鄒韜奮耐著性子向他講理，那一大通書生之見竟惹惱了總幹事，他竟放出這樣的豪言：「你和我講理沒有用。只有處於平等地位的彼此才可以講理，我是主管機關，我說怎麼辦就要怎麼辦。你和我是不平等的，你不能和我講理！」

　　面對如此頑冥之輩，你還有什麼話可說呢？鄒韜奮悻悻離去，鎩羽而歸。

　　性格即人。鄒韜奮這種激憤的個性，讓他吃了不少苦頭。他一生中的絕大部分時間，與國民黨政府針鋒相對，唇槍舌劍地鬥著，有四次不得不流亡海外，以避風險。他主辦的刊物，《生活》週刊、《新生》週刊、《全民抗戰》、《大眾生活》、《生活日報》、《生活星期刊》等等，辦辦停停，生生死死，歷盡坎坷。《大眾生活》創刊之初，影響力迅速提升，大有當年《生活》週刊的風範。讀者欣喜之餘，也紛紛寫來至誠之信，勸鄒韜奮在文字上慎重，立場上公允，不要使《大眾生活》中途夭折，徒生悲傷。可鄒韜奮是個「寧為玉碎，不為瓦全」的耿直知識份子，他公開答覆讀者：「萬一雖『格外注意』而仍出乎拯救力以外的『夭折』，我們卻不因此灰心，卻不因此停止工作，換句話說，『解放運動』的進行並不因此而停止或消滅，時代的巨輪還是朝前邁進的，而且這裏被壓下去，那裏要奮發起來；今天被壓下去，明天要奮發起來。」

1944 年 7 月 24 日，顛沛流離了大半生的鄒韜奮先生，因腦瘤病逝世於上海醫院，享年四十九歲。他僅僅差一年，沒有看到中國人民抗日戰爭的最終勝利。

鄒韜奮逝世後，一首自由詩這樣悼念他：「黑霧籠罩了人間，寒風呼呼地令人發抖，那和暴風雨苦鬥的大樹，枝兒折了，葉兒落了。但是它播下了千千萬萬的種子，靜默地埋在地的深處。當春天再來到，它們會發芽，它們會抽條，它們會長大。會長大，會長大，會長大，長成參天的森林，結成民主之果；長成參天的森林，開放自由之花。黑暗佔據了宇宙，虎狼洶洶地阻人去路，那照耀著大眾長征的火炬，燒成灰了，火兒熄了。但是被點著了的一個個的火把，耐心而又耐心地燃著。當大風再來到，它們會燎原，它們會怒吼，它們會狂燒。會狂燒，會狂燒，會狂燒，燒起熊熊火海，鑄成民主中華；燒起熊熊火海，創造自由世界。」

這是對鄒韜奮精神世界的最好懷念。

主要參考文獻：

《鄒韜奮》 穆欣著 首都師範大學出版社 1995 年 10 月第一版

《鄒韜奮傳記》 馬仲揚、蘇克塵著 重慶出版社 1997 年 9 月第一版

《民國人物傳》第九卷 嚴如平、宗志文主編 中華書局 1997 年 3 月
　　第一版

《追尋失去的傳統》 傅國湧著 湖南文藝出版社 2004 年 10 月第一版

《韜奮〈讀者信箱〉》 關東生編 中國城市出版社 1998 年 2 月第一版

陳銘德　鄧季惺

　　陳銘德、鄧季惺是一對半路夫妻。這樣兩個性格、脾氣、稟性完全不同的四川人，卻相扶相攜，共同走過了半個多世紀的坎坷歷程，成就了一段夫妻報人的現代佳話，不能不說是中國新聞史上的奇蹟。

　　這段佳話和奇蹟的源頭，是從《新民報》的創刊開始的……

　　「1929年。南京。

　　「初秋時節，太陽顯得高遠而又淡雅，照耀著的山形城郭因寧靜而愈顯寥廓。清風微拂，十里秦淮即便是市聲喧鬧，亦自有一種澹定的氣氛。

　　「是個好季節。

　　「夫子廟的奎光閣茶館，臨水的窗前，坐著三個年輕人。他們不像一些老人那樣，一邊慢慢品茗，一邊目光淡淡地閒看著茶館粉牆外的粼粼碧波。他們談笑起來自有年輕人特有的生氣，手握茶盞的姿態更像把酒豪飲的樣子。

　　「有報童走到他們跟前賣報。『民生報』——他們搖頭；『立報』——他們搖頭；『申報』——他們搖頭，一直等報童叫到『新民報』時，他們才點頭買了一份。

　　「看到他們備受茶館中人注目，並且有人好奇地也跟著買了這份南京市面上剛剛出現的《新民報》，這幾個年輕人相視而笑。

　　「他們其實就是《新民報》的創辦人。方才的舉動是他們有意為之，也算是自己給自己做個廣告吧……」

　　這是蔣麗萍、林偉平合著的《民間的回聲》一書中的精彩描寫。

　　這三個年輕人便是陳銘德、吳竹似、劉正華，當時都是30歲左右，同為四川人，又一同在南京中央社裏做編輯。這三個年輕人崇尚孫中山，贊同民主革命。他們一定是厭倦了在中央社裏循規蹈矩，謹小慎

微，做奉命文章，編發統一口徑稿件的沉悶生活，渴望著辦一張獨立於政府和黨派之外，說真話，講實情的民間報紙。

陳銘德回了一趟四川。利用他八面玲瓏，能言善辯的個性特點，廣泛動員各種社會關係，多方遊說，終於從四川軍閥劉湘那兒籌到了兩千元的辦報經費。幾個年輕人興奮地將自己的報紙定名為《新民報》，一來是為了承繼同盟會《民報》的衣鉢，二來也蘊含著「作育新民」之意。忙碌、緊張、艱辛、勞累的一番籌備之後，1929 年 9 月 9 日，《新民報》在南京面世了。

劉湘是不會做蝕本買賣的。這個四川軍閥深知，他偏安西南，遠離揆閣，需要有一張南京的報紙，不斷地傳達著他的資訊。經濟上不能完全獨立的陳銘德，毫無置喙之處，只能勉強從之。

慘澹經營兩年之後，儘管時常虧損，有時入不敷出，但《新民報》還是有了一定的社會影響力和經濟基礎。在《新民報》創刊兩周年的紀念增刊上，陳銘德無限感慨地寫下了他的紀念感言：「新聞記者之清苦，早為社會所共知，本報同人，感情意志，兩皆融洽，雖外侮頻來，經濟屢厄，而同人精神上尚能互相慰安，不為外誘，日常互勵，輒有數語，『出自己的汗，吃自己的飯，求自己心安。』」辦報兩年來，陳銘德從來不放過任何一個機會宣示他的辦報理念，在這篇感言中他一如既往地寫道：「今之報紙，大都僅謀增加收入，以至商業尖銳化，仰鼻息於資本家，奔走於銀行及百貨洋行之門，分潤彼等榨取勞工血汗之唾餘，沾沾自喜，故不惜喪心病狂，為特殊階級做喉舌，造成了少數人享樂的社會，忘卻重榨下之勞苦工人；或辦報者優然高官貴爵，席豐履厚，但求個人享樂，忽視事業之革新，其結果刊為誘惑，即係煽動，是何能安定目前社會之人心，而促進世界永久之大同。本報不敏，決不官報化，傳單化，此則又可為社會告者之一。」在這期間，陳銘德逐漸明確了他的辦報宗旨：一、傳達正確消息，二、造成健全輿論，三、促進社會文化，四、救濟智識貧乏。

正當《新民報》走過最初的崎嶇坎坷，逐漸邁上坦途的時候，它的奮鬥團隊卻發生了重大變故。《新民報》創辦人之一的吳竹似，罹患

肺結核，病勢日沉。1931 年，吳竹似的妻子鄧季惺，帶著三個年幼的孩子，離開潮濕悶熱的南京，陪同丈夫前往北平求醫。沒想到吳竹似竟一病不起，病逝於北平。二十四歲的鄧季惺沒有被生活的不幸壓垮。料理完丈夫的後事，她毅然報考了北平朝陽大學法律系，繼續她因結婚、生子而中斷的大學學業。陳銘德深深敬慕著這位堅強的女性。由敬慕而生愛。1931 年 8 月，陳銘德與自己的原配妻子離婚。經過近兩年的鴻雁傳書，兩地情思，1933 年 1 月，兩個漂零之人終於走到了一起。至此，中國現代新聞史上，誕生了一對傳奇的報人夫妻。

1933 年夏天，鄧季惺從北平朝陽大學法律系畢業後，回到南京，先後在國民黨中央政府的司法部民、刑兩司做科員。「衙門」裏等因奉此的枯燥生活，十分不適合剛毅、果決的鄧季惺。1935 年秋天，因《新民報》刊登了一則不利於司法部的消息，夫禍妻受，鄧季惺遭到了部長的訓斥。一氣之下，她索性辭去了司法部的職務，在南京做了掛牌律師。她將自己的律師事務所就設在《新民報》的樓上，並在《新民報》上開設了法律專欄，親自主持、親自解答讀者有關法律方面的疑惑與問題。

1937 年 6 月，鄧季惺正式加入《新民報》，任副經理。也許是上蒼格外眷顧《新民報》，在這個風雨飄搖的關鍵時刻，讓鄧季惺掌管《新民報》的經營大權，使這艘民間報系的航船，過險灘，劈激浪，一帆高懸，順利遠航。

鄧季惺出生於四川一民族資產階級之家，小有家產。家庭環境的薰染，令她眼界開闊，看重經營。法律專業的學科背景，讓她重規矩，守方圓，強調規範的約束作用。女性果敢與細膩的完美結合，又使她在經營中明察秋毫，洞若觀火，既要抓西瓜，又不丟芝麻。

鄧季惺掌管《新民報》的經營管理之後，最先做的事情就是建立健全了財務會計、廣告、發行、印刷等方面的制度，使《新民報》逐步走上了企業化經營的道路。譬如，過去每天刊登的廣告沒有登記，廣告費的收繳就沒有嚴格的要求。鄧季惺規定，《新民報》每天刊登的廣告由專人一條一條剪貼起來，每天做一張報表，財務科據此報表收錢。現金支付的，全部入帳；集中結算廣告的，拖欠的款項就記債權。一個月

下來，廣告部門就把清欠的錢拿來對帳。發行，每天也有日報表，現金
回攏是天天要做的功課。鄧季惺對原材料供應和物資儲備有著特殊的敏
感。當時，面臨全面抗戰，紙張供應十分緊張，而報紙銷路激增，紙張
消耗非常大。她就委派了四五個年輕人，專司紙張採購之職，以保證報
紙的正常出版。鄧季惺運籌帷幄，調度從容，總是及時購進報紙出版所
必需的紙張、木材等物品，並把所賺的錢迅速兌換成美元或黃金，以防
貨幣貶值。當時，《新民報》裏流傳著這樣一個說法：報館裏用多少根大
頭針鄧季惺都有數。正是這種嚴密、精細的管理和充裕的物質準備，才
能在抗日戰爭全面爆發、南遷陪都重慶之際，《新民報》兵強馬壯、糧草
充足，是繼國民黨的《中央日報》之後，第一個在重慶恢復出版的報紙。

　　《新民報》留給中國新聞界一份厚重而多元的遺產。你可以研究
它的經營之道；你可以分析它的社會新聞特色；你可以評價它的辛辣
的雜文和小品文；你還可以欣賞它的副刊的結構和特點……然而，最
讓人敬佩和感動的是，《新民報》在幾十年的辦報實踐中始終不渝堅持
的「不官報化，傳單化」、傳達正確消息，報導事實真相的勇氣和膽識。

　　陳銘德的成功，得益於他的胸懷、雅量、寬容和那顆婦人般的菩
薩心腸。實事求是地講，在中國的新聞史上，陳銘德決不是最傑出的
那一位。他沒有《大公報》張季鸞那樣過人的才氣，一字千鈞，羽扇
綸巾，一支毛錐勝千軍萬馬。他沒有《文匯報》徐鑄成那樣的靈氣，
新意迭出，熱情高漲，把報紙辦得生龍活虎，獨具一格。他沒有《申
報》史量才那樣的膽識，敢跟蔣介石面對面一較高下，特立獨行，一
副傲骨。他也沒有「世界報系」成舍我的開拓精神，二百大洋辦報紙，
兩年三報動京城。陳銘德是靠自己堅忍不拔的精神，聚攏了一批優秀
人才，成就了《新民報》五社八版的大報格局。

　　陳銘德在辦報最困難時期得到的第一員大將是張友鸞。張友鸞是
安徽安慶人，就讀於北京的平民大學新聞系，是難得的受過正規教育的
報人，深得邵飄萍、成舍我賞識，曾在《京報》編文學週刊，在《世界
日報》、《世界晚報》擔任總編輯。張友鸞對民間報紙情有獨鍾，誓言要
做一個「超政治的新聞記者」。張友鸞代替吳竹似任《新民報》總編輯後，

做的第一件事便是明確報紙的讀者對象。他與陳銘德商議，報紙應該以青年學生、社會中下層知識份子為主要讀者對象，多刊登一些青年喜歡閱讀的東西，宣傳民主思想，提倡愛國主義，為平民百姓講話，批評社會弊端。在編輯方面，他提出文章要短小，標題既要講究文學性，又要通俗易懂，詩詞曲賦、諺語民謠均可入題。他還特別強調要注意編排版面，要疏落有致，靈巧活潑。這些觀點便成為《新民報》最初的風格。

1935 年，羅承烈加盟《新民報》，這讓陳銘德喜出望外。羅承烈是四川涪陵人，與很多四川籍名人都有交情，曾任北京《實話報》編輯。1928 年他還在重慶創辦過《新社會日報》，任社長及總編輯。《新社會日報》以青年學生和廣大市民為主要讀者對象，敢於批評地方惡勢力，很受重慶市民歡迎。加入《新民報》一年之後，羅承烈升任主筆，繼而任總主筆。他與陳銘德一起參加了報社大政方針的制定，經常一起協調各方關係、延攬人才，是陳銘德十分依賴和信任的重要助手。

草創之初，陳銘德感慨於《新民報》副刊沒有新意，文章老調，內容陳舊，與時代脫節。徐悲鴻便向陳銘德推薦了田漢、陽翰笙二人。陳銘德立刻誠心誠意地去請田、陽二位，兩人很快答應了，到《新民報》來編副刊《新園地》。且看他們寫的《新園地》發刊詞：「我們不稱讚牡丹，因為它太富貴了；我們也不種植古槐，因為它長得太老朽了；我們更不要栽培玫瑰，因為它的刺太多了。我們需要種植健麗蓬勃的花草，我們更要栽培能夠經得起雷雨風霜的大樹。」南京的讀者耳目一新，《新園地》很快便得到了市場的認可。

避戰重慶，《新民報》西遷陪都。為了把張恨水從《世界日報》挖過來，陳銘德做了該做的一切。張恨水抵達重慶時，陳銘德專門派人到碼頭迎接。張恨水加盟《新民報》後，住在重慶郊外南溫泉桃子溝，陳銘德特許他不必每日來報社上班，只要派人將副刊所需的稿子拿來即可。而且只要張恨水進城，陳銘德必請他到家中吃飯，改善生活。逢年過節，陳銘德總不忘給張恨水送些薄禮。張恨水五十歲生日時，陳銘德派人將張恨水全家接到城裏吃西餐。抗日戰爭勝利後，《新民報》要出北平版，請張恨水擔任總編輯。張恨水七年沒有回家看望老母親了。陳

銘德就讓去北平打前站的鄧季惺，在選好了報社的房子，購買了印報的機器後，還替張恨水買了一處全家安居的大院子，等待張恨水的到來。正是這樣的禮遇，使張恨水在《新民報》踏踏實實地呆了十年，也兢兢業業地幹了十年，他後期著名的小說和散文，大多刊登在《新民報》上。

當年重慶新聞界「四大名旦」之一的浦熙修，也是陳銘德在一次偶然的機會中發現的。浦熙修開始只是在《新民報》做發行工作，後來又轉到了廣告科，業餘時間給報紙的副刊投稿，發過幾篇東西。1937年4月29日，首都女子學術研究會要在中山陵旁邊的流徽榭舉行周年紀念大會。《新民報》臨時知道了這事，決定要報導。可記者都已經出去了，無人可派。陳銘德沒有辦法，只好讓浦熙修去「救場」。浦熙修不辱使命，所寫的報導《流徽榭畔一盛會——女子學術研究會周年大會別記》刊登在5月2日的《新民報》上，「文筆流暢洗練，吸引了讀者，博得同行的讚許。」陳銘德當機立斷，將浦熙修從廣告科調進了編輯部，成了《新民報》第一個女記者，後來又被提拔為採訪部主任，在多次重大報導中表現突出，成為《新民報》的一張王牌。

……

人們往往感覺《大公報》經過數十年的慘澹經營，人才濟濟，群賢畢至。可不經意間，《新民報》也拉起了一支蔚蔚壯觀的人才隊伍：張恨水、張友鸞、張慧劍、趙超構「三張一趙」聚於一報，成為戰時大後方新聞界的美談；能幹的女將浦熙修在重慶新聞界獨樹一幟，經常能採訪到重大獨家新聞；夏衍、謝冰瑩、沈起予、施白蕪、碧野、黃苗子、郁風、吳祖光、陳白塵、聶紺弩、陳邇冬、孫伏園、秦瘦鷗等，都先後擔任過《新民報》的主筆或副刊主編……一時瑜亮，群星璀璨。

陳銘德更多地是將報紙做為事業來經營的。辦報之初，他沒有特別鮮明的政治主張和政治態度，他只期望他的《新民報》能為讀者認可，為市場認可。陳銘德經常說：「一個辦報的人，他不是為了辦報而辦報，他是為了有人讀報而辦報。若果這報紙是得不到讀者的，或者讀的人太少了，這報館是終歸要關門的。」他還在一篇文章中寫道：「不要說富於商業性的報紙，或含有某種政治作用的報紙，是要希望有多

數的讀者，他才可以賺錢，或達到宣傳煽惑的目的。便是專為某一個人所辦之機關報，不一定以賺錢或推銷為目的，若果他的內容真正不堪一讀，其結果也只是只有壽終正寢一途。」

這些簡潔而明瞭的道理，我們似乎到今天也還是沒搞明白。

當然，那種標榜自由主義、社會公器，不做任何黨派代言人、傳聲筒的同人辦報方略，也是中國知識份子的幼稚之處。時代激蕩，民族危亡，反映社會和人民心聲的報紙，想超然物外，不是有意逃避，就是自欺欺人。

《新民報》本想保持中間立場，至少不表現得那麼激進。他們幾個高層管理人員湊出了八個字的應對時局的辦報方略：中間偏左，遇礁即避。這是陳銘德「八面玲瓏、多方討巧」做人原則的準確體現。《新民報》總編輯羅承烈曾這樣解釋這一方針：中間偏左，要左到不致封門；在國民黨的高壓下，有時會偏右，但右也不能右到與國民黨一個鼻子出氣，甚至罵共產黨。

新聞媒體在任何社會形態下都是登記准入制，都是在現有體制下運作。沒有哪一個報紙以公開反對、推翻現政府為號召而平安無事。《新民報》的謹小慎微可以理解，也無可厚非。

但在辦報實踐中，在社會潮流的裹挾下，在年輕編輯記者的激情衝擊下，「中間偏左，遇礁即避」就很難把握得那麼恰如其分了。實際上，在舊中國辦報的整整二十年中，《新民報》是被新聞良知和社會共識推著向前走的。

1931 年「九・一八」事變爆發。第二天，《新民報》的頭條新聞是：「日軍昨晨炮轟瀋陽城，實行佔領。長春、營口，同時均被佔領，我軍毫無抵抗，完全繳械。」報紙配發的社論是《東北全非我有，國亡無日，請對日宣戰！》，態度十分鮮明。

1931 年 12 月 5 日，北大學生赴京示威團在南京街上遊行，沿途高呼：「反對政府出賣東三省！」「打倒賣國政府！」「被壓迫民眾聯合起來！」等口號，當即與軍警發生衝突：一百八十五人被捕。被捕的北大學生領袖之一，就是後來以敢於直言而聞名的千家駒。12 月 6 日，

《新民報》即發表社論《北大學生被拘事件》，聲援學生的抗日愛國行動，呼籲「不必對學生用武力。」

1932 年元月，爆發了「一・二八」淞滬抗戰。十九路軍在上海英勇抗敵，使萎靡多時的國運民情大大振奮，《新民報》即在 1 月 31 日發表〈救國之最後一著〉的社論，竭力為抗日軍民打氣。《新民報》還連篇累牘地報導上海學生赴京請願的消息。

所有這一切，激怒了國民黨中宣部。3 月初，接連兩個晚上，國民黨中宣部秘書方治，直接打電話到《新民報》編輯部，威脅道：「叫你們不要再登學生請願的消息，你們一直不聽話。再這樣下去，我們只有下令抓人，查封你們的報館了！」

陳銘德和他的同事們完全愕然了！難道報導學生請求抗日、請願出兵錯了嗎？《新民報》創刊兩周年紀念日剛剛過去，紀念增刊上的錚錚誓言，言猶在耳。「號稱民眾喉舌者，對於民眾之所欲言之所不能言之所不敢言者，應即大聲疾呼，方無愧此喉舌，若竟不為民眾說話，而反為民眾公敵散佈其麻醉劑，宣揚其讚美詩，以欺騙民眾，則其人格之卑污較雉兔而尤甚，更何論乎社會導師？」「人民喉舌須尊重，我輩頭顱須看輕」，「世無公道全憑我，舌不自由枉有頭」。陳銘德個性柔弱，逆來順受，他是從不出惡聲的，面對方治的大發雷霆，他也只有唯唯喏喏。但對他手下的編輯記者，他卻實在是無法約束，無以啟齒。《新民報》的抗日報導照樣紅紅火火。終於，1932 年 6 月 19 日，創刊兩年多一點的《新民報》第一次受到了首都警備司令部停刊一日的處分，罪名是有兩天的三條新聞未送檢查便擅自發表了。國民黨中宣部每月給《新民報》的八百元津貼也從此停發了。

1935 年的華北事變，讓風雨飄搖的中國陷入了更大的危機之中。

這一年的 5 月 31 日，國民黨華北當局與日軍簽訂了《塘沽協定》，承認了日本帝國主義對東北三省及熱河的佔領。《塘沽協定》之後，日本侵華重點開始向華北轉移。它的戰略意圖就是在華北建立第二個滿州國。於是，有關「華北自治」的呼聲甚囂塵上，而國民黨當局不但沒有有力的反擊措施，相反，還與日方陸續簽訂了喪權辱國的《何梅

協定》和《秦土協定》。「華北之大，已經放不下一張平靜的書桌了」，1935 年 12 月 9 日，北平一萬多愛國學生舉行了聲勢浩大的示威遊行。他們高呼：「停止內戰，一致對外」、「打倒漢奸賣國賊」、「打倒日本帝國主義」等口號，前往北平政府請願。國民黨當局殘酷鎮壓了愛國學生，他們指使軍警用大刀和高壓水龍頭對付學生，許多學生被捕入獄。這就是著名的「一二‧九」運動。

　　學生的愛國壯舉真是具有一種激動人心的力量！他們奮不顧身的呼喊，會在每一個正直的中國人的靈魂深處迴盪！對於沉悶多時的《新民報》來說，「一二‧九」學生運動就像久陰不開的天空上響起了一聲炸雷，那一個個文字又開始活動了。12 月 11 日，《新民報》就發表了題為〈平市學生萬歲〉的社論。12 月 16 日，北平市民和學生二萬多人，在天橋舉行市民大會，反對成立企圖自治的「冀察政務委員會」，又與軍警發生激烈衝突，造成嚴重流血事件，受傷和被捕的學生有數十人。第二天，12 月 17 日的《新民報》頭版頭條大字刊登了 16 日北平總示威的消息，同時，還刊登了一封北平學生的來信：

　　……悲慘的壯烈的學生運動正在進行著。我們拿人和血來反對自治運動而示威，為國家爭一點國格。這種運動，北方報紙不准登載，南方報紙很簡單。而且許多未登。告訴你們吧！一位女同學已傷重逝世，有幾十位受傷的睡在醫院裏，有大批坐在牢裏，現在還繼續逮捕學生，各學校均已罷課。在嚴密監視下，我們在預備作一次大規模示威。雖然他們說要用大刀和手槍來阻止我們。在請願那天，軍警手握機關槍守著城門。這樣，我們已經沒有救國和愛國的自由了。那天我們請願的情形是可歌可泣的，城裏是流血和衝突，城外冒著零度以下的朔風，從早上七時由學校步行出發，餓著肚子，直到五點多鐘才回學校。城外有千多人，城內是六千人。我們急切需要各地學生援助，這是我們唯一的目標！我們的代表

已經南下，好友，援助我們！援助我們！我們忍受著一切要同我們的敵人鬥爭。

就在這同一天的《新民報》上，還刊登著一則尋人啟事：

> 首都婦女救國會、南京學術團體救國會聯合會籌備處尋找華北來京學生代表啟事：據北平來訊，華北學生反對辱國自治，推派代表進京請願，敝會等極欲與代表諸君晤面，連日四處探訪，迄無下落，特此登報訪詢。希來京代表或其他人士，見報即以地址見示，不勝感激企盼之至。

這個特殊的尋人啟事是由曹孟君、鄧季惺、譚惕吾送到《新民報》要求刊登的。「一二·九」運動以後，北平、天津、濟南、上海等地學生紛紛來南京請願。坊間盛傳國民黨政府不但不接受學生的要求，反而暗中逮捕了一部分請願學生。這個尋人啟事就是暗示有學生失蹤了。這些婦女活動家的創造性的思維和行動，反映了她們愛護和支持學生的急迫心情。

國民黨當局惱羞成怒了。國民黨中宣部給予了《新民報》僅次於「封門」的嚴厲處罰——勒令停刊三天。陳銘德則被南京警察廳調查課傳訊，拘留了半夜。調查課課長趙世瑞對陳銘德說：「《新民報》刊登這個啟事，暗示學生群眾，政府扣留了他們的代表，故意造謠，煽動學潮。你老婆鄧季惺在婦女救國會，叫她當心點！」

12月26、27、28日，《新民報》停刊三天。

三天過後，復刊之時，《新民報》主筆羅承烈專門寫了〈三日雜感〉的社論。社論說：「本報不與讀者相見，忽忽三日，停刊原因，具見各報啟事，當蒙共鑒。在此停刊期間，固知凡關心本報之人，無不懸念非常。本報除感激之外，內心之難過和痛苦情形，更較讀者為尤甚！竊思本報自發刊以至今日，六易寒暑，始終一貫的在黨政機關領導之下，以純正民眾之立場，發抒正義，愛護國家民族，艱苦備嘗，未渝此志。際茲困難嚴重，舉國惶急之時，本報同人激於愛國熱忱，自慚

無狀，至有停刊之事，深覺愧對讀者。今後惟當益加奮勉，兢業從事，在一切方法上，力求妥慎，仍本初衷，次期無負社會人士與黨政機關之厚望，此則本報同人理當為國人告者也。」社論寫得沉痛悲憫。貌似自責，其實是對時局的深深憂慮。

　　當年重慶《新民報》總編輯陳理源先生回憶，1941 年 12 月 11 日，採訪部主任浦熙修發給他一則「孔夫人愛犬飛渝」的新聞。當時正值太平洋戰爭爆發，香港危在旦夕，居留香港的許多著名文化工作者因缺乏交通工具而不能儘快撤離，而孔祥熙夫人的洋狗卻從香港飛到了重慶！這條新聞理所當然地被新聞檢查機關扣壓了。浦熙修並不氣餒，思索片刻，她就把這條消息像夾三明治一樣混在一堆花絮裏：一、政治部舉行「太平洋戰爭展望」座談會；二、日來停候於飛機場遙望飛機自天外飛來者大有人在，昨日王雲五先生亦三次往迎，三次失望；三、昨日陪都洋狗又增多七八條，為真正喝牛奶之外國種；四、社會局昨日午後召集市商會各業商人開會，商討平抑物價對策，市長親自出席指示；五、昨香港電訊仍舊可通，上海電訊已斷。

　　在這一堆看上去五光十色的花架中，編輯做了這樣一個標題：

　　佇候天外飛機來
　　喝牛奶的洋狗
　　又增多七八頭

良苦用心，何其難哉！

　　當然，並不是所有的新聞，都能這樣容易地蒙混過關，幸運見報。1943 年 3 月 2 日晚上，浦熙修發給編輯部一組稿件。其中有兩條消息是她寫的。一條是女公務員因為生活困難，要求增發平價米，推選代表向行政院副院長孔祥熙請願。孔祥熙說：「國難期間，應該刻苦自勵，不可要求過奢。」當即予以拒絕。另一條是「孔大小姐飛往美國結婚」，報導說，婚禮將由蔣夫人主持。先前運往美國的六箱嫁衣，因飛機失事，嫁妝污有水漬，已全部報廢，現正由財政部婦女工作隊數十人日夜趕工重制，做好後再運美國等等。

這兩條消息送往國民黨新聞檢查所檢查之後,「女公務員請願」一稿被蓋上「免登」的印戳,而「孔大小姐飛美結婚」一稿被蓋上「刪登」的印戳。很顯然,關於嫁妝的內容都是在刪除的範圍之內。

當時的《新民報》總編輯陳理源拿到審查後的報紙大樣後,十分氣憤。新聞中最精彩的部分,這個不許登,那個要刪改,讀者還有什麼可看的?多年來集聚的怒火在陳理源心中瞬間爆發,這個熱血青年做出了一個大膽的決定:不理睬審查結果,全文照登,「一個字不動。坐牢打板子讓他去!」

報紙甫出,輿論大嘩。讀者拍手叫好,同行欽佩仰慕,而國民黨新聞檢查所卻暴跳如雷。它豈能容忍對權力的蔑視,非要將《新民報》封門不可。「惹禍」的兩個當事人卻不認帳。浦熙修說:這個稿子由我負責,不能怪理源。如果我不寫,就什麼事也沒有了。但我沒有帶政治性,如果是事實,那就不可說得那麼嚇人,封門囉什麼的。陳理源接過話來說,哪裡怪你吆,當編輯就是要把關。這件事情當然是我負責。⋯⋯請總經理去對孔副院長說,幾百個人與此事無關,錯是我一個人的錯。但稿子寫的是事實,如果新聞紙沒有新聞自由,我也沒有辦法。我保證絕對不跑,我等著。

這些拍胸脯的豪言壯語是救不了《新民報》的。陳銘德四處磕頭,八方作揖,人前說軟話,人後暗垂淚,終於在刊登了幾次澄清啟事和道歉聲明、又當面挨了孔祥熙的一頓惡狠狠的搶白後,才勉強過關。

在國共團結抗日、槍口一致對外的 1944 年 5 月中旬,《新民報》記者趙超構參加了中外記者西北參觀團,到陝南、晉西訪問,一路曲折於 6 月 3 日到達延安,7 月 25 日返回重慶。趙超構經過幾天的疏理和寫作,7 月 30 日起,《延安一月》同時在《新民報》重慶、成都兩版刊出。《延安一月》報導了邊區的軍事、政治、經濟、文化、衛生等多方面的真實情況,還介紹了從國統區到延安的眾多著名文化人的精神面貌和工作成就,為國統區人民瞭解共產黨和延安解放區打開了一扇窗子。開始,報紙只是每天登載幾百字的《延安一月》,讀者紛紛來信,要求多用些版面每天多登一點。報社只好滿足讀者的要求,壓縮

其他內容，每天刊登兩千字的《延安一月》，在 10 月 18 日登完全文。11 月，《新民報》出版了《延安一月》單行本，很快便銷售一空。只好連續重印了三版，才滿足了讀者需要。毛澤東後來也說：「我看過《延安一月》，能在重慶這個地方發表這樣的文章，作者的膽識是可貴的。」

毛澤東記住了《延安一月》，也就記住了趙超構。自此，最高領袖與新聞記者之間，開始了長達幾十年的友誼與交往。

1945 年 8 月底，毛澤東到重慶談判，期間曾邀請趙超構、張恨水到重慶八路軍辦事處談話，毛澤東說趙超構「是個自由主義者」。趙超構沒有聽出毛的隱含批評的畫外之音，還以為是對自己的最好褒獎，很是自喜了一陣子。

十二年後，在中央宣傳工作會議上，毛澤東與趙超構又見面了。毛澤東說：「你們的報紙，另具一格，我喜歡看。」趙超構在《新民報》內倡導新聞改革，提出「短些，再短些；廣些，再廣些；軟些，再軟些」三句口號。毛澤東首肯了前兩句，對後一句表示要考慮一下。他說：「軟些，再軟些，軟到哪裡去呢？報紙文章對讀者要親切些，平等待人不擺架子這是對的，但要軟中有硬。」

反右狂飆中，毛澤東力保趙超構過關，沒有給他戴上右派分子的帽子。其實，憑趙超構在鳴放當中的言論，戴上十頂右派帽子也不為多。6 月 30 日，毛澤東在中南海會見趙超構，談到了雜文寫作之事。毛澤東笑道：「我想做個雜文家，為《人民日報》寫點雜文，可惜我現在沒有這個自由。雜文家難得，因此我要保護一些雜文家。」臨別時，毛澤東叮囑趙超構：「聽說你在上海平日常到城隍廟去坐茶館。這個，我倒不反對，但是總不能整日泡在茶館裏吧，希望你有空接觸接觸工農群眾。」

1958 年 1 月 6 日夜間，身在西湖劉莊的毛澤東忽發雅興，派他的專機去上海接來了趙超構、周谷城、談家楨三人。他們與毛澤東各握一杯香茗，做竟夜之談，話題涉及生物學、遺傳學、邏輯學、哲學、文學、新聞學等等。毛澤東又一次告誡趙超構要「走出書齋到工農群眾當中去，看看社會主義建設。」他說：「我看你可以回自己家鄉去走走，一個人對自己的家鄉最熟悉，最能對比出新舊兩個社會的變化。」

最高領袖對利用報紙，做好宣傳，歌頌社會主義新中國是滿懷一腔熱忱，念之系之的。趙超構只有遵命。當年五六月間，他回到家鄉溫州參觀考察了兩個月，在《新民晚報》上刊出了連載十三天的〈吾自故鄉來〉長篇通訊，講述家鄉解放前後的翻天巨變。據說，受到了毛澤東的關注和首肯。

「文革」結束，狂潮退去。許多事情又回到了起點。趙超構又恢復了泡茶館的老習慣。他在這個他熟悉的環境中，聽街談巷議，析百姓牢騷，用「林放」的筆名在《新民晚報》上發表了大量膾炙人口的雜文和評論，讓《新民晚報》與上海市民的生活貼得更近了一些。這些豆腐乾大小的「街談巷議」，比起空話連篇，言不由衷的長篇連載通訊，更令人感覺親切。這權作一段花絮。照錄於此，聊做一證。

1947 年 5 月 20 日，國民參政會議開幕的日子。這一天，京、滬、蘇、杭四市學生幾萬人在南京舉行「挽救教育危機聯合大遊行」。蔣介石出動了全南京的員警、憲兵、青年軍和馬隊圍堵學生。當學生遊行隊伍行進至國府路（今南京長江路）、中山北路一帶時，即用水龍、皮鞭打傷學生百餘人，逮捕二十多人，造成了震驚全國的「五‧二〇」血案。這一天，《新民報》南京社記者金光群、邵瓊、唐志鏞、趙萊辛等人都在現場採訪，親眼目睹員警憲兵特務將學生打得血肉橫飛的慘狀。採訪部主任浦熙修生病在家，也被叫到報社，一同安排報導。

經過血腥的一天，記者、編輯的情緒都很激動。記者們有的奮筆疾書，有的邊寫邊抹眼淚。陳銘德在編輯部內來回踱步，心情十分沉重。學生示威遊行遭到鎮壓已是鐵定的事實。記者邵瓊從現場回到報社，一邊哭泣一邊訴說，她親眼看見一個特務擰住一個女學生的頭髮，另一個特務揮起皮鞭猛抽，當場血沫迸濺！其他記者的敘述也證明是軍警有預謀的鎮壓。然而，陳銘德已經接到了來自官方的報導口徑：軍警和學生互毆。中央社社長蕭同茲也來過報社，當面告誡他，此事干係重大，不可造次，應當以當局的報導口徑為準。

這就是陳銘德人生的艱難之處。別人是可以對事實直抒胸臆地做出判斷的，而他，總是要在事實與謊言之間做出抉擇。這也是一個與

舊中國報人終生相隨的尷尬。生活因了這樣的考驗層出不窮而變得酷烈了。陳銘德凝重地聽著記者們的敘述，看著他們義憤地寫稿，想說什麼，可終於什麼也沒有說。臨去之前，他對總編輯曹仲英了一句：「今天的報導關係到報紙的生死存亡，要當心啊……」

　　曹仲英自然會意。這一晚，《新民報》編輯部裏兩派意見涇渭分明。採訪部主任浦熙修態度相當激進；而曹仲英則字斟句酌，把可能讓當局抓到辮子的地方統統刪去。大部分編輯與總編輯一起，就有關稿件逐字逐句地推敲，一改再改，仔細到連一個標點符號也不放過，直到5月21日黎明，才弄齊稿子拼成大樣。有關「五‧二〇」事件的報導、言論和圖片，占了一個整版又半個版。

　　同一個夜晚，就在《新民報》同人殫思竭慮，做著既要據實報導，又要防患於未然的努力的時候，南京《大剛報》編輯部卻是劍拔弩張，相持不下。此時的《大剛報》已被國民黨控制，陳立夫親自跑到《大剛報》編輯部督陣，說是只能寫學生暴亂，學生打員警。採訪記者不幹，僵持到晚上一點多，《大剛報》的頭頭們才鬆了口，說「可以寫互毆」。採訪記者仍不幹，說：「我看到的是員警打學生。」最後，雙方無法妥協，決定不用「本報訊」，只用中央社的稿子。

　　《新民報》關於「五‧二〇」事件的報導，鼓勵了學生的士氣，僅中央大學的學生就買去三千份報紙，作為擴大宣傳和向全國介紹之用。但首都衛戌司令部卻說《新民報》報導失實，天天派士兵和特務到報社糾纏，以至影響了編輯部的日常工作。

　　這些抗命不從，據實報導，旁敲側擊，影射政治的新聞報導和副刊文章，接二連三地出現在《新民報》的各地各版上，其中吳祖光主編的上海版副刊《夜光杯》刊發的〈冥國國歌〉一稿，聶紺弩主編的重慶版日刊《呼吸》專欄上刊登的雜文《無題》，都讓陳銘德、鄧季惺夫婦吃盡了苦頭。好在鄧季惺不像陳銘德那樣怯懦，氣頭上，她也會說幾句火上澆油的話，什麼新聞自由啊，法制社會啊，一副居高臨下、事不關己的樣子，好像這份家業與她無關似的。這就叫性格使然，別人是奈何不得的。

　　之所以不厭其煩地列舉《新民報》的光輝鬥爭歷史,實在是因為爭取「新聞自由」是現代中國新聞史上的一個永恆的、無法回避的嚴肅話題,實在是因為為了爭取這辦報、辦刊、辦廣播的最基本的自由,我國新聞界的志士仁人付出了太多的生命和鮮血的代價。當然,這些「鬥爭故事」比起抗戰勝利前後鄧季惺的傳奇經歷,少了更多的懸念和驚奇。

　　抗戰八年,《新民報》回到故鄉四川,如魚得水,左右逢源,很快便建立了重慶、成都兩家報社,各出日、晚兩刊。戰爭的硝煙剛剛熄滅,人心不定、百廢待舉之時,1945 年 9 月 18 日,鄧季惺隻身出川,先飛南京接收《新民報》舊產,10 月份,便復刊了南京《新民報》日刊,很快,晚刊也創刊面世。隨後,馬不停蹄奔上海,以一千四百兩黃金買下了瑞金大樓做為報社社址,上海社的籌建有條不紊。最後,冒著嚴寒赴北平,每天奔走於大街小巷,選社址,訂設備,物色住房,延攬人才,短短二十幾天,竟然都被她搞定了。看看鄧季惺出川不足一年的成就吧:1946 年 4 月 4 日,《新民報》北平版創刊,1946 年 5 月 1 日,《新民報》上海版晚刊創刊。重慶、成都、南京的《新民報》均為日、晚兩刊。至此,《新民報》五社八版的格局正式形成,成為了現代中國最大的民營報系!

　　那是一個充滿著希望和喜悅的時代。抗日戰爭的最終勝利,使四萬萬中國人民有撥開濃霧見青天般的欣喜和輕鬆。此時的鄧季惺,同樣被樂觀的情緒左右著,她沒有認清蔣介石的真實面目,完全錯誤地估計了形勢。她以為採取民主和法制的手段,中國就會走上憲政之路。她積極競選立法委員,希圖在立法院裏實現她的民主理想。《新民報》的五社八版,也真的以為「新聞自由」的春天來到了,甩開膀子,全力採訪,報導了大量國民黨軍隊在內戰中連連失敗的消息和通訊,撰寫了許多春秋手法、意直筆曲的社論和評論,直戳國民黨的痛處……事到如今,蔣介石終於忍無可忍了。

　　1948 年 6 月 30 日,由蔣介石親自主持的官邸會報,做出了南京《新民報》永久停刊的決定。

　　為了替蔣介石的決定鳴鑼開道，《中央日報》自7月1日起，連續發表社論，給《新民報》羅織罪名，吶喊制裁。

　　「官邸決定」迅速在南京傳開了。陳銘德夫婦自知凶多吉少，在劫難逃。陳銘德對各地新聞版編輯蔣文傑說：「我交了兩個好朋友，一個是你蔣文傑，一個是宣諦之。我有兩間房子，讓你們來開店，一個開麵館，一個開飯館。結果呢？你們一個賣鴉片，一個賣白麵。」從不出惡聲的陳銘德，在南京《新民報》行將被停刊之際，也禁不住對導致這一災難的兩個中心人物惡語相向了。

　　蔣介石判決《新民報》永久停刊的手令，7月8日下午終於發出了。這一天的晚些時候，報社接到了國民黨中宣部發出的宣傳指示——國民黨中宣部在每一個重大事件中都要對各報負責人發佈指示，內容說：「某匪報之被查處，應不以同業立場採取支持態度，並應揭發此匪報真相。」陳銘德一接到這張指示，立即明白《新民報》的最後時刻到了。他連忙託請胡子昂找張群打探消息，希望能夠從中斡旋。張群知道這判決來自蔣介石後，只得無奈地對胡子昂說：「已經決定了，算了，何必找麻煩。」晚上九點多鐘，由首都警察局會同南京社會局人員，將這份標以「內政部（三十七）安肆一〇二五六號代電」的公文，正式送到了陳銘德、鄧季惺家中。陳銘德出門接收，來人卻十分頂真地說：鄧季惺是南京《新民報》的直接負責人，這個命令一定要她親自簽收。鄧季惺放下半碗飯，出來接過公文，只見上面寫著：

　　查南京《新民報》屢次刊載為匪宣傳、詆毀政府、散佈謠言、煽惑人心、動搖士氣暨挑撥離間軍民及地方團隊情感之新聞、通訊及言論；近更變本加厲，在豫東軍事緊張之際，企圖發動輿論，反對空軍對匪部之轟炸，顯係蓄意摧毀政府威信，中傷軍民感情，有計劃之反對戡亂步伐，實違反出版法第二十一條第二、三兩款出版品不得損害中華民國利益及破壞公共秩序之宣傳或記載之規定，依照出版法第三十二條規定，應即予以永久停刊處分。

他們問來人，這個命令什麼時候執行？答曰：「立即執行。明天早上就不得再行出版。」他們打發走了來人之後，馬上趕回中山東路報社，約集全社人員開會，告訴大家，命令終於下來了。

正在寫稿的記者放下了筆，編輯放下了手中的版樣，排字工人放下了正在揀排的鉛字，幾個女記者和女職員已經忍不住哭了起來，更多的人則是懷著一腔悲憤，含著熱淚沈默著——報社周圍此時已經佈滿了特務，高聲怒罵是不可能的了。

《新民報》被封的第二天，7 月 9 日，張友鸞在《南京人報》發表通訊〈沉痛的一天〉，記錄了中國新聞史上這黑暗的一刻。我們今天在閱讀這篇通訊時，應該在沉痛中存一絲欣慰。如果沒有《南京人報》的勇氣和膽識，義無反顧地發表《新民報》人的憑弔文章，我們是無從瞭解那個酷熱的夜晚在《新民報》社裏所發生的一切的：

> 九點多，中山東路的《新民報》社，來了很多的人，一部分是社內同事，聽候總經理的報告，一部分是同業和朋友，前來慰問。桌上電話鈴，響個不停，每個電話都是關心者的探問。
>
> 陳銘德先生始終在苦笑，沒有別的表情。他絕不說一句埋怨的話，汗濕透了他的襯衫，和平常一樣親切地招待客人，似乎忘記了疲乏，一位報社同事偷偷地說：總經理這兩天差不多一點飯都沒吃。
>
> 有人安慰他，說到什麼「事業」一類的話，他只是搖頭，並不作答，搖頭，是他昨天除了苦笑以外唯一的表情。
>
> 經理鄧季惺先生原是學法律的，她手拈那紙命令，只是出神。命令中有兩句話：「依照出版法第三十二條之規定，應即予以永久停刊處分。」這命令援引的是北洋政府留下的出版法，而出版法正是行憲立法院將考慮審查的一個單行法，偏巧，鄧又是立法委員，所以她有些迷惘。
>
> 業務部向各報送出停刊啟事，要通知其他分社同人安心，同時準備清理帳目，莫不汗流浹背。

十時左右，陳、鄧，彭總編輯，王總編輯，全體同人，聚集在編輯部裏，鼻頭發酸，互不忍看，只得看著窗外的黑暗。

陳把公文拿給大家看了，他始終帶著苦笑。他說話是一種令人心弦也發生叩擊的腔調。他勉勵大家不要難過，在人生的旅程上，在事業的創造上，這樣的遭遇是隨時可以遇到的。我們既然立心要做一個真正的新聞記者，我們要堅毅忍耐，那麼我們將來必然有更遠大的前途。小小的挫折，是算不得什麼的。他更勉勵大家，乘這個機會，多多檢討自己過去的缺點，多多讀書學習。繼續有人發言，然鄧季惺一言不發，只是坐著。

後來，得知自己上了國民黨抓捕進步人士的黑名單，鄧季惺、陳銘德分別於 1948 年 10 月和 12 月逃亡香港；

後來，全國解放後陳銘德夫婦回到了祖國大陸；

後來，各地的《新民報》陸續公私合營，南京的《新民報》始終沒有復刊，上海的《新民報》於 1952 年更名《新民晚報》繼續出版。陳銘德夫婦加入全國政協，閒賦北京。

不平則鳴，久壓必爆。大鳴大放之際，陳銘德、鄧季惺敞開心扉，就辦報紙和搞新聞，提出了許多尖銳而中肯的意見。也許是這許多年來，他們做為局外人，看了許多，聽了許多，思考了許多，所謂「旁觀者清」者也。

陳銘德說：「辦報必須走群眾路線，群眾所需要所喜愛的，就應當予以滿足。報紙是人民的精神食糧，新聞工作者正和廚師做菜一樣，如果單純講營養價值，而不顧色、香、味，那是不能令食家滿意的。」

他甚至大談起舊時報紙的優點：「舊中國的報紙多數是反動的，落後的，但是也有一些進步的，或是比較進步的報紙，它們都是一些民間報紙，它們對民主革命，有過多少貢獻也不去談它。只談談它們在編輯、採訪、經營管理方面，似乎也還有可以取法之處，似乎不能一概抹殺，全盤否定。既然如此，我們就應該研究它們的經驗與優點，加以承認，予以發揚。最好的報紙要和讀者打成一片，替讀者說出要

說的話，不單是板著面孔訓讀者。這樣，讀者也愛護報紙，把報紙看作知心朋友……現在全國有幾百家黨報，但是非黨的報紙僅有光明、大公、文匯、新聞、新民五家，非黨的報紙不是太多而是太少了，報紙作為百花齊放的園地和百家爭鳴的講壇來說，多一片園地就能開出更多的花朵，多一個講壇就能多明辨一些是非。」陳銘德在舉出了許多人的實際遭遇之後，強調了尊重老報人的問題。他說「人力大可發掘，應加以利用」。

鄧季惺心直口快，從不掩飾自己的觀點。鳴放中她主張多辦同人報紙，應該把同人報紙變成報紙的民主黨派，這樣可以和黨報競賽，可以減少報導中的主觀片面性。她對黨報和非黨報的待遇不同很有意見。她說，有人說黨報是親兒子，非黨報是義子，不但記者採訪時候受到不同的待遇，就是紙張的分配也有區別……機器也是這樣，黨報有高速輪轉機，非黨報一直用著舊機器。

鄧季惺的牢騷是多方面的。她說：「我來北京九年了，我由《新民報》調《北京日報》當顧問，實際上好久沒有事情可做；連報紙發行多少也不讓知道，後來還是從黑板報上知道的。以後調到民政局任副局長，對局內好多事情也往往是報紙上發表了才知道。自己分工主管的工作會議不讓參加……我提出意見，黨員局長也不聽。久而久之，有些話我就不多說了。因為在實際工作中，我說的不算，黨員局長說的才算，我要再說不是自討沒趣嗎……在舊社會裏，我沒有當過太太、小姐，這幾年在新社會裏我反而好像成了個不勞而食的剝削者了。」

鄧季惺不忘她的法律專業，不忘她一直都在追求的法制化國家。她說：「我認為應該把黨的方針政策，縝密地規定到法律、法令和一切規章制度中去，然後由黨來監督執行。這樣，執行中也可以減少偏差。但是，現在還沒有樹立起法治精神，而是『人治』。不是依法辦事，而是採用『心口相傳，面授機宜』的辦法。」

改革開放之後，我們爭論了好長時間的黨大還是法大？黨和國家的關係，黨和法律的關係，早在 1957 年，鄧季惺用幾句話就講明白了。

　　鳴放過後，在劫難逃。陳銘德、鄧季惺雙雙被打成右派。聲音一致了之後，我們再也聽不到陳銘德、鄧季惺這樣的歷史老人發出的靜靜逆耳之言了。沒有了明眼人的建議和指點，我們在尋找和探索正確路徑的過程中，繞行了數不清的冤枉路。

　　1979年，陳、鄧的右派問題得以改正，1982年，「文革」期間停刊十六年的《新民晚報》復刊，陳銘德、鄧季惺做為《新民晚報》創始人前往祝賀。然而，「不知有漢，無論魏晉」，他們已經沒有多少辦報的話語權了。

　　鄧季惺被打成右派之後，被莫名其妙地任命為全國政協小餐廳的顧問。對於這個明顯帶有懲罰性、侮辱性的「閒差」，鄧季惺卻當了真，恪盡職守，甘之若飴。這個勤勉的女人，發揮四川人節儉持家的優良傳統，竟在小餐廳裏做起了四川泡菜，引得眾人趨之若鶩，據說連江青都慕名前來品嘗。鄧季惺的節儉，或者說是吝嗇，也是出了名的。她的孫女回憶說，她幾乎就從來沒有見過奶奶用過一張新紙寫字。只要鄧季惺看到的舊信封、舊文件的背面、商品包裝紙、甚至是紙盒子的背面，只要還是能寫上字的，她都把它們展平、疊好，用曲別針一摞一摞地別好，仔細收起來，以備再用。陳銘德去世，鄧季惺寫信告知遠在美國的孫女，竟也是一張用過的舊信封的背面。1993年，借孫女從美國回北京探親的機會，家裏人為她祝賀八十六歲壽誕。那一天可真是熱鬧，全家十幾口人，忙進忙出地做菜、端菜、拉桌、擺椅，就在大家圍桌就席、舉杯慶賀的時候，孫女看到鄧季惺面帶幾分落寞，在熱鬧中一個人靜靜地坐著，小聲說了一句：「做這麼多的菜做啥子嘛，哪裡吃得了？」鄧季惺不止一次地表白過，「我這個人一輩子有錢，一輩子不亂花錢。」

　　1989年2月11日，陳銘德病逝於北京，享年九十二歲。新華社破格發出了評價陳銘德的電訊稿：

> 出生於四川省長壽縣的陳銘德先生20世紀20年代初葉便開始
> 了新聞記者的生涯。1929年他發起創辦的《新民報》以版面新

穎、文章富有特色和鮮明的對日抗戰的態度，引起讀者的注意。在此期間，陳先生不斷追求進步，成為中國共產黨的摯友。在「七七」事變一周年時，周恩來同志為《新民報》親筆題詞：全民團結，持久鬥爭。抗戰必勝，建國必成。陳銘德先生和夫人鄧季惺在十分困難的條件下，嘔心瀝血，艱苦創業。一批優秀的人才，一批著名的進步作家，成了《新民報》的長期撰稿人和版面主編。在他的主持下，《新民報》以反映民間疾苦，爭取民主為己任，支持進步學生運動，並用很多篇幅反映人民生活的苦難，揭露了舊社會的黑暗，使《新民報》成為大後方有較大影響的報紙。

評價如此之高。這應該是中共方面對於長期以來對陳銘德不公正待遇的一種補償。

知夫有妻。在為陳銘德舉行的追思會上，鄧季惺說出了壓抑了多年的心裏話，對與自己相濡以沫五十多年的老伴，談出了自己最真切的感受：

他這個人凡是和他接觸過的，都感到如坐春風，因此覺得他這個人不一定有什麼堅定的理想（但我們共同生活幾十年，我知道他是有堅定理想的。他的理想就是堅持民主自由，想用辦報通過新聞來推動社會進步，就是作育新民，繼承和貫徹中山先生的那一套主張）。在解放前的二十年，那樣一個社會那樣一個複雜的環境裏，他不能不在一定的限度內作適當的讓步，在報館裏，他去當外交部長，為了《新民報》的生存，有時要對有權有勢者磕頭作揖。要是讓我來的話，我不會說話，磕頭作揖更辦不到。《新民報》早就玉碎不能瓦全了。銘德為了《新民報》的生存不能不委曲求全，有些人便誤以為看不出銘德這個人內心有什麼堅定的理想。但是幾十年的實踐證明，我們的生活經歷證明，在政治上，他沒有拿報紙去做敲門磚，解放前他沒有做過國民黨的官，在經濟上，他沒有藉辦報斂財，蓄積私產，兩袖清風……

在中國這樣一個封建主義直到現在其殘餘影響還未清除的社
會裏，辦什麼民間報，就必然是坎坷一生。在國民黨時代，那
是個什麼樣的日子，半夜三更還經常來電話訓斥責問，直到最
後並未瓦全，南京《新民報》還是被封了門，還要逮捕我們送
「特刑庭」。解放後這四十年環境比國民黨時期好多了，但加
給我們倆的兩頂帽子也是夠人受的，第一頂叫「報業資本
家」……在那時「左」的思想的指導下，這頂帽子是不好受的。
第二頂帽子，就是 57 年了，這一來就是二十多年，也是不好
受的。所以這四十年處境也是坎坷的。銘德選擇了辦民間報這
個職業，註定了在坎坷中度過了他的一生。

這些話，聽起來真有些悲涼。

1995 年 8 月 29 日，鄧季惺病逝於北京，享年 88 歲。

鄧季惺的一生，做了兩件別人無法企及的偉大事業。一是參與創
辦、經營了中國最大的民營報系《新民報》；二是將自己唯一的兒子吳敬
璉培養成了中國最著名的經濟學家之一。當年，鄧季惺就是抱著剛滿周
歲的吳敬璉赴北平陪丈夫治病的。吳竹似病逝後，有人要小小的吳敬璉
跪櫃柩、穿孝服、摔瓦盆，鄧季惺一口回絕了。她不想讓體弱多病的幼
小兒子遭此折磨。晚年的鄧季惺嚴重重聽，可又十分關心時事政治，看
新聞聯播時，電視開到山響，吵得家裏人恨不得耳朵裏塞棉花。寶貝兒
子吳敬璉回家在餐桌上談論國家大事之時，是鄧季惺最幸福的時刻，她
將助聽器開到最大，有時還是聽不清兒子的高談闊論，她向孫女抱怨，
你爸是故意說得又快又輕，成心讓我聽不明白。鄧季惺最得意的是，她讓
經濟學家的兒子最終弄明白了什麼是股份制企業。因為，吳敬璉還在進行
案頭研究的時候，五十多年前，鄧季惺已經在《新民報》裏付諸實施了。

陳銘德、鄧季惺逝世後，他們的骨灰安放在八寶山公墓。在他們
的墓碑上，親朋好友們刻下了這樣一段話：陳鄧兩人畢生追求新聞自
由、民主法治和民族富強，即使身處逆境，依然保持堅定執著的信念，
相濡以沫，共度艱難歲月……

主要參考文獻

《民間的回聲》 蔣麗萍 林偉平著 新世界出版社 2004 年 8 月第一版

《我和爸爸吳敬鏈》 吳曉蓮著 當代中國出版社 2007 年第一版

《自由的歷險——中國自由主義新聞思想史》 張育仁著 雲南人民出版社 2002 年 11 月第一版

《陳銘德、鄧季惺與〈新民報〉》 楊雪梅著 中華書局 2008 年 8 月第一版

范長江

　　「范長江同志是我國現代新聞史上最傑出的新聞工作者之一。」
這是新華社原社長吳冷西對范長江的評價。

　　隨著時間的推移，范長江在新中國新聞界的地位日臻隆盛。以他
的名字命名的「長江新聞獎」是對中國記者的最高獎賞。以另一位歷
史名人命名的「韜奮新聞獎」，是所有編輯嚮往的最高層次的獎勵。

　　范長江出生於 1909 年，逝世於 1970 年。他死得很慘。「文革」期
間，他在中國科協設在河南確山的「五七」幹校中遭受殘酷迫害，終
於耐受不住身心俱裂的罕見折磨，自殺身亡。

　　在范長江六十一年的不算長久的生命歷程中，可以分為明顯的前
後兩個生命時段。

　　前一階段自出生、求學、奮鬥，滿腔熱忱、義無反顧地投身新聞
事業，直到離開《大公報》，於 1939 年組建「國際新聞社」，發起成立
「中國青年記者協會」。這是范長江個性充分張揚，才能盡情顯現的輝
煌時期。剛剛三十周歲，他就完成了中國新聞史上的諸多壯舉，深入
西南、西北不毛之地艱苦採訪，追隨抗戰將士直達前沿陣地距日軍
僅咫尺之遙，帳篷內、戰壕中，親見國軍抗戰勇士們浴血沙場、視
死如歸、淡定從容、家國至上的英雄氣慨。《中國的西北角》、《塞上行》、
《西線風雲》等作品集堪稱佳作，風靡全國。《中國的西北角》出版
三年，加印八版，一時呈洛陽紙貴之勢。這是范長江個性充分展示的
輝煌時期。

　　以 1939 年底范長江入黨為標誌，開始了他生命中的第二個階段。
1941 年初，奉命赴香港創辦《華商報》，做為中共在香港的一個言論
陣地力挺中共主張。太平洋戰爭爆發後，香港淪陷。喬裝改扮，逃出
香港，赴桂林，經武漢、上海進入蘇北解放區。先後擔任新華社華中

分社、華中總分社社長和《新華日報》(華中版)社長。范長江入了黨，做了官，鮮明的個性淹沒在了黨的事業的共性之中，他的腳無法遠足，他的筆不再犀利，幾乎再沒有好的作品問世。

1949 年翻天覆地之後，范長江擔任了中共中央機關報《人民日報》的社長。《人民日報》不能稱之為完全意義上的新聞機構，那是一個高度政治化、高度敏感的政治機關。范長江在《人民日報》工作了短短的兩年半，就因為他個人性格方面的缺陷黯然離職了。他對新聞真實性和時效性一往情深的眷顧，他獨行俠般的記者作風，是無法適應高度機關化、高度政治化的最高機關報的環境和氛圍的。

1952 年之後，范長江竟完全脫離了新聞工作。他敏感的新聞嗅覺，深厚的新聞素養、倚馬可待的「快槍」之筆，完全失去了用武之地。他在政務院文化教育委員會、國務院辦公室和全國科協幾個無足輕重的部門間轉來轉去。最終在「文革」風暴中枝萎葉枯。

對范長江生命歷程的這樣分段，完全不符合主流輿論，也不符合當下的政治評判標準。筆者無意糾纏在高深莫測的階級紛爭當中。就新聞記者這一特殊職業而言，什麼時候他採訪的天地無限廣大，採訪的自由充分保障，個性盡情張揚時，那就是他的作品高質量、大豐收，一稿揚名、一炮走紅的黃金時期。反之，以黨性要求，以共性束之，無論多麼優秀記者的個人才華，都湮沒在了宏大的革命事業的集體之中了。

結論是簡單而明確的：歷史和現實已經充分證明，記者工作是一種精神的個體勞動。其中的兩個要素是萬萬抹煞不得的：精神的。個體的。

1909 年 10 月，范長江出生在四川省內江縣一個叫趙家壩的村中。

趙家壩山清水秀，物產豐饒，沱江傍村而去，滋養著這方富裕的土地。

范長江出生時，他家已是沒落地主，風光不再，與這寧靜、祥和的村莊已不協調，這對范長江性格的形成，造成了極大的影響。

范長江的爺爺是清末秀才，粗知經史，一生沒有功名，在鄉間以教書為生。范長江的父親在兄弟中排行老四，無甚專長，年輕時在四川軍閥熊克武部隊裏當兵，也就混到個下級軍官。

風光不再的大戶人家，沒落之後渴望「翻身」的願望是十分強烈的。范長江天資聰穎，勤奮好學，祖父兩輩便將振興家業、光宗耀祖的希望寄託在了范長江身上。這就塑造了范長江最初的謀事創業、揚名立萬、出人頭地、名彰天下的獨特個性。

整個范長江的青少年時代，就是在這種亢奮激烈理想的驅策下成長的。

1923年秋天，范長江小學畢業後，考入了內江中學。從偏遠的鄉村一步邁進縣城，范長江一時還無法適應。內江盛產甘蔗，是四川的糖城，經濟格外發達，縣城裏熙來攘往，熱鬧非常。別人見怪不怪的事情，在范長江眼中都是新奇無比。范長江是班裏年齡最小的學生，內江中學又是新式學堂，對於在鄉村小學從未接觸過的數理化和英語，范長江如聽天書。第一學期下來，成績不但不優異，而只是能剛剛跟上趟罷了。這讓范長江的自尊心受到了極大的刺激。第二學期開始，他發憤苦讀，甚至冒著被學監處罰的風險，用自製的小油燈開夜車苦熬。第二學年結束，他考了個全班第三名。

范長江極其張揚的個性、特立獨行的處事風格，使他漸漸不容於內江中學的同學們了。范長江也覺得內江的天地小了，資訊不夠流暢，觀念過於保守，他感到了苦悶和壓抑。中學第二年級的時候，他轉到了鄰縣——資中省立第六中學讀書去了。這給范長江那顆驕傲的心些許安慰：他入了省立中學，又比內江中學的同學高了一個頭皮。

1925年秋天，國內形勢發生了急劇變化，北伐軍一路挺進，打到了武漢，遂決定將革命政府遷至武漢。廣州的黃埔軍校也一同移駐武漢，仍以「黃埔軍校」的名義繼續招生、辦學，培訓革命骨幹。

黃埔軍校在重慶設點招生。各縣革命青年學生紛紛報名，招生工作進展順利。內江中學的部分學生報名應試，不少人被錄取。范長江

的好同學寫信告訴了在資中省立第六中學的范長江。范長江豈能錯過這個絕好的機會，他立即登船，順沱江而下，趕赴重慶投考黃埔軍校。

命運捉弄人。范長江趕到重慶的時候，黃埔軍校的招生工作已經結束，錄取的同學已經集結去武漢了。這讓范長江焦急萬分。他已然決定從軍報國，辭別了父老，退學而去，他還怎麼回內江、回資中啊！

他在招生處軟纏硬磨，打動了他們。他們告訴范長江，黃埔軍校去不了，可在重慶就地革命。重慶郊外有一所中法大學分校，校長是吳玉章，也是以宣傳革命理論，培養革命幹部為辦學宗旨的。

也只好如此了。范長江背著行李，翻山越嶺，來到重慶通遠門外的大溪溝，在中法大學分校註冊入學了。

大溪溝遠離塵囂，環境幽靜，是個讀書的好地方。雖然草創期間，教室、宿舍條件簡陋，但學校上下洋溢著開創新事業的革新精神，令人振奮和激動。

1927年春天，因北伐的節節勝利而鼓動起的革命浪潮風起雲湧，社會各界打倒列強，掃除軍閥，平均地權，民主改革的主張不一而足。這讓蔣介石很不舒服。他北伐的目的，的確是要剷除軍伐，消滅割據，但要建立的，是他領導下的統一的中華民國，而不是其他什麼各種名目的革命政府。而各地的軍閥，也仍在擁兵割據，依險扼守，不願易幟更張，歸順革命。

3月24日，北伐軍打到了南京。停泊在長江上的英、美炮艦，居然炮轟南京城，製造了死傷千餘人的流血事件。

四川的革命力量被激怒了。他們決定3月31日中午召開工農商學各界群眾大會，抗議帝國主義列強的野蠻行徑，會後舉行遊行示威。

四川軍閥劉湘秘密下令，鎮壓這次群眾集會。

3月31日上午，范長江同中法大學分校的四百多名同學一起，群情激昂地向會場進發。

上午11時，大會主席團成員、中共四川省委的負責人與各界代表即將登臺之際，突然槍聲大作，劉湘的部隊向手無寸鐵的群眾開槍了。

會場內外一片混亂，人們東奔西突，相互踩踏，哭喊聲響成一片，標語旗幟四處散落。

范長江在奔逃中頭部被撞擊，昏倒在地，隨後中槍死亡的屍體，層層壓在了他的身上。

范長江醒來時，已是黃昏時分，四周是一片撕心裂肺的哭喊之聲，那是家長們在現場辨屍認子。不滿十八歲的學生娃，哪見過這樣血腥的場面，范長江感到了極大的恐懼。他偷偷四瞄，看到劉湘的部隊仍守在會場周圍，槍殺、抓捕那些未死的集會人員。范長江咬牙爬出死人堆，佯裝收屍人員，急匆匆混出了會場。這一天，劉湘手下共殺死四百多人，打傷一千多人。

返校途中，范長江路遇生還的同學。他們告訴他，學校已被劉湘查封，正張網以待抓捕進步學生，萬萬回去不得。無奈之下，范長江躲進了重慶一親戚家暫避一時。

范長江鄉下善良、怕事的父親被重慶「三·三一」事件嚇壞了，幾次三番來信，勸他返回家鄉，安定過活。范長江心高氣盛，這種狀態，這個樣子，他怎能回家被鄉人恥笑，丟人現眼。他決心到武漢去，感受大革命的滾滾熱潮，去實現一個熱血青年的奮鬥理想。

重慶的親戚幫他買了一張船票，范長江悄然離渝，順江而下，向武漢進發。

盛夏時節，范長江到了武漢。這一年的 4 月 12 日，蔣介石已經在上海向中國共產黨及其工人組織舉起了屠刀。一貫高調革命的汪精衛，也開始轉舵，醞釀著鎮壓各界群眾的革命運動。求學已無可能，做工非己所願。聚集在武漢的重慶中法大學分校的同學們，日漸心灰意冷，大多數人已收拾行李，返回了四川老家。范長江絕不退縮，絕不善罷甘休。萬般無奈之下，7 月 10 日，范長江報名參軍。巧得是，他入的是賀龍二十軍的學兵營。當天，他便隨部隊乘船東下，來到鄂城，隨即又開拔到黃石，待命行動。這時，學兵營編進了教導團。

范長江入伍僅僅五天後，7 月 15 日，汪精衛公開與共產黨決裂了。幾天前，他還大喊大叫「革命的到左邊來，不革命的滾到右邊去」。如

今，汪精衛的戰旗上寫著「寧漢合作，反共滅共」。中共決定進行武裝起義，在南昌打響用革命的武裝反對反革命武裝的第一槍。當然，這一切作為普通一兵的范長江是不知道的，更何況他還是一個剛剛入伍的學生兵。

7月23日，部隊抵達九江。26日，范長江所在的教導團乘火車進駐南昌。一到南昌，部隊立即進行緊張的軍事操練。有經驗的老兵私下嘀咕，一場殘酷的戰鬥就在眼前。

7月31日，教導團又突然移駐到大校場營房。與營房一牆之隔的，就是國民革命軍七十九團。當晚點名之時，教導團總隊長訓話：「部隊剛換防移駐到這裏，夜裏不要大意，要警醒點！」

果然，凌晨一點，緊急集合號驟然響起。面對整齊列隊的士兵，總隊長莊嚴宣佈：蔣介石叛變革命，我們唯一的出路就是進行武裝起義。願意革命的，跟我們一起走。不願意革命的，可以離開部隊。

已是箭在弦上，騎虎於背。戰士們齊聲高呼：「一道起義！」學兵們著急了：「我們還沒有槍呢，怎麼打仗？」總隊長說，戰鬥打響後，你們先在旁邊吶喊助威，敵人被殲之後，你們就進入敵人營房收繳武器。

范長江就這樣裹進了南昌起義的部隊。

戰鬥打響後，國民革命軍不堪一擊，七十九團丟盔卸甲，狼狽而逃。范長江這些學兵們，衝進七十九團營房內，將槍支彈藥搬出來，堆放在操場上，小山似的。他們每個人，都挑選了一支自己滿意的步槍。

南昌起義是突然襲擊，是部隊的嘩變，象徵意義大於軍事意義，革命武裝也沒有能力佔領整個南昌城。起義勝利不久，隊伍便撤出南昌，一路南下，經撫州、廣昌、瑞金、尋鄔，向廣東梅縣進發。

至9月底，起義部隊已輾轉兩月，戰鬥不斷，戰況慘烈，戰士們死的死，傷的傷，跑的跑，隊伍走到汕頭時，已所剩無幾，國民革命軍圍追堵截，將起義軍團團包圍了。指揮員讓范長江他們這些學生兵上繳武器，就地遣散了他們。

急火攻心，范長江病倒了。他高燒不退，燒得迷迷糊糊。他不知道他是如何在那個溽暑難耐的潮汕地區萬幸活下來的。

　　大病初癒，范長江心意徬徨：下一步往哪裡去呢？家是不能回的，「無顏見江東父老」。他思忖，只有到大城市去闖蕩才有出路。他明白，大城市能給他提供足夠的舞臺，去實現他的人生理想。

　　范長江像一個流浪漢和乞丐一樣，踽踽獨行，一路北上。他兩度在部隊醫院裏義務做看護，只是為了解決一日三餐，夜有所宿而已。跌跌撞撞，范長江終於來到了南京。

　　身無分文，何以謀生？絕望中，范長江看到了中央黨務學校第二期招生啟事。在從廣東北上的路上，范長江從一張破舊的報紙上看到過中央黨務學校第一期招生的消息，知道這個學校食宿、服裝、學雜費等均免，學歷不限。走投無路的范長江容不得多想，立即前往報名，發榜時發現，他被錄取了。

　　中央黨務學校是國民黨培養黨務工作人員的學校，蔣介石兼任校長。第二期學生，大部分是各省流亡青年，良莠不齊，學識參差。學校規定，黨務學校的學生必須一律加入國民黨，忠誠於組織和領袖。范長江也不例外，入學之後，他成為了一名年輕的國民黨黨員。

　　中央黨務學校的課程，包括政治、經濟、倫理、歷史、地理、數學、英語等，這很符合范長江的學習興趣。1929 年下半年，中央黨務學校更名為中央政治學校，由短訓班改為了四年制的正規教育，由專門培養國民黨黨務幹部的搖籃，轉向了培養行政幹部的大學。除外交系外，行政、財經、鄉村行政等系，以培養未來的縣長、局長為主要目標。

　　雄心勃勃的范長江，列出了為使自己「思想系統化」而需要重點研究的七個問題：

　　一、國內農業現狀之調查及其改造；

　　二、國內經濟問題；

　　三、國際經濟問題之現狀及其研究；

　　四、西北問題；

　　五、東北問題；

　　六、西南問題；

　　七、民族革命運動。

范長江志向高遠，學習刻苦。他給自己制定的生活準則是：

「我們的態度，光明磊落；

　我們的心地，真誠坦率；

　為社會而生存，

　為社會而求學。」

他給自己提出了嚴格的交友標準。他交的朋友必須達到，「人格——光明磊落，而有勇往邁進、不苟安的精神。體魄——強健好動，能持久作革命工作。能力——無一定的限度。對革命要能始終有相當之貢獻。」

他要求自己「加強道德修養」，具體目標是：「助人——盡力為之；養成生活之社會性。誠懇——對人不分親疏；養成生活之真實性。莊重——保持自己尊嚴；養成自尊。謙恭——虛己下人；養成無限發展性。」

海闊天空，前程無限。范長江躊躇滿志，蓄勢待發。

這一切，因「九一八」事變而徹底改變了。

范長江在行將畢業之際棄中央政治學校而去，有其極其複雜的社會、歷史背景。但是做為一個年輕人，他的冒進躁動、朝秦暮楚、不安現狀、百變身心的個性，的確是極其罕見的。

「九一八」之後，為圖存救亡，范長江陷入了深深的矛盾之中。他對同學們說，他要離校北上，去北大學哲學。

同學勸他：「馬上就畢業了，快要到手的畢業文憑，棄之可惜啊。」

范長江答：「欲從政府系統中求出路，是一條絕路……」

有同學問：「你要找尋的是些什麼呢？」

范長江答：「是學習。舉凡哲學、邏輯、歷史、地理、經濟等都要學。」

同學說：「這不是泛而不精嘛！沒有一個人能夠學眾多學科而成為專門家的。」

范長江答：「我並不希望自己成為專門家，我不是為學問而學問，而是為行動而學習。由於救亡圖存所需要的知識是多方面的，所以學習上不能不作多方面的準備。」

同學問：「為什麼非要去北大呢？」

范長江答：「因為它是文化中心，抗日救亡運動正在高漲。」他還滿懷信心地說：「只要在北平得到薪津十多元一月的工作，就可以過活了，就可以向無限的知識的海洋去求索了。」

他寫信託北平的朋友幫忙，能否找到一個圖書館的小職員或大學文學院中工人的工作。

他寫信向家中要錢，希望父母能為他籌措一筆北上的費用。

兩個方面都讓他失望了。北平的朋友沒有回信。父母回信說，籌款困難，無錢彙寄。這也許是父母對范長江不安分個性的另一種批評方式。

范長江去意已決。他變賣了書籍，償還了在校時借同學的債務。他的出走決心感動了幾個同窗好友。一個同學借給他五十元錢。一個同學送了他一襲棉袍、長衫。一個同學幫他搞到一張去北平的免費火車票。

中央政治學校是一個軍事化管理的學校，學生是不能自由退學的，范長江只有秘密出走。一個星期天，在幾個同學的掩護下，范長江走出了校門。他脫下校服，由同學帶回學校。換上棉袍，給教務長羅家倫寫了一封信，聲明退學，與國民黨脫離關係，去北平尋找新的前途。范長江只穿走了一雙學校的橡膠鞋，到北平後，他折價將鞋錢寄回了學校。

1934年年末，動盪不已、四處漂泊的范長江，告別南京，揮手北上，向北平進發了。

隻身闖蕩北平的范長江，首先要解決的是生存問題。除了自謀生路之外，他得不到任何資助。好在范長江顛沛流離了多年，適應環境和艱苦生活的能力還是很強的。

他租了一間小北屋住下，室內僅容一床一桌，沒有臺燈，沒有火爐，只是租金便宜，每月只兩元四角，而且距北京大學、北平圖書館都很近，這已經讓范長江心滿意足了。

范長江行李簡單，臥具更是簡陋，只有一床薄薄的毛毯。北平冬天的夜晚，朔風呼嘯，天寒地凍。范長江睡不安神，夜半幾次被凍醒。他就起身在室內蹦跳，跳暖了身子後上床再睡。

這一時期，范長江四處求職，大學圖書館、學校勤雜工，他都不計較，只要略有收入，解決溫飽即可。可屢次投出的求職信，都是泥牛入海，毫無回音。

工作無著，收入無源，范長江給自己制定了嚴苛的生活開支計畫：

「早餐，免去。

午餐，買10兩餅（當時16兩為一斤），和開水吃。

晚餐，買10兩餅，加一碗豆腐腦。

總計：每日一角三分錢。」

終於有一天，范長江在國語大辭典編纂處找到了一份剪貼辭條的臨時工作。將辭條分門別類剪貼到白紙上。每貼一千條，可得報酬一角。一天忙下來，可貼四千多條，得錢四角多。而且這活兒按件計酬，勿須上班。范長江就半天幹活，半天讀書學習，在他的小屋裏忙了二十天後，范長江貼了四萬多份辭條。這天中午，他帶著他的勞動成果，興沖沖地去辭典編纂處交活、領報酬。活兒都合格，人家留下了，可會計不在，不能結算，也拿不到錢。而此刻，范長江已是身無分文，連晚飯的錢也沒有了。素不相識，又不好讓編纂處的人暫支暫借，只好怏怏離去。他頂著大北風，步行到宣武門四川會館，找到了一個同鄉求助。同鄉給他買了三個大饅頭。此時已是晚上九點多了，范長江狼吞虎嚥地立即吃了兩個饅頭，留下一個作為第二天的早餐。

次日，他從辭典編纂處領到了四元報酬。交了半月房租，又到北平圖書館付一元錢辦了圖書借閱證，生活費也只剩一元多錢了。

剪貼辭條畢竟不是可以長久幹下去的活計，范長江又琢磨著到他住處對面的小飯鋪打工，做麵包，熬豆漿，然後清晨走街串巷，為學生們送早點……

艱難困苦，范長江坦然面對。他心裏是有一個更大的目標的，那就是努力去實現他個人奮鬥的雄心壯志。北平僅僅是他的一個跳板，他看重的是北平的精英氛圍和文化氛圍。他極想在這裏成就他的一番事業。

范長江究竟有什麼理想，他想成就一番什麼事業呢？

　　應該說，他的夢想，就是當一個行俠天地間、仗筆走天下的新聞記者。

　　還在中央政治學校學習的時候，范長江就是《大公報》的忠實讀者，他喜歡這份報紙的公正、及時，喜歡它的遼闊的視野和獨到、深刻的分析及評論。一天，范長江從《大公報》上讀到了有關蘇聯的報導，心情激動，感慨良多，他認真地寫下了自己的讀報心得：「讀完蘇俄視察記，解釋了我許多重要的問題。蘇俄的消費分配，是按工作能力的大小，不是絕對的平均主義。蘇俄的黨員和官員無特殊的權利，而有特殊的義務。它的經濟制度，在現在是生產方面以公有公營為原則，而消費上則任個人自由。這是很合理的制度。」

　　范長江在思考和尋找他個人的出路和前途。他知道，中央政治學校畢業後，也就是做一個國民黨的黨務幹部，宣傳的是組織的理論和政策，毫無個體和個性可言，而這正是他最不能接受的束縛。「我不能不把握著時代的重心，在心靈中預測它的方向，而定個人努力之步驟與處置之方向。」

　　范長江認為，北平一定會讓他實現新聞的夢想。

　　1935 年，新學年開始之際，范長江入北京大學哲學系旁聽，從一年級的課程開始學起。而幾乎與此同時，范長江便開始了他的新聞工作者的探索和實踐。

　　綏遠國軍將士在大漠荒原中抗擊日寇的英雄壯舉，深深地感動著范長江。他等不及學校正籌備組織的慰問團，跟著遼吉黑抗日義勇軍後援會募集的物資，獨自出發勞軍去了。這是一次艱難而危險的旅程，途中遇日機轟炸、裝甲車掃射、土匪搶劫、以日軍奸細之罪被軍隊扣押等等險情，待范長江一個月後返回學校時，清瘦黝黑，同學們幾乎認不出他了。

　　4 月，北京大學慰問團出發，范長江又義無反顧地隨隊出征了。他們赴古北口，登喜峰口，從山海關下又一路西進抵張家口，抗日軍民的英勇事蹟，深深感動著這些年輕的學子。慰問團一路發回了不少報導，刊登在《北平晨報》上。4 月 7 日的報導說：「北京大學學生前線視察慰勞團於 5 日上午 10 時，全體出發張垣各主要市街，冒雨作宣傳

工作，民眾抗日情緒表現甚為熱烈。當本團在路邊街口講演時，一般民眾均面現憤激之色，隨本團高呼口號。將到大境門時，遇大批由多倫逃來之難民，約五六千人，魚貫而行，秩序井然。對於本團之傳單，均爭先索閱。紅十字會領隊人員，對於本團宣傳車經過時，亦搖旗歡呼。」

　　4月11日，《北平晨報》刊登的慰問團新聞報導中寫道：「據紅十字會醫士談，許多傷兵，均因營養不足，不能施行手術。不過沿途民眾，對於傷兵甚為同情。即在康莊，民眾亦多自願為傷兵煮粥。一般傷兵表示，為國拼命，乃軍人應有之責任，死亦無恨。惟在前方凍死餓死，實令人寒心。」

　　這類見聞式報導，慰問團走一路寫一路，影響頗大。

　　現在沒有證據證明這些報導是出自范長江之手，但他參與或是推進了這些報導的產生，應該是不爭的事實。

　　范長江是從中央政治學校出走入北京大學旁聽的，加上他個性鮮明，處事激昂，許多同學便以為他是信仰法西斯主義的法西斯分子，一些左翼學生更誤認為他是國民黨特務組織「藍衣社」的成員。北師大學生、共產黨員涂茅若被憲兵三團抓去，受盡折磨，在獄中不幸染上肺病。涂的堂弟想盡辦法將涂茅若保外就醫，營救出獄，可財力已盡，無錢診病。范長江與涂的堂弟是好朋友，便四處借款，並一同將涂茅若送往協和醫院入院治療。在醫院門口，涂茅若驚恐不已，他以恐懼與乞求的聲音問范長江：「你要把我送到哪裡去？」他以為范長江的法西斯信仰，又要把他送到憲兵隊刑訊折磨他了。被同學誤解到這個程度，讓范長江好長時間悵然不已。

　　這兩次東北、西北慰問勞軍，讓范長江堅定了兩個信念，一是義無反顧地投身新聞事業；二是創造條件去西北考察採訪。在北大讀書期間，范長江不放棄任何機會，給報紙寫新聞稿。他將學生們的動向、活動，學校的新鮮事，寫成稿件，寄給報社。他甚至寫過北京大學圖書館見聞的連續報導。那段時間，北平的《北平晨報》、《世界日報》，天津的《益世報》、《國聞週報》都發過范長江的稿件，名字前邊署的

是本報通訊員。通訊員不是報紙的正式記者，沒有薪水，發一篇稿子領一份稿酬。因而，范長江便可以成為多家報紙的「通訊員」。

1934 年 12 月，范長江在《北平晨報》上刊發了一篇通訊，第一次使用了「長江」這個名字。在此之前，他一直是叫范希天的。為何取名「長江」，後人眾說不已。希望文章如長江之水，一瀉千里，奔流不息，這個含意肯定是有的。這是范長江個性的鮮明展現。

《大公報》慧眼識珠，立即發現了范長江的新聞潛質，指派駐北平辦事處的洪大中前去聯繫范長江，條件只有一個，《大公報》獨家聘范長江為通訊員，每月固定津貼十五元，不再按稿計酬，但范長江必須放棄為其他報紙提供稿件。也就是說，條件是排他的。范長江想也沒想就答應了。十五元錢，對他來說，已經是一個安穩而奢侈的收入了。

范長江西部考察的熱情之火一刻也沒有降溫。他認為，未來戰爭中，西部幅員遼闊，是可以仰仗的大後方。他十分贊同一些專家的觀點：「西北高原襟山帶河，自古以來是戰守自如之地」，當然，親身體驗也使范長江清醒地知道，西部地區還處於貧困、落後狀態，應當促其發展，倘有人去實地考察，發表文章，必然會引起社會各界的注意。范長江就願意去當這個「探險」之人。

利用暑假，他跑去南方，與幾個好朋友謀劃，呼籲發起組建西部考察團，並將計畫書發在了《新民報》、《新京日報》上，謀求經濟資助，結果，毫無聲息。范長江只好作罷。

1935 年年初，范長江將自己西部考察的想法告訴了《世界日報》採訪主任賀逸文。賀逸文聽後十分讚賞，立即把范長江的計畫書交給了《世界日報》社長成舍我。沒想到成舍我對此絲毫沒有興趣，他認為此行沒有什麼新聞價值，《世界日報》不想刊發此類稿件。

《世界日報》的拒絕，讓范長江沮喪不已。但他並不甘心，仍全力以赴地準備著他的西部之行。不久，他又把計畫書交給了《大公報》北平辦事處的楊士焯、洪大中兩位資深記者。他們也是立馬轉給了天津的報社總部。

喜訊傳來了。《大公報》批准了他的考察計畫，決定聘請他為特約通訊員，並同意范長江自己提出的條件：文責自負，按稿計酬，旅費自籌。聞聽此訊，范長江歡呼雀躍，興奮不已。他在個人成功的道路上邁出了堅實的一步。

出發前，范長江專程去天津，拜訪他景仰的《大公報》總經理兼副總編輯胡政之。胡政之才華橫溢，閱歷豐富，從事新聞記者幾十年，不僅見證了國內無數重大新聞事件，還遠赴巴黎採訪了舉世關注的巴黎和會。胡政之持正公允，論事深刻，不僅是記者中的翹楚，更是難得的報紙經營的行家裏手。他與張季鸞接手《大公報》後，一個抓經營，一個主筆政，短短幾年，便將《大公報》帶上了快速發展的軌道，在國內新聞界獨樹一幟。

胡政之對范長江欣賞有加，更對於他敢於孤身一人，深入不毛，考察民情，調研寫稿的壯舉倍加勉力。胡政之對范長江說：「我認為新聞事業是國家的公器。新聞記者應當為社會服務。」「從前的報紙，往往帶政治上的黨派色彩，近來的報紙，又太過於商業化，這都是不對的。」「我們希望，一方面要發揮精神的權威，一方面要扶植物質的進步。這事言之容易，做來卻真困難。因為新聞是社會的縮影，雖說新聞事業應當誘導社會進步，然而社會是一個整體，別的方面不進步，單責成新聞界進步是不可能的。所以，從事於新聞事業的人，需要忍耐地、勇敢地站在社會的前面，開動紙筆合作的鐵甲車，為公眾開道。其間當然會有危險，有困難，招誤會，犯口舌。只要我們不求利，不貪名，誠實做社會的無名公僕，遲早是有成效的。我們以為新聞記者的責任重大，所以有志服務報界的人，應當自重自愛，自省自勵。做記者須有才、學、識三長，而品格之修養，意志的鍛煉，尤為重要。新聞記者如果不講人格，不對職業盡忠實的義務，拿著一枝筆，濫用權威，不但危害於一般社會，大之可以挑動國際戰爭，破壞世界和平。如此作報，於國家民族何益？我們以為新聞記者最需要有責任心，不但發表意見，言必由衷；便是報告新聞，也須有真知灼見。否則對職務為不忠，對社會為不信，對報館為不義。如果不甘為不忠、不信、

不義的新聞記者，便須努力於才能學識的修養。有了這種記者，然後
理想的新聞事業始可成功。」

這幾段經典論述，對於范長江無疑於醍醐灌頂。這也是前輩對後
生的殷殷之望。

胡政之還為范長江寫了不少介紹信，讓他熟悉的朋友關照范長江
的採訪，他還為范長江預支了一筆稿費，讓他不至於囊中過於羞澀。
北平的新聞界同行們也對范長江的壯舉心懷感佩。《世界日報》的張萬
里、賀逸文，《大公報》北平辦事處的楊士焯、洪大中等，每人資助他
一元大洋，合計七、八元錢。錢雖不多，但對一向一貧如洗的范長江
來說，也是不無小補。

范長江的西部之行，從成都出發，過雪山，涉大河，穿越藏人區，
直抵陝甘；然後奔蘭州，越祁連山，踏破賀蘭山缺，繞回五原、包頭。
這是一個偉大的壯舉，而且幾乎是靠一人之力完成的。沒有堅強的意志
和渴望成功的強烈願望，是走不下這段艱難旅程的。那時的中國，交通不
暢，資訊閉塞，西部狀況更是糟糕不堪。范長江一路走一路看，發回了見
聞報導在《大公報》上連載，也是開創了中國新聞記者記行式報導的先河。

「記者等一行（最初范長江與一四川商會同行）於七月十四日正
式離開成都，乘汽車向江油出發。天下小雨，這條路是川西北大道，
過去是田頌堯的防區，由成都到廣漢，倒還勉強可以通行。廣漢以後，
簡直就不能叫『路』。平坦的地方，車輪往往陷入軟泥一尺以上，無法
開行，要乘客大家下來推車，有時還要雇鄉農來推，才能開動。」「名
義上我們包了一個車，實際上走路的機會，非常的多。在一段最難走
的路上，我們已經走得發汗，汽車還在後面爛泥路上擺尾搖頭，似乎
還在希望我們去扶持它。」就在這樣的劣等道路旁，范長江看到，居
然豎著一塊高大的德政碑，是當地「百姓」歌頌田軍長為民造福，修
路架橋的功德的。范長江抹抹頭頂的汗珠，哭笑不得。

范長江西北之行最大的歷史功績，在於他第一次客觀地、準確地
報導了中國工農紅軍的存在和他們艱苦卓絕的戰略轉移。9 月 2 日，
范長江穿越藏區，來到蘭州之後，整理自己的採訪筆記，完成了一篇

〈岷山南北「剿匪」軍事之現勢〉的報導。《大公報》在刊發時，破例加了「編者按」向讀者推薦，稱「值得一看」。

范長江在報導中分析了當時雙方的形勢，「朱、毛、徐向前合股以後，尚有十萬左右之人槍，缺食缺衣、缺彈藥，進圖四川腹地既不可能，留守岷江上段與大小金川之間，尤無法自給。若到冬令，縱全無中央軍事壓迫，單因寒冷與饑餓，將使他們受非常重大的痛苦與犧牲。即以現在之氣候，胡宗南師長守松潘，後方尚有幾條道路可以運輸接濟，然而胡師士兵之因饑寒而病而死者，遠比戰鬥傷亡者為多。則朱、毛、徐向前方面之困難，當十數倍於此。加以東南兩面，中央軍不停的加以軍事的壓迫，則朱、毛、徐向前必在冰雪季之前，脫離現住區域，另謀出路，毫無疑義。」

范長江西部之行報導的關於紅軍的篇章還有〈徐海東果為肖克第二乎？〉、〈紅軍之分裂〉、〈毛澤東過甘入陝之經過〉、〈陝北共魁劉志丹的生平〉、〈從瑞金到陝邊——一個流浪青年的自述〉、〈松潘戰爭之前後〉。那時，《大公報》是獨立於各黨派之外，以「不黨不賣不私不盲」為辦報原則的中立報紙，范長江是一個具有民主思想的自由職業者，合法的中央政府是國民革命政府，從社會環境計、從大眾普遍的價值取向計、從社會基本輿論指向計、甚或從發表的可能性計，范長江只能做此記述，而不能用其他的任何標準和價值判斷。而正是這些寶貴的客觀記述，真實地再現了歷史。

范長江為西部之行做了精心而充分的準備。他的許多報導，配有簡明的地形圖，文章中大量的歷史沿革、背景介紹讓讀者獲益匪淺，他更是懷著強烈平民感情，揭露西部許多地區官僚擅權、富豪巧取、民不聊生的社會百態，是一部難得的西部社會實況「素描」。

他告訴我們，「記者此次詳細考察河西之後，覺河西之現狀，萬難再行支持，目前正是春荒時期，農民大都缺乏種籽，而且日食無從，自然整理水渠、採辦肥料等事，還根本不能談到。」

他告訴我們，大年初一，在酒泉，「有幾條背風的街道，記者簡直在晚間沒有勇氣經過。這般幾乎全身赤裸的孩子，在夜間，他們就在

門角牆腳，乃至無水的水溝裏藏了起來。你如果用手電筒去照，這裏一堆三個，那裏一堆二個，彼此擠得緊緊的睡下了。到了夜間十時以後，氣候變為酷寒，這般孩子漸漸忍受不了，他們於是本於童性的自然，放聲哭出他們求救的慘痛哀聲：『媽媽呀！凍得很呀！』『爸爸呀，救命呀！凍死人呀！』『老爺太太呀！凍得受不了呀！』……有時天氣特別寒冷，一兩條街的災童們一齊號啕大哭起來，哀聲震動全城！」

范長江西部之行的精彩報導，為《大公報》增色不少。《大公報》的主政者們也是愛才惜才，將他正式招致《大公報》任記者。西部之行的報導刊發完畢之後，范長江稿件的署名由「本報特約通訊員」改為了「本報記者」。范長江從此有了一個更大的展示他新聞抱負的平臺。

西部考察結束後，范長江還有南方之行的打算，《大公報》也想倚重范長江這個名牌記者，進一步擴大《大公報》的影響力。就在此時，西北局勢吃緊，日軍的異常調動，預示著中日交火不可避免，戰爭一觸即發。《大公報》急令范長江赴西北採訪。胡政之鄭重地向他說：「這次如果不趕快去，也許要錯過最後的機會了。」

范長江深知這「最後機會」的寶貴。一個新聞記者，對於重大歷史事件的報導，是可遇而不可求的。往往一生的等待，就是為了這一瞬間的「存在」。范長江立即向西北進發。為了穿過日軍佔領區，他甚至化妝成行旅商人。

1936 年初冬，綏遠抗戰拉開了序幕。范長江率領一個記者報導組，就在最前沿採寫新聞。那散發著戰場硝煙氣息的報導在《大公報》上一次次刊出。前線將士浴血殺敵的風采和氣概，深深感動著後方人民。

〔本報平地泉 16 日夜 11 時發專電〕本報記者（11 月）16 日黎明到平地泉，此間將士與民眾皆異常興奮，堅決而鎮定，為「九一八」以來罕見之可喜現象。敵軍三千餘人，15 日午前10 時起，向我紅格爾圖陣地猛攻，並有飛機七架，猛烈向我投彈，激戰至午後 5 時，被我擊退。今日敵方號稱三師之眾，一再猛攻我紅格爾圖。聞嘉卜寺之特務機關首領親任指揮，仍被

> 我少數部隊擊退。我方士氣極旺，愉快的戰爭情緒，充滿於每
> 個官兵眉目間。

范長江還用他那細緻的筆觸，描摹了五位抗日將領的英勇事蹟，
稱他們是：「民族英雄」。其中有彭毓斌師長、董其武旅長、張培勳團
長、蘇開之團長。

西安事變之後，范長江在《大公報》記者中第一個趕赴現場，最
早進入了戒嚴的西安城中，發回了現場的第一手報導。在西安的楊虎
城公館，范長江見到了共產黨領袖之一周恩來。周恩來與范長江熱情
握手，說：「你在紅軍長征路上寫的文章，我們沿途都看到了。」「我
們紅軍裏面的人，對於你的名字都很熟悉。你和我們黨和紅軍都沒有
關係，我們很驚異你對於我們行動的研究和分析。」

范長江趁機向周恩來提出了赴延安採訪的請求。周恩來答，要請
示延安方面同意。第二天，延安的復電就傳到了西安：中共中央同意
范長江訪問延安。這是延安方面批准進入蘇區的第一個國內記者。

延安對范長江的訪問十分重視。他不僅見到了毛澤東，還訪問了
博古、羅瑞卿、吳亮平、廖承志、劉伯承、林祖涵、丁玲、張聞天、
徐特立、林彪、張國燾等中央高級幹部和各方面代表。

范長江記下了他對毛澤東的最初印象：「他是書生外表，儒雅溫
和。走路像諸葛亮『山人』的派頭，而談吐之持重和音調，又類似村
中學究，面目上沒有特別『毛』的地方，只是頭髮稍微長一點。」

毛澤東與范長江作「竟夜長談」，所議廣泛，但主要集中在中國革
命的多方面問題。范長江知悉毛澤東「用腦過度，腦血管膨脹，經常
興奮，不容易睡著⋯⋯他平常很愛讀書，外間輿論的趨勢，他很清楚
地和我談論。」

范長江訪問延安的報導在《大公報》上刊出後，蔣介石大光其火，
訓斥《大公報》總編輯張季鸞，認為在當前抗日大趨勢下，不應發表
這樣的文章。而毛澤東讀到後十分高興，親自給范長江寫信表示感謝，
語氣恭順而尊重。

　　1937 年全面抗戰爆發後，范長江更是以前所未有的激情，投入了戰地報導之中。他同時向國軍和八路軍提出了隨軍採訪的申請，沒想到都獲批准。范長江考慮再三，派他的助手邱崗隨八路軍採訪，他去國軍抗戰一線報導。他知道，日寇的主力部隊是部署在國軍對面的。

　　范長江與他的報導小組逆著逃難的人流一路北上，1938 年 4 月 4 日，來到了徐州第五戰區司令部李宗仁的指揮所。沒想到的是，大戰在即，李宗仁、白崇禧鎮定自若，竟在桌前從容對弈。這讓范長江有了底氣。

　　5 日，范長江北上魯南，來到了孫連仲將軍司令部採訪軍情。第二天傍晚，炮聲隆隆，日機往返穿梭。記者們紛紛猜測，惡戰將至。許多人掉頭撤回了徐州。

　　范長江再一次逆向而動。他騎著軍馬，揮鞭急奔，來到了離台兒莊只一公里半的一個叫南棠棣鋪的小村莊。國軍 31 師師長池峰城的指揮所就設在這裏。這位三十多歲的年輕師長，頭髮蓬鬆，上身穿一件咖啡色絨線衫，下著一條軍褲，幾天幾夜未合眼，嗓音嘶啞，精神極度疲憊。他詼諧地告訴范長江，這裏還有幾捆稻草，真誠歡迎你們在這裏過夜。談到戰事，池師長立即來了精神，他情緒激動地說：「勝敗存亡就看今天晚上！」

　　果然，晚 8 時許，炮聲震天，大地顫動。我軍攻打台兒莊的戰役驟然打響。各部隊依令行事，衝鋒陷陣，斃敵數千之眾。日軍狼狽逃竄，我軍乘勝追擊，至天亮，台兒莊及以北五公里內各重要據點，皆被攻克。台兒莊戰役取得輝煌勝利！

　　攻克台兒莊六小時後，范長江就冒著戰火的硝煙進城採訪，「戰後台兒莊——本報特派員視察報告」當日下午 4 時發回報社。第一時間，第一感覺，第一手戰況，第一份捷報……這為范長江壯麗的記者生涯又添了濃重的一筆。

　　《大公報》總編輯張季鸞十分欣賞范長江所具備的記者素養和才華。但他認為，一個出色的新聞人，不僅要有採訪、寫稿的功力，還要具備編輯、組版的技能。許多新聞人稿子寫得準確、精道，而選稿，編稿，製作標題，組織版面的能力卻十分欠缺。張季鸞想培養范長江，

便調他去做夜班編輯。報社的夜班編輯是一件十分辛苦的工作，天天晝伏夜出，時間緊、稿子多，要在幾個小時內完成一個版的編輯、審閱、校勘工作，的確緊張和勞累。而且編輯工作是為他人做嫁衣裳，稿子編得精練，標題製作醒目，稿件連綴得當，沒人知道是編輯的功勞。讀者只記得記者的名字，只曉得記者的風光。范長江上了兩個夜班就受不了了，他堅決要求離開夜班編輯室，他說，「我不能在這裏出賣我的健康。」這也是范長江的性格使然。他的理想，是做一個闖蕩天下的大牌記者，而不是一個默默無聞的版面編輯。儘管版面編輯是通向總編輯的捷徑和快車道。

張季鸞聞聽大怒。「我們上了幾十年夜班了，毫無怨言。他才上了兩天就受不了了，讓他走！」

張季鸞不會為這點小事就趕走范長江的。有知情者說，張季鸞是惡范長江品德不好。其實這也是張季鸞的偏見。「七七」事變後，范長江思想急劇左傾，他相信共產黨是抗日的先鋒，會帶領人民抵抗日本的侵略，光復大好河山。他積極投入了抗日救亡鬥爭。有時，他會打著張季鸞的旗號與政界、商界高層交涉；有時他會以《大公報》的名義支持青年學生的抗日愛國運動。所有這一切，令夫子般的張季鸞大為不滿，也與他中立的辦報立場相抵牾。事到如今，已不是品德高下之別，而是政見不同之爭了。1938 年 10 月，范長江無奈離開了《大公報》。他記者生涯中最完美的展示舞臺，訇然坍塌了。

此後，范長江在桂林組建了國際新聞社，極力報導中國的抗戰資訊。1939 年，范長江加入了中國共產黨，被組織上派往香港創辦《華商報》。太平洋戰爭爆發後，在香港淪陷前撤回內地，進入蘇北解放區，擔負了新華社和《新華日報》的領導工作。這一時期，范長江的個性在逐漸淡化，黨性，即共性在逐漸加強。他那極具個人色彩、個性語言的膾炙人口的新聞報導不見了，用統一的口徑、組織的價值標準闡釋的新聞一點點多了起來。1941 年，在主筆《華商報》期間，范長江以一個共產黨幹部的身份和口吻，在報紙上連載了〈祖國十年〉長篇報導，報導共二十篇，數萬字之巨。其中第十九節寫的是〈長征與追擊〉：

長征！十萬人的長征！十萬人經過高山大河蠻荒絕域的長征！這不是和平的旅行，這是有二十倍三十倍以上的敵對力量在沿途截擊追剿，而且有沿途地方政府在政治經濟和交通便利上用一切方法阻難的戰鬥行進！

這個歷史上無先例的長征，先後共經一年，一九三五年十月二十一日長征的先鋒部隊才達到陝北。這是二萬五千里的艱難行程。這是世界歷史上空前的軍事遠征，也是世界歷史上驚人的政治事業。

什麼力量使這十萬人始終堅持戰鬥下去？他們始終不畏縮，不分散，不灰心，不變節，不投降。什麼力量使十萬人長期發出超乎常人的能力？他們能忍饑，能耐寒，能跑路，能高速度地行軍，能果敢地衝鋒，能堅決地打敗強大的敵人。為什麼他們能有如許眾多的優秀軍事和政治幹部，能掌握著這只暴風雨襲擊中的危船，能團結十萬人成鋼鐵般的力量，能靈活運用這個不可抵擋的力量，能打破不能想像的困難，能勝利地達到北上的目的？

如果說這是「土匪」，那中國竟有如此眾多優秀的土匪，應當是中國的光榮！如果事實上這些都是中華民族優秀的兒女，我們對於消滅他們的計畫之未能成功，不能不引為民族之大幸！

這無疑是毛澤東讚揚長征壯舉的另一個版本。

與薩特共同創立了「存在主義」的著名法國女作家西蒙波娃，一生對個性的自由生長倍加關注。她往往從日常生活的細微末節之中，感受哲學的深奧原則。1940 年 2 月 15 日，正在服兵役的薩特重返前線。德、法、英之間的戰爭看來難以避免，送行的人非常之多，似乎有生離死別之感。在火車站上，西蒙波娃觀察著這種群體性事件：一邊擠滿了男人，另一邊是一大堆女人。個體消失了。似乎是融化在了群體的汪洋大海中。西蒙波娃認為應該歸還個體生存的權利。

離開《大公報》後，作為個體的范長江，消失了。

范長江新聞生涯的「迴光返照」，是他擔任人民日報社社長之時。

1949 年年底，中共中央決定，調正在上海擔任解放日報社社長的范長江，回北京任人民日報社社長。

此時的《人民日報》，已由原華北局的機關報，升格為中共中央機關報，地位崇高，作用巨大。人民日報社社長，在中央機關序列中，是一個十分重要的崗位。

1950 年 1 月，范長江北上履新。他是躊躇滿志而來，而且大有「受命於危難之機」的感覺。

《人民日報》由河北平山縣進京之後，人員素質良莠不齊，文化水平普遍較低，又缺少辦報經驗和人才，更主要地，是無法迅速適應由農村工作到城市工作的轉變，報紙辦得不能令中共高層滿意，而且差錯不斷，有些甚至是嚴重差錯。如，開國大典期間，《人民日報》把「中央人民政府主席」說成是「中央人民政府委員會主席」，報紙上發表的國旗圖樣說明、國歌歌詞和曲譜居然也有錯漏。建國之日最重要的〈中央人民政府公告〉，居然安排在了要聞版的次要位置。

所有這一切，讓毛澤東震怒。他召集人民日報社、新華社、中央人民廣播電臺的領導嚴加批評。要求查出責任人嚴肅處理，並建立嚴格規章制度杜絕此類差錯。毛澤東發火之後說，你們學學《大公報》嘛。你們有點像《大公報》我就滿意了。

范長江就是在這種背景下走馬上任的。他理解領袖的著急之心，更自喜於毛澤東對《大公報》的表揚。他這個《大公報》一手培養出來的記者，認為是大有用武之地了。

這一年范長江四十歲，正是當幹之年。他精力充沛，熱情高漲，毫不疲倦地投入工作。

他每週組織一次言論寫作座談會，討論和分工評論的題目和執筆人。他直接指揮一些重要的採訪活動，親手編輯一些記者的稿件。

他多次就改進報紙工作向中央寫綜合報告、專題報告和請示報告，經常和中共中央分管《人民日報》工作的胡喬木交換意見。他不僅同編委會成員商議工作，還和普通記者、編輯傾心交談。

他勤奮學習。他給自己規定，每天保證兩小時看書看文件，以此督促編輯記者們學理論，學政策。他時常到中央財經委員會等機關瞭解有關財經方針、政策法規和工作部署，並約請有關領導同志為《人民日報》撰寫評論，以提高《人民日報》的權威性。他自己動手寫的評論，也時常見諸報端。

當然，范長江性格上的情緒化、易激動和政治上的不成熟，也慢慢表露了出來。抗美援朝戰爭打響後，范長江竟滿腔熱忱地到中南海向中央報名參加志願軍，去朝鮮前線打仗。中央領導狠狠批評了他：你的戰鬥崗位就在《人民日報》，這任務比上前線艱苦得多！

范長江並沒有充分覺察到自己政治上的幼稚。他沿用《大公報》的一些做法來管理《人民日報》了。

《人民日報》在過去的辦報實踐上，培養了一支比較龐大的通訊員隊伍，分佈在北京及全國各條戰線、各行各業。范長江對這支通訊員隊伍不太滿意，認為他們基礎差，文字粗，只能反映一些動態消息，寫不出有份量的深度報導。他給全社編輯、記者寫信，要求培養出三五百名「社會活動家」式的通訊員。他說，要把「芝麻」和「綠豆」分開，不能揀了「芝麻」，漏光了「綠豆」。他對「社會活動家」的標準要求甚高。認為應該是一個方面、一個領域的專家，有專業知識，有宏觀思路，瞭解全局情況，解讀政策背景，還要有相當的文字表達能力。這就難住了大多編輯、記者，要培養出「社會活動家」式的通訊員，編輯、記者本人就先要成為「社會活動家」，而戰爭年代從農村走出來的略有文化的戰士，怎麼能一夜之間就轉換成「社會活動家」呢？這種不加區別，不容解釋，硬性強推工作部署的做法，引起了一些編輯、記者的抵觸和反對。

范長江性格急躁，脾氣耿直，又是新聞名家，大牌記者，他對各級幹部和編輯記者批評起來非常嚴厲。尤其是看到錯漏百出、毫無新聞要素的稿件更是火冒三丈。他時常採用「飛行集會」的方式指導工作。就是在哪裡發現了問題，立即在現場組織有關人員開會，由他主講評議，嚴厲斥責，會後立即整改落實。

對於《人民日報》缺少工作計畫，時間觀念淡漠，沒有細緻的工作進度表的農村式的拖遝作風，范長江也是屢次指責、批評。他特別不滿意疲遝、懈怠、不講效率的農村作坊式工作作風，當眾批評為「老棉襖、老油條」。他批評《人民日報》的有些幹部進城後擺老革命的架子，是「豬肉架子」、「狗肉架子」。這些尖刻的語言，使一些老紅軍、老八路們受不了了。論資格、論輩份，這些戰場上衝殺出來的老革命們，比范長江的資本可是大多了。

范長江真以為這是在《大公報》呀！真以為毛澤東要讓他把《人民日報》辦成《大公報》呀！真以為他可以以專家自居，施行名人辦報，同人辦報呀！

他忘了他是有組織的人。組織是講層級的，是講資格的。組織中的人，要盡可以能地抹煞個性、融入共性，努力展示團隊的整體功能。組織對其每一個個體成員要求其忠誠、服從、令行禁止，更是題中應有之意。當個體與組織發生矛盾時，個體必死無疑。除非他能適時脫離這個組織。

范長江正在與他所在的組織漸行漸遠。

1952 年年初，中央在全國搞起了「三反」（反對貪污、反對浪費、反對官僚主義）、「五反」（反對行賄、反對偷稅漏稅、反對盜竊國家財產、反對偷工減料、反對盜竊經濟情報）的運動。范長江被抽調到中國人民大學領導「三反」、「五反」運動。范長江政治閱歷的膚淺和不成熟再次表現出來。他長期在白區工作，沒有多少黨內鬥爭的經驗，大規模的政治運動更是參加的很少。他對眼下的「三反」、「五反」運動如何開展，鬥爭目標是誰，運動該如何發動和推進，毫無經驗。他只憑藉對領袖和組織的忠誠，想把運動搞得轟轟烈烈，成果顯著。結果，引起了人民大學領導和師生們的不滿。

更具諷刺意味的是，范長江在人民大學一心撲在「三反」、「五反」運動上時，他的後院起火了。人民日報社的幹部群眾熱火朝天地反起他來了。扣在他頭上的罪名就是「三反」中的最後一反：官僚主義。

中共中央派黎澍（黨內歷史學家）去人民日報社調查，沒想到群眾對范長江意見那麼大。胡喬木決定范長江在《人民日報》編委會上做檢查，竟然檢查了兩次才勉強通過。

中共高層終於明白，范長江這個個人奮鬥的自由職業者，最終難於納入組織的殼中，《大公報》的辦報模式，也完全不能引入《人民日報》的辦報理念。一句話，共產黨的中央機關報和黨報記者，與資產階級報紙、與資產階級享譽天下的名記者，完全不是一碼事。弄清楚了這一點，其他一切便迎刃而解了。

1952 年 6 月，在任人民日報社社長剛剛兩年半後，范長江離開了中央機關報，離開了新聞工作，離開了他心愛的記者生涯。這是他的悲劇，也是時代的悲劇。

自從范長江融入組織的共性之中後，自從他的黨性空前提高之後，哪怕是在《人民日報》這個全國最大的新聞平臺上，范長江再也沒有佳作問世。在《人民日報》上，除了發了幾篇不署名的評論外，也就只寫了一篇關於農村工作的調查報告。當年多麼雄健的一支筆，就這樣銷聲匿跡了。

根據組織的安排，范長江再也沒有從事新聞工作，甚至連新聞的邊也絲毫不沾了。離開《人民日報》後，他只是擔任了政務院文教委員會副秘書長，後來又擔任了國務院第二辦公廳副主任、國家科委副主任。1958 年任全國科協副主席。這幾乎是一個賦閒之職。「文革」期間受盡折磨，屢遭批鬥，他那《中國的西北角》中稱紅軍為「共匪」、「共魁」的文章，讓他吃了大苦頭，遭長期關押、鬥爭，被劃為「階級異己分子」。1970 年 10 月 23 日，不堪凌辱的范長江在河南確山全國科協「五七」幹校自殺身亡，年僅六十一歲。

從四十二歲賦閒到六十一歲去世，范長江最富經驗、最有創造性的年齡，竟然是在冷漠、歧視、碌碌無為中度過的。

改革開放之後，人民日報社編輯出版了一本《范長江紀念文集》，范長江的老同事、老部下何燕凌在一篇回憶文章中寫道：「也許是由於急切盼望『大轉變』早日完全徹底實現，也許是由於他性格中本來就有些

粗暴和鋒芒畢露的因素，也許由於他思想上有某種偏差，也許還由於同志之間因經歷不同而有某種誤解或不夠瞭解之處，他對人的批評有些話說得失之魯莽或過於尖刻，傷害過一些好同志，他辦事的作風也不是全無可非議之處。」何燕凌說：「當年在報社『三反』運動中，大家在氣頭上對他的批評也不盡公平。這些都已是歷史的陳跡，而且在長幅的畫卷上只不過是微微幾道擦痕，曾經身歷其境的同志早都可以釋然於懷了吧。」

我以為不見得。范長江九泉之下會釋然於懷嗎？這種宏大敘事的歷史觀太空洞、太崇高，或者說太可怕了。不錯，對於遼遠的歷史，個人遭際只是幾道微微的擦痕，但對於一個活靈靈的個體來說呢，那就幾乎是整個生命歷程。誰能體會那幾乎二十年中范長江的苦悶與心酸？專業無施展平臺，英雄無用武之地，一腔新聞夢，空懷家國心。

當年曾激烈反對過范長江的老記者晚年感歎：「那時候長江對老同志有些過份，而我們這些老同志對長江也有些過分了。」這種話，如果不納入體制的範疇之內，營造一個允許試錯、允許糾錯的民主的公正的氛圍之中，說了就跟沒說一樣。

蒼涼的歷史無法重演。

主要參考文獻

《范長江傳》　方蒙著　中國新華出版社　1989 年 2 月第一版

《中國的西北角》　范長江著　新華出版社　1980 年 4 月第一版

《范長江記者生涯研究》　藍鴻文著　中國人民公安大學出版社　2009 年 5 月第一版

《追尋失去的傳統》　傅國湧著　湖南文藝出版社　2004 年 10 月第一版

《張季鸞與〈大公報〉》　王潤澤著　中華書局　2008 年 8 月第一版

《范長為什麼離開〈人民日報〉》　錢江　《百年潮》2009 年第 6 期

儲安平

　　儲安平像一股春風襲來，似一縷輕煙化去。謎一樣的，他在我們面前消失了。

　　骨子裏，儲安平是個非常清高之人。他不是一般意義上的新聞人。他創辦刊物、主持報紙的目的，在於以言論事、文人論政。《客觀》和《觀察》週刊上的那些時事綜述、要聞報導，只不過是他文章的靶子和議論的緣起而已。他的犀利的思想、清新的文筆、條分縷析的沉穩解剖、偶爾顯現的義憤填膺，才是儲安平有別於他人的特徵，才是他最可寶貴的財富。

　　儲安平出生於 1909 年，江蘇宜興人，與徐鑄成是同鄉，小徐兩歲。當然，家庭境況和童年遭際，儲安平與徐鑄成卻是大相徑庭，不可同日而語。

　　儲安平來到世間僅僅六天，母親就去世了，而他的父親，偏偏又是一個吃喝嫖賭不務正業之人，儲安平便由他的祖母和伯父撫養。祖母給了他母愛，而伯父則擔當了嚴父的角色。儲安平一生對他的伯父儲南強心存感激。儲南強早年肄業於江陰南菁書院，與黃炎培同學，清末曾做過南通知縣，後來在家鄉興辦教育，興修水利，關心市政建設。五十歲後，將全部家產投入宜興的善卷、庚桑兩個石灰岩溶洞的建設、開發，是鄉間的一開明士紳。據說國民黨元老吳稚暉遊覽善卷洞時，見儲安平聰慧出眾，曾大為誇讚。

　　十四歲的時候，儲安平的祖母與父親相繼去世了。這樣的打擊不可謂不大，但對於從小失慈，過慣了動盪、流浪生活的儲安平來說，這倒是他人生最好的成長劑。

　　1928 年，儲安平考入了上海的光華大學。光華大學是一所自由空氣很濃的著名學府。它的前身是教會學校聖約翰大學。儲安平入校時，

校長是張壽鏞，文學院院長是張東蓀，中國文學系主任是錢基博，政治學系主任是羅隆基，教育學系主任是廖世承，社會學系主任是潘光旦，都是一時之選。擔任光華教授的有：胡適、徐志摩、吳梅、盧前、蔣維喬、黃任之、江問漁、呂思勉、王造時等等，都是名動四方的大學問家，都是自由主義知識份子的傑出代表。

儲安平在校時間是 1928 年至 1932 年，這沒有什麼爭議。有爭議的是他所學的專業。

戴晴說：「他在光華讀的新聞系。」

陳子善認為「1928 年秋，儲安平考入光華大學政治系」。

趙家璧在《和靳以在一起的日子》一文中說：「儲安平是我在光華附中、大學讀書時代的同班同學，娶女同學端木新民為妻。」趙家璧是光華大學英國文學系的學生。

但據臺灣史料家秦賢次抄自教育部的檔案為政治系，殆無疑問。但是，那個時代的青年學生，無論什麼專業，都對文學有著濃厚的興趣。儲安平也不例外。1929 年，他就與魯迅有過書信往還，魯迅在日記中有過記載。估計是魯迅主編《奔流》期間，儲安平曾經投稿。

後來，儲安平成為「新月」社的成員，嘗試著寫一些散文和小說。1936 年，他的作品結集出版，書名《說謊者》。儲安平在這個集子的序言裏說道：

> 我自問自己對於文學毫沒有一點修養，有的只是「興趣」。我的作品可以說明我在文學上的造詣是如何的膚淺和空虛。我內心裏常常有一種衝突，有一種矛盾。我的理智叫我離開文學，擺脫文學，說得再苛刻一點，叫我詛咒文學，但是我的感情又拉著我接近文學。這一個衝突，這一個矛盾，就摧毀了我的希望，是在別的方面既無造就，在文學方面也一無建樹。因為我的感情拉著我接近文學，所以我常常還要情不自禁地寫一點近乎文學的東西；因為我的理智叫我離開文學，所以我永遠不能發奮認真地讀一點文學的書籍。

　　這也許是儲安平的自謙之辭。在《新月》社的那幫作家和文學青年當中，儲安平的散文算是有功力的，他寫得清新自然，感情真摯，較少無病呻吟和矯揉造作。謝泳說：「《新月》時期儲安平的散文不是很多，但在幾乎所有評論《新月》散文創作或者編選《新月》散文作品時，儲安平的散文都是不可少的。在散文的寫作上，儲安平可以說是《新月》的後起之秀，1984 年，梁實秋和葉公超在臺灣主編《新月散文選》就選了儲安平的三篇散文，徐志摩和梁實秋這兩位公認的《新月》散文大家也不過每人選了四篇，可見對儲安平散文的推重。」

　　其實，儲安平是在文學和政論兩條軌道上並行跑著。胡適、徐志摩等人對他最大的影響是對歐美文明的傾心，「特別是那種以實證為根基的明晰的思維與精確的行動」。二十一歲，在光華大學還未畢業的時候，儲安平就為新月書店編了一本政論小書：《中國問題與各家論見》。書不算厚，十多萬字，收錄了胡愈之、陳獨秀、羅隆基、汪精衛、王造時、梁漱溟等二十多位學界名流的政論。此書的編選獨具年輕儲安平的匠心。只要言之成理，無論多麼對立的觀點，無論多麼偏頗的言論，他兼而收之。那個激進的時代，那樣一個激進的年齡，能有如此寬容心胸，也實屬不易。儲安平居然還斗膽為這本書寫了序言，以他淺淺的閱歷和稚嫩之筆推薦、評點大師們的文章了：

　　　　編這本小書的用意，在乎使每一個人，能從這一集子裏，知道目下中國一般人他們所主張的是什麼，他們所要求的是什麼；並且，政府當局能否滿足一般國民所要求的，能否尊重一般國民所主張的？……一般小百姓在啞著喉嚨喊取消一黨專政，少數在野元老或政客在通電主張國事公諸國人，若干在朝要人也說「我們贊成取消一黨專政」，「我們正在取消一黨專政」，然而言論不自由如故，集會不自由如故，民眾運動之被壓迫也如故……一國家民氣的盛衰、外交政策、治國政綱等等在有形無形中，全見到政府的生存根據。這集子的編印，正給國民對政府的功效檢督張本，同時也給政權當道以俯察民意的一份參考。

　　光華畢業後，迫於生計，儲安平在《中央日報》謀到了一個副刊主筆的差使。這期間，他娶妻生子，養家糊口成了他第一位考慮的問題。即便如此，出國留學的念頭仍強烈地激勵著儲安平，他渴望著走出國門，去親炙歐美文明的教誨和真諦。又是伯父幫了他的忙。儲南強從江蘇教育廳為他申請了兩千元的留學官費。當然，這筆錢是不足以完成學業的，儲安平必須精打細算。正巧，柏林奧運會開幕在即，《中央日報》窮得連記者都派不出去。儲安平提出，只要允許他免費隨代表團前往歐洲，他願意承擔起所有報導任務。就這樣，儲安平來到柏林。奧運會結束之後，他便前往英國求學去了。

　　儲安平的專業選擇，最鮮明地揭櫫了他的個性和思想。他不趕時髦，不逐熱門，選擇了枯燥深奧的政治學。在眾多的政治學流派中，他偏偏選擇了費邊的學說，投身於費邊社傳人拉斯基門下，孤燈青卷，苦讀經年。

　　費邊社的「緩進社會主義」主張，十分契合儲安平對中國社會的理解和認知。他的最高政治理想，是在民主、自由、公平、正義的基礎上，最終實現社會公有。拉斯基的民主社會主義思想，對儲安平後來的所思所為產生了極大的影響。

　　抗戰最艱苦的時期，儲安平學成回國。1940 年，他到了湖南，在藍田國立師範學院教書。此時藍田國立師範學院的負責人是當年光華大學教育系主任廖世承。他聘了許多光華的畢業生到藍田工作。儲安平大約也是廖世承攬了去的。

　　儲安平在湘西藍田教的是英國史和世界政治概論，他的講課，給學生留下了深刻的印象。那時，藍田國立師範學院規定，每逢周會，教授是要輪流演講的。儲安平的夫人說，輪到安平，「連走廊都坐得滿滿的，中間不曉得要拍多少次掌」。在這樣的動盪不安、人心浮動的日子裏，儲安平居然還寫了兩本書，一本是《英國采風錄》，一本是《英人法人中國人》。在《英國采風錄》的自序中，儲安平說：「本書作於自長沙失守至桂林淪陷這幾個月近乎逃難的生活之中，在這幾個月中，他及他數以百計的同事，大都將整天的精力花費在日常的飲食瑣

事之上，心情因局勢的動盪極不安定。然而在那種混亂、困頓、幾乎無所依歸的生活中，有時不能不做一點較為正常的工作，以維持一個人生活中不可缺少的生活的紀律。著作因於離亂之中，每日舒卷濡筆，稍事記述；當他所執教的學院西遷粗緒免可復課時，他雖隨作隨綴，終亦寫成了十章。」從中可見儲安平的定力和自律。他要保持住自己「不可缺少的生活的紀律」，強迫自己在戰事紛亂、動盪不安、東奔西遷中靜心寫作，日有所述，實在是難能可貴。

可是，儲安平志不在此。他沒有想當一輩子教書匠，更不想以風花雪月的文字粉飾生活、麻醉自己。他要評論國家時事，他要分析政府的利弊得失，他要呼籲民眾的覺醒，他要鼓吹民主的意識。一句話，儲安平想以言論政。他要以文章報國。在國難當頭之際，在社會大動盪大變革時代，發出一個正直知識份子客觀公正的聲音，為國家建設的大局獻計獻策。

很快地，儲安平到重慶去主編《客觀》週刊了。當時的中國，有三份《客觀》。一是上海《客觀》半月刊，代表人是賈開基。一是廣州《客觀》半月刊，發行人兼主編凌維素。一是重慶《客觀》週刊，張維琴為發行人，主編儲安平，編輯吳世昌、陳維稷、張德昌、錢清廉、聶紺弩。關於重慶《客觀》週刊的由來，儲安平曾說：「在三十四年冬天（1945 年），我們有幾個朋友曾在重慶編過一個週刊——《客觀》。在精神上，我們未嘗不可說，《客觀》就是《觀察》的前身。那是一個大型（八開）的週刊，十六面，除廣告占去一部分篇幅外，每期需發六萬餘字的文章。現在回想起來，這不免是一次過分的冒失。因為創刊號於三十四年十一月十一日出版，而我們決定主編，猶為十月八日之事，實際上其間只有三四個星期的籌備時間。」

儲安平主編了十二期《客觀》就抽身離去了。重慶《客觀》共出了十七期就停刊了。說起停刊的原因，儲安平認為，「當時的《客觀》只由我們主編，並非我們主辦。我們看到其事之難有前途，所以戛然放手了。」儲安平沒有明確指出的另一個原因是，抗戰勝利，歸心似

箭。避難於陪都重慶的各地人士，急於復員。儲安平的根在上海，他急於回到上海，去創辦一份自己說了算的刊物。

《觀察》的籌備是夠細緻和漫長的。1946 年 1 月 6 日，《觀察》的第一次發起人會議在重慶召開。會上決定了刊物的名稱、緣起及征股簡約。對於這個刊物的維持和接續，儲安平建立在這樣兩個基本分析之上。一、國內擁有極廣大的一群自由思想學人，他們可以說話，需要說話，應當說話，而當時國內卻還沒有這樣一個全國性的中心刊物，假如自己能夠確是不偏不倚，秉公論證，取稿嚴格，做事認真，則能獲得各方面的支持。二、中國的知識階級，絕大多數都是自由思想分子，超然於黨爭之外的，只要刊物確是無黨無派，說話公平，水準優高，內容充實，刊物可以獲得眾多的讀者。

《觀察》是純粹的同人刊物，資金集股彙成。有些作者和工作人員也是股東。股東每年分紅，還贈送股份給一些對刊物有較大貢獻的作者和職工。《觀察》在募集資金方面可以說沒有遇到什麼困難。他的學生雷柏齡，一心一意追隨老師辦《觀察》，雷柏齡甚至跑回家動員父親賣了土地，用賣地的錢入股《觀察》。當然，《觀察》的股東當中確實沒有大資本家、大財主，「這些人是勻出生活費來辟一處自己說話的地方的。他們的生活其實並無保障，但他們覺得還是得說話」。謝泳評論說：「在中國現代史上，《觀察》差不多可以說是最後的同人刊物，在《觀察》之後，似乎再沒有這樣允許自由主義知識份子自由創辦刊物，自由議論國家生活的事了。同人刊物在中國的消失是一件至今還在牽動知識份子的大事。」

1946 年 9 月 1 日，《觀察》在上海面世了。儲安平對這份刊物傾注了極大的心血和熱情。他選定的刊徽是希臘著名雕塑擲鐵餅者，寓意只有經過自己的奮力一擲，才能達到足夠的距離，凡事全靠自己努力和拼搏。在這個刊徽周圍是一圈英文，THE OBSERVER（觀察）、INDEPENDENT（獨立的）、NONPARTY（無黨派的）。在《觀察》封面的下方，是期期必印的七十八個撰稿人的姓名，這正體現了儲安平對撰稿人的尊重，有了一流的撰稿人，才會有一流的刊物。辦刊伊始，

儲安平就給《觀察》確定了這樣一個嚴格的要求：「本刊在任何情況下，不刊載不署真實姓名的任何論文。」這是與我們今天的思維習慣正好相反的。報紙、雜誌上的消息、通訊、特寫、調查報告等等，那是一定要署上記者的名字，這是記者的勞動成果，是記者揚名立萬的最好形式。而評論性的文章，一般是不署個人之名的，因為它的確也不是個人觀點的表露，因而「本報評論員」、「本報特約評論員」這樣的署名，或是類似於「秋實」、「任仲平」、「鍾紀軒」這樣的筆名便應運而生。近年來，有的報刊加大了言論的刊發力度，「時評」、「論壇」、「議論風生」等等評論專欄不斷湧現，但這些言論經過嚴格審查和削刪，極少能體現評論者個人的觀點和主張，而往往是對大政方針和工作部署的再次解讀。在有些報刊，尤其是黨報，明文規定由總編輯簽發各類言論，就足以見出對評論類作品的高度關注。

在《觀察》的創刊號上，儲安平親自撰寫了發刊詞〈我們的志趣和態度〉。這實際上是儲安平對《觀察》的期許和原則：

> 抗戰雖然勝利，大局愈見混亂。政治激盪，經濟凋敝，整個社會，已步近崩潰的邊緣；全國人民，無不陷入苦悶憂懼之境。在這種局面下，工商百業，俱感窒息，而文化出版事業所遇的困難，尤其一言難盡。言路狹窄，放言論事，處處顧忌；交通阻塞，發行推銷，備受限制；物價騰漲，印刷成本，難於負擔；而由於多年並多種原因所造成的彌漫於全國的那種麻痺、消沉、不求長進的風氣，常常使一個有尊嚴、有內容的刊物，有時竟不能獲得廣多的讀者。在這樣一個出版不景氣的情況下，我們甘受艱苦，安於寂寞，不畏避可能的挫折、恐懼、甚至失敗，仍欲出而創辦這個刊物，此不僅因為我們具有理想、具有熱忱，也因我們深感在今日這樣一個國事殆危，士氣敗壞的時代，實在急切需要有公正、沉毅、嚴肅的言論，以挽救國運，振奮人心。

挺身報國，各有所獻。儲安平是十分看重知識份子的「論事」作用的：

我們這個刊物的第一個企圖，要對國事發表意見。意見在性質上無論是消極的批評或積極的建議，其動機則無不出於至誠。這個刊物確是一個發表政論的刊物，然而決不是一個政治鬥爭的刊物。我們除大體上代表著一般自由思想分子，並替善良的廣大人民說話外，我們背後另無任何組織。我們對於政府、執政黨、反對黨，都將作毫無偏袒的評論；我們對於他們有所評論，僅僅因為他們在國家的公共生活中佔有重要的地位。毋須諱言，我們這批朋友，對政治都是感興趣的。但是我們所感覺興趣的「政治」，只是眾人之事──國家的進步和民生的改善，而非一己的權勢。同時，我們對於政治感覺興趣的方式，只是公開的陳述和公開的批評，而非權謀或煽動。政治上的看法，見仁見智，容各不同，但我們的態度是誠懇的、公平的。我們希望各方面都能在民主的原則和寬容的精神下，力求彼此的瞭解。

儲安平的西方政治學的留學背景，在創辦《觀察》時得到了淋漓盡致的表現。對於放言論事的基本立場，他提出了八個字的處置原則：民主、自由、進步、理性。對於民主和自由，儲安平情有獨鍾：

民主是今世主流，人心所歸，無可抗阻。我們不能同意任何代表少數人利益的集團獨斷國是，漠視民意。我們不能同意政府的一切措施設置都只是為了一部分少數人的權力和利益。國家政策必須容許人民討論，政府進退必須由人民決定，而一切施政必須對人民負責。民主的政府必須以人民的最大的福利為目的：保障人民的自由，增進人民的幸福。同時，民主不僅限於政治生活，並應擴及經濟生活；不但政治民主，必須經濟民主。

儲安平對自由的論述，則是充滿了英國立憲精神：

我們要求自由，要求各種基本人權。自由不是放縱，自由仍須守法。但法律須先保障人民的自由並使人人在法律之前一律平等；法律若能保障人民的自由與權利，則人民必守法護法之不暇。政府應該尊重人民的人格，而自由即為維護人格完整所必要。政府應該使人民身體的、智慧的、及道德的能力，作充分優性的發展，以增進國家社會的福利，而自由即為達到此種優性發展所不可缺少的條件。沒有自由的人民是沒有人格的人民，沒有自由的社會必是一個奴役的社會。我們要求人人獲有各種基本的人權以維護每個人的人格，並促進國家社會的優性發展。

《觀察》成功成為了自由知識份子的代言人。從創刊之初的期發量四百份，迅速成長，很快便達到了十萬五千份，如果每份雜誌在多人手中傳閱的話，那麼，《觀察》的讀者就會有近百萬之眾。這曾經是上海街頭的一景：每到週末，《觀察》上市之日，報攤上會排起長隊，人們爭相購買。

儲安平儘管心高氣盛，但他對於中國自由主義知識份子的代表人物胡適，一直是懷有足夠的景仰與尊重的。在主編《觀察》的兩年多中，儲安平曾給胡適寫了三封信，希望得到他的支持與理解，希望胡適能在《觀察》中發表文章，評論時局。儲安平給胡適的第一封信，最能代表他的主張與願望：

適之先生：

我們創辦《觀察》的目的，希望在國內能有一種真正無所偏倚的言論，能替國家培養一點自由思想的種子，並使楊墨以外的超然分子有一個共同說話的地方。我們在籌備時候，曾請陳之邁先生轉求先生，賜予支持；之邁先生事忙，或者未獲代致我們的誠意。去夏先生返國，許多朋友鼓勵我晉謁先生，我始終未欲冒昧從事。因為先生離國多年，這幾年中，也正是中國社會上詭詐最多的一個時候。我們自己雖然撫心自問，是真

正無黨無派的，但先生何能相信？先生對於一個不為先生所熟知的刊物，決不會給予任何關切與支助。所以我認為假如那時冒昧晉謁，徒然僨事。《觀察》創刊迄今，忽忽半載，目下第一卷二十四期即將出完。我們曾按期寄給先生，請求指正，從過去二十幾期中，先生能得到一個大概印象：這確是一個真正超然的刊物。居中而稍偏左者，我們吸收；居中而稍偏右者，我們也吸收，而這個刊物的本身，確是居中的。過去各期內容，尚有許多缺點弱點，總因我們能力有限，人力不夠，力與願違。從籌備時候算起，我已化了整一年的心血，全力灌注在這個刊物上。在籌備時候，要集款，要找房子，要接洽撰稿人。刊物出後，買紙，核帳，校閱大樣，簽發稿費，調度款項，都是我的事情。在最近的五個月中，我沒有一天不是工作至十二小時之多。一方面稿子不夠，一方面要顧到刊物的水準，一個人獨立孤苦撐持，以迄於今。所幸我自己有此決心，能以長時期來經營這個刊物，以最嚴肅認真的態度從事，長線放遠箏，三五年後或者可有一點成就。在先生的朋友中，比較瞭解我亦最鼓勵我的，大概要算陳衡哲先生了。我和孟真先生往還甚淺，但傅先生也給我許多指示。我希望這個刊物能得到許多前輩的支持和指教，慢慢的發展和穩固。我現在正著手計畫第二卷的方針。我寫這封信給先生，是想以最大敬意請先生俯允擔任《觀察》的撰稿人。先生對於這個請求，自須加以考慮，不致輕諾。但是先生或能想到，在滔滔天下，今日到底有幾個人能不顧一己的利益，忘私從公，獻身於一種理想，盡心盡智，為國家造福。到底有幾個人，能這樣認認真真，實實在在，做人做事。當我在籌備本刊最艱苦的時候（去年春天，股款迄難籌足），南京方面約我幾次，我都未加考慮，因為今日之士，太慕功名，太希望從政。但是我覺得一個有為之士，他應當看得遠，拿得定，做他最好的，以盡忠於他的國家。刊物出版以後，我除了我的寓處、社裏、學校三處之外，任何集會不參加，任何人物

不周旋，這就表示，我不以這個刊物為私人進身之階，不以這個刊物為活動的根據。今日中國需要者，就是有浩然之氣的人。我們請求先生俯允擔任《觀察》的撰稿人，是為對於我們的鼓勵，並非要先生鼓勵我這個人，而是鼓勵並贊助我們這種理想，這種風度，這種精神。後輩需要得到前輩的鼓勵和贊助，前輩也有鼓勵贊助有希望的後輩的道義責任，因為我們共同努力者，乃是一種有關國家福利的事業。茲掬最大誠意，並坦率陳述一切，如承先生俯允，刊物幸甚。我們並想求先生為第二卷第一期寫一篇文章，（二月十五日前擲下），希望是一個大題目，以便排在第一篇用光篇幅，並為號召。如何之處，佇候賜教。專肅

　　即請　大安

後學儲安平敬上
一月二十一日農曆大除夕

　　於就教中表白立場，於謙恭中張揚個性，這正是儲安平的另類之處。前後三封信，胡適都沒有回復，《觀察》上也沒有見到胡適的文章。也許是胡適對儲安平的某些做法和方式不能完全同意，也許是儲安平略為激進的言論和對政府的批評，讓與國民政府走得很近的胡適不能完全接受。但是，「儲安平對胡適的態度是十分誠懇的」，在精神層面上，「儲安平一直將胡適尊為自己的師長和前輩」。

　　儲安平是胸懷大志之人，他從來不認為《觀察》是他謀生的手段，他不為稻粱計。他把全部精力和熱情投在這份同人刊物上，就是要讓它名揚四海，一紙風行。「我要辦得人們以在本刊發文為榮」，這是儲安平立下的宏願。為此，他奉行兩條辦刊原則：「一要人抬刊物，二要刊物抬人」。因著這兩條，儲安平在稿件的要求上非常之高，不夠標準的文章他從不通融。一次，馬寅初推薦了一篇他的身為立法委員的學生的文章，這是篇分析金融形勢的稿件。儲安平看後認為文章不行，為慎重起見，他拿給金融專家笪移今過目，笪移今也覺得差了點。儲

安平毫不猶豫地把稿子退了。馬寅初想不到一本小刊物、一個年輕人，竟這樣對待他，發了不小的脾氣：「看不起我，把我的撰稿人從封面上拿下來好了！」當然，最後稿子也未用，名字也沒撤下。

儲安平的是非標準簡單而明確：倡導民主，遵循言論自由。儲安平曾對他的好朋友、《觀察》股東笪移今說過：「辦刊物若想成功，緊要關頭要站得起來。」1947 年 5 月 24 日，儲安平和《觀察》迎來了第一個「緊要關頭」。上海警備司令部以「登載妨害軍事之消息及意圖顛覆政府破壞公共秩序之言論與新聞」的罪名，一口氣查封了《文匯報》、《新民晚報》、《聯合晚報》三家報紙。

儲安平忍無可忍，站出來在《觀察》上說話了：

> 坦白的說，我對於文匯、新民兩報的作風，有許多地方是不敢苟同的。不敢苟同的主要原因，就是因為這兩家報紙的編輯態度不夠莊重，言論態度不夠嚴肅。我很少在文匯報上讀到真正有份量的文字。

儲安平的意思，報紙是一種社會「公器」，辦得水平高低，那是各有評價，也可以說是眾口難調，但是動輒將報紙封門，則是一種專制和霸道了。

> 查封報館，而且一封三家，這本來是一種希特勒式的作風，報載中國現在正由我們勞苦功高的蔣主席領導我們步入民主之路，大概若非走投無路，絕不致走此一著。我們站在同業的立場，不能不向被封的文匯、新民、聯合三報同人，表示我們最大的同情。

當儲安平拿起批判的武器的時候，他不把自己想說的話痛快淋漓地表達出來，是不會善罷甘休的。他鄙視那些討好政府、見風使舵、無自主原則和主張的媒體。在聲援文匯、新民、聯合三報的同時，他的批判的「大棒」，也揮向了同行報人：

在這次學潮中，大公報所表現的態度，實在不孚眾望⋯⋯5 月
20 日南京發生了這樣壯烈的慘案，這樣震動全國而有強烈政治
意義的新聞，大公報還不肯編在第二版要聞版中，這是什麼編
輯態度？同時，象南京 5・20 慘案這樣一個嚴重的新聞，大公
報竟用「首都一不幸事件」這樣一個輕描淡寫的標題，這是什
麼編輯技術？至於說到評論，該報 5 月 21 日的短評論南京的慘
案說：「不幸執行禁令者在方法上未能充分體會在上者愛護青年
的本心，卒至演出慘劇⋯⋯」全國青年聽著：你們同意大公報
的話，承認今日在上者還有一點愛護你們這批青年的意思嗎？
你們承認，當有人用木棍鐵棍在你們頭上劈打下來，這就是愛
護你們的表現嗎？在 5 月 19 日的社評中，大公報視學生的請願
為暴力的革命，5 月 22 日的社評中，認為「學生近來的行動」
「太天真幼稚」了，認為「青年人太簡單了」，認為學生在請願
中「充分表現其行動的兒戲性」，並且甚至認為今日之學潮，直
為「小孩玩火」。我讀大公報前後十幾年，實在從來沒有看到大
公報有過這樣違反民心的評論。當然，我不能不在這兒指出，
這次大公報在學潮中所表現的言論，如此灰色，不能領導當前
的潮流，也許與王芸生先生的適有北行有關。假如王芸生先生
在上海，在他的主持下，我相信大公報在學潮中所表現的言論
決不致搖擺怯弱到如此程度。不過這次大公報在上海及南京兩
地的採訪同人，都甚忠實、熱忱、前進，此可由他們的報導中
見之。他們的努力，多少替大公報挽回一部分讀者的感情。
至於大公報對於這次三報被封所表現的態度，我們也不能不出
一言。在 5 月 25 日大公報第四版上，只以三號字的標題，平
平淡淡地刊出文匯等三報奉命停刊的消息。大公報的編輯先生
大概對於電影明星及歌唱明星都是非常發生興趣的，凡是外國
一個電影明星有了一點什麼新聞，大公報照例要加上花邊登出
來。在大公報編輯標準中，大概象在一個城市中同一天封了三
家報紙這樣一個消息，其重要性還不如一個電影明星的私人軼

事。大公報對於文匯等三報的被封，始終未發一言，以示同情。
5 月 25 日是星期，該報例刊「星期論文」，為什麼不寫一篇短評
呢？25 日不寫短評，為什麼 26 日不寫一篇社評呢？今日為 28
日，文匯等三報已被封四日，大公報對此始終不置一辭。且不
說別的，至少站在同業的立場上，也應當寫點文字，向當局抗
議一下。大公報所以默無一言，是認為文匯等三報應該被封呢，
還是嚇得不敢說話呢？還是幸災樂禍坐視不救呢？上述三因，
必居其一。我覺得大公報這次的措置，顯然失態，至可遺憾。
最後我不能不聲明一二。我和《聯合晚報》裏的同人，一個都
不認識，甚至連他們的姓名我都不知道。《新民晚報》的高級
負責人中，有二、三位是我的朋友，可是彼此皆忙，雖然同在
一地，我和他們已有整整八個月未見過面。《文匯報》裏邊，
僅和總主筆徐鑄成先生前後見過四次面，都是寒暄。我曾有事
寫過兩封信給徐先生，但是徐先生為人傲慢，吝賜一復。獨獨
《大公報》裏面，我的朋友最多。單說在大公報編輯部服務的，
就有 6 位先生是本刊的撰稿人。但是我們今日所檢討的問題，
不是任何涉及私人恩怨的問題。我們今日從政也好，論政也
好，必須把私人的感情丟開！這就是我們今日需要鍛煉自己的
地方。
當此一日查封三報，警備車的怪聲馳騁於這十里洋場之日，我
們仍舊不避危險，挺身發言，實亦因為今日國家這僅有的一點
正氣，都寄託在我們肩上，雖然刀槍環繞，亦不能不冒死為之。
大義當前，我們實亦不暇顧及一己的吉凶安危了。

在儲安平的率直抨擊下，大公報後來總算在文匯三報被封問題上
發了一個短評。短評中說：「三家報紙已被封閉了，今後希望政府切實
保障正當輿論……」。徐鑄成認為，這是大公報最惡劣的損招。言下之
意，文匯、新民、聯合三報是不正當輿論，封也就封了，今後政府要
保障的是大公報這樣的「正當」輿論。

　　至於儲安平認為徐鑄成「為人傲慢，吝賜一復」，在《文匯報》被封四十多年的 1988 年，作家戴晴向年屆八十的徐鑄成求證，徐鑄成清楚地記得這件事。他說：「我那時可是有點左傾幼稚病，認為他搞第三條道路，實際上幫國民黨的忙，最後終會走上反共反人民的道路，就沒有回他的信。當時就是那麼一種邏輯。」三報被封後，徐鑄成感歎，大公報落井下石。只有兩個人站出來說話，一個是《密勒氏評論報》的 John Powll，一個是《觀察》的儲安平。

　　儲安平辦《觀察》的目的，是為了搭建一個說話的平臺，所謂「以言論事」、「文章報國」。可既然是週刊，選登新聞是《觀察》的題中應有之意。當然，儲安平的新聞標準是嚴格的、挑剔的。他開了一個「觀察通訊」專欄，專門刊登國內重大時事新聞和軍事新聞。在國共時和時打、政局撲朔迷離的情勢下，「觀察通訊」深受讀者歡迎。

　　1947 年 4 月 26 日出版的《觀察》第二卷第九期，刊發了一篇迪化特約記者採寫的通訊《從迪化暴動看新疆前途》。也許是文中的有些描述不夠準確，新疆警備總司令部寫來了信函，對通訊中揭露的違法亂紀之事，要求提供詳細事實，以便查處。若為不實傳言，要求予以更正。

新疆警備總司令部來函

觀察週刊主編先生轉貴刊迪化特約記者先生惠鑒：前閱本年四月二十六日出版之觀察週刊第二卷第九期《從迪化暴動看新疆前途》一文載：哈密「某交通人員擅將卡車五十輛出售得價多入私囊云云」。不勝詫異。此奉諭分縅第六區公路管理局，駐新供應局及哈密李專員嚴密澈查以憑究辦，茲據先後申復前來，均以多方調查毫無跡象可尋，詢諸當地人士，亦雲向無所聞，不知先生對該項消息何處得來，甚盼將發生時日地點名稱，檢舉確切事實，詳細密告本部，務必盡法嚴懲。倘為摭拾旁言，或竟出之虛構，不惟淆亂國人聽聞，抑且有玷《觀察》

聲譽，應請仍在觀察週刊立予更正，以釋群疑而正視聽，是所
盼荷。順頌撰祺！

新疆警備總司令部辦公室啟（五月二十七日）

按：此函同時在五月二十八日新疆日報刊登

這封信刊於《觀察》週刊第二卷第十六期封底。時間是在 1947
年 6 月。

1948 年 4 月底 5 月初，《觀察》又刊載了《陝北密雲將雨》的通
訊，談及臨汾戰事，稱臨汾失守。這又引起了山西省政府的不滿，一
封信函寫給了《觀察》：

山西省政府來函

逕啟者：頃准太原綏靖公署通知，以《觀察》第四卷第九期所
載觀察通訊《陝北密雲將雨》一文，內談及臨汾戰事，有謂：
「臨汾則是經過激烈戰鬥而失守」等語，閱後不勝駭異，囑轉
達更正等由。「查臨汾戰事自三月七日開始以來，迄今將近兩
月，城垣始終為國軍固守，從未轉移陣地」。僅東關一隅，被
共區佔領。刻下臨汾城郊戰事，仍在進行中。至守軍主力，除
西安綏署所派部隊外，尚有太原綏署所屬 XX 師，由梁副總司
令培璜負責指揮。恐傳聞失實，相應函請查照更正為荷。

　　此致觀察社

山西省政府新聞處啟　四月二十九日

這封信刊登在《觀察》週刊第四卷第十二期封二。時間是在 1948
年 5 月下旬。

《觀察》將這兩封信「來函照登」，是曲意表明關於迪化和臨汾的
報導有瑕疵，不準確，帶有更正的意味。報導失實，承認錯誤，並及
時更正，這是所有負責任的媒體應當採取的正確態度。在這一點上，
儲安平和《觀察》只是做了他們應該做的事情。讓我們今天的讀者詫
異的，是寫信的這兩個單位。一個是新疆警備總司令部，一個是山西

省政府。這兩個握有軍權和行政管理權的相當級別的部門，竟然紆尊降貴，認真地寫來申訴信，報告調查結果，客客氣氣地請《觀察》再作調查，若確實有誤，應予更正。我們是十分不習慣閱讀這樣的「來函照登」的。我們沒有見過由這樣的軍政單位發出的這樣的文字。

謝泳在讀到這兩封來信時感慨萬端。他先評價了《觀察》：我們評價一個時代的新聞制度，以及由此導致的新聞從業者的精神，有時候會產生很多感慨。對一時代政治文化精神的評價，以往可能只是過多地注意了它的某一方面，而對這個時代的整體政治文化精神沒有把握，這樣在涉及對一個時代人物和事件的評論時，常常會得出一些不合歷史事實的結論。上面兩封讀者來信，一個出自當時的新疆警備總司令部，一個出自當時的山西省政府。應該說，《觀察》所發文章確有失實之處，但從那兩封讀者來信中可以看出，在《觀察》編者一面，他們是有錯就改。從事言論工作的人，沒有人敢保證自己的言論從不出錯，但錯了就改。《觀察》編者沒有恐懼心理，沒有以為你是「警備司令部」或「山西省政府」，我編雜誌的人就要委曲求全，他們的心態都是平和的。

謝泳又評說了這兩個實權「衙門」：在「警備司令部」和「山西省政府」一面，他們也沒有因為自己大權在握，就對一家雜誌任意打擊。在那樣的時代，涉及的又是那樣重要的事情，但雙方表現出的態度和理性精神，都映現了一個時代的政治文化精神，現在失落了的就是這個東西。無論「警備司令部」還是「山西省政府」，都是為國家做事的。我們編雜誌的也是為國家做事，雖然工作的性質有差異，但大家努力的目標是同一的，都是為了社會進步，為了社會更文明。

謝泳的評論，有他一家之言的獨特內涵。

當然，任何統治者的忍耐都是有限度、有底線的。在觸動社會基石、動搖統治基礎的問題上，掌權者從來都是毫不含糊的，決不可通融的。1948 年，國共內戰打得激烈的時刻，儲安平以「觀察特約軍事記者」的署名，在《觀察》上刊發了大量的前線通訊，如「昌濰失守魯局鳥瞰」、「徐淮戰局的變幻」、「熱河之戰」、「隴東之戰」等等。至於這個「觀察特約軍事記者」究竟是誰，是一個人還是一群人，在《觀察》週

刊社內，除了儲安平，誰也不知道。那些編輯們，都不曉得儲安平是如何弄到這些稿件的。他們只知道從儲安平手中拿到稿子，編輯之後，上版刊印。蔣介石對《觀察》的軍事通訊大光其火，十分不滿，1948 年12 月下旬，他終於忍無可忍了：「娘希匹，報上都登了，還打什麼仗？！」

　　12 月 24 日下午四時，三名政府人員闖入了《觀察》週刊社，他們自稱是受上海市警察局、社會局和警備司令部派遣，前來查封《觀察》週刊的。他們出示了查封命令：

> 查觀察週刊，言論態度，一貫反對政府，同情共匪，曾經本部予以警告處分在案。乃查該刊近竟變本加厲，繼續攻擊政府，譏評國事，為匪宣傳，擾亂人心，實已違反動員勘亂政策，應按照總動員法第二十二條及出版法第二十三條之規定，予以永久停刊處分。相應電請查照辦理，飭繳原領登記證送部註銷。

　　巧的是，儲安平此刻不在上海，他已潛入北平打探消息，約催稿件。傅作義率部起義，北平和平解放，儲安平滯留古城，無法南返了。

　　《觀察》週刊的林元、雷柏齡剛剛將新近出版的一期《觀察》打包發完。雷柏齡代儲安平簽收了停刊命令後，竟向三位軍警人員提出了一個非份之想：讓我們出一休刊號可以嗎？我們應該向讀者作個交代。

　　來人笑了：「休刊號？別做夢了。現在是追究編者和南京那個特約軍事記者的問題。原稿呢？帳簿呢？拿出來！」

　　緊要關頭，文人的幼稚和天真，總是給歷史留下苦澀的微笑。

　　儲安平走「第三條道路」的夢想徹底破滅了。他期望以民主拯救中國只是一廂情願。國共雙方在「權力」的問題上寸步不讓。儲安平的悲劇便有了更濃厚的歷史縱深感。署名「縱橫劍客」的一位論者，在網路上深刻分析了儲安平這類文化精英：「治國平天下」的情結始終深深浸染了中國知識份子，幾乎沒有人能擺脫它。這當然和中國文化成熟過早，從源頭起便以政治倫理為中心有關。但這並非是悲劇的根源，癥結其實是知識份子與統治者、與現實的關係。傳統知識份子總是把「治國平天下」局限於「忠君」的框架下，當前者與後者發生矛

盾時，他們往往要經歷激烈的思想鬥爭，顯出異常痛苦的人格分裂和人格掙扎。本質上，他們不是獨立的。自由主義者則不同，雖然梁啟超、胡適等人依附廟堂搞改革的思想依然濃重，但以儲安平為代表的第三代自由主義知識份子的民間立場和「第三條道路」走得是比較堅決的。在國共之間的狹長走廊裏，總算步履蹣跚地留下了歷史的足跡。然而在專制統治者看來，你不支持我就是支持我的敵人，就要封鎖你、打擊你、消滅你。另一方面，中共濃重的意識形態話語和階級劃分理論也導致他們不滿於走「第三條道路」人的謹小慎微和個性化思考，不肯徹底投向「革命」的懷抱。走「第三條道路」的人始終沒有把握住中國的命脈，始終只徘徊於上層知識份子之間而無力像中共那樣能深入民間形成意識形態的籠罩。所以一旦新的強有力的政權建立，原本還算自由的大學體制在歷次院系調整中遭到了毀滅性打擊，他們就迅速失卻了民間依託和立身根基，薄弱的自由主義很快便煙消雲散。

儲安平政治生命的第二個高峰，是他擔任《光明日報》總編輯的短短六十九天當中。

1956 年 4 月，中共提出了「百花齊放，百家爭鳴」的文藝工作方針，思想和輿論環境有所放鬆。不久之後，中共統戰部等部門提出，將解放前的民間和民主黨派的報紙，恢復它們的本來面目。具體講，就是將《大公報》還給王芸生，將《文匯報》還給徐鑄成，將《光明日報》還給民盟中央。

民盟中央主席章伯鈞聞聽此言，興奮異常。夏日的一個晚上，章伯鈞自掏腰包，請家中的廚師準備了一桌豐盛的晚宴，將徐鑄成、儲安平、蕭乾三位老報人，請到家中，把酒言歡。

章伯鈞興高采烈地說：「社會主義建設是要靠知識份子的。現在知識份子有些牢騷，《文匯報》要好好地搞搞百家爭鳴，《光明日報》今後也要改組，這兩家報紙要在新聞界放出一朵花來。」章伯鈞言猶未盡：「非黨報紙應該有自己的見解，在國際方面，要多登一些資本主義國家的新聞，在國內方面，也不要和黨報一樣。」

章伯鈞的這番話，給了徐鑄成極深的印象；蕭乾則對滿桌飯菜讚不絕口；而儲安平則向徐鑄成詳細詢問了《文匯報》編輯部的組織情況，外派了多少記者，等等。徐鑄成一一作了回答。

席散時天已黑透，暑氣全消。章伯鈞送客人離去。徐鑄成、蕭乾走在前邊。章伯鈞拉住儲安平悄悄問：「老儲，我向你透露一個消息。如果請你來辦《光明日報》，你能從九三過來嗎？」那時，儲安平是九三學社中央宣傳部的副部長。

這太出乎儲安平的意料了。難以置信的他，怔住了。那炯炯有神的眼睛，替他做了回答。

按章伯鈞家的規矩，孩子是不能與長輩同桌待客的。這天晚上，章伯鈞十五歲的女兒章詒和，隔著玻璃窗偷瞄了儲安平一眼，章詒和用了七個字，便將美男子儲安平的氣韻寫了出來，「面白，身修，美豐儀」。

章伯鈞對儲安平和他的《觀察》讚賞有加：「這是在國統區出盡風頭的一個政論性刊物。因為它是純民營的，所以保持著超黨派的立場，有一種在野論政的特色。在國民黨一黨專政的條件下，儲安平能以批評政府為業，為言論界開闢出一條道路，是非常不容易的。說他是中國自由思想的代表，毫不過分。」

儲安平走馬上任之前，便坦言了辦報的種種顧慮：既然歸屬於民主黨派的《光明日報》需要「放」的辦報方針，那麼「放」到什麼樣的程度？知識份子有意見的話，要不要講出來？要他們說真話還是說假話？如果報紙還仍舊停留在擁護「百家爭鳴、百花齊放」、「長期共存、互相監督」的口號上，發表這樣的文章有誰看？儲安平的顧慮是有道理的，民盟中央專門向中共統戰部做了彙報，以討要指示，以便有所遵循。中共負責宣傳工作的要員胡喬木十分欣賞儲安平的才華，力主他出任改組後的《光明日報》總編輯。

1957 年 4 月 1 日，對儲安平來說，是個難忘的日子。這一天，《光明日報》黨組撤銷，他正式就任總編輯。

為使《光明日報》平穩、華麗地迅速轉身，儲安平苦口婆心，反覆申明。他說：「《光明日報》要成為民主黨派和高級知識份子的講壇，

就要創造條件主動組織、並推動他們對共產黨發言，從政治上監督。」他直抒胸臆，放膽一言：「光明日報讓民主黨派獨立自主地辦，這句話說得好。但我要看看究竟怎麼樣，看看我到什麼地方就要受到阻力不能前進。我要碰。我要扛一扛風浪，擔一擔斤兩。我要看碰上多少暗礁。」

5月7日，儲安平召開了全社職工大會，闡明他的辦報主張。他說：「民主黨派的作用是雙軌的橋樑。所謂雙軌，一是教育成員，一是代表民主黨派成員及所聯繫的群眾，監督共產黨和人民政府。今天的報紙主要是在第一條軌道上起作用……。我聽統戰部一位副部長說毛主席說過，《光明日報》可以和《人民日報》唱對臺戲。請問：大家有沒有這樣的思想準備？有沒有真正擁護和貫徹這一點的準備？來把它檢查一下子。」

緊接著，儲安平詳細談到了他的改版想法。第一，要求民主黨派的新聞，占每日報紙的三分之一，在數量上應壓倒其他一切新聞，只有這樣做才能給別人一個「民主黨派的印象」。第二，對文教部門工作報導中強調民主黨派的組織活動，特別是基層活動及作用。他說，「例如北京大學民主黨派的成員，他們都是知名人士，他們過小組生活時，對學校提意見，就一定非常重要，可以多登。共產黨組織的活動，不是我們『光明』的報導的責任，可以不登」。第三，強調對個人的報導、強調民主黨派成員的作用。儲安平說：「在解放前，報紙是注意人的活動的，解放後一般不登人的新聞了。我們可以從民主黨派這個角度登些新人新事。但是登民主黨派成員的活動，不能搞像舊社會庸俗的『時人行蹤』、『冠蓋京華』之類。報導民主黨派成員的活動同時又和報導文教有關，有些民主黨派成員就是從事文教工作的。」第四，即為儲安平的根本論點，強調民主黨派監督共產黨的一軌作用，要求多發揮輿論的監督作用，反映人民的意見。他甚至認為，今後寫社論，要寫「監督」的社論。

在實際工作中，儲安平幾次談到了一個新聞監督的事例：1955年城市副食品供應一度緊張，各報都登了來自新華社的一條新聞，解釋原因，說明解決的辦法。儲安平說：「《光明日報》這樣一個民主黨派的機關報，就沒有必要也去登這麼一條新聞。」

《光明日報》總編室主任高天問他：「宣傳上的重要問題，是不是要跟中共中央宣傳部聯繫？」

「我們民主黨派用不著。」儲安平連問題的深淺都不想一下，張口便回答。

又有人問：「有些報導是否要權衡利害？」

儲安平斬釘截鐵地說：「報紙就是報紙。報紙過去叫新聞紙，它就是報導消息的。只要是事實，我就要發表。」

儲安平認為，辦報無非是「代表普通百姓說話，體現政治監督」。他在報社公開講：「揭露，揭露，再揭露。我們的目的在於揭露，分析和解決問題是共產黨的事。」

1957 年春天，在中共的大力倡導下，全國範圍的鳴放開始進行。儲安平決定，從 5 月 4 日開始，《光明日報》分別在上海等九個城市，邀請部分民主人士和高級知識份子舉行座談會，給中共提意見。為此，儲安平親自起草了一封組稿信，發給參加各地座談會的近百名知識份子。他在信中恭請每一位在《光明日報》上發表「對國家事務的各種意見」，「自由地說自己想說的話，寫自己願意寫的問題」，要「結合互相監督的方針發言」。這個百名知識份子參加的九城座談會，整整開了二十天，《光明日報》做了詳細報導，大出風頭。儲安平認為，《光明日報》如要辦好，就應當刊登這樣的發言。座談會上，一些人從法制的角度對肅反發表的意見，被儲安平認為是最具建設性的意見，也最具新聞價值。當見報後看到編輯刪去了個別尖銳字眼時，這個職業報人不禁惋惜：「這些發言才是政治問題的通論，只有登這些通論，才能把《光明日報》辦成知識份子論壇。」

5 月 25 日上午，當儲安平得知北京大學出現大字報的消息後，立馬派出「腿快、眼快、手快」的記者前去採訪，令其必須當日寫出稿件交給編輯部。儲安平希望這篇東西能成為《光明日報》的獨家新聞。越是別家報紙沒有的或不敢登的，他越想登。

6 月 1 日，在中共統戰部召開的座談會上，儲安平拿出了他事前準備好的稿子，宣讀了他的講演〈向毛主席和周總理提些意見〉。在這

篇著名的講演中，儲安平提出了「黨天下」的思想。這不是他的發明。這是羅隆基在解放前向國民黨投擲的一枚重磅炸彈。誰也沒想到，解放後的 1957 年，儲安平會向中共再論「黨天下」的種種危害。此論一出，如石破天驚，舉國震動。

很難確切肯定究竟是哪一位民主黨派人士和知識份子的言論讓毛澤東痛下了反擊右派倡狂進攻的決心。但儲安平的「黨天下」之論肯定是導火索之一，應該是沒有異議的。

6 月 8 日，《人民日報》發表了毛澤東親自授意的社論〈這是為什麼？〉，反右鬥爭正式拉開了序幕。

儲安平，一介書生，職業報人，因言獲禍已不是一次。他知道，他在《光明日報》的新聞生涯結束了。早上一上班，在認真讀完了《人民日報》這篇社論後，他立即給民盟中央主席、《光明日報》社社長章伯鈞打了個電話：「伯老，我下午兩點鐘，去你那裏。」章伯鈞還想再說上兩句，儲安平已掛了電話。

下午兩點整，儲安平準時邁進了章伯鈞的書房。他神色嚴肅，又顯得匆忙。他從公事包裏掏出一個信封，上書「呈章社長」，章伯鈞打開一看，竟是辭去《光明日報》總編輯的辭職信。章伯鈞還想挽留，儲安平已掉頭而去。

此後，經過多輪批鬥，儲安平成為全國十大右派之一。當然，章伯鈞更是沒能倖免。

從 4 月 1 日到 6 月 8 日，儲安平在《光明日報》總編輯的位置上只幹了六十九天。章伯鈞後來常常自責，如果不讓儲安平去《光明日報》，他會不會遭此厄運呢？他會不會在九三學社安穩地生活下去呢？命運不能假設。其實，人的命運就是他的性格。命運躲得過，性格藏不住。人的所有行為的基礎，都是性格決定的。儲安平當然也不例外。

一個報人，在他有限的職業生涯中，倘若有一篇文章轟動四方，青史留名，這報人，就算是立得住了。

儲安平就是這樣的幸運之人。他不是有一篇文章名動天下,而是兩篇。而且這兩篇文章,一篇發表在國民黨時代,一篇發表在共產黨時代。

1948 年的中國,內戰日甚,國勢凋敝,國民政府無奈之下實行貨幣改革。改革的人心及基礎皆已喪失殆盡,小小的改良當然不會有好的結果。這一年的 11 月 6 日,《觀察》第五卷第十一期發表了儲安平的文章〈一場爛污〉:

> 在全國空前騷動、朝野爭戰多日之後,政府終於放棄了他那「只許成功不許失敗」的限價政策!這是二十年這一個政府第一次在人民面前低頭的一個記錄!在這二十年中,這一個政府,憑藉他的武力,憑藉他的組織,憑藉他的宣傳,統治著中國的人民,搞到現在,弄得民窮財盡,烽火遍地。這次,在全國人民不可抗拒的普遍的唾棄下,他終於屈服了一次!
>
> 過去一個月真像是一場惡夢!在這一個月裏,數以億計的人民,在身體上、在財產上,都遭受到了重大的痛苦和損失。人民已經經歷到他們從未經歷過的可怖的景象。他們不僅早已喪失了人生的理想、創造的活力,以及工作的興趣,這次,又喪失了他們多年勞動的積儲,並更進一步被迫面臨死亡。每天在報上讀到的,在街上看到的,無不令人氣短心傷。饑饉和恐怖、憤怒和怨恨,籠罩了政府所統治著的土地。地不分東西南北,人不分男女老幼,沒有一個人相信這個「金圓券」。搶購搶購,逃賣逃賣,像大洋上的風暴,席捲了整個社會的秩序。搶購是一種「無言的反叛」,這是二十年來中國人民受盡壓迫、欺騙、剝削,在種種一言難盡的痛苦經驗中所自發的一種求生自衛的行為。因為這種行為是自發的,所以這種行為能同時發生在政府統治區域中的大小各地,因為這個風暴已是全國性的,所以這個風暴已經威脅到政府政權的安全。中國的人民是可憐的,在政府的種種秘密的監視下不能有什麼大規模的組織,因之也不能發生任何足以左右政府政策的有效力量。這次的全民搶

購，骨子裏的意思是人民不相信這個政府，然而可憐的久在淫威之下的中國老百姓從來不能正面站起來對政府表示不信任，全民搶購從政治的觀點來說也只是一種人民不和政府合作的消極反叛，然而只要是真正威脅到了人民的生存，即使是一種消極的反抗，或者如我前面所用的一個名詞，「無言的反叛」，也足夠震撼政府的命脈。在中國近代的歷史上，這是一次嶄新的教訓。

「紙幣」本來只是一張紙，它本身並沒有任何價值，它的價值都系於發行這個紙幣的政府的信用。有一個「市民」曾在上海各大報紙登載大幅的廣告，質問一般市民：為什麼美國人民有了美鈔不去搶購呢？為什麼英國人民有了英鎊不去搶購呢？為什麼中國人民拿了金圓券就要去搶購呢？這個問題真是問得漂亮！可是我們反問一下，為什麼中國人民在以前（在十月三十一日以前）有了美鈔英鎊並不一定要去搶購物資呢？為什麼在中國的美國人英國人有了中國的金圓券，也一樣的要把它用掉，不要放在手裏呢？稍稍一想，這裏面自有道理。嚴格的說來，要以改革幣制來解決中國當前的經濟危機，本來是個幻想。發行法幣的是這個政府，發行金圓券的也是這個政府，這同一個政府，法幣的信用既然不能維持，難道金圓券的信用就能維持了嗎？有人認為這次的改革幣制和最近的放棄限價，都是為了人民。實際上真是如此嗎？老實說，無非因為當前的經濟情景實在太不象樣，有點可怕，假如不改，恐怕政府要站不住了！改吧，改吧，亂七八糟先改它一下，暫時麻醉一下人民；後來弄到全國搶購，乖乖不得了，看上去可能要出什麼亂子，威脅政權，所以只好放棄限價。這一切，說得漂亮是解除人民的苦痛，骨子裏還不是要安定自己的政權？而在改革幣制時，政府命令人民將平時辛辛苦苦積蓄的一點金鈔，一律兌成金圓券；政府只要印刷機器轉幾轉，可是多少老百姓的血汗積蓄，就滾進了政府的腰包裏去了。政府拿這些民間的血汗積蓄，去

支持他的戰亂，使所有國家的一點元氣，都送到炮口裏轟了出去！上海的老百姓都在回想他們在敵偽時期所經過的一切，日本人管得再凶，也沒有弄到連飯都沒有吃，連買大便紙也要排隊的程度；日本人逼得再緊，也沒有把民間的金銀收完—就靠這點元氣，勝利後各地慢慢恢復各種小工商業的活動。現在呢，一切完了，一切完了，作孽作孽，每一個吃虧的老百姓心底裏都在咒詛，有一肚皮眼淚說不出來！

七十天的夢是過去了，在這七十天中，賣大餅的因為買不到麵粉而自殺了，小公務員因為買不到米而自盡了，一個主婦因為米油俱絕而投河了，一個女兒的母親因為購肉而被槍殺了，還有不知多少悲慘的故事報紙上沒有傳出來。我相信這些人都是死難瞑目，陰魂不散的。許多善良的小市民，都聽從政府的話，將黃金白銀美鈔兌給了政府，可是曾幾何時，現在的金圓券已比八一九時期打了個對折對折了！慘啊，慘啊！冤啊冤啊！一個只要稍微有點良心的政治家，對此能熟視無睹，無疚於中嗎？

七十天是一場小爛污，二十年是一場大爛污！爛污爛污！二十年來拆足！爛污！

儲安平一貫是以冷靜的筆觸來進行他的時政評論的，〈一場爛污〉是他少有的激憤之作，他是被國民政府的倒行逆施、言而無信激怒了。他為老實聽話的百姓一夜之間傾家蕩產而痛心。儲安平是冒著刊物被封門的風險寫這篇評論的。文章發表後，社會各界一片叫好之聲，明眼人也暗自為儲安平、為《觀察》擔心。不知何故，國民政府竟然沒有採取行動。政府不得不有所顧慮，因為從儲安平的文章中，政府實在找不到動手的理由，被罵為「爛污」，統治者們也只好打掉牙齒往肚裏咽。直到〈一場爛污〉發表七周之後，上海警備司令部才以「妨礙軍事」的名義查封了《觀察》週刊。〈一場爛污〉是那個年代，人人爭誦的一篇檄文！

　　1957年6月1日，在中共統戰部召開的為黨整風的座談會上，儲安平做了一次振聾發聵的發言，題目是〈向毛主席和周總理提些意見〉：

　　解放以後，知識份子都熱烈地擁護黨，接受黨的領導。但是這幾年來黨群關係不好，成為目前我國政治生活中急須調整的一個問題，這個問題的關鍵究竟何在？據我看來，關鍵在「黨天下」這個思想問題上。我認為黨領導國家並不等於這個國家即為黨所有；大家擁護黨，但並沒有忘記了自己也還是國家的主人。政黨取得政權的重要目的是實現它的理想，推行它的政策。為了保證政策的貫徹，鞏固已得的政權，黨需要使自己經常保持強大，需要掌握國家機關中的某些樞紐，這一切都是很自然的，但是在全國範圍內，不論大小單位，甚至一個科一個組，都要安排一個黨員做頭兒，事無巨細，都要看黨員的顏色行事，都要黨員點了頭才算數，這樣的做法，是不是太過分了一點？在國家大政上黨外人士都心心願願跟著黨走，但跟黨走，是因為黨的理想偉大、政策正確，並不表示黨外人士就沒有自己的見解，就沒有自尊心和對國家的責任感。這幾年來，很多黨員的才能和他們所擔當的職務很不相稱。既沒有做好工作，而使國家受到損害，又不能使人心服，加劇了黨群關係的緊張，但其過不在那些黨員。而在黨為什麼要把不相稱的黨員安置在各種崗位上，黨這樣做，是不是有「莫非王土」那樣的思想，從而形成了現在這樣一個一家天下的清一色局面。我認為，這個「黨天下」的思想問題是一切宗派主義現象的最終根源。是黨和非黨之間矛盾的基本所在。

　　今天宗派主義的突出，黨群關係的不好，是一個全面性的現象。共產黨是一個有高度組織紀律的黨，對於這樣一個全國性的缺點，和黨中央的領導有沒有關係？最近大家對小和尚提了不少意見。但對老和尚沒有人提意見。我現在想舉一件例子，向毛主席和周總理請教：解放以前，我們聽到毛主席提倡能夠和黨

外人士組織聯合政府。1949 年開國以後，那時中央人民政府六個副主席中有三個黨外人士，四個副總理中有兩個黨外人士，也還像個聯合政府的樣子。可是後來政府改組，中華人民共和國的副主席只有一位，原來中央人民政府的幾個非黨副主席，他們的椅子都搬到了人大常委會去了。這且不說，現在國務院的副總理有十二位之多，其中沒有一個非黨人士，是不是非黨人士中沒有一個可以坐此交椅？或者沒有一個人可以被培養來擔任這樣的職務？從團結黨外人士，團結全黨的願望出發，考慮到國內和國際上的觀感，這樣的安排，是不是還可以研究？只要有黨和非黨的存在，就有黨和非黨的矛盾。這種矛盾不可能完全消滅，但是處理得當，可以緩和到最大限度。黨外人士歡迎這次黨的整風。我們都願意在黨的領導下盡其一得之愚，期對國事有所貢獻。但在實際政治生活中，黨的力量是這樣強大，民主黨派所能發揮的作用，畢竟有其限度，因而這種矛盾怎樣緩和，黨群關係怎樣協調，以及黨今後怎樣更尊重黨外人士的主人翁地位，在政治措施上怎樣更寬容，更以德治人，使全國無論是才智之士抑或子子小民都能各得其所，這些問題，主要還是要由黨來考慮解決。

儲安平的這個發言，是經過精心準備的。發言之前，他徵詢了一些民主黨派人士和知識份子的意見。開會的頭一天，他認真起草了發言稿，並列印成篇。他知道一些報紙會刊發他的發言內容，為了不讓編輯因稿長而隨意刪節，造成意思的曲解和不完全，儲安平以報人的精細掌控著字數。在發言稿的最後，他還注了一行小字：「希用原題，原文勿刪」。

儲安平明白，他的發言，無疑是整風運動中扔出的一個大炸彈。他期待的效果出現了。當天在會場中聽他發言的馬寅初，激動萬分，用手不斷用力拍打著椅子扶手，連稱「Very good! Very good!」第二天，不僅《光明日報》全文刊登了儲安平的發言，《人民日報》等首都各大

報紙也發了全文。第二天早上，儲安平以少有的親切口吻對孩子們說：「來，聽聽，這是爸爸昨天在會上的發言。」中央人民廣播電臺正在全文播發。

也是座談會第二天，儲安平一早按約定來到了章伯鈞家。一跨進客廳，章伯鈞迎上前來的第一句話就是：「你的發言很好。」

「要談就談大問題吧。不過，放肆得很。」儲安平躊躇滿志地說。顯然，他完全知道他的發言所引起的社會反響。

儲安平太天真了。「大問題」是你該談的嗎？他立即被「打翻在地」，一頂結結實實的右派帽子，狠狠扣在了他的頭上。

做為自由主義知識份子，緊要關頭登高一呼，以言論事，尖銳的思想、犀利的文字，流芳百世、震人心魄，也算是功德圓滿，死也瞑目了。

其實，儲安平是死不瞑目的。有關人員讓他就「黨天下」問題寫檢討時，儲安平氣哼哼地說：「可以寫。檢討自己對『知無不言』是有界限的這一點認識不清。如果知道，就不說了。」

這種氣話，只是說說而已。

戴上右派分子的帽子後，儲安平失去了他的所有理想和尊嚴。政治上受歧視，工作上受冷落，思想上受批判，身體上受懲罰。「文革」開始後，這種迫害達到了登峰造極的地步。儲安平想到了死。1966年8月31日，與老舍投太平湖的同一天，儲安平在京西青龍橋邊潮白河自殺未遂。也許是儲安平還沒有最後下定自殺的決心，他在潮白河邊徘徊得太久了，引起了路人的注意。他剛剛從青龍橋上跳下去，便被人救了上來。這種「自絕於人民」的行徑，造反派是不會放過的，儲安平被押回「九三學社」的小院中，關在一間小屋內，遭受了更嚴厲的批鬥。哀莫大於心死，此刻，儲安平其實已經「死」了。9月上旬，當儲安平從關押他的「九三學社」後院小屋回到家中時，看到家裏已經是第二次被紅衛兵抄家。居室、客廳均被洗劫掠奪一空，除了滿地的碎紙片外，一無所有。面對這般情景，儲安平徹底絕望了。於是他踽踽離開家中，走了出去……

　　儲安平的小兒子儲望華多年後回憶：到了九月中旬的一天，我接到當時主管「九三學社」中央機關日常事務的梁女士打來的電話，她問我：「你父親有沒有到你那裏去？」「你知道不知道他目前在哪裡？」我說：「父親不是被你們押管著嗎？你們不是正在籌備批鬥他的大會嗎？」到了 9 月 20 日，中央統戰部下達命令：一定要在 10 月 1 日國慶之前找到儲安平，「以確保首都的安全！」於是「九三學社」派了一名幹部（中共黨員），並要求我和我二哥協助。我們騎著自行車在北京的東、西城不少街巷轉了好幾天，查訪了過去與父親曾有來往的朋友們，卻毫無結果。到了 1968 年夏，有一天，幾個穿著軍裝的幹部來找我，說他們是「奉周恩來之命，由公安部、統戰部等組成儲安平專案組，在全國範圍內進一步查尋儲安平的下落」，希望我「提供情況予以協助」。這次專案調查，也還是沒有找到儲安平的確切下落。

　　1982 年 6 月，儲望華準備去澳大利亞留學之際，單位的一位領導才匆匆拿來一份文件，告訴他：「剛剛接到中央統戰部來函，對你父親正式做出『死亡結論』。」這時，儲安平已經失蹤十六年了。

　　謝泳說：關於儲安平的死，現在還是一個謎，他的家人也不知道他的最終結局，我曾和他的女兒說起過這件事，她也說不清楚。有人說他是在北京一個地方跳河死了，還有一種說法是他在天津跳海了，也有說他是在青島跳的海，也有人說他新疆改造時，逃到蘇聯去了，前幾年還有人寫文章說他沒有死，而是在江蘇某地一個山上當了和尚。這些說法，都是傳說，沒有一點文獻材料為證。所以現在只能說，儲安平是不知所終，我個人以儲安平的個性和他的經歷推斷，他是有自殺可能的。

　　無論如何，儲安平這個人最終是悄無聲息地消失了，消失得無影無蹤。他的命運似乎是一種宿命，人們只能在感歎聲中懷念這位執著的自由主義知識份子。

主要參考文獻

《儲安平與〈觀察〉》　謝泳著　中國社會出版社　2005 年 9 月第一版

《雜書過眼錄》　謝泳著　工人出版社　2004 年 8 月第一版

《梁漱溟王實味儲安平》　戴晴著　江蘇文藝出版社　1989 年 6 月第一版

《往事並不如煙》　章詒和著　人民文學出版社　2004 年 1 月第一版

《徐鑄成傳》　李偉著　廣西師範大學出版社　2008 年 7 月第一版

張友鸞

　　以張友鸞的才情和素養，他應該在中國現代新聞史上成就更大的
事業。他是中國最年輕的總編輯。二十一、二歲，大學還未畢業，就
主掌了《世界日報》的編採和筆政。在二十幾年的新聞生涯中，張友
鸞先後擔任過十四家報紙的總編輯或編輯部主任，這也是一個令後來
者無法超越的紀錄。

　　張友鸞的記者才華似乎是與生俱來的。他懂新聞，會辦報，對消
息的判斷準確精到，對標題的拿捏恰如其分。他做的新聞標題，常常
令讀者叫絕、嘆服。張友鸞還具有典型的作家情懷，辦報之餘，他寫
散文，做小說，尤其是對元曲的研究，有相當造詣。對古典小說的校
注，又是國內公認的大家。

　　文人好名。張友鸞早早地在新聞和文學上有了較大的名氣。他為
名所喜，也為名所累，很難狂飆突進，再上高峰。

　　文人好玩。張友鸞像是一個「玩票」的，輾轉於新聞與文學兩個
圈子之間，哪一頭也捨不得放下。他辦報，是興趣，是對新聞的喜愛，
是抓到獨家新聞，精心編排、一炮打響、轟動社會的欣慰與快感。倘
做了報館的社長（老闆），編、印、發、廣告、紙張，工人、勤雜、交
際、應酬，這些瑣碎之事，會讓張友鸞腦袋發脹，很不開心。因此，
他熱衷於「玩票」，只客串，不下海；只辦報，不經營。張友鸞自己便
說，他這大半輩子，「只是給別人當夥計」，很少自己親自動手辦一張
報紙。即便辦了報，也很難持之以恆，長久辦下去。

　　張友鸞，祖籍河北獻縣。清末，因祖上獲封安徽太平縣知縣，全
家移居安慶。張友鸞出生於 1904 年，待到他中學將要畢業時，已是「五
四」運動後的第三年了，學科學、爭民主的現代意識，已深深影響了

張友鸞的思想，在他就讀的安徽省立一中，張友鸞已是學生中的活躍分子，擔任了學生會的幹部。

作家郁達夫，1921 年曾在安徽省立法律專門學校任教。授課之餘，郁達夫常徜徉在安慶的書店、報攤之間。這一天，天下著雨，郁達夫撐一把雨傘來到了安徽省立甲種工業專門學校門前的書報攤邊，正趕上張友鸞做為學生會幹部在此值班。張友鸞不認識郁達夫，見郁達夫要買剛創刊的《覺悟》，便極力向郁推薦中短篇小說集《沉淪》。張友鸞說，這本小說批判封建主義，抨擊軍閥當政，很值得一讀。郁達夫淡淡一笑，對張友鸞說：「我就是郁達夫。」這意外的邂逅讓張友鸞驚喜不已。自此，這兩個率性的激憤之人，便常在一起議論時局，討論社會變革和國家出路，很快便成了好朋友，「忘年交」。

1922 年，張友鸞考上了北京平民大學新聞系，來到北京繼續求學。不久，郁達夫也來北京執教，兩位好朋友又能經常把酒言歡了。邵飄萍此時在平民大學新聞系兼課，張友鸞應該算是邵飄萍的弟子。

史料表明，張友鸞大學還未畢業時，就擔任了《世界日報》的總編輯，可許多人並不知道，這個總編輯，是張友鸞罵出來的。或者這樣說，張友鸞是罵進《世界日報》的。

1924 年，成舍我以自己的二百元大洋為資本，創辦了《世界晚報》，一年多後，晚報剛剛有點起色，成舍我便以《世界晚報》為抵押，向銀行貸款，又創辦了《世界日報》。這足見成舍我的魄力與膽識。他是想用一張晨報，一張晚報，在北京報業市場上打出一方自己的天地。

創業之初，諸事艱難。最大的難題是資金不足，成舍我只好錙銖必較，攢緊手指縫過日子。那時的《世界晚報》、《世界日報》，幾乎就是在成舍我家中辦公，吳範寰任經理，龔德柏是晚報總編輯，張恨水是日報總編輯，除此就幾乎再沒有別人了。成舍我這個社長，也得每日出去採訪，為報紙搜羅新聞。雖不致於說是「草台班子」，但「朋友幫忙」、「老鄉相助」是肯定的了。

不久之後，張恨水便萌生了去意。辦報理念的不同是一個方面，更主要的是成舍我常常克扣工資，或不能按時發薪，這讓張恨水很不

滿意。成舍我的夫人楊璠親自管錢、管帳。每到月底，楊璠總是不能足額發放。給一部分工薪，再搭上一張紙條：「茲借到×先生名下××元。」有一次，張恨水弄丟了一張欠條，找楊璠要錢。楊璠卻說，沒有存底，也不知欠你多少錢，不能給付。

張恨水決意離去，成舍我慌了手腳。他一方面盡力挽留，一方面四處物色替代之人。這時，吳範寰向成舍我推薦了自己的小同鄉張友鸞。能夠破格任用張友鸞，除了張的個人才能外，成舍我心裏還有一個「小九九」。他知道，一個正在讀書的大學生，是不需要支付很高的薪水的。見面之後，成舍我非常滿意，便立即讓張友鸞到《世界日報》上班。沒想到，張友鸞剛幹了三天，張恨水在成舍我的一再挽留下，竟答應不走了。成舍我算計得要命，他怎能花錢養閒人？便立即辭退了張友鸞。張友鸞血氣方剛，對成舍我出爾反爾，善慮多變的性格十分不滿，他提筆寫了一封信，將成舍我大罵了一通。信中說他「狐埋之而狐搰之，反覆無常，是以無功」。這段話語出《國語·吳語》，是指狐狸生性多疑，剛將東西埋好，又不放心，再挖出來看看。如此反反覆復，終將一事無成。

成舍我讀了張友鸞的信後，非但沒有生氣，反而欣賞他的膽識和勇氣。他對吳範寰說：「此人雖出言不遜，但罵得痛快，切中要害，文章寫得漂亮，有才氣。」成舍我當即改變了主意：「此人非用不可。」之後，他親自找到張友鸞，說兼職編社會版的陳大悲要離開，請他留下來接替陳大悲編版。張友鸞為成舍我的真誠打動，入了《世界日報》，將社會版編得有聲有色。1926 年年初，張恨水終於去職，成舍我便讓張友鸞擔任了《世界日報》總編輯。此時，張友鸞還不滿二十二周歲。

1926 年正月初十，張友鸞與同鄉、大學同學崔伯蘋結婚了。他倆都是安慶人，可在中學時無緣相識，雙雙考入北京平民大學後，才在大學的安徽同鄉會中相見、相知。兩人一個姓張，一個姓崔，而張友鸞又酷愛元曲，朋友們便以「張郎」、「崔娘」戲稱二位。結婚這天，周作人模仿元曲唱詞，親撰了一副喜聯，「一個是文章魁首，一個是仕女班頭」，構思精巧，出語不凡，很得眾人讚賞。

　　崔伯蘋長張友鸞一歲，先期大學畢業後，回家鄉安慶做了中學教師。張友鸞學業既畢，到邵飄萍的《京報》短期編了一段《文學週刊》後，因思戀新婚不久的夫人，便也回到了安慶家中。

　　1926 年 8 月 7 日凌晨一時左右，直奉軍閥張作霖、張宗昌在接連槍殺了邵飄萍、林白水之後，又以「赤化通敵」的同樣理由，將《世界日報》的成舍我抓獲，押上卡車，帶往警備司令部。在卡車上，成舍我萬念俱灰，只覺得一顆子彈從後腦打進去，從前腦穿出來。幸虧官場大佬孫寶琦出面營救，成舍我才僥倖躲過一劫。回到報社後，成舍我又恢復了報人本色：「報繼續出。現在韜光養晦，避避風。軍閥總歸要罵的；張宗昌胡作非為，是不會長的。」

　　成舍我躲到了南京，遙控指揮北京的《世界日報》。北伐勝利後，國民政府定都南京，改北京為北平，國內的政治格局發生了重大變化，北平不再是政治重鎮，成為了文化教育中心。素有新聞敏感的成舍我，設想在南京再辦一張報紙，讓他的南北兩家報紙互通聲息，互通有無，必會事半功倍，打開市場。他向國民黨元老李石曾、吳稚暉等人求援，得到了經濟上的資助。於是，成舍我電召張友鸞趕赴南京，出任他新創辦的《民生報》的總編輯。成舍我還特意將《民生報》的創刊時間定在國民黨二屆四中全會召開、蔣介石復職視事的 1928 年 2 月下旬，可見成舍我的良苦用心。

　　張友鸞的確是一個不安分之人。他不希望生活平淡無奇，如死水一潭。他嚮往的日子是標新立異、驚喜連連。在《民生報》幹了一年之後，1929 年，張友鸞與成舍我鬧了點小彆扭，便毅然甩手而去，另謀高就了。

　　張友鸞先到了漢口的《中山日報》，該報被封後，又跑到上海《時事新報》南京辦事處幫忙編發電訊。後來得了一場傷寒病，回家療治了一段時間。病好後，幫助他弟弟張友鶴籌畫、興辦《南京晚報》。《南京晚報》創刊後，交由胞弟張友鶴打理，他倒有了一段空閒時間。1929 年底，創刊不久的南京《新民報》亟需辦報人才，陳銘德、劉正華找到張友鸞，竭力邀請加盟。這樣，張友鸞便來到《新民報》擔任了總編輯。這一次，張友鸞倒是難得，竟在《新民報》一直幹到 1933 年。

　　「喜新厭舊」的個性再次在張友鸞身上死灰復燃。不同的是，此次喜新厭舊居然攙進了新的元素：「夥計做久了，總想自己辦一張報，於是我又離開了《新民報》，創辦了《南京早報》。」

　　張友鸞把辦報想得太簡單了。他以為在大學裏學的是新聞採編和報紙管理，又有十年的新聞工作實踐，辦一張報紙有何難的呢？

　　可一旦進入具體操作，各種難題便接踵而至。最邁不過去的門檻是資金。「老師沒有教我，那些老闆也沒有告訴我，如何籌措資金。」

　　張友鸞真是個書生辦報。他天真地幻想，用小小的積蓄作開辦費，只要報紙印出來，賣報和廣告收入，就足以支持報紙周轉了。可他不知道，這資金鏈是一個長長的大鏈條，而不是一個小小的閉合環。也就是說，沒有足夠的資金，是支撐不過報紙最初的虧損階段的。現實給了張友鸞幼稚的設想當頭一棒。「《南京早報》出版後，賠累不堪，我的積蓄完了，我妻崔伯蘋變賣首飾支持我」。山窮水盡之時，兩個四川朋友找到了張友鸞，表示願意每月資助他幾百元錢，把報紙辦下去。他們開出的條件是，一個要做董事長，一個要做經理。張友鸞覺得，拿這樣的錢有些燙手，猶豫不決，彷徨難定。再者，張友鸞是想自己辦報的，過一把當老闆的癮。人家拿錢進來，一個董事長，一個經理，他張友鸞不還是「夥計」嘛！既然都是當「夥計」，何苦費這個勁呢！

　　正在這時，成舍我由北方來到了南京。成有個習慣，每到一地，必定要廣泛閱讀當地的報紙。讀了《南京早報》後，成舍我認為，作為通俗的大眾報紙，《南京早報》辦得不錯。他特別指出，有一天晚上，一顆大隕石墜落，照亮了半邊天，百姓都很關心。次日各報，只有《南京早報》刊發了專訪天文臺專家的新聞，對隕石現象做了科學解釋，成舍我對此表示讚賞。張友鸞向他訴苦，大談經費不足、辦報之難。成舍我深表同情，主動表示願意投資，與張友鸞共同辦好《南京早報》。幾經磋商，差不多就要達成協定了，張友鸞也回絕了那兩位四川朋友。不料，最後關頭成舍我卻變了卦。他對張友鸞說，《民生報》缺總編輯，我不打算向《南京早報》投資了，你還是回《民生報》吧！張友鸞思前想後，接受了成舍我的建議，「我想自己終於打不開江山，成不了氣

候，何必焦頭爛額自苦乃爾，還不如安閒做個夥計吧。」張友鸞把《南京早報》無償送給了那兩位四川朋友，唯一條件是他們必須接受《南京早報》的原班人馬。

張友鸞心情複雜地二進《民生報》。令成舍我萬萬沒有想到的是，張友鸞不是來振興《民生報》的，而是來給《民生報》送終的！

張友鸞再掌《民生報》不久，記者採訪到一條重要新聞：國民政府行政院蓋辦公大樓，建築商賄賂了工程負責人、政務處長彭學沛，給他修建了一座小洋樓式的私人住宅，因而在行政院辦公大樓的主體建築上偷工減料，並且屢加預算，以致於建築費用比原計劃多出了一倍以上。張友鸞聽說彭學沛是成舍我夫人的親戚，行政院辦公大樓又牽涉到許多國民黨高官，稿子發是不發，頗費躊躇。張友鸞拿著稿子去問成舍我，成乾脆地回答：「既然確有其事，為什麼不登？」

稿子一經發表，立即引起了軒然大波。彭學沛當天向法院起訴，控告《民生報》「妨害名譽」。行政院長汪精衛也因為報紙揭了行政院的醜而惱怒不已。程滄波、端木愷、蕭同茲、俞新武等《中央日報》和中央社的舊友同行，紛紛從中調停，勸成舍我登一個更正啟事，化解風波，彭學沛也願意撤回訴訟。沒想到成舍我較了真。他說，事實俱在，為了報社的信譽，絕不更正。法院開庭那天，成舍我親自出庭答辯，滔滔不絕，侃侃而談，把法官駁得啞口無言。倒是案子的主角彭學沛沒敢到庭，委託律師代為訴訟。因為是行政院交辦的案子，法院也不得不買帳。於是，昧著良心，顛倒事實，判《民生報》敗訴，判處成舍我短期徒刑，且緩期執行。成舍我不依不饒，將自己一萬多字的答辯書登在報上，尋求公眾支持。輿論一片譁然，社會情緒激憤。無奈之下，彭學沛只好撤訴，不了了之。

可怨恨的種子，已經深深地植入了汪精衛、彭學沛心中。不久之後，民族通訊社的陳雲閣採訪到一條新聞，大意是行政院長汪精衛，監察院長于右任因鐵道部在向國外購買建築材料發生的舞弊事件的查處上產生嚴重分歧，爆發了激烈爭吵。蔣介石彼時正率軍在江西「剿共」，無力分心，便電告汪、于以大局為重，勿生內訌。張友鸞拿到電訊稿

後，安排在《民生報》頭版頭條發表，並做了個醒目的大標題《蔣電汪于勿走極端》。

彭學沛終於抓住了成舍我的把柄。他立即拿著報紙找汪精衛告小狀，說成舍我是借此興風作浪，擴大事態。蔣介石見電報之事被公開披露，便翻臉不認帳，對外宣稱是報刊「捏造文電，鼓動政潮」。汪精衛立即下令：「查封《民生報》，拘辦負責人。」當然，消息是由民族通訊社發佈的，不追究本源，大面上說不過去。於是，民族通訊社社長趙冰谷、總編輯鍾貢勳、寫稿記者陳雲閣也一併抓到了憲兵司令部。

汪精衛也知道報館的厲害，不願鬧得民情大嘩。他是派便衣去《民生報》封門拘人的。當時成舍我不在，張友鸞說，「我是總編輯，責任應該我負，我去。」經理周邦式說：「成先生長期不在南京，我是負責人，我去。」可憲兵隊的便衣誰也不拿，定要成舍我的「正身」。傍晚成舍我回到報館，自知躲不過去了，便同意與便衣們同去。他回到房間，找了一個包，將換洗衣服和洗漱用具都裝上了。便衣們假裝說，何必帶這些束西呢！成舍我笑笑，沒有做答。

民族通訊社的趙冰谷、鍾貢勳、陳雲閣三人，以為到憲兵司令部問過話就可以回去了，沒想到被扣了一夜，並還將「依法辦理」。一早起來，見成舍我穿上外衣，已經在天井裏刷牙了。三人暗自詫異，成舍我怎麼會料到這就是逮捕呢？成舍我事後對他們說，辦報這麼些年，多次下獄，拘捕扣押，早已有了經驗。

最終，成舍我被判入獄四十天。坐滿四十天大牢後，張友鸞去接他出獄。在回家的路上，成舍我忿忿地說，汪精衛託人給他捎話，只要他低頭認錯，《民生報》便可復刊。成舍我不為所動，「只要汪精衛一天在南京，《民生報》就一天不復刊。」「他汪精衛不能做一輩子行政院長，我成舍我可以做一輩子新聞記者！」

張友鸞就這樣把《民生報》送上了不歸路。當然，所有的過程，成舍我都參與了；所有的報導決策，都是成舍我首肯的。

1936 年，成舍我在上海創辦《立報》，籌備之時，寫信約張友鸞去做《立報》總編輯。

從《民生報》被封、張友鸞重回《新民報》做總編輯，已經兩年多了。以成舍我對張友鸞性格的瞭解，張又該動了「挪挪地方」的心思了。

成舍我的判斷相當準確。

張友鸞先是推辭：「《世界日報》人材濟濟，你隨便調個人來就行，何必要我去。」

成舍我給張友鸞戴「高帽」：「我要你給《立報》打響第一炮哩！」

張友鸞果然經不住吹捧，同意過去幫忙幾個月，把報紙辦起來。

《立報》是南京、上海的一些新聞記者合資興辦的，他們想嘗試辦一張真正的「同人報紙」。總股本是十萬元，成舍我占了十分之三。若論經濟實力，成舍我完全可以獨資經營《立報》，但此時的成舍我，辦《立報》的目的不單純是為了賺錢了，他想多聯合一些朋友和同人，形成一股政治和社會的力量，期望對輿論有所影響。成舍我知道張友鸞沒有錢，便從自己的股份中劃出一部分，無償記在了張友鸞名下。這樣，張友鸞便也成了《立報》的合夥人之一了。

張友鸞將《立報》的創刊時間定在 1936 年 9 月 21 日。因為此前一天，上海法院將開庭審理幫會頭子、天蟾舞臺老闆顧竹軒殺人案。憑張友鸞的新聞敏感，他知道這一定會是轟動上海灘的熱點新聞。

上海的幫會現象是一道獨特的風景。各幫會劃分勢力範圍「統治」著上海。這些黑社會勢力橫行霸道，作惡多端，殺人越貨，無所不為，老百姓側目而視，極為痛恨。可這些幫會頭子們，都和租界巡捕房相互勾結，在租界外觸犯了法律，便躲到租界內避風頭，中國的法律時常奈何不了他們。報紙也不敢對他們說三道四，《申報》、《新聞報》這些數一數二的大報的地方版編輯、記者，也得拜這些幫會頭子認「師父」，否則就不能安於其位。一般的報紙就更不敢碰幫會的一根毫毛了。

顧竹軒也是上海灘出了名的大亨，地位跟杜月笙、黃金榮、張嘯林等不相上下。頭一年，他讓人暗殺了一個叫唐嘉鵬的仇人。他雇用的殺手因犯別的案子，被抓進了監獄，為減刑贖罪，他供出了此事。

顧竹軒本就住在租界之內,若在平日,本可逃之夭夭。可那一陣子顧竹軒做生意發了筆大財,可是對巡捕房分錢不均,巡捕們心懷怨恨,便突襲逮捕,將顧竹軒送交了地方法院。

張友鸞提前安排記者做了充分採訪,到法院、看守所、巡捕房,甚至顧竹軒家中採到許多獨家新聞,他還派出記者打聽顧竹軒的手下會如何活動,律師將怎樣為他辯護,老百姓的街談巷議等等,只等開庭之日、創刊之時一併報出。

人算不如天算。

9月20日,法庭突然宣佈顧竹軒案偵查還未結束,庭審延期。可報紙創刊的廣告和啟事已經發出,張友鸞只好捨棄顧案,倉促出版。當然,功夫不會白費。9月27日,顧案正式庭審。28日,《立報》頭版頭條醒目報導:

> 顧竹軒案昨開庭
> 庭外大叫囂
> 旁聽奔逃秩序亂
> 看守所鬧監

除了文字報導外,《立報》還刊登了顧竹軒受審時的照片。三版用半個版的篇幅,刊載了審訊詳記。其他報紙遮遮掩掩一報而過,而《立報》詳細的獨家新聞,一下子就引起了社會轟動,當天的報紙加印到七萬份。此後一個多月,隨著庭審的持續,《立報》搞了大約有十次追蹤報導,直到法院判處顧竹軒十五年徒刑、全文發表了判決書為止。

張友鸞以他的膽識和才幹,打了一場漂亮的新聞仗,組織了一次完美的連續報導。

揭露幫會,讀者痛快;報紙暢銷,股東高興。可是那幾天裏,《立報》裏的氣氛也相當緊張。有人傳言,幫會不會善罷甘休,要找成舍我和張友鸞算帳。果不其然,張友鸞接連收到了幾封要他「吃生活」的匿名信。張友鸞將此事告訴了成舍我,成說:「在上海灘上辦報,要站住腳,必須戰勝這幫流氓,決不能退讓。」張友鸞知道成舍我也一

定接到了匿名信，只是他一聲不響罷了。為安全起見，那段時間，晚上編完報回家，張友鸞都坐計程車。而成舍我若無其事，一切如故。張友鸞不由得從心裏佩服成舍我的鎮定沉著。

　　張友鸞在《新民報》前後工作了十二年，儘管其中兩進兩出，但《新民報》卻是他服務最久的一張報紙。這正印證了當年中國新聞界的兩句傳言：成舍我有識人之眼，有用人之心，卻無容人之量；陳銘德無識人之眼，有用人之心，也有容人之量。率性隨意的張友鸞能在《新民報》中呆上十二年之久，且兢兢業業，全副精力撲在辦報上，陳銘德的「用人之心」、「容人之量」是其中重要的原因。

　　循往常的慣例，張友鸞跨入《新民報》大門不久，便成了這張報紙的總編輯。這一點，還真得任張友鸞「自吹自擂」，晚年，他曾對自己的後人說：「一到報紙工作，我就是總編輯級的。」

　　《新民報》的編輯模式，就是在張友鸞手中奠定的，並在抗日戰爭期間趨向成熟。

　　張友鸞設計的《新民報》的總體風格是：新聞和文章以短小精悍取勝；編輯組版以生動活潑見長；讀者對象以城市市民——偏重中下層公教人員為重；內容以社會新聞為主，適當增加副刊分量。

　　作為總編輯，張友鸞為這張民間報紙開了一個為人稱道的好頭。當記者，他有高度的新聞敏感，善於捕捉重大新聞；當編輯，他能畫龍點睛擬出令人叫絕的標題。從版面安排到撰寫評論，從編副刊到創作小說、詩詞，他幾乎無所不能。張友鸞甚至還當過一段時間《新民報》的經理，制定了廣告、發行、會計、印刷部門的工作計畫，使報紙管理規範化。

　　張友鸞最大的過人之處，是他始終對文字工作懷有一種熾熱之情，對寫新聞、編報紙的衝動經久不衰，歷久彌新。他在《新民報》《大時代》副刊「見面的話」裏寫道：「衝上去！多少人此時正在火線上怒吼；坐下來！又有多少人此時卻在後方的安樂椅上。動盪的世界，正是一陣狂飆，在這狂飆之下，不允許荒墮驕逸，也不允許徒作憤慨的空談。」錚錚真情，擲地有聲。

　　「張氏標題」以及由張友鸞倡導的視角獨特的社會新聞，一直是《新民報》吸引讀者的最大亮點。

　　1931 年「九一八」事變之後，各地青年學生到南京請願，希望政府堅決抗日，救亡圖存。學生們在政府門前掛了口鐘，不斷地敲打，鐘聲敲在每個人的心上。張友鸞做了一個非常感情化的標題：「國府門前鐘聲鳴，聲聲請出兵。」

　　有一年，南京陰雨綿綿，張友鸞根據氣象臺的天氣預報，製作了這樣一則標題：「瀟瀟雨，猶未歇，說不定，落一月。」

　　《新民報》的記者採寫了一條為前線將士募集寒衣的新聞，張友鸞的標題為這則消息畫龍點睛：「西風緊，戰袍單，征人身上寒。」這標題，頗有宋詞小令的韻致。

　　為精彩的新聞配上漂亮的標題，是張友鸞的一大樂趣，也是他刻意追求的辦報境界。有時看似舉手之勞，實則是張友鸞長期積累的結果，是他深厚的文化素養的書面體現。張友鸞從來不會放過為好新聞製作好標題的機會。報人都明白，這樣的機會是可遇不可求的。抗戰期間，林語堂到成都活動，記者跟蹤採訪報導。這一組動態新聞，讓張友鸞過足了標題癮。

　　山河破碎，舉步維艱，林語堂是搭郵車到成都的，張友鸞便在標題中注明：郵車寄到林語堂。

　　林語堂對美食頗有興趣。在成都吃了名菜豌豆燒肥腸後，讚不絕口。張友鸞大筆一揮，標題便是：「林語堂九轉迴腸。」

　　林語堂看後亦大笑不已。後來林語堂用英語發表了演講，張友鸞依然用最尖銳的對立之詞製作出奇不意的標題：「中國林語堂作英語講演。」

　　報紙上的花邊新聞歷來是編輯的刻意為之。圈上花邊，是為了引起讀者的注意，或者是編輯有意強調某些事實或觀點。花邊新聞一般不會佔據報紙上最重要的位置，卻是有著蘊意特別的強調作用。張友鸞總是要求《新民報》的花邊新聞，做出獨特的標題，表現出韻味和格調。

　　1945 年初，有一位黎東方教授在重慶公開演說，竭力推崇君主制是世界上最好的政體，缺點只在好君主身後不容易有適當繼承人，所以秦皇漢武求長生實在是不得已。他又說，農民雖苦，卻不知造反，有文人煽動，才會天下大亂。《新民報》的「本報特寫」記錄了這位教授的「奇談怪論」，加上大標題曰：「可恨腐儒文亂法，只悲聖主不長生。」幽默辛辣，貼切工整，一針見血。這自然是張友鸞的傑作。

　　抗戰勝利後，傳來了郁達夫南洋遇害的消息，又風聞郁達夫的夫人王映霞已與某輪船公司總經理結婚。當時交通困難，出川不易，輪船公司是大家羨慕的部門，於是，《新民報》將兩條消息並在一起，做了個雙行標題：「王映霞買舟東下，郁達夫客死南洋。」令人唏噓，令人感慨。

　　程大千是張友鸞的得意弟子。當時重慶物價飛漲，程大千給一則反映市場供應的新聞做了這樣的標題：「物價容易把人拋，薄了燒餅，瘦了油條。」成為當時的報壇經典。

　　鄭拾風也是張友鸞親手培養起來的辦報行家。當時國民黨的糧食部長徐堪平抑米價然而米價不降反升，鄭拾風便做了個標題諷刺他：「徐堪何堪。」

　　當年《新民報》的氣象新聞的標題生動傳神，或借天喻物，或狀物抒情。如一則立春特寫的標題是：「錦城春依舊，物價催人瘦。」

　　成都的深秋陰冷而多霧，《新民報》的一個標題是：「秋深矣，霜霧日多；菊花黃，梧桐葉落。」

　　還有一則標題借天氣變化抒發對前線將士的關心：「秋雨連綿兩日，山城突轉奇涼，重慶如此，前方可知。」

　　李公樸、聞一多慘案發生後，重慶《新民報》的一篇通訊是這樣作標題的：「民主潮裏人民淚，巴山冷月悼英魂──各界追悼李聞兩先生。」

　　在張友鸞長期而精心的打造下，《新民報》各地版的編輯，都十分注重標題的煉字和煉意，力求鮮明、準確、生動、精煉，又富有漢字的韻味、動感和節奏。抗戰勝利後，北平《新民報》訪問重返北京大學主政的胡適校長，就讀者關心的和談、政協會議、聯合政府等諸多問題向他討教。胡適卻顧左右而言他，滔滔不絕地談他的學術研究。

記者滿腹狐疑，編輯更是毫不客氣地挪喻、諷刺：「偉哉胡博士，君等嚷和平，我講水經注。」俊傑應識時務。任何不合時宜的高談闊論，無論多麼深奧、精彩，都是言不及義，南轅北轍。而重慶《新民報》以人民渴望復員、重建國家的願望和心情，做了一個喻意深刻、生動傳神的標題：「咬牙重建碎山河。」讓人過目不忘，心旌震盪。

張友鸞自己就是文章高手，人稱「新聞奇才」。他的新聞小品，介乎在新聞與文學之間，以小見大，隨手拈來，借題發揮，喻古諷今，無深厚古文與國學功力，還真是不好把握。張友鸞當年的這些小品文，很得讀者稱道。1940 年 8 月 16 日，重慶《新民報》發表了張友鸞的〈楊將軍不寫九宮格〉一文，記述了楊虎城將軍西安事變後的一段囚禁生活：

> 將軍獲遣三四年，以生龍活虎之人，在花朝日夕之時，處窮鄉僻壤之地，苦悶無聊，可以想見。左右因便進言：何不以習字為功課！習字能養性，得靜中之樂也。將軍深嘉納之。於是集白羊之毫，折九宮格子，日書百十字。初患格小字大，字正格斜；積旬日，及稍稍有規矩，頗以自喜。左右有諛之者曰：「佳哉，將軍幾入格矣！」將軍聞言，忽有所感，則大怒，裂其紙，並墨硯而碎之。左右方驚無所措。將軍乃慨然云：「我人已在格子裏，愁苦不可解，今並我字亦入格耶？我固有罪，我之字無罪也，我何必使字失自由？」從此將軍不復習字，苦悶無聊，遂一如往昔。

後人謂之：「這樣的文字，可與《史記》媲美。」

日寇投降之後，避難重慶的各界人士紛紛東來，全力恢復戰前的生活和事業。陳銘德、鄧季惺夫婦更是雄心勃勃，不僅想復刊上海等地的《新民報》，還想打造一張新的北平《新民報》。而此時的張友鸞，「夥計」又當夠了，盤算著去南京恢復早年他與張恨水合辦的報紙《南京人報》。

《南京人報》早年由張恨水出資，創辦於 1936 年 4 月。張恨水與張友鸞都是那個時代世人皆知的俊傑才子。他們二人惺惺相惜，互為欣賞，素為好友。張友鸞完成了對成舍我的承諾，成功創辦了《立報》，

並相助維持了幾個月後,便從上海回到南京,加入了張恨水的陣營,擔任了《南京人報》總編輯。

張友鸞文人氣重,名士做派。張恨水又是著名言情小說家,風花雪月,英雄氣短。他們二人辦的《南京人報》,是一張四開小報,堅持了他倆一貫的「超政治」主張,全力打造一張大眾喜聞樂見、通俗易懂的平民報紙。可國運廢頹,民族多舛,你不找「政治」,「政治」會自己找到你頭上來。「七七」事變後,日寇入侵,國土淪喪。一天,《南京人報》編發了中央社的一條消息,標題卻是張友鸞親自所擬。這標題抓人眼球,震撼人心:〈南京只剩一口兵〉。國民政府參謀總長何應欽惱羞成怒,親自下令抓人封門,《南京人報》兩名記者被捕下獄,報紙也被迫停刊數日。1937 年 11 月,南京沉陷之前十幾天,《南京人報》終致無法維持,暫別讀者。張友鸞返回了《新民報》。陳銘德借此機會,生拉苦勸,將張恨水攬入了《新民報》之中。

抗戰勝利之後,百廢待興。「咬牙重建碎山河」,政府允諾恢復戰前格局。張友鸞攛掇張恨水復刊《南京人報》。兩人懷念那段自己創業的日子,加之投入的資金又不想白白打了水漂,便連袂返回南京,重打鑼鼓另開張了。

與此同時,陳銘德、鄧季惺的《新民報》在全國各地五社八版的格局已經形成。陳銘德用人心迫,愛才心切,想讓張恨水去主持北平新民報社,出版北平版的《新民報》。這讓張恨水進退維谷,難以抉擇。

陳銘德知道張恨水是個大孝子,抗戰以來,張恨水的母親滯留北平,母子已經八年多未見面了。陳銘德指示先期去北平籌辦《新民報》的鄧季惺,親自上門看望張老太太,並在北平城中買下了一處大四合院,供張恨水一大家子居住、生活。聞聽陳銘德夫婦的這些做法,張恨水感動不已,痛快地接受了陳銘德的邀請,離京北上,主持北平《新民報》。張恨水將自己名下的《南京人報》的股份,一併送給了張友鸞。此時,《南京人報》便為張友鸞一人所有了。

抗戰勝利後的南京,民主浪潮風起雲湧,建國主張五花八門,各派政治力量紛紛走到前臺,倡言和平,爭取民主,共謀建國大業。在這樣

的大背景下辦報，是斷然守不住「超政治」的底線的。張友鸞的《南京人報》，也迎合民眾心願，反映社會呼聲，呼籲民主和平，反對內戰獨裁，幾次遭到當局懲處，特務們也屢次打砸報社，破壞報紙的正常出版。

在南京，最早被封門的是《新民報》。1948 年 7 月 8 日，經蔣介石親自主持的官邸會報研究決定，責令南京《新民報》永久停刊。此舉一出，中外輿論一片聲討之音，各地民怨沸騰。一向好脾氣的陳銘德也忍不住怨天尤人了，他衝南京《新民報》主筆宣締之和地方版編輯蔣文傑大光其火：「我交了兩個好朋友，一個是你蔣文傑，一個是你宣締之。我有兩間房子，讓你們來開店，一個開麵館，一個開飯館。結果呢？你們一個賣鴉片，一個賣白麵。」氣頭上的話不足為訓。宅心仁厚的陳銘德也許會想，若是張友鸞、張恨水仍在《新民報》，就不會如此莽撞了！陳銘德錯了。文人一旦氣沖斗牛、血氣方剛起來，那也是相當怕人的。正是大義凜然的張友鸞，連夜派記者趕往《新民報》編輯部，以細膩的筆觸，悲憤的情懷，採訪了《新民報》編輯部被封之夜的情形，控訴了當局的專制與粗暴。這篇題為〈沉痛的一天〉的通訊，刊發在 7 月 9 日的《南京人報》上。

〈沉痛的一天〉中寫道：

> 九點多，中山東路的《新民報》社，來了很多的人，一部分是社內同事，聽候總經理的報告，一部分是同業和朋友，前來慰問。桌上電話鈴響個不停，每個電話都是關心者的探問。
>
> 陳銘德先生始終在苦笑，沒有別的表情。他絕不說一句埋怨的話，汗濕透了他的襯衫，和平常一樣親切地招待客人，似乎忘記了疲乏，一位報社同事偷偷地說：總經理這兩天差不多一點飯都沒吃。
>
> 有人安慰他，說到什麼「事業」一類的話，他只是搖頭，並不作答，搖頭，是他昨天除了苦笑以外唯一的表情。
>
> 經理鄧季惺先生原是學法律的，她手拈那紙命令，只是出神。
>
> 命令中有兩句話：「依照出版法第三十二條之規定，應即予以永久停刊處分。」這命令援引的是北洋政府留下的出版法，而

出版法正是行憲立法院將考慮審查的一個單行法，偏巧，鄧又是立法委員，所以她有些迷惘。

業務部向各報送出停刊啟事，要通知其他分社同人安心，同時準備清理帳目，莫不汗流浹背。

十時左右，陳、鄧，彭總編輯，王總編輯，全體同人，聚集在編輯部裏，鼻頭發酸，互不忍看，只得看著窗外的黑暗。

陳把公文拿給大家看了，他始終帶著苦笑。他說話是一種令人心弦也發生叩擊的腔調。他勉勵大家不要難過，在人生的旅程上，在事業的創造上，這樣的遭遇是隨時可以遇到的。我們既然立心要做一個真正的新聞記者，我們要堅毅忍耐，那麼我們將來必然有更遠大的前途。小小的挫折，是算不得什麼的。他更勉勵大家，乘這個機會，多多檢討自己過去的缺點，多多讀書學習。繼續有人發言，然鄧季惺一言不發，只是坐著。

許多人在流淚，痛哭。

……

感謝張友鸞，感謝《南京人報》，為我們存留了一份寶貴的記錄，讓我們能夠永遠記住中國新聞史上那黑暗的一幕。

當然，發表這樣的通訊需要氣魄，也是需要付出代價的。不久之後，《南京人報》也遭到了停刊處分。

陳銘德是不必為選擇了宣締之、蔣文傑而後悔的。即便是張友鸞繼續主持《新民報》，恐怕也難逃被封門的厄運。那年月，每一個正直的中國知識份子的心頭，都是燃燒著一團和平救國之火的。

全國解放後，1950 年《南京人報》再度復刊。可共產黨、新中國不允許私人辦報的政策，讓這張舊時代過來的同人報紙水土不服，難以為繼。張友鸞是個明白人，在沒有路的絕壁前，任何努力都是徒勞的。1952 年，《南京人報》遣散了人員和股本，徹底停刊了。

又是一次因緣際會。此刻，張友鸞的老朋友，時任人民文學出版社副總編輯兼古典部主任的聶紺弩，到江蘇調查《水滸傳》作者的有

關情況，來到南京。見張友鸞不再辦報了，聶紺弩便力邀他入人民文學出版社，從事古典文學中的稗官小說的研究、編輯、校訂工作。聶紺弩明白，張友鸞是這個領域中難得的人才。張友鸞對此也有些興趣，便舉家北上，來到了人民文學出版社。

在古典文學編輯的位子上坐了僅僅幾年，張友鸞便成績斐然。他注釋校訂的七十一回本《水滸傳》，是新中國成立後由國家出版社整理出版的第一部中國古典小說。張友鸞的注釋，被譽為「為新的注釋文學安放第一塊基石。」張友鸞特別鍾情於元代戲曲的研究，他曾說過：「與莎士比亞同時代的我國元朝的戲曲，其輝煌價值絕對不在莎劇之下，其難懂程度也比莎劇過之甚多。我們應該趕快做些元戲曲的普及工作。否則，不要多久，能懂元戲曲的人只剩下極少數專家，元戲曲這一傳統文化的精華將會逐漸消亡了。」那段時間，張友鸞靜下心來，潛心揣摩，利用自己扎實的文學功底，改編了《十五貫》、《蝴蝶夢》、《清風樓》等八九個傳統戲曲，出了六本戲曲集，還創作了大量的章回小說和隨筆、雜文等等。

1957 年春天，也許是張友鸞那顆熱愛新聞的心又勃勃躁動了，張友鸞又想重操舊業。經他多方聯繫，北京的某新聞單位同意他歸隊。轟轟烈烈的大鳴大放運動也正在此時蓬勃展開，張友鸞想，我是個就要調離文學出版界的人了，「鳴放」之事敬而遠之吧！可北京新聞界聞聽張友鸞即將重返新聞崗位，便盛情邀請他參加新聞界的座談會，人來了，又力勸他講幾句話，發表「高見」。張友鸞經不住這樣的左勸右請，便在北京新聞界的大鳴大放座談會上敞開了心扉：

> 從最近一些被揭發的事實看來，新聞工作者的地位，顯然沒有得到各方面的重視。許多人對新聞工作者不信任，而更多的人卻是對新聞工作者不尊重。新聞工作者在進行工作中，常常得到的是阻力而不是支持。
>
> 如果新聞工作者本身存在著「特權思想」，要求「見官大一級」，這是新聞工作者自己的錯誤。但是，事實所告訴我們的卻並非

如此，事實只是某一些人對新聞工作者加以輕視，硬要看作是「逢人低三等」。

有人說，走到什麼地方，都遇到新聞記者，討厭得好像嗡嗡的一群蒼蠅。這些話，早二十年，早三十年，舊社會裏的新聞記者是不斷聽到的；沒有想到，今天還聽到這樣的說話。

這句話也有一半是對的，新聞記者走到哪裡誠然都是嗡嗡的一群。如果缺少這嗡嗡的一群，我們就會感到缺少很多東西，我們必然詫異這個社會的無聲無息。

但是，另一半的話卻不對。新聞記者在今天，應該不是蒼蠅，而是蜜蜂。儘管蒼蠅和蜜蜂同樣的是嗡嗡的一群，所發生的作用卻大不相同。蜜蜂不僅為人類釀造蜜和蠟，而且在百花齊放之時，還要它傳花授粉。用討厭蒼蠅的態度來討厭蜜蜂，我們應該憐憫這些人的無知。也還另有一些人，他們之討厭蜜蜂，並非不知道蜜蜂有哪些好處，只是因為蜜蜂有刺。

據參加座談會的人士回憶，張友鸞覺得，自己作為新中國的一員，有責任為新中國新聞事業的健康發展坦陳自己的觀點。於是，他更加大膽提出：我們有理由、有必要，讓那些主觀主義者、官僚主義者、宗派主義者正視新聞工作應有的社會地位，對新聞工作者加以信任和尊重。今天的新聞工作者，一般說來，都是有一定的政治水平和文化水平的。新聞工作者在進行工作的時候，是一個工人在從事勞動，是一個公務人員在執行公務。誰要對新聞工作者的工作加以阻撓，就是破壞勞動，妨礙公務。我們需要時常用這些道理教育那些糊塗的人。張友鸞甚至敢於肯定資產階級的新聞學，認為報紙應該有益和有趣。他認為現在報紙上每天刊登的新聞稿件，寫得公式化，好像有一個套子，編輯也不重視標題，今年是「五一盛況幾十萬人遊行」，明年還是「五一盛況幾十萬人遊行」，年年都是「五一盛況幾十萬人遊行」，刻板單調，缺乏刺激性。

張友鸞的發言，立意雖然嚴肅，但他談得風趣幽默，參加座談會的新聞界的朋友拍手稱道，而一些領導和官員卻明顯地面露不快。

5 月 28 日，《光明日報》以《是蜜蜂，不是蒼蠅》的標題，全文刊發了張友鸞的發言。遍佈於全國各地的張友鸞新聞界的老熟人、老朋友們，如聞其聲，如見其人。他們知道，埋頭於故紙堆好幾年的張友鸞，又要暢快淋漓地說話了。

時也，命也。這一天，距《人民日報》發表社論、反擊右派倡狂進攻的 6 月 8 日只差十幾天。如果張友鸞不去參加那個座談會，如果他能堅辭主持人的邀請，不開口發言，如果……厄運也許就不會降臨到張友鸞的頭頂，中國現代新聞史，或者至少張友鸞個人的遭際，將會是另一種寫法。當然，這一切，僅僅是「如果」而已。「右派分子」的帽子，結結實實地扣在了張友鸞頭上。

多年之後，張友鸞六十壽辰之際，聶紺弩題詩祝賀，其中兩句雲：「大錯邀君朝北闕，半生無冕忽南冠。」意思是說，我不該邀請你來北京進入人民文學出版社，讓你這個半生從事新聞的無冕之王戴上了右派分子的帽子。張友鸞對此付之一笑，說：「在劫難逃，與卿何干？」足見他的氣量和大度。

張友鸞又回去鑽他的故紙堆了，照樣又是成績斐然。上世紀六〇年代，他編選的《中國寓言選》、《古譯佛經寓言選》、《中國古代寓言二百篇》，曾獲好評。他選譯的一本《不怕鬼的故事》，更是風靡一時。當然，所有這些出版物，都不會出現「張友鸞」這三個字。他還有一個宏大的設想，想把關漢卿等人的元代戲曲改編為白話小說，注釋出版。他說：「莎士比亞和關漢卿是同時代的人，英國人將莎士比亞的戲劇全部改寫成故事，廣為流傳，我們也應將元曲故事全部譯出，以流傳後世。」

「文革」期間，張友鸞被罰勞動改造，掃大街，搞衛生。他蓄須以示抗議，每天懷抱掃帚，按時清掃。一天，掃到胡同口時，忽遇一群外國遊客路過，他不想被外國人拍去照片，「揭醜」於世界，便急忙轉過身去，將蒼白、飄逸的鬍鬚塞入懷中，背身持帚，等這幫外國人過去之後，才繼續掃街。

那年月，《新民晚報》的趙超構每年進京開一次人代會。每逢會期，趙超構便代表《新民報》的老人們去看望張友鸞。回來後趙超構總是

安慰大家：「好在友鸞是個性格曠達的散淡之人，看上去也並不覺得很頹喪愁苦，每天二兩酒一本書，比我的日子好過。」

撥亂反正之後，張友鸞的冤案得以平反昭雪，他像聊發少年狂的老夫，心情愉快，筆耕不輟，進入了又一個寫作高潮。除了香港《文匯報》的「燕山新話」專欄、香港《新晚報》的「掀髯談」專欄之外，他還為《新民晚報》、《南京日報》、《北京晚報》、《旅遊》、《百科知識》、《新聞研究資料》等多家報刊撰寫文章。這些文章涉及面廣，體裁多樣，既有讀書所得、歷史掌故，又有親身經歷的政壇、文壇、報壇逸事趣聞；既有感今懷昔的散文隨筆，又有人物、事件的新聞特寫。無論什麼樣的內容，在張友鸞筆下都是那麼幽默輕鬆，引人入勝。

1985 年秋天，張友鸞腦血栓病加重，從此輟筆；1986 年新年剛過，他又突然中風失語。搖了一輩子筆桿，說了大半輩子新聞的一代才子張友鸞，就這樣一下子跌入了痛苦的寂靜世界。

1987 年，纏綣於病榻的張友鸞，囁嚅地反覆說著「南京……南京……」家人們明白，張友鸞是想回到南京，回到他輝煌事業的源頭，回到母親的入土之地。次女將他從北京接了過去，趁他精神和身體尚好之際，拉著他重遊夫子廟、玄武湖、莫愁湖、燕子磯、秦淮河等風景名勝。在文德橋上憑欄遠眺時，朋友想起了張友鸞早年寫的那篇膾炙人口的小說，便問他：「您還記不記得您寫的《魂斷文德橋》了？」張友鸞口不能言，但心裏明白，他微微一笑，一副頗為自得的樣子。

1989 年，南京《新民報》創刊六十周年之際，健在的《新民報》歷任總編輯和舊時同人，彙聚南京，搞了一次慶祝聚會。張友鸞重病纏身，不能前往，由女兒張鈺代為出席，並代他做了發言。當年，張友鸞在《新民報》工作時，曾表示要為《新民報》寫下最後一個字。此次發言的標題，便是「寫下最後一個字」。張友鸞說：

> 解放前我以編報為業，最喜歡辦新報。我前前後後經過十來家報社，少則幹幾個月，多也不過三四年，只有《新民報》，我不僅是它初創時期的成員，而且兩進兩出，工作達十二年之久。

我後來離開《新民報》，是因為自己辦《南京人報》。那是 1946
年，《新民報》已發展到五社八版，成為舊中國影響最大的民
間報。《南京人報》底子薄，規模小，它和《新民報》始終站
在一條戰線上，反對國民黨的獨裁統治，反對內戰，要求和平、
民主；在白色恐怖下，它們相互支持；它們都得到共產黨的關
懷，也都遭到反動派封門的厄運。南京數十家報紙解放後獲得
復刊的，只有它們兩家。

以後我轉業到出版社，可心中總裝著《新民報》。《新民報》在
黨的領導下進入了新的歷史時期，獲得新的發展，我為它高
興；《新民報》在「四人幫」時期被迫停刊，我為它難過。1982
年，上海《新民晚報》復刊，我曾興奮得徹夜難眠，顧不得年
邁多病，連續為晚報寫了一些文字。我想，我雖不能與《新民
報》長相隨，但願做到「有始有終」。始者，為《新民報》的
開創出了一份力；終者，為《新民報》寫下我一生中最後一個
字。事實上，從那以後，我便因腦血栓再也提不起筆了。

我現在視力銳減，看報十分吃力。不過，每天的《新民晚報》
我總要流覽一遍，儘管有時眼前一片模糊，但只要看出一個輪
廓，看見幾條標題，就覺得心安。

……

紀念聚會之後，趙超構扶杖專程去張友鸞家探望。其時，張友鸞
病重失語，趙超構則兩耳失聰。趙超構就坐在張友鸞病榻前，兩人雙
手緊握，熱淚雙流。坐著、望著；望著、坐著。張友鸞的夫人崔伯蘋
看在眼裏，禁不住歎息道：「你們兩個，真是天聾對地啞啊！」在座的
人聽了，不由得心頭一陣酸楚。

1990 年，銀鬚飄灑的張友鸞離開了人世。他的次女張錦用飽含深
情的文字，描繪了父親最後的時日：「父親八十六年的人生旅途，是把
他熱愛的南京城作為歸宿的。1990 年 7 月 21 日，父親一反終年臥床
的衰疲狀態，掙扎起床，下地走動。他的失明的眼睛忽然明亮起來，

時而喃喃自語，時而拈鬚大笑，似乎在同老友傾談，但只能聽到『新聞』、『發稿』、『出版』等單詞，講不出連貫的句子。實際上他是用別人聽不懂的語言向世人告別，向他從事半個多世紀的新聞和文學事業告別。一連十幾個小時精神亢奮，終於在 7 月 23 日凌晨，他無憾地長眠於南京的懷抱之中。」

《新民報》當年鼎盛時期，人才薈萃，素有「三張一趙」之說。「三張」是張恨水、張友鸞、張慧劍。「一趙」是趙超構。據說張友鸞、張慧劍共同選定了南京牛首山作為身後墓地。張慧劍終生未娶，未有子嗣。「文革」期間的 1970 年 5 月 14 日猝逝於南京，時年六十四歲，死後葬於牛首山下。

張友鸞去世後，家人遵照他生前願望，將其歸葬於牛首山。三座圓圓的墳塋中，長眠著張友鸞的祖母、張友鸞的父母，以及張友鸞和他的夫人崔伯蘋。距張友鸞墓地百步之遙，便是張慧劍的安息之地。

這對情同手足的患難兄弟，生前為好友，死後比鄰居。這種沒齒猶存的情誼，世間少見。

主要參考文獻

《世界日報興衰史》　張友鸞等著　重慶出版社　1982 年 12 月第一版
《陳銘德、鄧季惺與〈新民報〉》　楊雪梅著　中華書局　2008 年 8 月第一版
《民間的回聲》　蔣麗萍、林偉平著　新世界出版社　2004 年 8 月第一版
《中國百年報業掌故》　劉子清、劉曉滇編著　江蘇人民出版社　2000 年 1 月
　　第一版

穆青

英國天才少年阿蘭・德波頓（Alain de Botton）說過，「超越黑格爾（Georg Wilhelm Friedrich Hegel），也許會有好哲學，但繞過黑格爾，肯定沒有好哲學。」黑格爾是一個里程碑。他靜靜地立在那裏，對所有的後來者相視無言。他靜默著，把思考和思辯留給景仰者。

德波頓想告訴我們的是，每一個時代，都有一些繞不過去的人物。他們承上啟下，連接著過去與現在，牽扯著當下與未來。搞通了這些關鍵節點上的歷史人物，便會打通那個時代，認識那個時代。

在中國共產黨的新聞事業史上，穆青，就是一個「繞不過去」的人物。

穆青原名穆亞才，河南杞縣人，是家中的長子。穆青活了八十二歲，可在他漫長的革命生涯中，他的履歷卻簡而又簡。除了參加革命之初，在八路軍 120 師做過短期文化幹事，在延安「魯藝」讀過兩年書外，他一直從事的是中國共產黨的新聞宣傳工作，先後在《解放日報》、《東北日報》、新華社做記者。被組織生生拉進《解放日報》後，完成了穆青由文學青年到新聞記者的轉變，徹底打碎了他的文學之夢。抗戰勝利後派往《東北日報》，天冷心熱，他在那裏找到了自己的愛情，找到了生活中的另一半—夫人續磊（愛國將領續範亭之女）。當然，新華社才是他幾乎奮鬥了一生的新聞媒體。他從新華社記者做起，到地方分社社長、總社部主任、副總編輯、總編輯、副社長、社長，直到七十二歲由社長的崗位上退了下來，仍是筆耕不輟，不時有新聞作品散見於各類報章。晚年的穆青曾經充滿激情地寫道：

> 在四十多年的記者生涯中，我與人民群眾一道經歷過時代的波瀾，迎接過鬥爭的勝利，多少有名和無名的英雄們的優秀品質

和崇高的思想感情教育著我，感染著我，激勵著我，像一團不
滅的火在我心頭燃燒。我始終有一個強烈願望，就是通過揭示
這些人物的內心世界和思想感情，用他們身上的革命火花，點
燃千百萬人心靈的火把，用他們的精神力量，用他們的追求和
理想，去推動革命事業勝利前進。

這是穆青在《我的記者生涯》中的真情告白。這段肺腑之言，道
出了穆青的「天機」：他要揭示英雄人物的「內心世界」和「思想感情」，
用這些革命的火花，點燃千百萬人的心靈火把。這讓我們明白了，穆
青所從事的是革命的「鼓動家」、「宣傳家」的工作。應當說，他不是
嚴格意義上的新聞記者。

現代新聞學告訴我們，新聞是對社會生活客觀公正的報導。新聞
記者依據採訪到的大量的新聞事實，把一個絕對真實的過程再現於讀者
面前。新聞可以風趣，可以幽默，可以打動人心，可以激情萬丈，但它
的前提必須是絕對真實。高明的記者從來不是直接站到讀者面前喋喋不
休，而是將自己的觀點巧妙地隱藏在對新聞事實的取捨和運用當中。

河南是中華文化的發祥地。耕讀傳家、詩書繼世是這裏最顯著的
文化特徵。無論富人窮人，只要家境許可，總要想盡辦法供一個兒子
讀書，期待有朝一日出人頭地，光宗耀祖。穆青就是這樣被家裏供著，
在家鄉杞縣讀完了初小、高小，又考到了開封去讀高中。那年月，家
裏出了一個到開封讀書的高中生，可是一件了不起的大事情。足以讓
父母在鄉鄰面前揚眉吐氣。

河南人心眼實，河南話講起來又硬又拙，不拐彎，直來直去，硬
碰硬，實打實。可就是這樣一種不夠委婉的語言表達方法，卻被河南
人運用到了極致，絕大多數河南人能言善辯，邏輯思維極強，論起一
件事件，前因後果，左徵右引，層層遞進，嚴絲合縫，非把你說得心
服口服不可。穆青大約是河南人的特例。他不善言辭，羞於表達，但
內心熱情如火，激情萬丈。這樣的個性，往往是認死理，做大事。決
定的事情，多少頭牛也拉不回來。

　　1937 年夏秋之交，河南大水，黃河氾濫，豫東大地一片澤國。「七七」蘆溝橋事變後，日本侵略軍一路南下，開封的學校裏已是人心慌慌。穆青在一進步老師的鼓動下，聯絡了幾個同學北上山西，要去參加抗日救亡的偉大鬥爭。一路上，面對洶湧的逃難人群，穆青等人艱難地北上。好心的大伯大媽勸他們：傻孩子，日本人就要打過來了，你們怎麼還往北走呢？穆青心中充滿著悲壯之感：我們就是要北上抗日，去打日本鬼子！

　　穆青是做著文學夢走進革命隊伍的。入伍不久，他就幸運地被送往延安學習，在魯迅藝術學院旁聽了幾個月之後，他成了魯藝的正式學員。延安那時也彙集了一批卓有成就的文學藝術家，茅盾、周揚、周立波、何其芳為他上過課，馬烽、西戎、賀敬之、馮牧等是他的同學。他開始了稚嫩的文學創作。他的第一個短篇小說是《搜索》。穆青並沒有真刀真槍地打過仗。他參加過一次打掃戰場的行動。他用自己的見聞、用從別人那裏聽來的故事、用書本上讀到的俄羅斯小說、用自己的合理而大膽的想像，描寫了一個偽軍士兵的悲慘遭遇。這偽軍眼看戰爭天平傾斜，大勢已去，想棄暗投明。他懷揣著八路軍散發的通行證和傳單隨時準備逃跑。在他真的邁出那一步的時候，被日本鬼子發現，亂槍穿身，奄奄一息。小說中的「我」與這個垂死的偽軍相遇。通過垂死者求生不能、求死不得的萬狀痛苦，穆青意在揭露背叛民族、背叛人民絕無好下場，意在昭示日本法西斯的殘暴和無情：

> ……在臨終的痛苦裏，他懇求我給他一個乾脆的死亡。然而，望著他那雙善良而悲慘的眼睛和起伏的胸膛，我是發不出那致命的槍彈的。這樣，我痛苦著，來回地走動；許久，許久，我沉浸在深沉的悲哀裏，我不知道究竟應該怎樣做才能使我的內心得到安靜；幾次我舉起了手槍，又慢慢放下去，那是因為我的心和手都抖得那樣厲害的緣故。最後我甚至不敢再去看他了。我想不顧一切地從這裏走開……

那歐化的語言，那冗長的倒裝句，留下了明顯的俄國小說的印痕。穆青寫得很苦。或者說他編得很苦。他沒有那樣的經歷，他不知道戰場上舉起步槍不是你死就是我活的的生存法則是如何左右著每一個士兵的。他一段段寫，一段段摳。寫完一段朗讀一段，修改、調整，遣詞造句、字斟句酌。有人說，這篇小說帶有明顯的屠格涅夫《獵人筆記》的風格。《獵人筆記》是屠格涅夫創造的一種嶄新的文學形式。他真實描寫了俄羅斯農民的日常生活，泥濘的村莊，雨中狩獵，山花開滿原野，朋友在驛站對酌……屠格涅夫扎實深厚的生活基礎和生花妙筆，讓《獵人筆記》流芳百世。

1942年夏天，中國共產黨的中央機關報《解放日報》改版，急需大批的編輯、記者。《解放日報》向「魯藝」救援，選調了一批骨幹學員進入報社。此刻，穆青正在基層連隊教戰士們學文化，他為戰士們的學習熱情所鼓舞，寫了一篇稿子〈我看見了戰士們的文化學習〉投到了《解放日報》。這不是「自投羅網」嘛。《解放日報》立即在調入人員的名單上加上了穆青的名字。

穆青想不通。他的文學夢是那樣的強烈。他不願意他在向文學殿堂的攀登剛剛起步之時，被硬拉去作記者。而他內向的個性，尤其不適合搞新聞採訪。無奈之下，周揚出面做工作了。在延河邊上，周揚語重心長地對穆青說：「記者和作家沒有嚴格的界限，許多作家都有當記者的經歷，比如愛倫堡、高爾基。至於性格，在共產黨員面前沒有攻克不了的城堡！」

「以組織的名義」，這便是最高的命令，穆青只有服從的份兒。1942年8月，穆青便由魯藝學員變成了《解放日報》的記者。次年，穆青在延安採訪了來自冀中抗日根據地的同志，寫出了〈雁翎隊〉一文，發表在《解放日報》上。這是一篇有著廣泛影響的作品。篇幅不長，抄錄如下：

　　——魚兒，游開吧，我們的船要去作戰了。
　　雁呵，飛去吧，我們的槍要去射殺敵人了。——

唱著這樣的歌，冀中白洋淀的漁人和獵戶，在敵人的小汽船擾亂了湖面的平靜，把每年三千萬元的勒索，和無止境的姦淫燒殺加在他們頭上的時候，他們飽含著辛酸的眼淚，放下了漁網和雁袋，劃著漁船揹著獵槍，一個個投進密密叢叢的蘆葦，開始聚集起來了。一個月，兩個月……

無數的漁船和獵槍，在打雁人殷金芬的奔走號召下，「為著咱們的白洋淀，也為著咱們的大雁和魚蝦……」的誓言聲裏，組織起來了。打雁人拿出了他們美麗的雁翎，把它作為一個共同行動的標誌，插在每一個船頭上，從此，「雁翎隊」光輝的名字誕生了。在這縱橫百餘里的廣闊的湖面上，隨著這個名字出現的，是無數隻插著雁翎，載著武裝，使敵人驚慌失措的「硬排子」，和一個個用白毛巾裹頭的戰士。

他們在白洋淀的每一個港汊間，為敵人撒下了縝密的埋伏網，獵槍從每一片蘆葦的背後瞄準了敵人的汽艇、包運船和糧隊。白洋淀湛藍的湖水，被槍聲翻攪起來了，一望無際的荷蓮和紫菱遭受了空前的蹂躪；傍晚再聽不到飼鴨人嘎啞的吆喚，清晨再聽不到那幽美的採菱歌。

秋天，數十里深深的蘆葦在呼嘯著，漫天飛舞著蒼白的蘆花，偶爾一條銀色的魚帶著潑剌剌的水聲，歡愉地從蓮葉間躍出水面的時候，一群群潛伏的水鳥和野鴨，便帶著低沉的鳴叫，來回地從湖面掠過……這是白洋淀上美麗的季節，也是水上英雄們活躍的好時候。

他們依仗著驚人的水性和射擊，依仗著蘆葦和水藻的保護，三三兩兩駕著行駛如飛的硬排，到處分散活動，襲擊敵人。一旦發生緊急情況，一聲呼嘯，幾發信號槍，周圍所有的雁翎船，便立即從四面八方同時出動。有時為著某種必要，他們也曾在夜霧和晚風飄拂著的湖面上，將成百的雁翎船集中起來，趁著月色，悄悄地掩護著我們的水上運輸物，安然行進。有時他們也會在一個橘色的黎明，突然包圍了敵人的水上據點給以猛烈的襲擊。

冬天，白洋淀廣闊的湖面為明淨的冰塊凝固，我們又將看見無數隻插著雁翎的冰橇，像一枝枝的飛箭，在湖上穿過。

一九三九年的初秋，為了截擊敵人一個運輸汽艇，他們以十幾隻硬排，二三十個勇敢的隊員，潛入了趙北口至萬利口的中間地帶。那裏是一條長十里，寬半里至一里的水路要道，兩旁長滿了密密的蘆葦和蒲草，他們巧妙地隱藏了船隻，脫去了衣褲，全部躍進水裏去，在蘆葦的邊緣，派出了一個偵察哨。為著不使目標暴露，放哨者在水藻的偽裝下，僅僅把兩隻眼睛露出水面，讓湖水不斷地從他的鼻孔下靜靜地流過。不久，一隻巨大的拖船用繩索拖拉著那喑啞了的運輸艇，近來了。突然在蘆葦的邊緣，一聲淒厲的口哨，驚起了幾隻潛伏的水鳥，接著兩旁蘆葦的深處，激盪著一片水聲和吶喊，兩排長筒的「排炮」和雪亮的馬刀，便威嚴地排列在押船敵兵們的面前了。

這樣，他們安然地割斷了兩船之間的繩索，捆綁了所有的五個敵兵，用自己插著雁翎的船隻，滿滿地裝載了白糖、香煙、罐頭和大米；最使他們歡喜的卻是繳獲了三枝三八式，和一挺昭和十一年製造的輕機槍。

他們鍛煉了自己的勇氣，繼續著這樣的戰鬥……

不久，敵人高叫著「平靖湖面」，向雁翎隊復仇，砍倒了蘆葦，刈割了蒲草，用大批的汽船和木船巡邏湖面。同時在每一隻船上，高高地豎起了梯凳，設立了瞭望哨，依仗著他們優越的火力，使二百米以外的大小船隻不能靠近一步。這時，我們的雁翎隊，便不得不轉變他們的戰鬥方式，採取更分散的行動，實行村莊伏擊。就在散佈於白洋淀廣闊湖岸，像無數島嶼似的村莊邊緣，雁翎隊的隊員們，化裝成包著頭巾的洗衣婦，或是悠閒的垂釣者，在相隔不遠的距離內，默默地工作著。一遇到了單獨的敵船，或其他可乘的時機，呼嘯一聲，很快地從岸邊隱藏地裏，拔出自己的槍枝和馬刀，一面用猛烈的火力向敵人射

擊，一面泅水前進，直到完全消滅敵人的抵抗為止。有時候，他們也用銜著空心的葦稈透換空氣的方法，帶著武器，作數小時以上的水底埋伏，以待機顛翻敵船。雖然他們的血，也常和敵人的血一同染紅著白洋淀的湖水，但這樣自發的群眾自衛戰爭，更激起了他們對敵人的憎恨，使他們對敵鬥爭更加堅決。

一九四〇年間，隨著冀中平原鬥爭的日益殘酷，在八路軍的直接幫助下，模範的農村共產黨員殷金芬同志，把這些勇敢的雁翎隊員們集中起來了。經過許多次船上座談會，和八路軍的一些教育和訓練，雁翎隊開始變成了一支有組織的隊伍，選出了自己的隊長和政治指導員，在殷金芬同志的率領下，有計劃地行動起來。這中間，他們曾發動了湖上的鄉親們，用下沉大樹的辦法，封鎖了白洋淀中的每一條水道，又配合著我八路軍水上部隊，用無數的船舶搭成了一條條縱橫交錯的浮橋，這樣不僅使我們的首腦機關得到屏障，而且在一旦發生敵情時，更可使我們的部隊通過這些浮橋，迅速地增援……

在洪水第二次淹沒了冀中，波浪氾濫的白洋淀上，我們光榮的雁翎隊的弟兄，從年輕的採菱者，到白髮蒼蒼的打雁人，又全部投入了險惡的戰鬥。他們曾發揮了高度的智慧，創造了大批能漂浮於水面的「葫蘆水雷」，把它們普遍的埋伏在每一條航路的水藻下，人不知鬼不覺地爆炸了無數隻往來於天津保定間橫行無忌的敵船。

這樣，在保衛白洋淀的戰鬥中，雁翎隊已成為一支不可忽視的力量。白洋淀周圍的群眾，在整個夏季和秋季，除去每日回家做飯外，已長期的生活在船上，配合著雁翎船和八路軍的水上部隊，向敵人戰鬥。

四五年來，我們勇敢的雁翎隊兄弟，就是這樣靈活的與敵人戰鬥著，而且一直堅持到今天；因此在這個長長的時間內，白洋淀始終是冀中最堅強的堡壘之一，它同著千萬隻神出鬼沒的雁翎船，給敵人以致命的打擊。

讓我們遙向雁翎隊的兄弟們致敬吧，如今又是蘆葦叢密的時
候了。

解放之後，這篇文章作為範文選入了中學課本。今天讀起來，我
們輕易地看到了這篇文章的巨大的先天不足。它散文不像散文，新聞
不像新聞。作為文學作品，除卻語言和結構不談，它缺少最起碼的情
節和人物。作為新聞，它更是沒有事實，沒有數字，沒有背景，沒有
過程，沒有引語。這倒是一份難得的「備忘錄」，從中折射出了穆青的
幼稚，《解放日報》的幼稚。

為穆青暴得大名的新聞作品是長篇通訊〈縣委書記的榜樣──焦
裕祿〉。這篇採訪於 1965 年 12 月中下旬，發表於 1966 年 2 月初的大
通訊，無異於一顆巨大的精神原子彈，給當時的中國社會帶來極大的
震動和影響。

其實，二十世紀六十年代中葉，是所有有思考、有見地的中國人
迷惑不解，左右為難的一個時期。肇始於 1958 年的大躍進，實際上是
不顧客觀現實、頭腦發熱的大冒進，「趕英超美」、「跑步進入共產主
義」、「拔白旗，放衛星」等一系列人間鬧劇你方唱罷我登場。科學和
真理就是這樣無情，一切敢於向它挑戰，一切違背規律和自然法則的
無知之舉、無妄之動，都會在規律和法則面前撞得頭破血流。中國人
民嘗到的不是共產主義社會的甘果飴糖，而是自己親手釀下的生活苦
酒。自 1960 年起，中國連續遭受了三年自然災害。「饑餓」像是一個
面目猙獰的惡魔，在中華大地上肆虐徘徊，總也趕它不走。有些地區，
餓殍遍地，十室九空，逃荒要飯者相塞於道，慘不忍睹。無奈之下，
中共中央召開了七千人的幹部大會，檢討工作失誤，總結經驗教訓，
籌畫儘快走出困境。有黨的高級領導不客氣地指出，三年自然災害，
既有天災，更是人禍。毛澤東違心地接受了七千人大會的決議，同意
國民經濟進入調整時期，動員所有社會資源和各方力量，戰勝自然災
害，渡過生活難關。

不久之後，情況稍有好轉，毛澤東的意識形態和階級鬥爭情結再次勃發。在中共八屆十中全會上，他大講階級鬥爭和無產階級專政，大講培養革命事業的接班人、防止黨和國家改變顏色。他誇張地表述，對於階級鬥爭，要「年年講，月月講，天天講」，「要以階級鬥爭為綱」，「階級鬥爭，一抓就靈」。

此時的穆青，已經是新華社的副社長，主抓新聞報導。來自基層的資訊和記者的報導，使他明白必須大力發展生產，戰勝自然災害，人民才會逐步過上相對安穩的日子。而「階級鬥爭為綱」的指導思想，又在全國範圍內吹起了更大的「鬥爭」之風，「四清」運動已是如火如荼，成燎原之勢。穆青在苦惱和矛盾中掙扎著。他嘗試著在「階級鬥爭」和「戰勝自然災害」之間找到一個平衡點。

1965 年 12 月初，穆青去西安召開新華社分社會議，研究部署下一步的報導計畫。他專門繞道鄭州，讓新華社河南分社的領導給記者周原捎話，讓周原先到豫東災區摸摸情況，物色幾個報導線索，十天後他回來聽彙報。

中國共產黨的重大新聞報導，嚴格地說，是新聞宣傳，都是主題先行。因而才有那麼多的策劃會、部署會、研究會，反覆提煉主題，畫出「典型」的時代特徵，然後按圖索驥，對號入座。這是那個時代的鮮明特色，不是哪個個人能夠左右的。

穆青欣賞周原。此人有個性，肯吃苦，文字功力扎實，激情四射，才華橫溢。但這種人往往恃才傲物，特立獨行。因而，1957 年反右派鬥爭，厄運總是圍繞著這樣的知識份子打轉轉，周原自然不能倖免，被戴上了右派分子的帽子，接受批判和改造。周原一時性起，為表赤誠之心，竟然舉刀斷指，生生剁掉了自己的一節手指。也是新華社的領導愛才心切，1962 年周原被摘掉右派分子帽子，繼續留在新華社河南分社當記者。

周原在穆青走後立即就去了豫東災區。他乘長途汽車先到了杞縣。縣裏正在開三級幹部會議，縣委書記說晚上要看戲，沒空，派了個水利局長來應付。周原一無所獲，耐著性子住了一晚。第二天天剛

濛濛亮,他就到了汽車站,在路邊小吃攤剛吃了一碗元宵,看到一輛汽車正要啟動,周原便「蹭」地跳了上去。

車開了好大一會兒了,周原才問:「這車去哪兒?」

售票員奇怪地看了他一眼,說:「去蘭考。」

蘭考就蘭考吧。只要在豫東就行。周原知道,豫東這幾個縣,災情都差不多。這裏盛行三害:內澇、風沙、鹽鹼。不治住「三害」,生產就根本無法搞上去。

到了蘭考,周原徑直去了縣委大院,迎面碰上了縣委的新聞幹事劉俊生。

周原說明來意:「我們新華社副社長穆青同志,想寫一篇改變災區面貌的報導,他讓我先來探探路,摸摸線索……」

劉俊生立即回答:「蘭考開展除『三害』鬥爭,把俺們縣委書記都活活累死了!」

周原一愣,忙問:「誰?」

「焦裕祿。」

劉俊生說著從床底下抱出了一堆破棉鞋、破襪子、破衣服,旁邊還有一張破籐椅。這些都是焦裕祿的遺物。辦公桌的玻璃板底下壓著一張字條:「蘭考人民多奇志,敢叫日月換新天」,這是焦裕祿臨終前沒有寫完的一篇文章的題目。

劉俊生孩子般地嗚嗚哭訴,縣長張欽禮抹著淚一口氣回憶了二十多個小時。周原痛斷肝腸。他想不到自己的這次意外之行竟有如此巨大的收穫。

十二天之後,周原回到鄭州等穆青。穆青一行從西安回來。一見面,穆青就從周原的眼睛裏知道:豫東有戲!

可有一個難點周原繞不過去。待他這次下去摸線索時,焦裕祿已經去世一年多了。半年前,《河南日報》已經刊發了焦裕祿事蹟的通訊並配發了評論。河南省委也已經做出了向焦裕祿同志學習的決定。新聞沒有首發,是否炒別人的冷飯,周原拿不定主意。

穆青畢竟位高權重，眼界更加開闊。他不慌不忙地讓周原找來了刊發焦裕祿事蹟的《河南日報》，仔細閱讀之後，穆青抬起頭來，堅定地說：「我們的計畫不變，去蘭考！」

1965年12月17日上午，穆青一行走進了蘭考縣委大院。

說是大院，其實就是兩排破舊的平房。白花花的鹽鹼漬上牆角、窗臺，紅磚牆被鹽鹼蝕咬得斑駁陸離。縣委會議室裏是一張破舊的長方形木桌，兩面對擺著幾張由長長的木條釘起來的連椅。穆青感覺到了一種熟悉而遙遠的氣息。

縣長張欽禮、焦裕祿生前的秘書李忠修先談。起初，他們有些緊張，不知從何說起。周原說：「你們第一次怎麼跟我講的，就怎麼跟他們講。是啥說啥，一句不要誇大。」

那天，劉俊生正在鄉下。大隊來人通知他說，張欽禮縣長來電話找他。劉俊生趕到大隊部，只聽張縣長說，新華社來人了，你立即趕回縣裏。

劉俊生來到縣委會議室的時候，張欽禮已經講了好一會兒了。張欽禮把劉俊生介紹給穆青和馮健之後，就讓劉俊生接著說。

劉俊生從焦裕祿下雪天起草「六條」指示談起，說他怎樣帶領群眾治沙、治水、治鹼，說他訪貧問苦、冒著大雨查看水路，說他死前還要求把自己埋在沙丘上，要看著蘭考改變面貌……講著講著，劉俊生已是淚流滿面。他告訴穆青，蘭考的群眾自發地到鄭州焦裕祿墓前哭墳。貧下中農們呼喚：焦書記你出來吧，讓俺們看看你，你也看看俺們吧……

穆青聽到這裏，再也坐不住了，他站起身來，在地上來回踱步，不時用手絹擦著自己的眼淚。

周原、馮健邊記邊流淚。

張欽禮索性趴在桌子上痛哭失聲。

日頭正午了，工作人員來到會議室叫大家去吃飯。

穆青說：「不吃了。吃不下去了！我參加革命28年了，沒這樣流過眼淚。焦裕祿的精神太感動人了！這是我們黨的寶貴財富。如果不把他報導出去，就是我們的失職。」

當天晚上，穆青又找了一部分熟悉焦裕祿的人座談。

第二天，12 月 18 日，穆青一行在縣直機關採訪、座談。

第三天，12 月 19 日，張欽禮陪同穆青等人去了韓莊，找到焦裕祿最先走訪的飼養員蕭位芬。老蕭正在吃飯，剛咬了一口饃，聽說有人要聽焦書記的故事，這口饃就怎麼也咽不下去了，流著淚不停地說呀說呀。他指著屋前的大片泡桐林：「焦書記要是活著，看到這些林子，他該多高興哩……」穆青再次被感動得淚流雙頰。從韓莊出來，穆青一行又去了秦寨、張莊，昔日滾滾的沙丘上，已種上了泡桐，風沙得到了有效治理。

第四天，12 月 20 日，穆青一行到開封住下研究稿子。

周原悄悄推開穆青的房門。穆青劈頭吼道：「寫！現在就寫！立即寫出來！」

「誰寫？」周原問。

「你寫！馬上寫！」

「怎麼寫？」周原又問。

「就原原本本地寫。這麼一個縣委書記，全心全意為人民服務，群眾又這麼熱愛他，懷念他。在他身上體現了一個共產黨員全部的優秀品質。一個共產黨員應該做到的他全部做到了。我們一定要把他寫出來！再笨也要把他寫出來。不把他寫出來，我們就對不起人民！」

周原領命，伏案奮筆疾書。穆青像一個督戰的指揮官，不時到周原房間查看寫作進度。看到初稿中的這樣一句話：「他心裏裝著全體蘭考人民，唯獨沒有他自己」，穆青不禁擊掌叫絕：「好！這樣的話多來幾句！」

一天一夜過去了，一萬二千字的大通訊一氣呵成。穆青、馮健帶著這份初稿回北京彙報。

總社。新華社社長吳冷西那天很忙。他對穆青說：「今天沒空。」

「只要半個小時。」穆青堅持彙報。

半個小時後，吳冷西被深深打動了。他站起來，連聲說：「寫！發！」吳冷西指示，稿子先由馮健修改，再由穆青修改，務必精益求精。

改到第七稿的時候，吳冷西通過了。那些經典的感人場面，惟妙惟肖、如影如畫地再現於筆端：

　　……那晚下大雪，我看見焦書記房間裏的燈光亮了一夜。大清早他挨門把我們幹部叫醒，幹啥？他說快去看看老百姓，「在這大雪封門的時候，共產黨員應該出現在群眾面前！」這一天焦書記硬是忍著病痛，在沒膝的雪地裏轉了九個村子。在許樓村一間低矮的茅屋內，一個無兒無女的瞎眼老大娘問他，「你是誰？」焦書記答：「我是你的兒子！」

　　……那次暴雨下了七天七夜，焦書記一刻不停，打著傘在大水裏奔來奔去，親自測繪洪水的流向圖。到了吃飯的時候，村幹部張羅著要給他派飯。焦書記吃過災民討來的「百家飯」，喝過社員家裏的野菜湯，可這會兒他說啥也不吃。為啥，他說下雨天，群眾缺燒了。

　　……焦書記家裏也困難，沒條像樣的被子，爛得不行了翻過來蓋。我們縣裏補助他三斤棉花票，他就是不要，說群眾比他更困難。

　　……他後來被查出肝癌，人都不行了，還在病床上念叨，張莊的沙丘，趙垛樓的莊稼，老韓陵的泡桐樹。臨死前還要我們去拿把鹽鹼地的麥穗給他看一眼。

　　……焦書記得病的消息傳開後，四方八村的老百姓湧到縣委，都來問焦書記住在哪家醫院，非要到病房裏去看看他。縣裏幹部勸也不聽，東村剛走，西莊的又來了。後來焦書記的遺體運回蘭考，老百姓撲在他的墓上，手摳進墳頭的黃土裏，哭天哭地喊：回來呀回來……有個叫靳梅英的老大娘，聽說焦書記去世了，大黑天摸到縣城，看見宣傳欄裏有焦書記的遺像，不走了，就坐在馬路上，呆呆地看著遺像一動不動。那時，天上正下著雪……

穆青讓人將稿子打了份清樣，寄給周原，請周原去徵求蘭考縣委的意見。

周原知道，焦裕祿要做為全國的重大典型推出來了。他的心態發生了變化。據當時的縣委副書記劉呈明回憶，通過此稿開的是縣委常委會。一開始是縣長張欽禮念，他念一段就問大家有啥說的，沒有人說話就算過去了。張欽禮念不下去了，就由周原念。這時的周原盛氣凌人，居高臨下，不像是徵求意見的樣子。你說一點不同意見，他馬上就給你駁了回去。我聽著有不少地方是大瞎話，可那個氣氛……。我又想焦裕祿是好班長、好同志，只要把他宣傳出去就得了，其他的我也就不說了。

劉呈明說，對於通訊的結尾部分，縣委書記周化民謹慎地提了一點意見：最後是不是留有餘地，不要把蘭考的現實寫得這樣好。實事求是說，蘭考除「三害」的任務還很重，焦裕祿生前設計的藍圖，還需要我們做很大的努力啊！周原聽了很不耐煩，反駁周化民說，還留什麼餘地？現實就是這個樣子，焦裕祿的精神變成了物質，蘭考的面貌改變得就是不錯嘛！

穆青曾不止一次地強調過：「人物通訊不可有任何虛構。它的每一個細節都必須是真實的。」「一篇人物通訊，哪怕只有很微小的虛構，其後果將是災難性的。因為讀者一旦知道有假，必然會對整個通訊產生懷疑。」

但是，在採寫焦裕祿的過程中，主題和時代的需要，讓穆青他們沒有遵循必須「絕對真實」的原則。文學的表現手法代替了新聞的事實依據。為塑造焦裕祿這個完美高大的形象，一些時間和事件發生了位移，一些故事和過程有了一點點的嫁接，一些沒發生的事情也可以通過合理想像而生造了進去……

1966年2月6日晚上，新華社向全國播發了長篇通訊《縣委書記的榜樣——焦裕祿》。第二天清晨，中央人民廣播電臺資深播音員齊越，用他那獨特而激越的聲音，聲情並茂地將這篇通訊演繹到了極致。在這一瞬間，焦裕祿的名字響徹華夏大地。在古老中國的上空，似乎引爆了一顆精神原子彈。

這是一個值得紀念的日子。這一天，是穆青職業生涯的最高峰，是一個里程碑，是一個分水嶺。從焦裕祿的通訊誕生的那一天起，穆青大步邁進了中國著名記者的行列。無論他願意不願意，在他的生命和新聞生涯中，他的名字已經同焦裕祿的名字緊緊連在一起了。

「文革」十年，白白浪費了穆青一生中最寶貴的一段大好時光。在這場毛澤東親自發動和領導的「無產階級文化大革命」中，作為新華社的領導班子成員之一，穆青受到了衝擊、批判、鬥爭，好長一個時期被剝奪了工作的權利，「文革」後期被「解放」，重新工作之後，也是左右掣肘，動輒得咎。

1976 年秋天「四人幫」垮臺之時，穆青的喜悅是常人難以理解的。他本來就對「文革」心有抵觸，對左派理論家們的「繼續革命」的理論心存疑慮，「文革」的徹底結束讓他有了重獲自由之感，他恨不得立即否定這場給中國人民帶來巨大災難的所謂的革命。但歷史是曲折前進的。政治鬥爭的複雜性要求參與其中的所有政治家審時度勢，把握時機，既懂得進攻的關鍵節點，更要學會妥協的高超技巧。可穆青有點等不及了。

1978 年年初，新華社山西分社記者廖由濱，給總社發來一篇人物通訊，題目是〈棒打不回頭的種棉模範吳吉昌〉，寫的是山西聞喜縣一個叫吳吉昌的老人堅持在「文革」中進行科學實驗，努力攻克棉花種植過程中的落蕾、落桃等難題的事蹟。可稿子寫得邏輯不清，語焉不詳，許多細節和過程沒有交待清楚。

稿子在新華社國內部農村組轉了一圈，放到了記者陸拂為的案頭上。眾人的感覺是，基礎不錯，人物也有個性，就是寫得「太幼稚了」。也算廖由濱運氣好。穆青有閒來無事到編輯部各辦公室轉轉的習慣。也沒有什麼目的，就是隨便與編輯記者聊聊見聞，談談稿子。這天，穆青信步踱進了國內部農村組，陸拂為正拿不定主意呢，便把稿子放到了穆青手中。穆青看完稿子，立即指示把廖由濱叫來總社，詳細介紹吳吉昌的情況。

說廖由濱採訪得不深不細，那可真是冤枉了他。來到北京後，他連夜向穆青等人做了彙報，談到了吳吉昌在「文革」中如何受到了

殘酷迫害，被打致殘，仍然堅持棉花種植試驗的感人事蹟。穆青聽著聽著又坐不住了，他劈頭問廖由濱：為什麼不把這些如實寫出來呢？

廖由濱心有餘悸地說：「我怕有否定文化大革命之嫌。」

穆青明白了。他的面前橫亙著一座險山。不翻過去，永遠無路可走。攀登、翻越，就有掉下懸崖，摔得粉身碎骨的危險。穆青毅然選擇了後者。他要超越歷史的禁錮，打破時代的「魔咒」，讓中國人民儘快從那場惡夢中醒來。他派陸拂為與廖由濱再赴山西聞喜採訪，真實地反映吳吉昌的遭遇和精神。

吳吉昌的事蹟的確感人，陸拂為、廖由濱抓到大量鮮活、生動的素材，究竟該怎樣串起來，陸拂為陷入了深深的苦惱。那時，徐遲剛剛發表了《哥德巴赫猜想》，名噪一時。陸拂為專門去聽了徐遲創作談的報告，仍是不得要領。無奈之下，陸拂為去找了他的好朋友、作家林斤瀾。林斤瀾的一番話，讓陸拂為茅塞頓開：「事蹟很感人，作家虛構都虛構不出來，事實和形象已擁有足夠的力量把讀者打動，不宜添加主觀的抒情和議論。」林斤瀾好酒，談文章寫作，仍忘不了拿酒打比喻，「玫瑰香酒釀製原料差，需要加香料；茅臺酒原料好，不需要加香料。喝酒講究品原味，我建議你用白描筆法去寫。」

陸拂為對寫好吳吉昌充滿了信心。他精心佈局，精心煉字，一篇讓人耳目一新的「白描」通訊拉出了初稿：

> 一九六六年一月。寒風呼嘯，中南海的湖面上披著冰甲。周恩來總理剛在全國第五次棉花生產會議上作完報告，又立即請幾十位植棉勞模來國務院會議室座談。
>
> 當頭裹白毛巾，身穿黑棉襖的農民科學家吳吉昌進門時，總理指指自己右側的座位說：「老吳同志，坐這裏來。」
>
> 總理對大家說：「毛主席又給咱們任務了。主席指示：要糧棉並舉，學會兩條腿走路；要繼續研究解決棉花脫蕾落桃問題。主席把任務交給我，我依靠大家。」

總理和大家親切地談了一個多小時。臨走時，他握住吳吉昌的手，炯炯有神的目光凝視著吳吉昌說：「我把解決落桃的任務交給你了，你把它擔起來！」吳吉昌遲疑地說：「中，可我是個大老粗，一沒文化，二來歲數也大了……」。總理打斷他的話問：「你多大了？」吳吉昌答：「五十七。」總理說：「你五十七，我六十七，毛主席比我們都大得多。我跟你說，再過二十年，我八十七，你七十七，咱們一起用二十年時間，把毛主席交給的任務完成，行不行？」熱血湧上吳吉昌的臉，他緊緊握著總理的手，響亮地回答：「行！」

文章便圍繞著「周總理的囑託」，展開了跌宕起伏的命運描寫。已經見過吳吉昌兩次，並且有過深入交談的穆青，特別囑咐陸拂為，一定要抓住細節，注重細節的運用和描寫。陸拂為心領神會，在「細節」上精摳細磨，寫得栩栩如生，纖毫畢現。「文革」中吳吉昌遭批鬥時，造反派勒令他每天給隊裏割草：

一天，吳吉昌離村走了五六裏，來到北街大隊。眼前是一大片棉田，綠油油的棉苗正在瘋長，他多麼想去提醒社員注意呵。但他想，自己當時的「身份」和處境，人們會不會聽他的話，會不會因此招來新的禍害呢？一連兩天，他圍著棉田看了又看，轉了又轉，內心鬥爭非常激烈。

直到第三天，當社員們走出棉田，圍在一棵大樹下面休息時，他終於鼓起勇氣湊了過去。人們用同情和關切的眼光看著他，沈默著。半晌，吳吉昌好象自言自語似地說著：「棉苗長得不錯呵。」隊長立刻回答說：「就是掛桃少。」老漢說：「那是因為後期管理沒跟上。」這時候，一位中年女社員沖口說：「吳勞模，你給指點指點吧。」吳吉昌淒然一笑，擺擺手說：「好妹子，不敢再稱勞模了。」那位女社員噙著眼淚回答：「老大哥，俺們心裏明白……。」

　　春天的一個晚上，穆青決定最後一次修改定稿。他們三人關在辦公室裏，一段一段地捋，一部分一部分地過，當煙灰缸裏的煙蒂堆得老高的時候，當窗外已是曙光初現的時刻穆青才說：「行了。」不過，他還是囑咐陸拂為，稿子打出清樣後，「找幾個年輕人看一下，如果他們都感動了，就是定稿了。要不行，我們再來磨。」

　　陸拂為把稿子分別送給了幾個年輕人讀，包括他的女兒和鄰居家的中學生。他們讀著讀著都哭了。穆青得知後說：「好了，就這樣發吧！」

　　1978 年 3 月 14 日，《人民日報》在頭版刊發了由穆青、陸拂為、廖由濱合寫的通訊〈為了周總理的囑託〉，又一次引起了舉國上下的高度關注。這篇八千多字的通訊，入選了中學課本，評為了當年的優秀報告文學獎。

　　任何作品都是時代的產物，歷史的局限在所難免。在寫吳吉昌這個人物時，穆青過分誇大了精神的力量。以為精神可以改變一切，精神能夠轉化為物質。只要思想認識問題解決了，天下就沒有攻不克的難關。其實，種棉花是一門科學，解決脫蕾落桃這個棉花種植中的頭號難題，更是科學。這絕不是一個沒有文化的農民、僅憑實踐經驗就能完成的重大科研課題。這是一個系統工程，涉及多個學科，需要長時間的聯合、協調、培育、篩選才能有所建樹，有所創造。時至今日，棉花落桃問題還是一個世界性難題沒有根本解決，科學家們的努力還在摸索階段，〈為了周總理的囑託〉，也只能還是象徵意義的豪言壯語而已。思想大於形象，精神高過物質，這似乎是穆青所有英模通訊中的通病。

　　穆青始終沒有走出黨的「宣傳家」這個角色怪圈。他一輩子都堅信，新聞具有極大的鼓舞、激勵、批判、推動作用。誰若說新聞作品只是一種客觀、公正的事實的反映，穆青是斷然想不通的。他理解的中國共產黨的新聞，就是典型人物的深入開掘，主題思想的反覆提煉，激勵作用的充分顯現。

　　恩格斯熱衷於理論爭辯。他說過，論戰是幸福的。當看到自己的文章像炸彈一樣在對方營壘中爆炸的時候，你會體驗到一種從未有過的幸福感。在這一點上，穆青與恩格斯是相通的。

　　穆青始終不渝地認為，人物通訊要表現時代精神。「人物通訊，是無產階級新聞的一個重要組成部分。在我們的新聞中，大量報導人民群眾特別是他們當中的先進人物的活動，是無產階級新聞工作者的一種職責，也是無產階級新聞區別於資產階級新聞的特徵之一。我們是辯證唯物主義者和歷史唯物主義者。我們認為，人民群眾是歷史的創造者，從群眾中來到群眾中去的群眾路線是我們黨的根本的政治路線和根本的組織路線。因此，作為無產階級的新聞戰士，必須『真誠地和人民共患難、同甘苦、齊愛憎』（馬克思：《萊比錫總彙報的查封》），始終不渝地去體察和反映人民群眾的那種不可遏止的歷史主動性和創造精神，『極其忠實地報導他們聽到的人民呼聲』（馬克思：《摩塞爾記者的辯護》）。全國解放後，我國人民群眾在革命和建設實踐中的偉大創造作用，他們的精神境界、思想風貌，就是他們作為國家、社會主人翁那種歷史主動性的最本質的表現。這種精神和思想，應該成為人物通訊的基本的主題。」

　　穆青毫不隱諱他的「主題先行」。他堅持認為，選擇報導對象、取捨採訪素材、設計矛盾衝突、安排文章結構等等諸多方面，都要符合時代主題，服務於中心工作，表現精神風貌。他說：「正是在這一點上，我認為，我們現在所說的這類人物通訊，如〈縣委書記的榜樣——焦裕祿〉、〈為了周總理的囑託〉、〈一篇沒有寫完的報導〉……等，比起過去戰爭年代的人物通訊，有了很大的不同。其主要區別，就是這些人物通訊更深入地揭示了先進人物的精神世界，更鮮明、更深刻地體現了具有時代特徵的主題，加上適當運用了文學的、政論的表現手法，因此它具有較強的感染力和生命力，成為我們無產階級新聞武庫中一種有著特殊戰鬥作用的武器。」

　　「無產階級新聞」、「時代精神」、「精神世界」、「主題」、「文學的、政論的表現手法」、「武器」……，這些充滿著戰鬥精神和火藥味的詞句，絕然不是現代新聞傳播的題中應有之意。它深深地烙印著穆青那個時代的痕跡。

　　「主題確定以後，要著力地選擇典型材料來充分地、深刻地表現它。凡是有利於突出主題的材料，都要有效地加以利用；一切游離於

主題的材料，不管它多麼生動，則要毫不可惜地予以割愛。」讀著這樣的判斷句，恍如隔世。更何況，新聞報導中怎能允許有「文學的、政論的表現手法」呢？這會讓一切現代新聞學的講義避之唯恐不及。

穆青的時代永遠地過去了。他發現新聞、採寫新聞的方式方法，已不適用於當下。社會生活的多元和傳播手段的多樣，已經使新聞傳播學發生了脫胎換骨的變化。記者和媒體只是提供事實，最終判斷要靠受眾自己去做出。記者天職只是客觀公正地追蹤事實，最大限度地接近事實的本源，表現最本質的真相。今天，可以有記者每天追蹤發表幾條甚至十幾條新聞事件的連續報導，但絕少有記者花費半個月甚至更長的時間去採寫一篇長篇通訊。讀者寧願去流覽事實清楚、言簡意賅、報導事件的新聞速食，而不願去拜讀「高大全」式的英雄人物的崇高事蹟。生活的多元帶來價值的多元；價值的多元帶來資訊渠道的多元。那種登高一呼，應者雲集的場面不會有了。那種圍著收音機邊聽邊哭，捧著報紙邊讀邊泣的景象，大約從我們的生活中永遠地消逝了。

穆青的「歌德派」身份，在他生前就遭到了質疑。二十一世紀的第一年，有記者訪問穆青時問他：「您寫的人物通訊，為什麼都是一些先進人物，好的典型，怎麼沒寫一些陰暗面呢？」記者沒有說出口的潛臺詞是，一個好的合格的新聞記者，他的「批判」功能應該遠遠大於他的「歌頌」功能。

穆青還是不緊不慢、從容不迫地闡發他的一貫主張，「在我們的新聞工作中，大量報導人民群眾，特別是他們當中先進人物的活動，是新聞工作者的一種職責。我們要通過典型人物通訊，表現時代精神，多揭示、表現美的東西，對我們民族有好處。當然，我在下面也發現了不少落後的東西，一般是請分社的同志寫內參。」

他只是一味地歌頌，一味地宣傳，一味地鼓動。他始終把自己看做是黨的意識形態工作者。他認為，新聞工作應該服務、服從於黨的工作的大局。

穆青晚年，將他與同事們合寫的十個先進模範人物的通訊結集出版，書名就叫《十個共產黨員》，包括縣委書記的榜樣焦裕祿，大慶油

田的鐵人王進喜，植棉模範吳吉昌，植樹老英雄潘從正，修建人間天河紅旗渠的縣委書記任羊成等等。

其實，穆青心中永遠化不開的情結還是他的文學夢。從領導崗位上退下來後，他私下裏曾對人說過，當代許多知名作家，都是當年延安魯藝中的同學。他特別提到，在魯藝學習時，劉白羽的基礎比他差，寫得並不比他好。幾十年下來，居然也成就斐然，成了大作家。「比起魯藝的同學，我這一輩子，其實什麼也沒有做成。」1984 年，人民文學出版社結集出版了他以遊記、回憶為主要題材的散文《穆青散文選》，才算了卻了他的心頭之願。

穆青有記日記的習慣。晚年閒來無事，他的口記寫得更經心，更抒情，更優美了。有些篇章，他就是當散文來寫的：

> 這幾天，我的小院裏是一年中最美的時候，杏花和迎春花剛剛落去，玉蘭、榆葉梅就陸續開放，緊接著丁香花開了，海棠花開了，葡萄和爬牆虎都吐出了鮮嫩的綠葉，而最令人陶醉的是幾百棵鬱金香次第開放，那鮮豔的色彩真讓人睜不開眼睛。特別是每個早晨以至整個上午，小院陽光充足，那些紅色的、黃色的、粉紅的、淡紫的酒杯似的花朵映著陽光通體透明，真像盛滿了美酒的玉杯一樣。
>
> 我每天都要在花前觀賞幾回，看著它們一天天長高，一天天開大，真有種說不出的欣慰。

另一篇日記是這樣寫的：

> 早晨在院子裏散步，忽然發現去年地裏未挖出來的鬱金香又拱出了新芽。……
>
> 看到這些嫩芽，就有一種春天的感覺，心情就似乎要好一些，冬天實在是太長了，天寒，風大，萬物凋零，到哪兒都有一種壓抑感，幾個月的漫長冬天，幾乎要把人困死。所以一聞到春天的氣息，人就好像要解放了一樣，精神也為之一振！

但願今年的春天能給我帶來一點靈感，一點還未凝固的
激情……

穆青這些隨手寫下的率性文字，透著清新，透著自然，有幾分溫
馨，也有幾許感動。比起他端著架子寫下的那些描寫先進模範人物的
句子，高下立判，涇渭分明。只有真話，才有打動人心的力量。

穆青對新聞的誤解是全方位的和本源性的。無論他的身子怎樣地
深入了基層，怎樣地在田間地頭、農家小院與農民促膝交談，把手言
歡，他在思想上從來就沒有與他的報導對象平等過。他總是居高臨下。
他總是來發掘、提煉、總結這些先進人物的閃光思想和英雄事跡的。
穆青心裏十分明白，他是「化腐朽為神奇」的一流高手。無論多麼平
凡的農民，無論多麼庸碌無為的平頭百姓，只要經他那枝生花妙筆張
揚出來，一定就是轟動全國、家喻戶曉的時代風雲人物。基層百姓和
他們的先進事蹟，充其量只是一些散落在生活中的「珍珠」，需要有一
根「紅線」，把它們串成價值不菲的「項鏈」。穆青知道，他就是那個
手持紅線的人。

穆青設想過「新聞改革」，但這種改革都是非體制性的。他是在維
護新華社這架無與倫比的「宣傳機器」的前提下，提出的一些技巧性、
技術性的小改小革。

新華社在長期的唯我獨大、一統天下的發稿過程中，形成了廣為
業內人士詬病的「新華體」新聞模式，乾癟乏味，空洞無物。1982 年
初，即將全面主掌新華社工作的穆青，忍無可忍，在有關會議上提出
了他的「改革」設想：「我想，我們能不能提出這樣一個口號，就是新
聞報導要注意文采。也就是說，我們的新聞報導不僅內容是健康的，
積極的，向上的，而且語言文字、表現形式也是新穎的，也是美的。
我們的報刊和新聞報導有著巨大的影響，它們不僅要直接引導讀者，
指導工作，而且對一代人的成長，對一代文風的形成，對整個社會的
精神風貌都有很大的影響。現在，我們不少的新聞報導像公文，像總
結報告，而不少讀者又跟著學習和套用這種文體，逐漸變成一種廣大

的社會現象。這種社會現象又反過來影響我們的報刊，我們的記者，形成一種惡性循環。因此，改革新聞報導，開創一種新文風，開創一個與我們奔騰前進的時代風貌相適應的新的報導局面，是擺在我們每個新聞工作者面前的刻不容緩的任務。」

穆青的「改革」設想，本身就是用那個時代的僵化文字堆砌起來的「八股」之文。

穆青晚年，迷上了攝影。他迷的不是新聞攝影，而是風光攝影，風俗攝影。儘管穆青在任時一再強調，新華社要兩翼齊飛，一個圖片，一個文字，這是新華社向世界性通訊社騰飛的兩翼，缺少哪一個都飛不起來。可新聞攝影畢竟是年輕人的專利。必須親臨新聞現場，抓拍精彩瞬間，只這一條，就足以讓時間、精力、體力都不允許的穆青望而卻步。

搞風光、風俗攝影，穆青的優勢太大了。全國所有的省、市、自治區，都有新華社的分社，他哪裡不可以采風呢！新華社在世界五大洲設有眾多國外分社，穆青鏡頭裏的視野可以無限廣大。

他給那個時代相對閉塞的國人，打開了一扇瞭解世界的視窗。

說起攝影，穆青總是興致盎然。他自嘲地談起：「我的攝影作品比文學作品多好多，至少有好幾萬張。」

這是周遊世界，走遍全國積累下來的精品之作。

1989 年 6 月，新華出版社出版了穆青的《彩色的世界》。這是由四十一篇遊記和一百九十五幅精美風光照片組合而成的精裝畫冊，穆青愛不釋手，廣送朋友。

1996 年 10 月，穆青攝影作品展在中國美術館開幕。這是國家級藝術作品的展示之地。穆青儕身其中，足見造詣已非一般。

千年更替之際，穆青來到青島。他想拍一張海濱日出的照片。在創作攝影作品方面，他有著同樣的固執和追求完美的一貫作風。每天四點多起床，帶著一干陪同，趕到郊外的海邊，選好角度，支起三角架，固定好照相機，靜待那冉冉的太陽躍出水面的一瞬間。已經拍了好幾天了，穆青一直不滿意，不是天氣不好，霧氣太重，就是雲彩的

位置不夠理想……穆青堅持說，還要早起，還要去拍。不十分滿意決不罷手。

筆者正是在這次拍攝間隙見到穆青的。那天言談甚歡，不過主要話題都集中在攝影上，聽他介紹他那些得意之作的拍攝經歷和過程。聚會快要結束時，筆者說出了長久凝聚心頭的一個疑問：現在新華社每天發出的標有「公鑒」、「注意」的重要稿件、領導講話、機關文件常常多達幾萬字。他們就不想想，各地媒體有那麼多的版面刊發這些「必發」的稿件嗎？您做社長的時候會這麼幹嗎？

穆青似乎對此早有耳聞，他立即回話說：「我是絕對不會簽發這麼多文件、講話的。」

沉吟良久，他無奈地輕聲補充了一句：現在變嘍，一切都不一樣了！

難得他能在晚年發一句牢騷。穆青的一生，都是在組織的「安排」下度過的。這是那一代共產黨人的普遍生存狀態。他們沒有自我，沒有個性，唯有服從和聽命。

六十六歲的時候，穆青在日記中發了一通感慨：

> 明年如果讓我退出第一線，也許可以多寫點東西，出點成果。否則，工作更多更艱苦，恐怕不會有多少時間和精力從事寫作。我一生都在這種矛盾中掙扎，但為了黨的事業，我一直把自己的愛好放在時間的夾縫裏。現在的問題是夾縫越來越小，年齡越來越老，真有點令人不安。

還是在這一年的日記中，穆青忍不住抒發了他的滿腹牢騷：

> 看了半天文件，開了半天會，機械化的生活又照常運轉起來了。說不上是喜愛還是厭倦，幾十年都是如此，早已習慣了。

一句「早已習慣了」，包含著多少心酸。有人給穆青送了兩頂「高帽」：不僅是一個出色的記者，還是一個出色的新聞官。其實，在穆青的心底深處，他並不看重這兩個角色。

　　2003 年 10 月 11 日凌晨 3 時 20 分，八十二歲的穆青因肺癌在北京醫院去世。

　　棄世前的十幾個小時，當他呼吸急促、已不能說話、即將昏迷的時刻，他用眼神向守護在病床前的秘書要了紙和筆，但他顫抖的手卻僅僅在紙上留下輕輕的一劃……

　　寫了一輩子文章的穆青，沒有留下一個字，就這樣無言地走了……

主要參考文獻

《穆青傳》　張嚴平著　新華出版社　2005 年 1 月第一版

《當代名記者與代表作》　劉建國主編　工人出版社　1989 年 4 月第一版

《新聞散論》　穆青著　新華出版社　1996 年 9 月第一版

《焦裕祿身後》　任彥芳　廣東人民出版社　2009 年 1 月第一版

後記

歷史學——或者通俗一點說，對於已經過去的事件、人物的反省、反思、重新定義的學問——成為一門顯學，在中華大地上大行其暢，已然有十幾年了。

當然，時下最為時髦的「歷史學」，是那種材料為結論服務，自說自話的歷史學；是正名、翻案，標新立異的歷史學；是不惜孤證、盡採野史的演繹歷史學……

范文瀾、翦伯贊、張傳璽、羅爾綱當年不是這樣治史學的。他們只認史料。搜集材料、去偽存真、扎實考證之後，才敢在史書上寫下一個個沉穩而準確的文字。倘若把現今出版的種種話本、評說、札記、新解，送給這些老先生們閱讀，非把他們嚇傻了不可。

這種「亂象」，不是史學自身的問題，而是思想多元的必然結果。更為準確地說，這不是「混亂」，而是繁榮。只用一種觀點評價歷史，只有一個聲音敘述往昔，這才是最可怕，最單調的事情。

每一個生活在當下的現代人，其實都因襲著兩個繞不過去的對生命本源的思索：我們從哪裡來？我們往哪裡去？

一個不知道自己既往的民族，當然也不會知道向哪裡去。同樣，一個不明白自己該向哪裡進發的民族，也沒有興趣去揣摩已經走過的歷史印記。對歷史的探究與溯源，正是對未來的追尋與叩問。歷史，從來都是人類選擇正確路徑的羅盤和校正器。

自由撰稿人余世存，近幾年來將審視的目光由「現世」轉向了「歷史」。他最近出版的新作《中國男》，就是一本用話語塗繪的中國歷史人物的肖像畫冊。朱大可在給《中國男》寫的序言中，有一段精彩的分析：「在中國語境下治史的學人，都會面對一種奇怪的『老花效應』——距離今天越近，歷史被模糊、歪曲和謊化的程度就越高。基

於這種原因，近代史和民國史，始終是民族記憶的難點，因為它被大量的政治謊語所包圍。有良知的當代學人，近年來共同發起民族記憶修復運動，旨在重新展開歷史敘事，以逼近真相。」

的確，我們有過一段令人震驚的「歷史虛無主義」。我們曾天真地想在一塊純而又純的土地上建設真正的社會主義、共產主義。意識形態領域的這種狂熱演繹得更加濃烈，在我們自己設定的語境下，中國現代新聞史似乎以一九四九年為界限，新中國成立之前的新聞事件和新聞人物，幾乎從我們的描述中完全消失了，或者說，被曲解成了另一種模樣。

最終，還是「歷史」跟我們開了一個大大的玩笑。我們不得不重新回到起點，重新尋找座標，以便向未來艱難前行。代價是沉痛而慘烈的。以新聞為例，我們似乎剛剛才明白，報紙是民眾的代言人，是人民利益願望的不折不扣的表述者；我們似乎剛剛才搞懂，報紙不是輿論和道德的審判工具，它無權執法，更無權裁定，它只是客觀公正地報導事實，揭諸真相。

報紙的這些「本能」和「傳統」，近百年來，在中國優秀的職業報人手中誕生並發揚光大。而今天的數十萬新聞從業人員中，對於這些應該充分珍惜的文化積澱，變得模糊而遙遠了。我敢說，對於我書中記述的這十五位中國報人，許多年輕的記者們聞所未聞，更不待說瞭解和熟悉了。

因而，從某種意義上說，我是為了記憶而寫下這一組人物的。

喻國明曾經熱切地寄望中國的媒體和媒體人，要有「俯仰天地的境界，悲天憫人的情懷，大徹大悟的智慧」，可以肯定地說，從本書記載的這些令人尊敬的中國報人身上，我們能夠感受到喻國明的思索和期待。

史地傳記類　PC0131

中國報人

作　　者 / 蔡曉濱
主　　編 / 蔡登山
責任編輯 / 邵亢虎
圖文排版 / 鄭伊庭
封面設計 / 蕭玉蘋

發 行 人 / 宋政坤
法律顧問 / 毛國樑　律師
印製出版 / 秀威資訊科技股份有限公司
　　　　　114 台北市內湖區瑞光路 76 巷 65 號 1 樓
　　　　　電話：+886-2-2796-3638　傳真：+886-2-2796-1377
　　　　　http://www.showwe.com.tw
劃撥帳號 / 19563868　戶名：秀威資訊科技股份有限公司
　　　　　讀者服務信箱：service@showwe.com.tw
展售門市 / 國家書店（松江門市）
　　　　　104 台北市中山區松江路 209 號 1 樓
　　　　　電話：+886-2-2518-0207　傳真：+886-2-2518-0778
網路訂購 / 秀威網路書店：http://www.bodbooks.tw
　　　　　國家網路書店：http://www.govbooks.com.tw
圖書經銷 / 紅螞蟻圖書有限公司
　　　　　114 台北市內湖區舊宗路二段 121 巷 28、32 號 4 樓
　　　　　電話：+886-2-2795-3656　傳真：+886-2-2795-4100

2011 年 1 月 BOD 一版
定價：440 元
版權所有　翻印必究
本書如有缺頁、破損或裝訂錯誤，請寄回更換

Copyright©2011 by Showwe Information Co., Ltd.
Printed in Taiwan
All Rights Reserved

國家圖書館出版品預行編目

中國報人 / 蔡曉濱著. -- 一版. -- 臺北市 ： 秀威資訊科
技, 2011.01
　　面 ；　公分. -- (史地傳記類 ; PC0131)
BOD 版
ISBN 978-986-221-640-8(平裝)

1. 中國新聞史　2. 中國報業史　3.傳記

898.9　　　　　　　　　　　　　　99019652

讀者回函卡

感謝您購買本書，為提升服務品質，請填妥以下資料，將讀者回函卡直接寄回或傳真本公司，收到您的寶貴意見後，我們會收藏記錄及檢討，謝謝！
如您需要了解本公司最新出版書目、購書優惠或企劃活動，歡迎您上網查詢或下載相關資料：http:// www.showwe.com.tw

您購買的書名：_____

出生日期：_____年_____月_____日

學歷：□高中 (含) 以下　　□大專　　□研究所 (含) 以上

職業：□製造業　□金融業　□資訊業　□軍警　□傳播業　□自由業
　　　□服務業　□公務員　□教職　　□學生　□家管　□其它_____

購書地點：□網路書店　□實體書店　□書展　□郵購　□贈閱　□其他

您從何得知本書的消息？

　□網路書店　□實體書店　□網路搜尋　□電子報　□書訊　□雜誌

　□傳播媒體　□親友推薦　□網站推薦　□部落格　□其他_____

您對本書的評價：(請填代號　1.非常滿意　2.滿意　3.尚可　4.再改進)

　封面設計____　版面編排____　內容____　文／譯筆____　價格____

讀完書後您覺得：

　□很有收穫　□有收穫　□收穫不多　□沒收穫

對我們的建議：_____

_____

_____

_____

請貼
郵票

11466
台北市內湖區瑞光路 76 巷 65 號 1 樓

秀威資訊科技股份有限公司　　　收

BOD 數位出版事業部

....

（請沿線對折寄回，謝謝！）

姓　　名：＿＿＿＿＿＿＿＿　年齡：＿＿＿＿　性別：□女　□男

郵遞區號：□□□□□

地　　址：＿＿＿＿＿＿＿＿＿＿＿＿＿＿＿＿＿＿＿＿＿

聯絡電話：(日) ＿＿＿＿＿＿＿＿　(夜) ＿＿＿＿＿＿＿＿＿

E-mail：＿＿＿＿＿＿＿＿＿＿＿＿＿＿＿＿＿＿＿